HET RECHT OP TERUGKEER

Van Leon de Winter verscheen

Over de leegte in de wereld (verhalen) 1976
De (ver)wording van de jonge Dürer 1978
Zoeken naar Eileen W. 1981
La Place de la Bastille 1981
Vertraagde roman 1982
Kaplan 1986
Hoffman's honger 1990
SuperTex 1991
Een Abessijnse woestijnkat (verhalen) 1991
De ruimte van Sokolov 1992
Alle verhalen 1994
Serenade 1995
Zionoco 1995
De hemel van Hollywood 1997
God's Gym 2002

Leon de Winter

Het recht op terugkeer

ROMAN

2009
DE BEZIGE BIJ
AMSTERDAM

Copyright © 2008 Leon de Winter
Eerste druk (gebonden) juni 2008
Tweede druk juni 2008
Derde druk oktober 2008
Vierde druk november 2008
Vijfde druk januari 2009
Vormgeving omslag Studio Jan de Boer
Omslagillustratie Shop Around!
Foto auteur Marco Okhuizen/Hollandse Hoogte
Vormgeving binnenwerk CeevanWee, Amsterdam
Druk Hooiberg, Epe
ISBN 978 90 234 1446 9
NUR 301

www.debezigebij.nl

Voor Moon, Moos & Jes

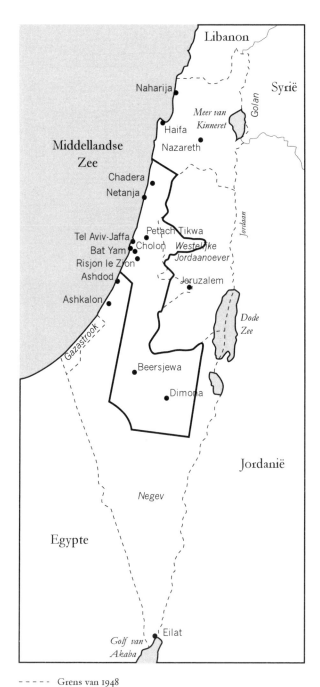

- - - - - Grens van 1948
———— Grens van 2024

PROLOOG

Tel Aviv
April 2024

I

NADAT hij zijn ambulancedienst had gedraaid, was Bram Mannheim tot halfdrie 's nachts in de kantine blijven hangen. Hij had onder het tl-licht met de jongens van de nachtploeg koffie gedronken en daarna zoute koekjes gegeten en die met wodka overgoten.

Tien keer waren ze er gisteravond op uit getrokken in het centrale district. Vier auto-ongelukken, twee vergiftigingen, een suïcide, drie ongevallen met bejaarden.

Om halfzeven 's ochtends likte Hendrikus zijn handen, zoals anders. Bram was op de bank in slaap gevallen. Terwijl het hondje geduldig wachtte, trok Bram een korte sportbroek en een T-shirt aan. Hij griste zijn mobieltje van tafel en hield Hendrikus in zijn armen toen hij op plastic slippers via de betonnen trap de vijf verdiepingen naar beneden slofte.

Binnen een halfuur zou Tel Aviv ontwaken en zich uitleveren aan de zorgen van alledag, maar nu lagen de stoffige straten nog stil onder de ochtendhemel, een heldere dag met een paarsrode zonsopgang. Het rook zowel naar zee als stad, naar iets wat vandaag in alle onschuld en prilheid begon maar ook naar iets bestendigs wat al duizenden jaren kenmerkend was voor dit deel van de wereld: de geur van verrotting en ondergang.

Hendrikus, de oude man, nam de tijd voor zijn wandeling. Hij hoefde niet meer overal zijn geur achter te laten en sproeide op het verste punt van de tocht zijn urine in een speciaal hondenurinoir dat lang geleden met Amerikaans sponsorgeld was aangelegd in een poging deze van oorsprong Duitse immigrantenbuurt met de oriëntaalse Bauhausarchitectuur voor de eeuwigheid van hondenpis te vrijwaren – er waren tijden geweest dat voor zoiets commissies in het leven werden geroepen. Maar tegenwoordig was water te kostbaar om er hondenpis mee weg te spoelen, en in een straal van vijf meter rond het urinoir was de stank ondraaglijk. Hendrikus had er geen last van. Bram bleef op afstand staan en bewonderde het doorzettingsvermogen van het pezige beest. Hendrikus was hardhorend en na een aanval van een verongelijkte bouvier zes jaar geleden aan één oog blind. Volgens de dierenarts was Hendrikus een van de vijf oudste honden van de stad – Jeffrey was de oudste, een krasse zesentwintigjarige kruising tussen een herder en een bulterriër, een ongewoon exemplaar aangezien middelgrote honden meestal jonger stierven dan kleine bastaarden als Hendrikus.

Elke ochtend legde Hendrikus een vaste tocht af langs de stille monumenten van Duitse zakelijkheid. Het dier volgde de lijn van een rechthoek waarin zich zes woonblokken bevonden, zijn eigen patroon, snuffelend aan lantaarnpalen, de wielen van afvalcontainers, autobanden, strategisch geplaatste struiken, zo nu en dan een andere ochtendhond.

Bram had de indruk dat er tien jaar geleden veel meer honden waren. Tel Aviv was een arme stad geworden waarin honden alleen gehouden werden door het handjevol rijken dat de stad nog telde. Dus waren de honden die zij onderweg tegenkwamen op leeftijd, net als Hendrikus, bezadigd en moe geblaft. Jonge hondjes waren een zeldzaamheid en de oude werden door liefhebbende bejaarden gekoesterd alsof ze hun eigen kinderen waren.

Ze stonden op de hoek van een straat die haaks op de strandboulevard lag. Aan het einde van de straat, tweehonderd meter verder in de smalle opening tussen de huizen, was een fractie van een seconde een gevechtshelikopter zichtbaar die geruisloos enkele meters boven het zand naar het zuiden schoot, richting Jaffa. Het was een nieuwe generatie met motoren die niet veel meer geluid maakten dan de vleugels van een roofvogel, de Taiwanezen hadden er twintig geleverd. Dragon Wings xr3, heetten ze, en de gelovigen hadden geëist dat ze werden omgedoopt omdat de draak een monster uit een onjoodse Aziatische mythologie was. In de volksmond heetten ze nu Chicken Wings.

Brams mobieltje klonk. Het was een antiek blokje, dertien jaar oud, zonder de laatste gadgets.

Op het display verscheen Ikki's naam. Samen met Ikki Peisman dreef Bram *De Bank*, een bureautje dat verdwenen kinderen opspoorde. Ze hielden samen kantoor in een leeg bankgebouw, vandaar de naam. Ikki was vierentwintig en toegerust met een kunstbeen en kunstarm, zijn hele linkerkant was mechanisch en elektronisch. De helft van Ikki's lijf was bij een explosie vernietigd maar in Israëlische ziekenhuizen was het vermogen om te reconstrueren na decennia van terreur het hoogste in de wereld. Op hersenen na konden zo ongeveer elk orgaan en lichaamsdeel vervangen worden.

Bram zei: 'Ikki?'

'Ja, met mij. Bram! Het schijnt dat kleine Sara nog leeft.'

In hun bestand bevonden zich twee Sara's. De oudere Sara was op haar dertiende verdwenen, nog maar drie maanden geleden. De jongste was drie jaar geleden vermist, toen ze vijf was.

'Betrouwbare tip?'

Ikki antwoordde: 'Ik denk het wel. Zou wel een wonder zijn na al die tijd.'

Boven zich voelde Bram iets veranderen, alsof de lucht werd

afgedekt. Hendrikus hief zijn kop en keek omhoog. Ook Bram keek op. Het was een Chicken Wing, tien meter boven de daken, een stil, zwart insect dat zijn ogen op hem gericht hield. Dat ene moment dat hij zijn gezicht liet zien was voor de bemanning voldoende om zijn identiteit te achterhalen. De vorm en lijnen van zijn gezicht werden via een gezichtsherkenningsprogramma in een databank gevonden, wat nauwelijks langer duurde dan een seconde: razendsnel schoot de info via een satelliet naar de bunker ten noorden van de stad waar de computers zoemden. Het ding wendde zich al af omdat de twee bemanningsleden op het virtuele scherm in hun helm Brams onschuldige personalia hadden gelezen. De heli verdween achter de gebouwen en het enige wat klonk was een fluistering in het gebladerte van de bomen en een zachte werveling in het stof op straat.

'Dat is mooi nieuws,' antwoordde Bram, nietig onder de lucht. 'Heeft Samir jou getipt?'

'Zijn neef. Noemt zich Johnny.'

'Mooie Arabische naam,' zei Bram. 'Wat heb je hem beloofd?'

'Vijfentwintigduizend.'

'Da's veel, Ikki.'

'Vind ik ook. Misschien moeten we met een rel dreigen. Dit zijn geen bedragen meer.'

Bram antwoordde: 'Een rel? Waar denk je dat je leeft? Zweden? Ken je Johnny goed?'

'Ik word gek van de pers,' zei Ikki. 'Ik lees geen kranten meer. Ik heb er geen zin meer in om alleen maar te lezen dat we met de Palestijnen moeten praten.'

'We moeten blijven praten, we kunnen ze moeilijk allemaal de hersens inslaan,' zei Bram. 'Ken je die Johnny?'

'Nee. Maar Samir is betrouwbaar. Hij heeft die Johnny naar mij toe gestuurd.'

'Het zijn allemaal neven daar,' zei Bram.

'Ja, het is één grote fucking family. Maar als het moet slaan ze mekaars koppen in,' zei Ikki.

'Net als wij,' concludeerde Bram.

'Maar er is een probleempje.'

Bram knikte gelaten, ook al kon Ikki hem niet zien. Ofschoon de Chicken Wing was verdwenen, bleef Bram het gevoel houden dat hij werd gadegeslagen.

Bram zei: 'Probleempje – ik had niks anders verwacht.'

Ikki aarzelde een moment, zei toen zacht: 'Ze is aan de andere kant.'

2

Ikki stuurde zijn aangepaste auto over de zeeboulevard naar het zuiden. De helft van zijn lichaam bezat nauwelijks kracht en dus had hij een antieke Britse auto, een Rover, aangeschaft die met zijn mechanische linkerhand en linkervoet te beheersen viel. Het was een vorm van extreme aanstelleritis want Ikki had ook een automaat kunnen kopen. Bram zat op de plek waar zich bij normale auto's de bestuurder bevond. Hij kon er niet aan wennen dat hij machteloos op Ikki's vaardigheden moest vertrouwen. Hier op de boulevard waren de rijrichtingen door een middenberm van elkaar gescheiden, maar in de meeste straten van de stad raasden tegenliggers vlak langs zijn deur, het was verbazingwekkend dat niemand de buitenspiegel van hun auto reed.

Dit was een van Ikki's projecten, Bram kende alleen het dossier. In geen van de verdwijningen die door Bram behandeld werden – mappen vol foto's, documenten, prints van e-mails, dvd's – was voortgang te bespeuren. Ikki daarentegen was een natuurtalent. Sommigen worden als wiskundige of violist geboren, Ikki als kindervinder.

Sinds hij met Ikki samenwerkte – ze hadden elkaar ongeveer duizend dagen geleden leren kennen, op de dag van de zware aardbeving in Kazakstan die door zowel rabbijnen als imams, beide groepen om verschillende redenen, als een verdiende Straf Gods werd beschouwd – hadden ze bijna elke maand een kind teruggevonden. Deze maand alleen al twee keer. Maar in hun bestand was de lijst vermiste kinderen driehonderdzeventien namen lang, en ze waren afhankelijk van tips, toevalstreffers, en Ikki's 'gevoel voor het zien van wat niet zichtbaar is', zoals hij het zelf uitdrukte. Als ze een vermist kind terugvonden – de meerderheid bleef onvindbaar – waren ze in bijna alle gevallen dood.

Ze waren op weg naar Jaffa, 'de andere kant'. De joodse bevolking was er weggetrokken en de Arabieren wensten aansluiting bij Palestina. Het Israëlische leger – nou ja, wat ervan over was – had de grens die ten zuiden van joods Tel Aviv liep elektronisch versterkt en een betonnen muur geplaatst. In Jaffa hadden zich na twee jaar opnieuw zelfmoordaanslagen voorgedaan. Dit jaar hadden twee Arabische vrouwen zichzelf in de oude stad bij controleposten opgeblazen, waarbij overigens geen joden maar alleen Arabieren om het leven waren gekomen. De controles betroffen toen vingerafdrukken, maar de vrouwen – allebei hadden ze in Israëlische gevangenissen gezeten – hadden met lasertechniek nieuwe papillairlijnen gekregen. Als reactie daarop waren bij de grensposten DNA-scanners geïnstalleerd die gebruikmaakten van de uitgebreide databanken waarbij joden zich in de laatste twee decennia hadden laten registreren om verloren familieverbanden en onbekende voorvaderen terug te vinden. Dankzij nieuwe technologie werden nu DNA-controles uitgevoerd.

Sara was verdwenen tijdens een middagje op het strand van Tel Aviv, twee kilometer ten noorden van Jaffa. Ikki had Bram verteld dat Batja Lapinski, haar moeder, water en limonade had meegenomen, boterhammen en druiven. Ze had een legergroen tentzeil opengeslagen en met de vlakke hand gladgestreken, ernaast de scherpe punt van een parasol in het warme zand geprikt, en Sara had zandgebakjes gemaakt met gekleurde plastic bakjes in de vorm van een ster, een halvemaan, een kubus.

Sara, een vijfjarig meisje met blonde krullen en grote blauwe ogen, in een felrood badpakje dat strak om haar mollige lijfje spande, had naar de patrouilleboten gezwaaid die honderd meter verder op de golven deinden, Batja had in de schaduw onder de parasol het laatste boek van David Manowski gelezen, de Israëlische schrijver die in het Canadese Vancouver woonde en het jaar daarvoor de Nobelprijs voor literatuur had gekregen, en geregeld had ze met een middelvinger de zandkorrels weggeveegd die in Sara's mondhoeken kleefden. Ze had de tijd en de rust om via een stokoude iPod naar de Negende van Dvořák te luisteren. Ze had Sara een sandwich met salami gegeven en zich op het zeil uitgestrekt. Ze had gehuild bij Manowski's boek, het verhaal over zijn zoon die in het najaar van 2006 was gesneuveld. Toen ze met de rug van haar hand de tranen wegstreek en daarna een blik over haar schouder wierp om het geruststellende beeld van haar spelende dochter te zien, zag ze een handvol andere kinderen – er waren nog maar weinig kinderen. Ze had zich opgericht en haar blik over het strand laten gaan. Ze zocht haar Sara. Ze zag andere meisjes, maar niet haar dochter.

Ikki vroeg: 'Wanneer ben jij voor het laatst in Jaffa geweest?'

'Geen idee. Jaren geleden. Zeker zeven of acht jaar. Ik heb er niks te zoeken.'

'Ik ben er zeker tien jaar niet meer geweest,' zei Ikki. 'Al mijn contacten, iedereen die ik hier nodig heb, het gaat allemaal via de telefoon. Ik ging als kind nog wel eens met mijn ouders. Aten we in een van die tentjes in de haven. Gingen we boodschappen doen bij de Arabische winkeltjes. Verse kruiden. Lamsvlees. Fruit. Kan niet meer.'

Bram zei: 'Nee, dat kan niet meer. Maar als we er toch zijn kunnen we gewoon een winkel binnen lopen. Wat kan ons overkomen?'

'Het ergste wat ons kan overkomen is dat ze aan de rand van

Jaffa onze afgehakte hoofden op staken zetten.' Ikki grijnsde om zichzelf, en voegde eraan toe: 'Bij jouw hoofd zal dat weinig verschil maken, dood of levend.'

'Dank voor het compliment,' antwoordde Bram.

'Heb je het geld bij je?'

Bram klopte op zijn bovenbeen, een safaribroek met extra zakken. Ikki had aan de andere kant een netwerk van tipgevers die hij goed betaalde en dus betrouwbaar waren. De Palestijnen waren weliswaar bezig de joden te verslaan, maar hun overvolle land bood geen werk, geen toekomst, geen hybride auto's. Samir was een Palestijns contact dat Ikki vanaf het begin had gekoesterd, hij had hen geholpen de dossiers van vijf vermisten af te sluiten. Ook de Jeruzalemse chassiedenzaak had Ikki via Samir opgelost.

Een jaar geleden waren Bram en Ikki in de publiciteit gekomen nadat ze een kind hadden teruggevonden dat acht jaar eerder was verdwenen; de jongen was nu elf en had als zoon van een kinderloos chassidisch echtpaar in Jeruzalem geleefd. Het was een toevalstreffer van Ikki geweest – volgens hem zelf intuïtie. De rel die gevolgd was op de ontdekking had tot diplomatiek vuurwerk geleid tussen Israël en Palestina, dat het bestuur over de gehele oude stad bezat, inclusief de wijken waar de ultra-orthodoxen woonden. Na zijn ontdekking was Ikki drie dagen wereldberoemd in Tel Aviv. De biologische ouders mochten de jongen, zeer gelovig en welopgevoed door vrome ouders, een keer per maand bezoeken. De orthodoxe pleegouders hadden hem van een professionele gemengd joods-Palestijnse kidnappersbende gekocht.

Sara's moeder was de publiciteit niet ontgaan. Twee jaar lang had ze op de politie vertrouwd, hun rapporten afgewacht, geprobeerd de verschrikkingen in haar hoofd en hart tot bedaren te brengen – ze had pillen geslikt, hasj gerookt, wodka gedronken – en vervolgens had ze drie maanden lang onafgebroken gehuild. De periode die daarop volgde had ze in een soort vacuüm geleefd, tot ze in de media over hun bureau hoorde, zo had ze Ikki verteld. Ze gaf hem alle politierapporten, foto's van het strand, en de samenvattingen van wat ze van helderzienden had gehoord. Een jaar lang hadden ze gezocht en niets gevonden, en zoals dat bijna altijd het geval was, was het een tip die hen dichter bij het vermiste kind bracht.

'Vijfentwintig?' vroeg Ikki.

'Dertig mille.'

'Daar doen ze het voor. Zeker weten. Ik voel het.'

De nieuwe grens liep acht kilometer ten zuiden van Jaffa, maar om infiltratie te voorkomen had het leger nu ook hier een permanente controlepost gebouwd.

Ikki stuurde de auto naar de berm en keek naar de betonnen wand, honderd meter verder, waarin zich een opening bevond die naar de sluis leidde.

Er was weinig verkeer dat naar Jaffa wilde, twee auto's wachtten voor de sluis die uitgerust was met chemische en elektronische meetapparatuur waarmee explosieven konden worden opgespoord. De sluis zag eruit als een automatische wasstraat, een glanzend object in de vorm van een kleine tunnel volgestopt met elektronica die de auto en zijn inzittenden aftastten. Je reed je auto vlak voor de poort en vervolgens gleed de poort twee keer over de auto heen, zonder borstels of water maar met frequenties die alles zagen.

'Het voelt niet goed daar,' zei Ikki.

'Hoe bedoel je, voelt niet goed?' vroeg Bram.

'Gewoon, het voelt niet goed,' herhaalde Ikki.

'Waar?'

'Daar,' zei Ikki. Hij slikte. 'Ik weet het niet. Ik ben gewoon – er gaat iets gebeuren daar.'

Bij de post was niets ongewoons te zien. Soldaten met kevlarvesten, twee auto's, de met prikkeldraad afgezette betonnen muur, de glanzende carwash en daarachter de blauwe lucht boven de daken van Jaffa. De veiligheidsmuur strekte zich uit tot aan zee en verdween in het water.

Bram zei: 'Ikki, we hebben een afspraak. Sara, weet je nog?'
'Niet sarcastisch doen,' onderbrak Ikki hem. Hij bleef voor zich uit kijken.
Bram zei: 'Leg het eens uit. Wat is dat voelen van jou?'
'Ik weet niet. Onrust. Ik ruik het.'
'Wat ruik je?'
'Iets. Ik weet niet wat.'
'Bij de controlepost daar?'
'Ja.'
'Wat zou daar dan zijn?'
'Ik weet het niet!' viel Ikki uit. Hij keek Bram hulpeloos aan. Hij zuchtte. 'Sorry. Ik weet ook niet wat het is.'
'Wat gebeurt er als je niet aan dat – aan dat gevoel toegeeft?'
'Weet ik niet.'
'Heb je het ooit laten onderzoeken?'
'Wat bedoel je daarmee?'
'Dat gevoel van je – heb je er ooit met iemand over gesproken?'
'Je bedoelt, met een shrink?'
'Bijvoorbeeld.'
'Waarom zou ik?'
'Nou, omdat het je functioneren belemmert.'
'Ik word door niets belemmerd.'
'Nee? Jij vindt zelf dat dat gevoel een verrijking is?'
'Ja.'
'We hebben een afspraak,' herhaalde Bram.
'Ik weet het.'
'Rij je door?'
Ikki staarde naar de muur, en knikte vervolgens enkele seconden, alsof hij moed verzamelde en zichzelf toesprak. 'Oké.'

'Goed,' zei Bram.

Ikki stuurde de auto de weg op en reed naar de wasstraat in de muur, die nu verlaten was, de andere auto's waren al gepasseerd.

Om voor de internationale media de schijn van evenwichtigheid op te roepen werd er aan beide zijden van de post gecontroleerd, ook al was het elf jaar geleden dat een joodse terreurgroep een reeks aanslagen in de Arabische dorpen van Israël had gepleegd. De aanslagen hadden de aanzet gegeven tot de afsplitsing van de Arabische dorpen in Galilea. Nu wilden ook de Arabieren van Jaffa aansluiting bij Palestina. Het joodse landje was ineengekrompen tot een stadstaat met de oppervlakte van groot Tel Aviv plus een zandbak.

Een van de vijf soldaten bij de muur maakte een verveeld stopgebaar. Alsof dat nodig was. Als je niet stopte, werd je opgeblazen.

Het was Chaim Protzke, een rossige jood met blozende wangen en tien kilo te veel rond zijn heupen. Toen Bram hoogleraar was, meer dan twintig jaar geleden, had Protzke college bij hem gelopen, en nu deed Protzke zijn kwartaaldienst. Bram liet het raam zakken.

Protzke herkende hem direct: 'Professor Mannheim?'

'Hee, Chaim.'

Bram was hem een jaar geleden in het ziekenhuis tegengekomen. Nadat hij een patiënt had afgeleverd, had Protzke hem in de wachtruimte van de eerstehulp aangesproken. Protzke wachtte op de uitslag van het onderzoek van zijn zoon, die bij het voetballen verkeerd gevallen was – het bleek een verrekking van zijn enkelbanden te zijn. Bram herinnerde zich wat hij tegen hem had gezegd: zolang jongens hier voetballen, is er hoop.

Protzke boog zich naar de auto toe: 'Alles goed met u, professor?'

'Ja. Met jou? Je voetballer?'

'Lonnie is echt een talent. Hij zit nu in Polen. Een scout is speciaal voor hem uit Polen gekomen en heeft hem meegenomen voor allerlei tests.'

In 2022 had Legia Warschau de Europacup gewonnen. De Polen hadden de overwinning met serene superioriteit gevierd. Het was de bezegeling van hun nieuwe status als leidende en welvarende Europese natie.

Bram zei: 'Sleur er een mooi contract voor hem uit.'

'Hij blijft er drie weken. Lonnie is echt goed.' Hij bekeek de auto en richtte zich weer tot Bram: 'En u bent op zoek naar spanning en sensatie?'

'Is er een andere reden om naar Jaffa te gaan?'

'Ik zou het niet weten,' antwoordde Protzke. Bij hun ontmoeting in het ziekenhuis had hij verteld dat hij na Brams vertrek naar Princeton zijn geschiedenisstudie had opgegeven en computerprogrammeur was geworden.

Protzke wendde zich tot Ikki: 'En u?'

'Spanning en sensatie,' zei Ikki.

'We zijn een kind op het spoor daar,' zei Bram. Protzke wist wat ze deden. Bij de eerstehulp had hij met bewondering over Brams werk gesproken.

Protzke vroeg: 'Weten ze dat u komt?'

Hij doelde op de politie in Jaffa. Met een klein aantal manschappen en met honderden camera's en biochemische snuffelposten, die bijna dagelijks werden verplaatst, kon de politie de onrustige stad onder de duim houden.

'Nee, we hebben niet gebeld,' antwoordde Bram.

'Zal ik het even doen? Ik geef het kenteken door. Maar deze Britse Rover valt toch wel op. Of komt-ie uit Australië?'

'Australië,' knikte Ikki.

'Als je wilt bellen, Chaim, graag,' zei Bram.

Protzke overhandigde twee wattenstaafjes, in transparant

cellofaan verpakt. 'Heeft u het al eens gedaan?'

'Ik heb erover gelezen,' antwoordde Bram.

Protzke zei: 'Even strijken over de binnenkant van uw wang, alstublieft, en daarna in de scanner steken, ik geef dat wel aan.'

Protzke richtte zich tot Ikki: 'Rijdt u even de sluis in? U moet in de auto blijven. De ruiten opendoen. En luister naar de opdracht. En de motor uit, alstublieft.'

Protzke deed twee stappen terug en gaf aan dat ze konden doorrijden.

Ikki stuurde de Rover naar de elektronische poort terwijl hij een knipperende rode waarschuwingslamp in het oog hield. Toen die onafgebroken brandde, trok Ikki de handrem aan en zette de motor uit. De poort begon te bewegen en schoof over de auto heen. In de wanden bevonden zich sensoren die konden zien, ruiken, proeven, en zelfs in je maag konden kijken en aan de hand van wat daar werd gekneed en verzuurd het ontbijt van vanochtend konden vaststellen. Ze schoven de staafjes uit de verpakking en deden wat Protzke hun had opgedragen.

Bram keek naar het vochtige puntje van zijn wattenstaafje. 'Wat nu?'

'Dat ding moet je zo meteen in een ding doen,' zei Ikki.

'Duidelijk. Hoe is het met je?'

Ikki haalde zijn schouders op. 'Ze hebben dezelfde installatie op weg naar Haifa. En halverwege de weg naar Jeruzalem. Ze kijken dwars door ons heen. Ze zien een hoop leuke dingen bij mij.'

'Hoe gaat het met je gevoel?'

'Het gaat best met mijn gevoel, dank je.'

'Waar was je nou eigenlijk bang voor?'

'Hoe bedoel je "was"?'

De poort schoof terug naar de voorzijde van de auto.

Ikki zei: 'Ik las laatst nog een stuk over DNA en de oude vraag wie nou eigenlijk jood is. Het DNA dat generaties lang constant blijft is het Y-chromosoom van de man. Dat wordt van vader op zoon doorgegeven. Het ging de rabbijnen ooit echt om de bloedlijn van de moeder, dat was de norm voor het jood-zijn, maar dat zijn achterhaalde ideeën. Een joodse vrouw die een dochter krijgt van een goj, baart een dochter met een joods en een gojsch X-chromosoom, van de gojsche vader. Als die dochter ook een dochter krijgt van een goj, kan die dochter op haar beurt twee gojsche X-chromosomen hebben – en toch is ze volgens de rabbijnen een jodin, ook al is ze fysiek compleet gojsch. Volg je het?'

'Een beetje,' zei Bram. 'En dus?'

'Sinds we iets van DNA weten is het duidelijk dat die rabbinale regels een zootje zijn.'

'Ik zal het Opperrabbinaat een mailtje sturen,' zei Bram. 'Vanaf nu zijn alleen joden joods wanneer ze een joodse vader hebben.'

Protzkes stem klonk: 'De staafjes in de scanner, graag.'

Ter hoogte van de twee portieren schoven aan beide kanten van de auto twee scanners uit de wanden van de poort naar hen toe, stalen doosjes met een rond sleutelgat waarin de staafjes pasten.

Protzke herhaalde: 'De staafjes in de scanner, graag.'

Ze staken de wattenstaafjes in de scanners, die zich vervolgens terug in de wand van de poort trokken en binnen tien seconden konden vaststellen of hun DNA etnische joodse kenmerken vertoonde.

Bram zei tegen Ikki: 'Je vindt het dus niet verstandig om nu Jaffa in te gaan.'

'Nee. Maar ik vind niks verstandig hier als ik erover nadenk.'
'Hier?'
'Ja, hier.'
'Waar kun je heen?'
'Nergens heen.'

De resultaten van de controle verschenen kennelijk meteen op het scherm van Protzke, zijn stem klonk uit een speaker: 'U kunt verder, professor.'

'Je ziet ons straks weer terug,' antwoordde Bram, 'bedankt.'

'Tot zo dan.'

Ikki startte de auto, reed onder de poort vandaan en laveerde tussen betonnen blokken naar de weg die honderd meter verder naar de eerste huizen van Jaffa leidde.

3

In een ander leven had Bram onbevangen met Rachel door de stegen van Jaffa geslenterd. Zijn zoon had hij in een tuigje op zijn borst gedragen. De Arabieren waren toen niet van Israëliërs te onderscheiden, hun vrouwen droegen rokken en lieten hun gezichten en lippen zien. In die tijd werden de oude huizen gerenoveerd, er waren terrasjes en galeries en restaurants, toeristen fotografeerden met digitale camera's de witte stenen waarvan het eeuwenoude stof was weggeschrobd; de antieke vestingstad leek net zo jong als het kind dat tegen zijn hart lag te slapen. Nu waren de vrouwen in Jaffa gesluierd. De mannen droegen baarden, djellaba's, sandalen.

De oude stad van Jaffa was klein, maar het kostte twintig minuten om het adres te vinden. In een smalle straat tussen hoge huizen met scheefhangende balkons en verweerde kozijnen parkeerde Ikki voor een koffiehuis. Bram volgde hem naar binnen.

Groenig licht van tl-buizen viel op houten tafels en op de kaffiya's van een dozijn mannen. Op de vloer lagen vuilgele tegels, een plafondventilator met drie brede vleugels bracht beweging in de zware rooklucht, die stonk naar emmers vol sigarettenas. Niemand wierp een blik op hen, alsof de binnenkomst van twee joden een dagelijkse aangelegenheid was. Eén man zat alleen aan een tafel, steunend op zijn ellebogen, sigaret tussen de vingers, achter een kop thee. Net als de anderen keek hij op naar een beeldscherm boven de ingang. Er werd een Amerikaanse basketbalwedstrijd uitgezonden. Zwarte reuzen dansten om de bal. Ikki keek vragend naar Bram, alsof Bram hem kon helpen. Maar Ikki zelf had de afspraak gemaakt. Met wie? Ikki liep naar de eenzame Arabier en ging plompverloren bij hem aan tafel zitten. De man nam hem even in zich op, maakte een knikkende hoofdbeweging, keek Bram een seconde argwanend aan, en verlegde zijn blik weer naar het beeldscherm.

Ikki had uitgelegd dat de man in een openbare ruimte had willen afspreken omdat hij er niet op vertrouwde dat ze ongewapend zouden verschijnen – het was onzin. Als iemand in een openbare ruimte een afspraak maakte ging het er meestal om dat hij door partners omringd wilde zijn. Dit was zo goed als zeker een ontvoeringszaak. Iedereen in dit café was vermoedelijk een handlanger. Bram schoof een stoel van een lege tafel bij en ging naast Ikki zitten.

De man drukte zijn sigaret in een volle asbak uit. Hij droeg ook een kaffiya maar zijn wangen en kin waren gladgeschoren. Geen spoor van transpiratie. Om de pols van zijn rechterhand een opzichtige Rolex, zonder twijfel een replica. Nog steeds leek hij de basketbalwedstrijd interessanter te vinden dan Brams geld. Theater. Hij wilde niets liever dan hun geld.

Ikki vroeg: 'U bent Johnny?'

De man keek op en knikte. Hij had iets ironisch en intelligents in zijn blik, en hij zei: 'Johnny, ja. En u bent Sean?'

'Sean,' beaamde Ikki.

'Goede katholieke Ierse naam,' zei Johnny.

'Ik ben genoemd naar een Amerikaanse acteur,' reageerde Ikki. 'Sean Penn.'

Johnny zei: 'Sean Penn had een joodse vader.'

'Mooie acteur,' zei Ikki, verrast dat de man wist over wie hij het had. De somberheid die hij onderweg had getoond, verdween van zijn gezicht.

Johnny reageerde: 'Maar zo gek als een deur. Had nooit senator moeten worden.'

Ikki keek hem onderzoekend aan, met vrolijke ogen: 'Naar wie bent u genoemd?'

Johnny antwoordde: 'Naar Tarzan. Johnny Weissmuller.'

Ikki grinnikte. Johnny's onzin beviel hem. Hij zei: 'Weissmuller was een goed zwemmer. Maar een slecht acteur, ook al was hij populair. Hij had Hongaarse ouders.'

Johnny antwoordde, kijkend naar de wedstrijd boven de deur: 'Er wordt beweerd dat-ie een joodse moeder had. En ik vind hem wel goed als acteur.'

Ikki wierp Bram een geamuseerde blik toe. Ikki was op alles voorbereid geweest, maar niet op een Tarzan-kenner in Jaffa.

'Dat wist ik niet,' zei Ikki bewonderend.

Johnny knikte, tevreden met Ikki's voorzet. Zonder dat hij zijn blik van de wedstrijd op het beeldscherm afwendde, zei hij: 'Je weet wel meer niet wat ik wel weet, denk ik zo. In 1924, een eeuw geleden dus, won Weissmuller op de Olympische Spelen in Parijs de honderd meter vrije slag in negenenvijftig rond. We zitten nu op eenenveertig achttien. Maar hij was een sensatie in zijn tijd. Fascinerend leven. Stierf uiteindelijk eenzaam in Mexico. Acapulco. Zijn huis staat er nog, Casa de Tarzan wordt het genoemd, en je kunt het huren, het hoort bij een hotel. Het is een rond huis, roze, ik heb er foto's van gezien. Hij is vijf keer getrouwd geweest, kostte hem handenvol geld, en dat raakte op. Maar er werden geen Tarzan-films meer gemaakt, en voor iets anders werd hij bijna nooit gevraagd. Om aan de kost te komen is hij zelfs een tijdje "begroeter" geweest van gasten in een casino in Las Vegas. Zie je dat voor je? De grote Weissmuller in de hal van zo'n casino? Ik ben er nooit achter gekomen om welk casino het ging. De Flamingo of Caesars Palace. Hij is arm gestorven, ook al was hij niet vergeten. Begraven in Acapulco. Op zijn begrafenis lieten ze zijn "jungle yell" horen. Goeie *dunk*.'

Bram draaide zich naar het scherm en zag de slowmotionherhaling van de score. De speler zweefde naar de ring en drukte er met beide handen de bal in. De mannen in het café klapten.

Johnny verklaarde: 'Ismail Hamdar. Oorspronkelijk uit Hebron. Zijn ouders zijn in 2000 weggegaan. In Houston geboren. Twee meter vijf. Ik heb driehonderd op hem ingezet.'

Hij wenkte naar de gezette man die een tafel verder uit een zilveren kan pikzwarte koffie bijschonk – de man hield de kan hoog boven de tafel en mikte de straal elegant in de kopjes – en vroeg hem in het Arabisch om twee koppen thee.

'Hamdar moet dertig punten maken. Dan heb ik mijn geld verdubbeld.'

Ikki zei: 'Dertig is veel.'

'Zijn gemiddelde over de laatste tien wedstrijden is zesendertig,' antwoordde Johnny.

'Hoeveel moet-ie nog?' vroeg Ikki.

'Tweeëntwintig.'

'Wordt dus nog lastig.'

'Hamdar is op zijn best in het laatste quarter. Hij moet nog warmdraaien.'

Johnny trok een geplette sigaret uit een verfrommeld pakje en stak die met een antieke Ronson aan. Hij zei: 'Op een dag zal ik hem in levenden lijve zien spelen.'

'In Houston?' vroeg Ikki.

'In Houston. Bij de Rockets. In het Toyota Center.'

'Dan ga ik met je mee,' zei Ikki.

Johnny richtte zich tot Bram: 'En jij?'

'Wat, ik?'

'Ga je ook mee?'

'Ik ga ook mee,' antwoordde Bram.

'Met z'n drieën dus,' zei Johnny tevreden.

Bram vond dat ze genoeg rituelen hadden uitgevoerd: 'Kunnen we nog iets anders doen met z'n drieën?'

Johnny knikte. 'We kunnen ook de Los Angeles Clippers bezoeken.' Hij maakte ruimte zodat de gezette man twee glazen thee op tafel kon zetten. 'En Casa de Tarzan, natuurlijk.'

Ikki legde beide handen om het glas, alsof hij zijn handen wilde warmen; maar hij zocht naar een houding, gespannen na Brams voorzet. Hier binnen was het minstens dertig graden. Het enige wat de ventilator aan het plafond voor elkaar kreeg was dat de rook gelijkmatig door het vertrek werd verspreid.

Ikki verklaarde: 'Bram bedoelt – dat meisje –'

Johnny keek hem aan: 'Jij heet Bram?'

'Bram. Avraham. Ibrahim.'

Ikki bekeek hem afwachtend. Hij wilde dat Bram het woord voerde, het was duidelijk dat hij Brams ondergeschikte was.

Bram zei: 'Ik wil zakendoen.'

Johnny hulde zich in een wolk rook. 'Zeker kunnen we zakendoen.'

'We moeten eerst vaststellen of we het over hetzelfde hebben.'

'Daar twijfel ik niet aan,' antwoordde Johnny zonder enige emotie.

Bram zei: 'Ik heb nog geen bewijzen gezien.'

'Die heb ik.'

'Kunnen we die bekijken?'

Johnny tastte naar iets wat onder de tafel stond. Een leren tas. Hij sloeg de klep open, nam er een envelop uit en schoof die over de tafel naar Bram. Hij zei: 'Kijk er straks naar. Niet hier.'

'Ik moet nu bewijzen hebben.'

'Niet nu. Ik wil niet dat anderen meekijken.'

Ikki fluisterde: 'Samir zei dat je alles wist.'

'Samir gedraagt zich als een onnozel wijf. Hij weet niks.'

'Kunnen we zakendoen of niet?' vroeg Bram. Hij wist dat

het onverstandig was om een Arabische zakenman onder druk te zetten, maar hij begon zich te ergeren. Dit ging niet om de aankoop van een tweedehands auto.

'Ik doe graag zaken,' reageerde Johnny kalm, 'als we het erover eens zijn waarover de zaken gaan.'

'Het meisje,' zei Bram. 'Sara Lapinski. Drie jaar geleden verdwenen.'

Uit het borstzakje van zijn hemd trok Bram een dichtgevouwen papier en legde het op tafel. Het was de kleurenprint van een foto. Bram droop van het zweet en het papier voelde vochtig aan. Johnny liet het onberoerd.

Bram zei: 'Kijk hiernaar. Het is de bewerking van een foto, zo moet ze er nu uitzien. Ze wordt over drie maanden acht. Drie jaar geleden verdween ze op het strand. Ze hebben gezocht, duikers hebben de bodem meter na meter afgezocht, er was een oproep op tv, ze werd gezien in Herzliya, in Ramallah, in Oslo in Noorwegen. Gekken maakten overuren en stuurden mails dat ze over haar hadden gedroomd en dat ze absoluut zeker wisten dat ze in een harem in Riyad of Islamabad was. Of op een ranch in Nieuw-Zeeland de schapen hoedde. Het wordt tijd dat ze naar huis komt. Daar hebben we geld voor over. We kunnen dus zakendoen als jij ons helpt haar te vinden. We stellen verder geen vragen. Het enige wat we willen is dat ze terugkomt.'

De mannen achter Bram klapten. Johnny wierp een blik op het scherm. 'Nog twintig punten,' zei hij.

'Hé, Johnny, dit gaat om een kind,' zei Bram met onverbloemde ergernis. 'Kun jij je voorstellen dat er mensen zijn die om haar geven? Of is alles in je kop verdord door jodenhaat of dat beroemde Arabische zakentalent? Nou, kunnen we zakendoen of niet?'

'Denk jij dat je iets kunt bereiken door mij te beledigen? Eén verkeerde beweging hier en met alle plezier zullen we je kop van je romp trekken. Let dus op wat je zegt.'

'Jij bluft,' zei Bram. Hij moest in de aanval blijven. 'Jij kunt niet leveren. Je weet geen zak van dat meisje.'

'Ik ben zakenman,' antwoordde Johnny. 'Ik weet wanneer ik kan leveren. En wanneer niet.'

'De deal is Sara.'

'Jullie begrijpen me niet. Er is geen Sara meer.'

Ikki slikte, keek Bram geschrokken aan.

'Je hebt ons dus hierheen laten komen ook al heb je niks te bieden?' vroeg Bram agressief.

Onaangedaan haalde Johnny zijn schouders op. 'Samir is een dromer,' beweerde hij.

'Laten we gaan,' zei Bram, en hij maakte aanstalten om op te staan.

Ikki hield Bram bij een arm vast en zei: 'Ik ken Samir al jaren. Hij vertelde me dat Johnny de man was die wij moesten spreken.'

Johnny zei: 'Ik weet niet waarom ik nog tegen jullie praat. Maar goed – Samir heeft iets essentieels weggelaten. Daarom heb ik jullie laten komen.'

'Wat?' Bram ging zitten.

'Dat ze dood is.'

'Dood?' herhaalde Ikki. Met zijn mechanische hand kneep hij in Brams arm.

Johnny zei: 'Dat meisje is een halfjaar geleden gestorven.'

Bram vroeg: 'Wist Samir dat?'

'Nee.'

Ikki zocht naar woorden, maar niets verliet zijn lippen.

Bram vroeg: 'Wat is er gebeurd?'

Starend naar de brandende punt van zijn sigaret zei Johnny: 'Wat ik gehoord heb – ze werd ziek, zeven, acht maanden geleden. Na een paar weken is ze gestorven.' Hij keek op naar het beeldscherm. 'Ik bedoel dus maar: welke deal willen jullie? Ze is gestorven. Had niet mogen gebeuren. Maar het is gebeurd. Ze hebben haar niet als een hond in een ravijn gegooid. Ze hebben haar begraven. Op een nette manier.'

Ikki mompelde: 'Hebben ze kaddisj gezegd?'

Johnny schudde zijn hoofd: 'Op welke planeet leef jij? Natuurlijk niet.'

'Ze was joods,' zei Ikki bars.

Johnny drukte zijn sigaret uit en stak direct een nieuwe op. De Ronson trilde lichtjes in zijn hand. Hij gedroeg zich als een botte macho, maar hij had moeite met het nieuws dat hij bracht.

Bram vroeg: 'Heb je namen voor ons?'

Johnny keek hem medelijdend aan. 'Is dit een serieus gesprek of niet?'

'Waar is ze begraven?' vroeg Ikki.

'In heilige grond. Ze is nu in het paradijs, insjallah.' Zijn blik werd weer naar de wedstrijd getrokken. 'Achttien punten nog. Die jongen is grandioos.' Hij keek Ikki aan. 'Het spijt me. Ik kan me voorstellen hoe het voelt. Het is kutklote, excusez le mot.'

4

Ikki stuurde zwijgend de auto uit het labyrint. Ook Bram hield zijn mond. Ikki had te weinig onderzoek gedaan en als Johnny onbetrouwbaar was geweest waren ze hun geld kwijt geweest aan een dood meisje. Het was snikheet en de airco van de auto was defect. Bram had aan zijn kant de ruit laten zakken, en dat maakte Ikki onrustig. Hij zag overal dreiging. Zenuwachtig stuurde hij de auto door de Arabische stegen, en beiden hielden hun mond.

Bram wierp een blik op de inhoud van de envelop die Johnny hem had gegeven. Het was een foto van Sara, ze lag op haar rug te slapen, leek het, de handen gevouwen op haar borst, een witte jurk, op haar buik rozen en hyacinten, de ogen gesloten – het was het beeld van haar doodsbed. Meteen sloot hij de envelop. Later zou hij er misschien naar kijken, wanneer hij er de kracht voor had.

Hun dossiers hielden ze gescheiden. Er waren periodes dat de ouders die hun hulp zochten wekenlang tien keer per dag belden, sms'ten, mailden, meegesleept door hoop of vermorzeld door verdriet, en het was onvermijdelijk dat er een persoonlijke band ontstond. Sara Lapinski was van Ikki. Als ze haar hadden kunnen vrijkopen had Ikki de moeder van Sarah mogen bellen, maar het slechte nieuws moest Bram brengen. Hij was decennia ouder dan Ikki, dus de taak van het aankondigen van de catastrofe kwam op zijn schouders neer. Hij had het achtentwintig keer gedaan. Er waren legerofficieren die vele dozijnen van dergelijke bezoeken hadden afgelegd. Ze kregen er opdracht toe en hadden geen keuze. Bram wel. In zes gevallen konden ze de politie op het spoor van een grafje zetten, maar ook toen was hij gegaan, ook al had hij de klop op de deur aan een politiebeambte kunnen overlaten. Bram had Batja Lapinski nooit ontmoet en moest haar gaan vertellen dat haar dochter dood was – als ze de mededeling van Johnny konden vertrouwen. Sprak de foto van het doodsbed voor zich? Bram was er niet zeker van.

Na enkele minuten van wederzijdse koppigheid – Ikki vroeg niets en Bram keek stuurs voor zich uit – riep Ikki vertwijfeld uit: 'Ja, ik weet dat ik een fout gemaakt heb! Het spijt me!'

Bram antwoordde: 'Je makker Samir heeft je laten zitten.'

'Die hufter neem ik te grazen,' zei Ikki. 'Is er een andere route terug?'

'Nee.'

'Door die controlepost is de enige weg?'

'Ja.'

'Kut,' zuchtte Ikki.

'Voorgevoel?'

'Ja.'

'Ruik je iets?'

'Sarcastische zak,' zei Ikki.

Vlak voor ze de open ruimte vlak voor de controlepost op reden, een kaal terrein afgezet door de betonnen muur, passeerden ze de markt. Gesluierde vrouwen. Mannen in soepjurken.

Ikki zei: 'Haar moeder – we moeten het haar vertellen.'

'Ik weet het.'

'Ik doe het wel,' mompelde Ikki. 'Mijn schuld.'

Bram vroeg: 'Wat is jouw schuld?'

'Dat ze hoop heeft.'

'Wat heb je haar dan verteld?'
'Bijna niks.'
'Bijna niks is te veel.'
'Is er echt geen andere weg?' Ikki haalde zijn voet van het gaspedaal.

Bram raakte geërgerd: 'Jezus, man, hou op met dat gezeik! Rij nou maar gewoon door!'

Ikki schudde zijn hoofd maar gaf opnieuw gas.

Ze lieten de oude stad achter zich en naderden de sluis van de controlepost. De muur, de elektronische sensoren, de camera's en de doorgangssluis betekenden dat de joden de facto aanvaard hadden dat Jaffa niet meer van hen was. In het stadje hadden ze geen joodse soldaat gezien. Het leger keek vanuit de lucht toe en het stadje wemelde van elektronica in muren, in het wegdek, de dakgoten, en sommigen zeiden ook onder de lappen waarin de vrouwen zich hulden. Het was te gevaarlijk om er op de grond manschappen te laten patrouilleren.

Het was één uur. In het komende halfuur zouden de straten van Jaffa leegstromen en zochten de bewoners de schaduw van hun huizen op.

Ikki ging rechtop zitten en kneep in het stuur, alsof hij daarmee de spanning kon verminderen.

'Er is daar niemand bij de controlepost,' zei Bram, 'niemand die kwaad kan doen, wat kan daar gebeuren?'

'Een kermis,' zei Ikki, 'een kermis van ellende.'

'Want dat gevoel heb je?'

'Ja, dat gevoel heb ik.'

'Maar bij Samir had je niet het juiste gevoel?'

'Zeikerige opmerking.'

'Samir heeft ervoor gezorgd dat je nu in je broek schijt. Zonder zijn leugens had je niet door die sluis heen gehoeven.'

'Misschien wist-ie het niet.'

'En een minuut geleden zou je hem nog te grazen nemen?'

'Wat had-ie erbij te winnen om ons naar Johnny te sturen?'

'Wat denk je van een handvol bankbiljetten? Maar Samir had er niet op gerekend dat Tarzan eerlijk zou zijn. Een eerlijke Arabier, Ikki, we hebben net een eerlijke Arabier ontmoet. Hij heet Tarzan en is gek op basketbal.'

'Daar zal Samir blij mee zijn.'

'Die basketbalwedstrijd,' zei Bram, 'hoe laat is het nu in Houston?'

Ikki haalde zijn schouders op. 'Zeven uur tijdsverschil?'

'Acht,' zei Bram. 'Het is daar dus vroeg in de ochtend. Ofwel, die wedstrijd was niet live.'

'Nou en?'

'Hij zei dat hij geld had ingezet. Maar die wedstrijd was allang opgenomen. Tarzan zat te lullen.'

'Nou en?' herhaalde Ikki.

'Waarom moest hij dat doen? Waarom vond hij het interessant om ons te laten denken dat hij een gokker is?'

'Ik weet het niet,' zei Ikki. 'Jij bent de meest paranoïde figuur die ik ken. Wanneer ga je Sara's moeder inlichten?'

'Straks – nee, ik heb straks ambulancedienst. Morgen. Morgen ga ik.'

'Anders zeg je altijd dat meteen de ouders moeten worden –'

'Anders, ja. Nu niet. Ik ga morgen, oké?'

Ikki trapte op de rem en ze stonden met een schok stil. Dit zou zonder twijfel de aandacht trekken van de soldaten bij de grenspost. Die hielden de auto nu met driehonderd antitankraketten onder schot.

'Ik kan het niet,' zei Ikki.

Bram verloor zijn geduld en brulde hem toe: 'Godverdomme man! Stel je niet aan! Stap uit, ik rij!'

Ikki knikte gelaten. Ze stapten uit en wisselden van plaats. Brams mobiel piepte.

Ongeduldig graaide hij het ding uit zijn broekzak. 'Geen

nummer' verscheen op het scherm. Hij drukte op de luidsprekeroptie en hoorde: 'Professor?'
 'Chaim?'
 'Professor, is er iets met uw auto?'
 'Nee, niks, ik wilde even rijden. Had nog nooit in een auto gereden met het stuur rechts.'
 'Niet de meest verstandige plek om dat te doen, professor.'
 'We zullen het niet meer doen, Chaim.'
 'Ik leid u snel door de sluis.'
 'Dank je. Hoe kom je aan mijn nummer?'
 'Natuurlijk heb ik dat nummer. Ik zie hier op mijn scherm ook om hoe laat u vanochtend de hond liet piesen. In welke tijd leeft u, professor?'
 Bram had geen idee in welke tijd hij leefde. Welke historische, technische, wetenschappelijke, morele tijd was dit? Het enige dat hij wist was dat de tijd van veiligheid en geborgenheid, de tijd van het rotsvaste vertrouwen dat morgen de rimpelloze voortzetting van vandaag zou zijn – een vandaag vol welvaart, ambities, verantwoordelijkheidsbesef, liefde –, dat aan die tijd een einde was gekomen, lang geleden al.
 Bram antwoordde: 'In de voltooid verleden tijd, Chaim.'

DEEL EEN

Tel Aviv
Twintig jaar eerder
April 2004

I

Hij had het aanbod afgeslagen. De meeste historici in de wereld zouden van vreugde op de knieën zijn gevallen, maar Bram had geweigerd. Niemand in zijn omgeving wist van het voorstel, op Rachel na natuurlijk, en als hij het geaccepteerd had was er zonder twijfel publiek gezeik ontstaan. Helemaal zuiver en schoon was een vertrek uit Israël nooit; iedereen die voor langere tijd wegging en de luwte van een westers land opzocht riep nationale minachting over zich af. Maar in die minachting school niet zelden een flinke portie jaloezie. Wie wilde er niet weg uit dit gekkenhuis? Wie kon vrij blijven ademen in de smerige stormen die al decennialang niet alleen uit de gebieden maar uit de hele regio kwamen aangewaaid? Iedereen wilde weg, maar tegelijkertijd wilde niemand het opgeven en het wonderlijke experiment van dit land de nek omdraaien. Dit was Brams land, zijn zand en zijn rotsen, en misschien waren er meer plekken op aarde waar hij onder een oude palmboom, in de zoete stadslucht, om één uur 's nachts ontspannen op straat kon staan, maar Bram had nu eenmaal hier wortel geschoten, hier zijn vrouw gevonden, hier hun kind verwekt en hier het proefschrift geschreven dat hem een zekere academische faam en een hoogleraarschap had geschonken.

Op de hoek van een kruispunt wachtte hij op het verschijnen van een taxi, tussen de dicht naast elkaar opgetrokken gebouwen die niet hoger waren dan vijf verdiepingen en vanwege het late tijdstip bijna alle onverlicht, het hart van het oude Tel Aviv. Hij had zijn mobieltje bij zich en kon de taxicentrale bellen, maar het was niet onaangenaam om na een warme avond een slome wandeling te maken; hij besloot naar Bograshov te lopen, een van de grote doorgaande straten. Zijn over zijn schouder geslagen jasje hield hij met zijn wijsvinger aan het lusje vast; aan de andere hand bungelde zijn dikke, bruine aktetas.

De vergadering die hij net had bijgewoond had langer geduurd dan beloofd, dus toen twee uur geleden zijn telefoon begon te piepen en op het beeldscherm het Amerikaanse nummer oplichtte dat hij had verwacht, verontschuldigde hij zich en verliet het zaaltje waar ze vanaf acht uur hadden overlegd. In de kale gang, onder het kille licht van tl-buizen, had Bram op gedempte toon Frederick Johanson te woord gestaan, de baas van de historici in Princeton.

Ze kenden elkaar van congressen en vaktijdschriften. Johanson was de Amerikaanse nazaat van Zweedse zeerovers, een reus met woeste handen, met een groot prehistorisch hoofd (altijd paarsrood door drank, hoge bloeddruk of erfelijke belasting) met een weelderige rossige haardos en wimpers die albinoachtig wit waren. Johanson had 's middags al gebeld, maar Brams telefoon was uitgeschakeld omdat hij college gaf. Enkele uren later had Bram teruggebeld en nu was op zijn beurt Johanson niet bereikbaar. Vanavond na elven, had Bram ingesproken. Het tijdsverschil met de Amerikaanse oostkust was zeven uur.

Drie weken geleden had Johanson hem gebeld en verteld dat een van hun historici met emeritaat ging. Als Bram op de open sollicitatie zou reageren, kon Johanson hem het professoraat garanderen. Bram had om bedenktijd gevraagd.

Tot kwart over zes had Bram lesgegeven en daarna in zijn werkkamer op de universiteit de lessen van de volgende dag en de vredesvergadering voorbereid. Terwijl hij in het café op de campus wat at – het schouwspel leek in omvang en kwaliteit toe te nemen: prachtige studentes met ontblote buiken en glanzende schouders en wuivende lokken, en onder korte rokken beeldschone benen – overlegde hij met Rachel. Ze had hem gezegd dat hij de knoop maar moest doorhakken, dat ze alles wat hij zou beslissen goed zou vinden, blijven of weggaan, met alles ging ze akkoord, het ging om hem, niet om haar. Bram had met wat onduidelijks tegengesputterd. Toen had ze gezegd: 'Doe nou wat je eigenlijk het liefst wilt. Neem die baan. Het is een eer. Het is een kans. Het is er rustig. Het zal goed voor Ben zijn.'

'Maar is het goed voor jou?' vroeg hij. De vraag was een beetje voor de vorm omdat hij wist wat zij zou antwoorden.

'Voor mij is goed wat voor jou goed is.'

Johanson belde om één over elf. De piepjes stoorden de monoloog van Jitzchak Balin, die de uren in de snikhete kamer zonder transpiratie had doorstaan en niet eens zijn stropdas – hij stond bekend om zijn extravagante dassen – had afgedaan. Over zijn leesbril keek hij verstoord toe hoe Bram zijn telefoon uit zijn tas graaide. Balin was een kleine man van begin vijftig met een gekweld gezicht, grauw van ernst en plichtsbetrachting. Vredestichter was zijn vak, en dat deed hij met overgave.

Bram maakte een onhandig gebaar in de richting van de gang en mompelde sorry, stond op en trok de deur achter zich dicht. De toekomst van het Midden-Oosten liet hij over aan de zeven mannen en twee vrouwen, op Balin na allen in hemdsmouwen of dunne bloesjes en daarboven idealistische gezichten waarop geen teleurstellingen of wanhoop zichtbaar mochten worden, met wie hij twee uur lang lauw water en bittere koffie had gedronken om de taaie koekjes weg te spoelen die Sara Lippman, Balins moeder, 's ochtends eigenhandig had gebakken. Uit solidariteit kon niemand ze laten staan. Solidariteit was in hun kringen een sleutelbegrip.

In zijn gelambriseerde kamer in Princeton, waar al twee dagen lang late winterse buien overheen trokken, vroeg Johanson: 'Heb je nagedacht?'
In de kale gang antwoordde Bram: 'Ja.'
'Is het te laat om nu te spreken? Zal ik morgen terugbellen?'
'Nee, nee, we kunnen praten,' zei Bram, blik op de deur gericht, erop bedacht dat hij kon worden gehoord.
'Heb je een besluit genomen?'
'Ja, dat heb ik.'
Johanson zweeg een moment, Bram de tijd biedend om dat antwoord toe te lichten. De solidariteit met Jitzchak en Sara en Yuri en alle anderen, misschien wel met dit hele land, zou hij verraden wanneer hij nu zou zeggen dat hij het zou doen. Maar hij wilde weg. Op zijn achttiende was hij uit Nederland naar Israël gereisd omdat hij in een vlaag van boosheid besloten had om in Tel Aviv te gaan studeren – hij dacht dat hij er zijn vader mee kon treffen – en hij was gebleven, was Israëlisch staatsburger geworden en hij had in de gebieden dienstgedaan en gevochten en met zijn eenheid in Nabloes een terrorist gedood, en vijftien jaar na zijn aankomst wilde hij vertrekken. Maar weggaan is verraden. Hij had zich voorgenomen dat hij elk jaar zou terugkeren voor zijn reservistendienst want zijn eenheid mocht hij niet opgeven; de mannen die hun leven voor hem zouden geven en voor wie hij zijn leven zou geven mochten onder geen beding onder zijn vertrek lijden. Hij was moe van de grote woorden en de grote kwesties. Hij wilde niet dat hij dacht in termen als 'zij geven hun leven voor mij'. Hij droomde ervan om een saaie professor in een saai stadje te zijn. Wanneer hij een term als 'bestaansrecht' tegenkwam, moest die als een verre historische abstractie klinken, niet als een virulente actualiteit. Hij was drieëndertig jaar oud, maar uitgeput. Dat kwam niet alleen door Ben, die de afgelopen maanden 's nachts was gevoed – uit Rachels rijke borsten –, maar vooral door de her-

haling van zetten waarvan hij de afgelopen drie jaar getuige was geweest. De Berlijnse Akkoorden waren voor een deel door Balin teweeggebracht, maar ze hadden niets opgeleverd. Ook vanavond hadden ze vol overgave scenario's besproken om de Akkoorden opnieuw onder de aandacht van het publiek te brengen, maar zelfs Balin leek zich bij de status quo te hebben neergelegd. Zoals sommige anderen van de groep die over de Akkoorden onderhandeld hadden, beschikte Balin over een wereldwijd netwerk en had hij toegang tot Europees subsidiegeld. Verbeten en soms wanhopig had hij met de Palestijnen om een komma of een punt gevochten – het ging om het vervaardigen van documenten die konden aantonen dat historische compromissen mogelijk waren, had Balin zijn gesprekspartners voortdurend voorgehouden. Dus waren ze te werk gegaan alsof ze de instemming van de politieke leiding van hun land hadden en alsof de documenten die ze opstelden straks met presidentiële zegels zouden worden beplakt. En toen ze bekendmaakten wat ze in het geheim gedurende de jaren hadden bereikt, wisten ze de aandacht en bewondering van de wereldpers te wekken.

Op één december van het vorige jaar, nog maar vijf maanden geleden, hadden ze in Berlijn een indrukwekkende show opgevoerd, die Bram vol bewondering thuis op tv had mogen gadeslaan. Richard Dreyfuss, de acteur van *Jaws*, had de optredens aan elkaar gepraat. De voormalige Amerikaanse president Jimmy Carter en de net zo voormalige Poolse president Lech Walesa hadden zich ook naar Berlijn laten vliegen en hadden de Akkoorden geprezen en historisch gewicht verleend; Nelson Mandela had een video met een persoonlijke boodschap gestuurd. Honderden journalisten hadden de vredesshow bijgewoond. Ook Bram had zich niet aan de roes van het succes kunnen onttrekken.

Maar de meerderheid van de Israëliërs haalde haar schouders over de Akkoorden op, en dat deed ze niet eens vijandig maar veeleer met verveelde welwillendheid: daar heb je Balin weer, de ex-politicus zonder partij, zonder achterban, intussen ook nog zonder vrouw (ze had hem drie maanden geleden verlaten voor de macho met wie ze sinds twee jaar een succesvolle talkshow op televisie deed), zonder humor of relativeringsvermogen maar wel met Europese makkers die dolgraag een Palestijnse staat zagen ontstaan, desnoods een dictatuur onder een terroristenbaas.

De Palestijnen hadden evenmin een boodschap aan de Akkoorden.

'Ik kan morgen terugbellen, dat is absoluut geen enkele moeite,' zei Johanson.

'Nee, het is goed zo,' antwoordde Bram.

Hij liep naar het einde van de gang. Het holle geluid van zijn voetstappen op de tegels in de gang konden ze binnen horen.

Johanson vroeg: 'Om hoe laat wil je dat ik bel?'

'Nee, ik bedoel: we kunnen nu praten.'

'Praat,' zei Johanson.

'Oké, ik zal praten.'

'Is het oké?' vroeg Johanson verwachtingsvol.

'Nee,' zei Bram, 'nee, het is née. Dat is mijn antwoord. Nee. Ik doe het niet.'

'Hoor ik het goed?' Nu klonk Johanson verbaasd.

'Ja, je hoort het goed.'

Bram draaide zich naar de muur van de gang, die door de tl-buizen blauw oplichtte, met zijn rug naar de deur tien meter verder, en fluisterde: 'Ik kan niet weggaan. Mijn zoon is hier net geboren.'

'Dat is erg jammer,' zei de Zweedse gigant. 'Eerlijk gezegd: ik had niet anders verwacht.'

De teleurstelling in zijn stem verraadde dat hij dat juist niet had verwacht.

'Maar toch,' ging Johanson verder, 'kan ik je nog ompraten?'
Johanson vertelde dat hij een belrondje had gemaakt en de steun van de meerderheid van de faculteitsleiding voor Brams mogelijke benoeming had gekregen. De inschrijving sloot over een week.

Bram staarde naar de lege gang, naar de strakke tegels op de vloer, de tl-buizen aan het plafond, alles eenvoudig en functioneel om de kosten te drukken en de overbodigheid van opsmuk te benadrukken. Het pand had nooit ornamenten gekend. Het stond in het hart van de Bauhauswijk, de bron van Tel Aviv, de droomstad van Duitse joden die met Jugendstil en barok waren opgegroeid maar op hun vlucht alleen modernistische strengheid hadden meegenomen. Esthetiek om de esthetiek was slechts ballast. Achter de deur wachtten Balin, de oude Sara en de anderen op het einde van zijn telefoongesprek. Bij de universiteit had hij zes maanden opzegtermijn en in september zou hij kunnen vertrekken. Over acht maanden zou hij met Ben een sneeuwpop maken in de tuin achter hun woning in Princeton, een houten huis compleet met veranda, zo stelde hij zich voor, met een dubbele garage, een fourwheeldrive op de oprijlaan, een rode of groene postbus op een paal aan de rand van de weg. Hij zag de plakken ijssneeuw van de schuine daken naar beneden glijden en op de bevroren struiken in stukken breken. Tussen de afdrukken van vogelpoten op de losse sneeuw lagen de restanten van de pinda's waarmee Ben bij het vogelhuisje achter een van de witte sparren de hongerige vogels voedde. Bram zou zijn studenten achterlaten, zijn collega's, zijn vader, die later dit jaar vierenzeventig zou worden. Zo meteen zou hij de kamer weer betreden en deelnemen aan het gesprek over de toekomst van dit land. Lotsverbondenheid, dat deelde hij met hen en met de grote abstractie die dit land was. Hij kon er zich niet van bevrijden, ook al wilde hij dat.

'Het spijt me,' zei Bram tegen de forse man die in zijn leren

Amerikaanse draaistoel voor de mahoniehouten boekenkast zat en naar de regen op de hoge ramen en de ontluikende bomen in het park naast zijn kantoor staarde – een kamer die royaler was dan die van de Israëlische premier. 'Ik zou wel willen maar – misschien over een paar jaar, Frederick – ik – het is een onvoorstelbaar mooi aanbod, een jongensdroom. Maar het lukt niet. Sorry.'

'Jammer. Mocht je je voor maandag nog bedenken – je hebt mijn nummer. Een paar van mijn collega's hebben nog een andere Israëliër op het oog, maar ik heb liever jou. Het beste, Abe.'

Een andere Israëliër. Bram was benieuwd wie hij bedoelde, maar het was uitgesloten dat hij naar de naam zou vragen, en Johanson zou trouwens de naam ook nooit geven.

'Jij ook, het beste.'

Het zou nog twee uur duren voordat Bram het pand kon verlaten. Voor de deur namen ze afscheid van elkaar en Bram liep de straat uit en hoopte een paar minuten op het toeval van een passerende taxi. Daarna liep hij in de slechtverlichte straat in de richting van Rothschild Boulevard, langs de slapende flats, de rommelige voortuintjes en getraliede winkelruiten en langs de dichte rijen strak tegen de stoeprand geparkeerde stoffige en gebutste Japanse auto's, en terwijl hij daar liep bekroop hem een vreselijke spijt over zijn afzegging. Hij overwoog om meteen Frederick te bellen en hem te vertellen dat hij zich bedacht had en de baan zou accepteren, een professoraat in Princeton, krankzinnig om zoiets te weigeren voor zoiets ongrijpbaars als een land of een volk. Hij bleef staan, zette zijn tas voor zijn schoenen en tastte in de zakken van zijn colbert naar de telefoon terwijl hij in zijn ooghoeken drie jongens waarnam die opeens uit een steegje tussen twee gebouwen waren opgedoken. Niets om je zorgen over te maken; dit was niet *downtown* Detroit.

Hij nam de telefoon uit zijn jasje en vroeg zich af of het niet bespottelijk was om nu meteen te bellen. En wilde hij wel bellen? Morgenochtend zou hij er zonder twijfel weer anders over denken. Hij bleef vertwijfeld staan en keek op omdat hij het gevoel had dat hij werd bekeken.

De drie jongens waren blijven staan. Ondanks de duisternis zag hij dat ze niet ouder waren dan een jaar of achttien. Nog net niet dienstplichtig. En voordat Bram zich bewust was geworden van de vertrouwde en enigszins beschamende denkreflex – namelijk de vraag: Arabieren of sefardische joden? – maakten ze alle drie een snelle, hoekige beweging met hun armen en lieten, alsof ze het voor de spiegel geoefend hadden, op hetzelfde moment drie slanke messen uit hun vuisten omhoogschieten. Stiletto's waarop het weinige licht in deze straat flonkerde.

Bram kon niet begrijpen wat dit betekende want de messen konden onmogelijk voor hem bedoeld zijn, en hij keek verbaasd naar de jongens – gympies, wijde trainingsbroeken en T-shirts – die op een meter of vier afstand de smalle stoep versperden en hij pakte zijn tas en stapte vervolgens opzij in de nauwe ruimte tussen twee auto's om de straat op te glippen.

Lenig sprong een van de jongens via de motorkap van een geparkeerde bestelwagen de straat op – met een gracieuze acrobatiek die Bram aan moderne Chinese vechtfilms deed denken – en stelde zich dreigend voor Bram op, nu midden op straat. Onwillekeurig zocht Bram bescherming bij de hoge zijkant van de bestelwagen terwijl de andere twee jongens zich bij hun makker voegden. Ze waren jong, zenuwachtig, overmoedig. Het waren Arabieren, kansarme jongens uit Jaffa met mooie gezichten zonder een spoor van acne of jeugdpuisten, met bijna meisjeachtige, amandelvormige ogen en lichamen die ze verfijnd hadden tot soepele vechtmachines, want ze waren werkloos en uitkeringsgerechtigd en hadden alle tijd om dag in dag uit uren in een sportschool te trainen. Ze leken op elkaar, filmsterachtige jongemannengezichten met regelmatige tanden, oriëntaalse neuzen en elegante wenkbrauwen. Ze waren familie van elkaar, dacht Bram, het waren neven, leden van een verongelijkte familieclan. Ze deden een stap in zijn richting, daarmee de kans op ontsnapping wegnemend, en hadden een houding aangenomen – benen gespreid en een beetje door de knieën gezakt, de hand met het mes op ooghoogte, alsof ze geoefende messentrekkers waren – die snelle actie met de messen mogelijk maakte.

Bram voelde de blikken zijkant van de bestelwagen in zijn rug en kon niet verder achteruit. Als het gekund had, had hij er zich doorgedrukt. Hij kneep in het hengsel van zijn tas. En met de andere hand, waarmee hij nog steeds zijn mobieltje vasthield, drukte hij zijn jasje tegen zich aan om zichzelf minder kwetsbaar te voelen. Hij was langer dan zij en individueel gemeten vermoedelijk sterker, maar zij waren met hun drieën en hadden messen.

'Geld,' was het stompzinnige woord dat de middelste van de drie kon uitbrengen.

Bram hoorde het aan zijn tongval. Arabier. De jongen had een vlassig snorretje. Zijn ogen stonden groot van de spanning, of kwam dat door de drugs? Hij leek iets ouder dan de andere twee te zijn, een jaar of twintig misschien, en Bram wilde hem niet haten want hij was een moderne progressieve Israëliër die begrip had voor de moeizame sociaal-economische omstandigheden waaronder jonge Israëlische Arabieren moesten opgroeien. De jongens hadden geen idee wat hij vanavond gedaan had. Hij moest het hun uitleggen.

'Ik wil jullie iets vertellen,' zei hij met beheerste stem tegen de middelste jongen. Hij had ervaring met het toespreken van jonge mensen. Het kwam regelmatig voor dat hij nerveus een collegezaal betrad. Maar hij had geleerd om zijn stem tegen zijn onrust te beschermen.

'*Don't fuck with us,*' siste de jongen hem toe, zijn ogen opeens wild van haat. Hij was kennelijk een liefhebber van rap. 'Geef je tas.'

Hij strekte er zijn vrije hand naar uit, maar Bram schoof de tas tussen de auto en zijn benen.

'Ik geef jullie geld, maar mijn tas – daar zit mijn werk in – twee jaar werk over –'

Hij aarzelde. Het was het vervolg van zijn studie over de vlucht en de verdrijving van de Palestijnen. Het boek toonde aan dat de voorouders van de jongens onheus waren behandeld. Het was niet meer dan een uitdraai die hij bij zich had, maar er stonden talloze handgeschreven notities bij die hij in de loop van een jaar had gemaakt.

'Als je die tas niet geeft snijen we je open, wil je dat?'

Opeens stond Bram te hijgen en was zijn hart op hol geslagen en gierde de warme avondlucht door zijn neusgaten. En de jongen begon een tic te vertonen, iets met zijn linkeroog, waaromheen de spiertjes onbeheerst samentrokken en dat oog tot onregelmatig knipperen dwongen. De andere twee bekeken Bram alsof hij een monster was dat moest worden vernietigd, een giftig beest waarvan de ingewanden op straat moesten worden vertrapt.

Hij had hun weerzin niet verdiend, dacht Bram. Anderen misschien wel, maar hij niet, ook al had hij deelgenomen aan een actie waarbij een Palestijn was doodgeschoten, maar dat was een bewapende terrorist geweest, een moordenaar van een bejaard kolonistenechtpaar. Ze hadden een ander doelwit moeten uitzoeken. Bram was niet schuldig.

'Mijn boek – in deze tas,' zei hij met droge keel, terwijl ook hij met zijn ogen begon te knipperen (die Chinese vechtfilms lieten dit detail altijd weg, wist hij nu, kennelijk gingen mensen onder deze bloednerveuze omstandigheden driftig met hun ogen knipperen). 'Dit gaat over '48, de Naqba – ik heb onderzoek gedaan, nieuw archiefmateriaal –'

'Die tas, nu, anders sterf je, klootzak,' zei de leider.

'Mag ik – mijn manuscript houden?'

De jongen wist een moment niet hoe hij moest reageren. De gedachte dat iemand hem voor een pak papier wilde tergen en misschien zelfs bereid was daarvoor te sterven was hem ten diepste vreemd, en daardoor onttrok Brams vraag zich aan zijn oordeelsvermogen. Kort wisselde hij een blik met de jongen links van hem, die onzeker zijn schouders ophaalde, en vervolgens keek hij Bram weer aan.

'Snel, pak het, maar laat de rest in die tas.'

'Oké, oké, rustig,' antwoordde Bram. Ze lieten hem nu een paar seconden met rust. Hij had tijd gekregen, en daarmee een zekere kalmte.

Hij liet zijn jasje vallen en klikte de tas open.

'Die jas wil ik ook,' zei de jongen.

Bram knikte. 'Goed. Ik pak nu mijn manuscript, oké?'

De jongens begonnen de omgeving in zich op te nemen, hielden de donkere ramen van de appartementengebouwen in het oog. Dit duurde langer dan ze voorzien hadden.

'Schiet op, zak.'

Bram hurkte en zocht in de krochten van zijn tas. Uitgerekend nu, dacht hij, na de afzegging overkomt uitgerekend mij deze onzin, een overval die volgens de statistieken slechts eens per tien jaar een dronken toerist kan overkomen mag ik nu beleven.

Bram greep de kolf van het pistool en richtte zich op. Het was een Kel-Tec P11, een klein 9mm handvuurwapen dat Rachel hem na het begin van de Tweede Intifada had gegeven en dat hij van haar altijd bij zich moest dragen. Het duurde drie seconden voor de jongens doorkregen dat de aanblik van het wapen een revolutie betekende, en vervolgens deinsden ze terug in het besef dat het niet verstandig was geweest om slechts bewapend met messen een overval te plegen. Veel mensen droegen wapens. Ze hadden hem met een raketwerper moeten bedreigen.

Op slag was de bravoure weg en ook al had Bram daartoe geen opdracht gegeven, ze lieten de messen vallen en hieven hun armen. En opeens viel hem ondanks de slechte verlichting een tatoeage op de onderarm van de middelste jongen op. Dom dat de jongen geen hemd met lange mouwen droeg want de tatoeage kon de politie op het spoor van zijn identiteit zetten. Bram zag geen halvemaan of kromzwaard maar een davidster gevlochten door een uzi. Het waren joodse jongens. Hij was bijna beroofd door joden.

Bram maakte een autoritaire beweging met het wapen en gaf daarmee aan dat ze mochten gaan. Ze renden weg, onhoorbaar op hun zachte gympen, langs de strenge vormen van de oude Duitse flats, en losten op in de duisternis tussen de mediterrane varens. Duizelig hurkte Bram bij zijn tas. Hij had het gevoel dat hij moest overgeven.

2

Een halfuur later stapte Bram hun appartement binnen. Rachel had hem niet gehoord. Ze lag met opgetrokken benen op haar zij, in een dunne lichtblauwe nachtjapon die haar schouders en armen vrijliet. Sinds zij borstvoeding gaf droeg zij ook 's nachts een beha ter ondersteuning van haar borsten, die vol door de omhooggekropen japon schemerden. Haar billen staken naar achter, de donkere lijnen tussen haar benen naakt naar hem toe gekeerd, en hij trok het weggetrapte laken tot over haar middel.

Naast haar, vlak bij haar handen, lag Bennie. Bij de geboorte was hij een dun mannetje in een ruime, rimpelige huid geweest, een kleine baby die in de eerste weken nauwelijks gegroeid was, maar opeens was hij gulzig gaan drinken en de laatste maand was hij een pond per week aangekomen. Voldaan en glanzend lag hij op zijn rug, met gespreide armen, zijn borst en buik zonder angst aan de wereld tonend, zijn handen tot kleine vuistjes geknepen, de mollige beentjes nog niet bij machte om het lichaam te dragen. Hij had zijn eigen kamer, maar kennelijk had Rachel hem na de laatste voeding naast zich gelegd in afwachting van Brams thuiskomst. Door genetische grillen had Ben niet het donkere haar van zijn ouders maar was hij blond, zoals zijn grootvader, en had hij lichtblauwe ogen. In de vorm van zijn gezicht herkende Bram de trekken van Nederlandse joden die zich probleemloos voor Deense predikanten hadden kunnen uitgeven.

Ze bewoonden een vierkamerflat in het noorden van Tel Aviv, in een van de nieuwe wijken die op de laatste braakliggende grondstukken tussen de stad en Herzlya waren opgetrokken en van een groot deel van de kustvlakte één langgerekte urbane conglomeratie maakten, een beetje zoals de Nederlandse randstad. De hoge flats waren ruim en licht, met moderne geruisloze airco, videobewaking, en luxueuze gadgets als ingebouwde stofzuigersystemen. Doordat hij regelmatig lezingen in Europa en Amerika gaf, konden zij zich de dure flat veroorloven. In hun gebouw, waarin de strakke Bauhausvormen met regionale oriëntaalse patronen waren verenigd, stond zeker dertig procent van de appartementen leeg. De stagnerende wereldeconomie en de Tweede Intifada weerhielden jonge gezinnen ervan dure aankopen te doen, en deze flats konden alleen bekostigd worden door nieuwe rijken of door *young professionals* die gesteund werden door bemiddelde ouders. Hun flat bevond zich op de vijftiende verdieping van hun gebouw, ze hadden uitzicht op zee en bij helder weer zagen ze in het oosten de contouren van Palestijnse dorpen in de heuvels van Samaria, huizen en minaretten die leken te trillen onder de verzengende zon van het Midden-Oosten. Hun flat stond in het deel waar Israël op zijn smalst was, een strookje land dat door een jogger in anderhalf uur kon worden belopen. Als de Palestijnse dorpen ooit in handen vielen van terroristische organisaties met raketten en mortieren, zoals de Libanese en Gazaanse grensdorpen, dan lag het economische en culturele hart van Israël onbeschermd aan de voeten van geloofsfanaten voor wie het doden van joden een goddelijke opdracht was.

Rachel had een pan met eten voor hem op het fornuis laten staan, een roerbakgerecht zonder vlees – haar ouders waren Indiase joden die hun vegetarische gewoonten mee naar Israël hadden genomen, en zij had ze voortgezet –, en hij warmde het op en dronk een glas wijn terwijl hij het met een pollepel in beweging hield. Buiten heerste de duisternis en in het gebouw de slaap. Het was een stille, zachte mediterrane nacht in een forensenwijk waar alleen een politiewagen of een auto van een bewakingsfirma het ritme van de krekels verbrak.

In andere flats hadden de bewoners luxueuze designkeukens laten plaatsen, maar zij hadden de standaardkeuken behouden die bij de koop was geleverd, strakke witte kasten, een aluminium aanrecht, een eenvoudig vierpitsfornuis met afzuigkap, allemaal weinig opzienbarend; wat de keuken bijzonder maakte waren de verhoudingen, vijf bij zes, ruim genoeg voor een eettafel. De keuken stond in open verbinding met de woonkamer, en ook deze was naar Israëlische verhoudingen groot, vijftig vierkante meter, met brede ramen, een terras, elektrisch bedienbare zonwering. Het was niet eenvoudig om maandelijks de hypotheek op te brengen, en behalve het bewonen van dit appartement en een oude Mazda konden zij zich weinig veroorloven, maar het was elke dag een voorrecht om het gebouw via de marmeren hal te betreden.

De armen die opeens om hem heen geslagen werden, waren van Rachel, sierlijke lange vingers met gemanicuurde nagels, en hij voelde haar lippen in zijn nek.

Hij drukte haar handen tegen zich aan.

'Wat ben je laat,' zei ze met slaapdronken stem, haar hoofd tegen zijn schouder.

'Balin was niet te stoppen,' antwoordde hij.

'Laat mij maar.'

Hij stapte opzij en zij nam zijn plaats voor het fornuis in. Haar dikke haar, met henna donkerrood gespoeld, lag op haar schouders. De nachtjapon kon in het keukenlicht niets verhullen, hij zag haar middel, de lijnen van haar billen, de sluiting van de beha. Drie weken na de bevalling was ze weer gaan zwemmen, vier weken daarna elke ochtend een uur joggen, en ze had binnen drie maanden haar figuur heroverd, nu vervolmaakt met volle borsten. Ze was een halve kop kleiner dan hij, wat lang was naar regionale maatstaven want Bram mat één meter tachtig. Hij had de donkere trekken van de familie van zijn moeder, sefardische joden die na een lange omweg via Oost-Europa generaties geleden berooid in Nederland waren beland. Bram had brede schouders, regelmatige tanden en wanneer het nodig was en hij zich inspande – op recepties en feestjes – de charme van een Zwitserse skileraar. Rachel kon hem met oriëntaalse jaloezie haten wanneer hij naar haar gevoel te veel interesse voor een vrouw had getoond. Dan hield zij zich een nachtlang mokkend aan de rand van het bed op. Omgekeerd hield hij haar ook in het oog, hij mocht de intense mannelijke belangstelling voor haar intelligentie niet onderschatten.

Bram had haar leren kennen toen hij na zijn studie zijn dienstplicht vervulde. Ze was arts en onderdeel van een medische eenheid. Hele regimenten meldden zich spontaan ziek en verzochten om uitvoerig lichamelijk onderzoek wanneer zij als controledokter in uniform verscheen. Ook Bram was ziek geworden toen hij voor het eerst in haar ogen keek. Hij veronderstelde dat zij een Ethiopische jodin was, of de dochter van Jemenitisch-Ethiopische ouders, maar zij was de nakomeling van joden die tweeduizend jaar geleden op het Indiase continent waren beland. Daarom had zij ogen die aan tempels met wierook en gouden beelden van godinnen met tien armen deden denken, aan weelderige gewaden van satijn en brokaat en aan heilige dieren en vergulde paleizen met duizend spiegels. Ze had hem verteld dat de blankere joden in India hadden neergekeken op de 'zwarte' joden, maar van antisemitisme was nooit sprake geweest. Zij hadden tot een joodse kaste behoord van ambachtslieden, eenvoudige mensen die in huizen woonden die weinig meer dan krotten waren, en na hun aankomst in Israël werden zij openlijker gediscrimineerd, nota bene door joden, dan gedurende hun eeuwenlange verblijf in India.

Rachel vroeg: 'Wat hebben jullie besproken?'

Hij legde zijn handen op haar heupen, voelde haar billen tegen zijn lichaam. Ze draaide zich niet om, lette onverstoord op de pollepel en de inhoud van de pan. Vier maanden geleden hadden ze voor het laatst met elkaar geslapen. Hij had haar voorzichtig signalen gegeven, maar zij had ze tot nu toe genegeerd.

'Hetzelfde,' zei hij. 'Meer van hetzelfde.'

'Hoe gaat het met Balin?'

'Hij maakt zich weer zorgen over geld. En we hebben elkaar moed ingesproken. Als je erover nadenkt was het een therapeutische sessie. Er is eigenlijk niks van al dat werk blijven hangen. Drie jaar praten, stukken maken, heen en weer vliegen, geld zoeken, al die ontmoetingen in Noorwegen en Duitsland.'

'Ik had ook meer verwacht,' zei ze zacht. 'En nog iets anders?'

'Balins moeder had koekjes gebakken.'

'Wat vreselijk,' lachte ze. 'Heb jij ze ook gegeten?'

'Ik kon niet weigeren. Ze keek me aan met een blik alsof haar wereld zou instorten als ik ze niet nam.'

'Het is een straf, die koekjes van haar.'

'Ze heeft er een paar meegegeven voor jou en Ben.'

'Die mag dat nog niet.'

'Heb ik gezegd. Ze zei: vries ze in en laat hem ervan genieten zodra het mag.'

'Goed idee. Dat leert hem nooit meer te snoepen.'

Voorzichtig streelde hij haar heupen.

'Pak even een bord,' zei ze.

Hij liet haar los en nam een bord uit de kast, zich afvragend of hij duidelijker moest zijn.

'En neem voor mij ook een glas,' hoorde hij haar zeggen. 'Ik neem vandaag een slokje.'

Terwijl ze het bord opschepte, vroeg ze: 'Heb jij ook zo'n mailtje gekregen van een onderzoek naar je genen?'

Ze zette het bord voor hem neer en ging tegenover hem aan de keukentafel zitten.

'Ja.' Hij grinnikte. 'Wil je het laten doen?' Hij schonk een glas voor haar in.

'Ja. Lijkt me interessant. Je DNA wordt dan opgeslagen in een databank. Zo kunnen ze alle joodse familielijnen blootleggen. Zo kunnen mensen elkaar terugvinden, toch?'

'Het kan ook behoorlijk misbruikt worden, lijkt me.' Hij overhandigde haar het glas. 'Hoe ver kun je zo teruggaan?'

'De mannelijke lijn is echt vrij precies te achterhalen. Het Y-chromosoom gaat exact over van vader op zoon.'

'Een joods Y-chromosoom?'

'Zoiets, ja.'

'Ik weet het niet. Vind het een beetje een eng idee.'

'Lechajim, liefste,' zei ze.

'Lechajim.'

Ze klonken en namen een slok. Rachel streek haar haren achter haar oren en hij keek even naar de welving van haar borsten. Nog steeds, na al die zes jaren, deed het soms pijn wanneer hij haar aankeek en getroffen werd door de sensuele en tegelijk enigszins schichtige blik in haar ogen, wanneer het tot hem doordrong dat haar lippen, waarop een druppel wijn lag die ze nu met de rug van een hand wegveegde, door hem gekust en haar olijfkleurige huid, die geen enkele onregelmatigheid kende, door hem gestreeld mochten worden. Ze droeg geen spoortje make-up maar in het harde keukenlicht was ze net zo volmaakt als wanneer ze in vol ornaat naar een feest vertrok. Naar feesten gingen ze de afgelopen jaren overigens steeds minder. Toen na zijn diensttijd zijn proefschrift verscheen en hij een bekende maar omstreden postzionistische historicus werd, vonden de Israëlische roddelbladen het een tijdje de moeite waard om hen zo nu en dan te vermelden, de Nederlandse geschiedkundige en de oogverblindende Indiase arts van het Dana-kinderziekenhuis. In die periode werden ze door paparazzi gefotografeerd op de première van een film of theaterstuk en waren ze opeens gewilde gasten bij evenementen van links Israël. Maar die aandacht loste snel op toen zij vaststelden – nou ja, híj had dat vastgesteld – dat hun leven niet verrijkt werd wanneer zij in het licht van camera's gesprekken met soapsterretjes en zangers en acteurs voerden. Geen premières meer, geen publieke optredens die geen plaats in hun professionele bestaan hadden. Ze deden hun werk en probeerden zo veel mogelijk te leven alsof dit een normaal land was zonder aanslagen en bezette gebieden.

'Nog iets anders gebeurd?' vroeg ze.

Ja, dacht hij terwijl hij een hap nam, ik ben bijna beroofd door drie joodse jongens. Tegenwoordig kon een jood 's nachts door andere joden overvallen worden. Als de stichters van de staat dit konden horen, zouden ze van tevredenheid in hun graven glimlachen. Dit was een gewoon land aan het worden.

Hij antwoordde: 'Je bedoelt Johanson?'

'Je weet verdomd goed wat ik bedoel. Natuurlijk bedoel ik Johanson. Heb je hem gesproken?'

'Ja. Lekker is dit.'

'En waarom vertelde je me dat niet meteen?'

'Het moest een verrassing zijn.'

Ze keek hem met verwachtingsvolle ogen aan: 'Dus – je hebt ja gezegd? Waarom heb je me niet meteen gebeld?'

Hij nam nog een hap en zei, met de mond vol: 'Ik heb hem om elf uur gesproken en toen heb ik nee gezegd.'

'Wat?! Ben je gek geworden?' Ze schudde verbaasd haar hoofd. 'Nee? Dus we gaan niet? Ik dacht echt dat je weg wilde. We hebben het er zo vaak over gehad, en ik had echt de indruk dat je –'

'Ik dacht dat je alles goed zou vinden wat ik besloot.'
Hij greep haar hand over de tafel.
'Ik dacht echt dat je dat graag wilde,' zei ze terwijl ze hem onderzoekend, argwanend zelfs, bekeek. Ze trok haar hand terug.
Bram zei: 'En toen heb ik hem een halfuur geleden nog een keer gebeld. En hem gezegd dat ik zou solliciteren.'
Ze liet die woorden een moment tot zich doordringen, gaf toen aarzelend haar wantrouwen op en begon te glimlachen.
'Jeetje – dus – we gaan?'
'Ja. Tenminste, als Johanson zijn belofte kan waarmaken.'
'Naar Amerika,' fluisterde ze.
'Ja,' zei hij.
Ze beet op haar onderlip en sloeg even haar ogen neer. Toen stond ze op en liep om de tafel heen. Hij legde zijn vork neer, draaide zich een kwartslag op zijn stoel en sloeg zijn armen om haar heen toen zij op zijn schoot ging zitten.
En opeens stroomden de tranen over haar wangen. Ze verborg haar gezicht in haar handen. Hij greep haar bij haar schouders.
'Liefje, ik dacht dat je ook graag zou gaan, dat je dacht dat het ook goed voor Ben zou zijn. Hee, liefje.'
Ze streek de tranen van haar wangen en knikte, ademde een paar keer diep.
'Sorry dat ik opeens zo sentimenteel ben – ik weet niet wat me opeens bevangt – weggaan is niet mijn sterkste kant, zoals je weet. En achterblijven ook niet.'
Ze kuste hem en hij dacht dat hij haar tranen proefde. Daarna glimlachte ze weer en zei, terwijl ze met een middelvinger de tranen onder haar ogen wegstreek: 'Sorry, vertel over Johanson.'
Als hij op reis moest, was ze dagenlang onrustig en liet ze zich bij het naderen van de vertrekdatum steeds meer meesle-

pen door twijfels over de reis: waarom al dit gedoe, kon hij niet gewoon thuisblijven, was het vliegen wel veilig, zou hij met zijn paspoort geen problemen krijgen aan de grenzen, zou hij niet een koffertje met medicijnen voor onderweg meenemen? De laatste twee nachten voor zijn vertrek sliep ze niet. En als hij weg was, belde ze een paar keer per dag.

Ze ging staan en trok haar nachtjapon over haar hoofd uit. Op haar beha na was ze bloot. Ze zei: 'Jij moet ook alles uittrekken, Bram.'

3

Professor Hartog Mannheim, Brams vader, woonde in een driekamerappartement zonder luxe, een spartaanse omgeving waarin Hartog de boeken schreef waarvan de inhoud zich onttrok aan Brams begrip. Voor de ramen hingen kantoorachtige jaloezieën, de zithoek had in de wachtkamer van een tandarts kunnen staan, de werkkamer oogde als het rommelhok van een antiquariaat, in de kale keuken ontbraken moderne apparaten, en elke kamer werd verlicht door tl-buizen.

Bram was een uur met de Mazda onderweg geweest en had een kwartier rondgereden voordat hij een parkeerplaats vond, maar zijn vader was knorrig omdat Bram zes minuten te laat was. Precisie was het sleutelbegrip in het leven van Hartog. Hij was nu zes jaar met emeritaat en hij beweerde dat hij nooit één afspraak was vergeten, nooit ergens te laat was geweest (de toegelaten marge die hij aangaf bedroeg honderdtwintig seconden), nooit roofbouw op de tijd van anderen had gepleegd. Elke ochtend stond hij om halfzes op en ging om exact kwart over zes aan het werk, en dat deed hij nog steeds, ook nadat hij meer erkenning en roem had vergaard dan bijna al zijn collega's bij elkaar en meer dan Bram ooit ten deel zou vallen. Hartog leefde om te werken. Om tien uur ging hij naar zijn kamer aan de universiteit van Tel Aviv, die hem na zijn emeritaat ter beschikking bleef, en kon hij Tamar, zijn secretaresse, afblaffen. Sinds zijn benoeming in Tel Aviv had zij voor hem gewerkt, zij was loyaal als een blinde hond en had het vermogen om net zo hard terug te blaffen. Tot Brams verbazing accepteerde zijn vader dat.

'Het was druk, pap,' legde Bram gelaten uit, zoals honderd keer eerder. 'Tel Aviv is een grote stad, er zijn lange files omdat er te veel auto's zijn voor het wegennet. Ik ben om kwart over zeven de deur uitgegaan.'

'Ik zou om zeven uur zijn weggegaan,' verklaarde zijn vader vanuit de keuken. Hij stond bij het koffiezetapparaat dat hij bij zijn intrek in deze flat had aangeschaft. 'Of kwart voor zeven. Dan zou ik desnoods buiten gewacht hebben tot het tijd was en op de seconde precies zou ik hebben aangebeld. Ik kan niet tegen te laat komen.'

'Dat je me dat nooit eerder verteld hebt!' riep Bram terug.

'Tijd om iets aan je oren te doen! Heb je ontbeten? Iets eten, Bram?' Zijn vader bleef hem met zijn Nederlandse naam aanspreken.

'Ik ontbijt nooit.'

'Mesjogaas! Het ontbijt is de belangrijkste maaltijd van de dag! Wil je iets? Ik heb croissantjes gehaald!'

'Croissantjes? Papa, wat hoor ik nou? Wat is dat voor hedonistisch gedoe?'

Zijn vader was niet alleen een wereldberoemd biochemicus en pathologisch perfectionist maar ook een aartsvrek. Hij zocht in de supermarkt naar brood dat al twee dagen in de schappen lag en daarom afgeprijsd was, hij at de goedkoopste vleeswaren en hield in de krantenadvertenties de aanbiedingen bij.

'Voor een keertje,' antwoordde zijn vader verontschuldigend, deze ernstige zwakte toegevend toen hij de kamer binnenkwam met een dienblad met twee mokken koffie en een bordje met twee croissantjes.

Bram nam het blad van hem aan en schoof het voorzichtig

op de grijze stalen tafel die door een inkoper van kazernemeubilair als te saai zou worden beoordeeld.

In december werd Hartog vierenzeventig, de laatste jaren was hij enigszins gekrompen, hij liep gebogen ook al probeerde hij met rechte rug om halfzes 's middags zijn ronde te wandelen (exact vijftig minuten), maar hij was nog steeds een indrukwekkende verschijning van bijna één negentig, met dik wit haar (het was blond geweest), dat hij net als Einstein soms vergat te snoeien, met ogen die ondanks het vervagen van het felle blauw van zijn irissen nog steeds gloeiden, met een smal gezicht dat sinds zijn vroege jeugd in een stinkende achterbuurt van het Nederlandse Zwolle op miraculeuze wijze aristocratische trekken had gekregen, met een schedel vol onwrikbare inzichten en opinies.

Hartog zei: 'Ze zijn lekker, neem er een voordat je straks van je stokje gaat.'

'Ik ontbijt al tien jaar niet meer.'

'Dat wil niks zeggen. Je kunt zomaar flauwvallen, ik weet waar ik het over heb. Doe me een lol en neem er een.'

Bram nam een croissant van het bord.

'Ben je ze speciaal voor mij gaan halen?'

'Ja.'

'Papa, wat is er met je gebeurd?'

'Ik had een goeie bui. Of een zwakke bui, zoals je het wil zien. Lekker of niet?'

Hartog gedroeg zich alsof hij door de aanschaf van de croissants het recht had verworven om te doen alsof hij ze zelf had gebakken.

Bram nam een hap terwijl hij in het gespannen afwachtende gezicht van zijn vader keek. Hij nam de tijd. Kauwde. En knikte.

Hartog knikte ook, tevreden en superieur. 'Ze hebben bij Chayevski de beste. Russen.'

'Mooi. En daarover wilde je met me praten? Je had er ook over kunnen bellen.'

Zijn vader had twee dagen geleden gebeld. Hij moest iets met zijn zoon bespreken. En dat kon alleen bij hem thuis plaatsvinden.

'Het gaat om de smaak,' zei zijn vader. 'Die kun je alleen in levenden lijve meemaken. Smaakprocessen zijn uitzonderlijk gecompliceerde verschijnselen.'

'Over smaak valt niet te twisten,' antwoordde Bram in de hoop hem af te kappen.

'Onzin,' reageerde zijn vader. 'Het gaat om elektrochemie. Smaak bestaat ook in objectieve zin.'

'Ik geloof je.'

'Dat is heel verstandig van je,' antwoordde Hartog, en hij kon een glimlach niet onderdrukken. 'Hoe gaat het thuis?'

Vier dagen geleden had Rachel voor Hartog gekookt, hij had een halfuur met Ben in zijn armen gezeten, zwijgend en ogenschijnlijk emotieloos, en na het eten was hij meteen vertrokken, maar het kon hem nauwelijks zijn ontgaan dat het bij Bram thuis goed ging.

'Alles in orde,' antwoordde Bram.

'Goed.'

Zijn vader slurpte van de koffie. Hartog was in alles beheerst en luisterde naar alle sociale codes, maar als iets warm was, slurpte hij. Een residu van het leven in de Zwolse achterbuurt.

Bram vroeg: 'Neem je zelf niks?'

'Ik heb al gehad.'

Bram keek hem een moment aan. Zijn vader zat rechtop in zijn stoel, fris en energiek. In zijn hoofd bevond zich kennis die slechts voor enkele tientallen mensen in de wereld toegankelijk was. Bram had hem nooit begrepen. Het was goed dat zijn vader hem op zijn dertiende in Nederland had achtergelaten. Daarna had Bram de omtrekken ontdekt van de man die hij wilde zijn. In zijn vroege jeugd had hij zich door Hartog geminacht gevoeld, althans, hij was opgegroeid met de zekerheid dat zijn vader een andere zoon had willen hebben, een zoon die zich net als hij thuis kon voelen in het periodieke systeem. Als Bram de experimenten van de scheikundeset uitvoerde, ontstonden onvoorziene processen. Als hij stoffen mengde, gebeurde er niets of te veel, het ging te hard of veel te langzaam. En dan stelde hij zijn vader teleur. 'Je leert het wel,' zei zijn vader dan zonder enige overtuiging.

Bram vroeg: 'En met jou? Alles goed?'
'Beter kan niet,' antwoordde Hartog.
'Je hebt me gebeld,' zette Bram voor.
'Ja, ik wilde met je praten. Drie dingen. Niks bijzonders, maar toch, ik moet ze even met je bespreken.'
'Daar ben ik voor gekomen.'
'Nog een croissantje?'
'Nee, dank je wel, papa.'
'Ik moet je iets vertellen wat ik je nooit eerder verteld heb.'
Hartog sloeg zijn ogen neer en leek naar een begin te zoeken. Hij bevochtigde zijn lippen en slikte.
'Zeg het maar, pap.' Normaal was Hartog direct en snel, maar nu draalde hij.
'Ik zit na te denken waar ik moet beginnen,' antwoordde Hartog, meteen al korzelig.
Hij staarde naar een punt ergens op de tafel tussen hen in.
'Goed. Ik weet hoe ik het moet zeggen. Luister. Lang geleden, ik was zes jaar oud, in 1937 dus, hadden we thuis nauwelijks te vreten. Ik heb daar wel eens over verteld. We hadden een slechte economie en mijn vader was ziek. Elke dag trok mijn moeder de dorpen in en verkocht schoenveters, dat soort dingen. Gelukkig konden mijn broers ook werken. Maar als ik je daarover vertelde heb ik altijd één ding weggelaten. Op een dag –'

Hij onderbrak zichzelf: 'Bram, dit is een larmoyant verhaal, maar het is echt gebeurd.'

'Ik luister,' zei Bram.

'Goed. Op een dag dus – dit klinkt echt kinderachtig, maar het is zo gegaan – liep er een hondje met me mee op straat. Zomaar een straathondje. Een heel klein hondje, ik bedoel dus: ik was een klein ventje en het hondje was een klein ventje in zijn hondenwereld. Twee kleine ventjes. Zie je het voor je?'

Bram knikte.

'Het beestje liep met me mee. Wat ik ook deed, het hondje bleef bij me. Ik kon niet terug naar huis want ik was bang om dat hondje kwijt te raken. Ik bleef weg tot het begon te schemeren en ik kreeg natuurlijk op mijn donder. De volgende ochtend zag ik het hondje terug. Het was bij ons huis gebleven, het had de hele nacht op me gewacht. Hij was dus voor mij bedoeld, en ik voor hem. Ik spaarde eten op. Eten opsparen was niet eenvoudig bij ons thuis. We hadden niks om te sparen. Maar ik deed het toch. Het hondje ging met me mee naar school, bleef op me wachten, ging met me mee naar huis, en wachtte op me tot de volgende ochtend. Ik had geen naam voor hem, mijn vader heeft hem later Hendrikus genoemd, naar de premier in die tijd, Hendrikus Colijn. Kon hij tenminste de premier bevelen geven, zei hij. Na een paar weken kwam mijn moeder erachter waarom ik het eten uit mijn mond spaarde. En toen mocht Hendrikus binnenkomen. We waren allemaal gek op hem. In 1942, toen we werden opgehaald, toen hebben ze Hendrikus voor mijn ogen doodgeslagen. Met de kolf van een geweer hebben ze zijn schedel vermorzeld.' Hartog zweeg enkele seconden. Daarna zei hij: 'Dacht je dat ik gehuild heb?'

Bram knikte.

'Nee.' Heftig schudde zijn vader zijn hoofd. 'Geen traan. Ik voelde alleen maar haat. Kolossale haat. Het gekke is dat de haat me geholpen heeft. Ik heb overleefd op mijn haat. Misschien dat sommige anderen overleefd hebben omdat ze van iets of iemand hielden. Ik niet. Ik werd beschermd door mijn haat. Hendrikus heeft me dus in zekere zin gered. Ik had je dit nog nooit eerder verteld, maar ik vond dat het tijd was. En de afgelopen weken –' Hij stond op, drukte zich lenig uit zijn stoel alsof hij weer even het kind van vroeger was. '– ben ik gaan kijken bij dierenasiels of ze een jonge Hendrikus hadden.'

Hij opende de wc-deur en een wit hondje kwam sloom de kamer in gewankeld. Een puppy van onduidelijke herkomst, een gladharig beestje met een bruine vlek op zijn hoofd en grote onschuldige ogen.

'Hendrikus had een andere vlek, een zwarte, maar deze komt in de buurt,' legde Hartog uit.

Tevreden keek hij toe hoe het beestje in zijn broekspijpen beet. Normaal haatte hij alles wat vlekken kon veroorzaken, als hij thuis at legde hij op zijn schoot gigantische servetten die in andere huishoudens als laken werden gebruikt – Rachel had er speciaal voor hem ook eentje aangeschaft voor zijn wekelijkse maaltijd bij hen – en hij kon minutenlang binnensmonds vloeken wanneer hij ondanks alle zorgvuldigheid toch knoeide en met weerzin de vlek van zijn hemd of broek afveegde, maar dit hondje mocht zijn gang gaan. Mijn god, dacht Bram, hij houdt meer van dit hondje dan hij ooit van mij heeft gehouden.

Glimlachend keek Hartog naar beneden, genegenheid in zijn ogen: 'Hij heet ook Hendrikus, zo heb ik hem genoemd. Hij komt uit een nest van straathonden en hem heb ik uitgekozen omdat hij mij het meest aan mijn oude hondje herinnerde. Hij heeft dezelfde ogen. Hij is van hetzelfde soort.'

Bram zei: 'Hij is heel leuk, pap. Maar – je moet hem een paar keer per dag uitlaten, je dagritme gaat eraan.'

Hartog knikte: 'Ja, hij moet uitgelaten worden. Maar niet door mij. Door jou.'

'Door mij? Je verwacht dat ik elke dag naar jou toe kom om jouw Hendrikus in een parkje te laten poepen?'

'Je hoeft niet te komen. Hendrikus gaat met jou mee. Hij is voor Ben. Ben moet hem hebben. Ben gaat met hem spelen. En hij zal van hem houden zoals ik van hem gehouden heb. Dat zal Ben redden wanneer het nodig is.'

Bram keek naar het oude gezicht van zijn vader, de briljante biochemicus, kind van ongeletterde ouders, die eenentwintig jaar geleden uit handen van de Zweedse koning de Nobelprijs in ontvangst had mogen nemen. Ook al was hij al drieëndertig jaar Hartogs zoon, voor het eerst had Bram het gevoel dat hij iets van zijn vader begreep, iets van zijn onverbiddelijkheid en kracht en doorzettingsvermogen.

'Dat is lief van je, pap. Je doet me een hoop ellende aan, maar –' Maar wat? Er was geen maar. 'Het is lief van je.'

'Ja? Het is fijn dat je er zo over denkt. Dat meen ik, Bram.'

De Nobelprijswinnaar keek van het hondje naar zijn zoon, en Bram zag dat hij tranen in de ogen had. De laatste keer dat hij zijn vader had zien huilen, was toen ze zijn moeder naar haar graf droegen, drie maanden voor de reis naar Stockholm.

Impulsief stond Bram op en hij sloeg zijn armen om zijn vader heen. Dit soort dingen deden ze niet, zo gingen vader en zoon nooit met elkaar om.

'Goed, goed,' zei zijn vader, en hij liet zijn armen zakken. 'Pas op dat je niet op hem stapt. Koffie nog?'

'Ja. Daarna ga ik.'

Net nu hij Hartog zou leren kennen, net nu hij kon gaan ontdekken wat hij met zijn verwekker deelde, zou Bram het land verlaten. En zijn vader dus achterlaten. Kon hij Hartog met een gerust hart aan deze kantoorflat toevertrouwen? Zijn vader was drieënzeventig en de kans bestond dat hij tijdens Brams verblijf in Princeton ziek werd, misschien wel zou sterven. Hij moest zijn vader dus voorstellen om met hem mee te gaan, Israël te verlaten, in Princeton bij zijn zoon te komen wonen. Hij moest dit vanavond met Rachel bespreken. Hartog zou met hen mee moeten gaan.

Het hondje volgde Hartog naar de keuken.

'Ik heb een speciale tas voor Hendrikus gekocht. Daar kan hij z'n hele leven in vervoerd worden want hij wordt nauwelijks groter.'

Bram ging zitten en riep in de richting van de keuken: 'Je had drie dingen waarover je wilde praten!'

'Denk je dat ik niet kan tellen? Neem dat laatste croissantje!'

Bram keek naar de croissant. Hij nam zich voor om niet te gaan lunchen.

'Ik kreeg een telegram van Jeffrey Rosen,' zei zijn vader in de keuken. 'Wie stuurt er tegenwoordig nog telegrammen? Niemand. Maar Rosen stuurt telegrammen. Vindt hij *classy*, zei hij. Volgend jaar word ik vijfenzeventig en daar wil hij wat aan doen. Ik moet nog vierenzeventig worden maar hij is al bezig met vijfenzeventig. Wat denk je dat hij wil organiseren?'

Rosen was een Amerikaanse miljardair die jaarlijks miljoenen stak in het onderzoekslaboratorium dat Hartog had geleid. Dankzij Hartogs research waren medicijnen ontwikkeld die het leven van Rosens dochter hadden gered.

Bram antwoordde: 'Een feestje met een grote taart met vijfenzeventig kaarsen.'

'Dat ook ja.' Hartog kwam terug met een verse mok koffie voor Bram, gevolgd door Hendrikus.

Bram hoefde niet te vragen waarom zijn vader niet een extra mok koffie dronk. Hij dronk er elke ochtend drie, en na negen uur stopte de koffieconsumptie. Bram nam de mok aan en keek toe hoe zijn vader ging zitten. Opgewekt, beheerst.

'De Boston Philharmonic. Wil-ie in laten vliegen voor een concert, voor mij, hoor je? Met een groot eten daarna, en toen ben ik eens gaan rekenen wat alleen dat orkest kost. Wat denk je?'

'Honderdduizend dollar,' antwoordde Bram. Dat was te laag, maar hij gunde zijn vader de kans om hem te overbieden.

'Maal vijf. Vijfhonderdduizend dollar. Wat je daar allemaal mee kunt doen, dat is nauwelijks voor te stellen.'

'Hij kan een extra bedrag in het lab steken,' opperde Bram.

'Doet-ie ook, zei hij. Nou wat moet ik doen?'

'Gewoon laten gebeuren,' antwoordde Bram met een glimlach. 'Wie krijgt er ooit voor zijn verjaardag een privéconcert van de Boston Philharmonic?'

'Dus heb ik Jeffrey gebeld en hem gezegd dat ik vereerd was. Hou volgend jaar dus mijn verjaardag vrij.'

'Goed dat je dat zegt, het was anders door mijn hoofd geschoten.'

'Neem nou die croissant.'

De eerste had zich met behulp van de koffie in zijn maag tot een bal uitgezet, een tweede kon Bram niet aan. Hij nam de croissant van de schaal en beet er een puntje af. Mocht het hondje zoiets hebben?

Zijn vader zei: 'En ik heb een vriendin.'

Hij keek er onschuldig bij, alsof hem niets viel aan te rekenen, alsof de verschijning van een vriendin een zwakte was die hem, de sterke, was opgedrongen. Deze vriendin had zich aan hem vastgezogen en nu moest hij deze ballast rondzeulen, leek hij te suggereren.

Bram herinnerde zich hoe zijn vader de nacht na de plechtigheid in Stockholm, nadat Hartog de Nobelprijs voor Chemie in ontvangst had genomen, in een hotelsuite waar de tapijten en meubels met hun vanzelfsprekende rijkdom en eeuwigdurende kwaliteit pronkten, uren door de woonkamer had gedwaald. Hartog was nauwelijks hoorbaar geweest, kousenvoeten op dik tapijt, maar Bram had hem een paar keer zijn neus horen ophalen en hij had zich afgevraagd of zijn vader in dit kille Zweden verkouden was geworden, tot hij opeens wist dat zijn vader huilde, ook al viel er geen snik te beluisteren. Bram was nog maar tien, maar hij begreep dat zijn vader niet huilde van geluk. Na de prijsuitreiking meldde Hartog zich ziek, liet de festiviteiten die de Universiteit van Amsterdam en de Nederlandse regering voor hem georganiseerd hadden stil passeren en kon een semester lang niet naar zijn laboratorium terugkeren. Hij zat stil in zijn kamer te lezen, week in week uit, zo goed als zonder een stap buiten hun huis te zetten, in de zachte klanken van Schuberts kwartetten die Bram alleen kon horen wanneer hij de deur opende om hem thee te brengen. En nu, voor het eerst sinds de dood van zijn vrouw, had Hartog een vriendin. Hij had het bekend alsof hij een puber was, alsof hij bang was voor Brams reactie en voor de schok die Betty in haar graf zou ondergaan nu haar man het ruim twintig jaar na haar dood met een ander deed.

Bram ging rechtop zitten: 'Pap, wat leuk! Waar heb je haar ontmoet?'

'Hier in de buurt. In een café. Ik ga nooit naar een café, alleen de cafetaria bij het lab. Ik was naar een boekwinkel geweest, ik had opeens zin in een glas thee. En daar werd ik bediend door Jana. Serveerster was ze daar. Ze is een Russin, en weet je wat? Ze is biochemicus! En het gekke was: ze herkende me, ze wist wie ik was. Gekte, toch, Bram?'

Met één hand nam hij Hendrikus op en zette hem op zijn schoot. Het diertje bleef rustig liggen.

Professor doctor Hartog Mannheim, de man die alles wist van de chemie van het leven en daarom de Nobelprijs had verdiend, had zich in een serveerster verloren. Bram stelde zich een kleine, strenge onderwijzeres voor die haar pensioen aanvulde met een parttimejob als serveerster. Zij kon hem gezelschap houden wanneer Bram in Princeton de sneeuw van de oprit zou schuiven.

'Ik ben erg blij voor je, pap. En ik zou haar graag eens willen ontmoeten.'

'Dat kan,' zei Hartog.

Hij stond op en riep: 'Jana! Jana! Kom je?'

De deur van de slaapkamer ging open: breed stralend verscheen een met goud en schitterstenen behangen vijftigjarige Russin met brede jukbeenderen, bijna Mongools van uiterlijk, met hoog opgestoken geblondeerd haar, brede schouders, borsten die groot genoeg waren om de hele zuigelingenafdeling van Rachels ziekenhuis te voeden, heupen als de armsteunen van een leunstoel.

'Jana,' zei zijn vader, 'dit is Bram, dat is een afkorting van Abraham, zo heette mijn vader. Jana, mijn zoon.'

4

Bram had Rachel gebeld om te zeggen waar hij de Mazda geparkeerd had, en zelf stapte hij op de bus naar de universiteit. Rachel nam een taxi naar de binnenstad en zou de Mazda ophalen. Hij wilde niet dat zij zich per bus liet vervoeren, hoe klein de kans op een aanslag in de praktijk ook was. Hij was ervan overtuigd dat hem niets kon overkomen aangezien hij de potentiële zelfmoordenaar direct bij het instappen zou herkennen – het was hem zelf niet duidelijk waar hij deze zekerheid had opgedaan, maar het stelde hem op de een of andere manier gerust wanneer hij in de bus zat, en dat was bijna dagelijks het geval.

Meteen nadat hij zijn vader verlaten had, had hij Rachel gebeld en haar ingelicht over het bezoek. Ze was niet enthousiast over het vooruitzicht een hond in het gezin op te nemen, maar ze joelde van verrassing toen hij haar over Jana vertelde.

In de plastic draagtas – het was in feite een hondenhokje waarvan een deel transparant was en uitzicht op de wereld bood – zat het beestje kalm op zijn schoot terwijl het geïnteresseerd de beelden van zijn eerste busrit in zich opnam. Bram had haast en moest direct naar de universiteit. Het was beter geweest als hij het dier meteen aan Rachel had overgedragen, maar zij kwam pas later naar de stad en het was natuurlijk uitgesloten dat hij het hondje in de Mazda achterliet.

Rachel moest in de stad zijn omdat zij benaderd was door

een Indiase filmregisseur. Het was een late echo van haar filmsterrenverleden, een aspect van haar bestaan waaraan Bram niet graag herinnerd werd. Tijdens haar studietijd in Haifa had zij als model bijverdiend, een donkere vrouw in Israëlische glossy's, een opvallende exotische verschijning die ook in het Indiase Bombay, een belangrijke handelspartner van Israël, de aandacht trok. Vijf keer had zij in barokke Bollywood-filmmusicals als een verliefde prinses opgetreden. Ze had bijrollen gehad die groot genoeg waren voor een hoekje op de enorme billboards, haar foto's verschenen in Indiase filmsterrenbladen, en na een schandelijke verhouding met een beroemde en innig gehuwde acteur viel zij ruw uit de gratie. Bram kon niet verhullen dat hij moeite had met een mogelijk vervolg van die loopbaan. Hij besefte dat het haar ijdelheid streelde – en dat mocht, zij had recht op ijdelheid – maar hij geloofde haar niet wanneer zij de mogelijkheid weglachte om als gerijpte ster naar Bombay terug te keren. Hij wist dat zij in volle oorlogsuitrusting naar de regisseur op weg zou gaan. En de kans was groot dat de man als een blok voor haar zou vallen. Maar ze zouden naar Amerika gaan. Gezien vanuit Princeton bevond Bollywood zich op een verre planeet.

'Bram, natuurlijk doe ik het niet,' had zij hem net opnieuw verzekerd, 'dit is voor mij een grapje, ik wil weten waarom die man opeens interesse in mij heeft.'

'Ik kan je dat wel uitleggen, denk ik,' had Bram gezegd.

Hendrikus had zich naar hem omgekeerd en keek ernstig naar hem op, alsof hij door Bram in een gecompliceerde gedachtegang was gestoord. Het hondje leek een beetje op zijn vader, merkte Bram.

'De mooiste vrouwen van de wereld lopen in Mumbai in het wild op straat, liefje, en vergeleken bij die dames ben ik een gebochelde met uitpuilende ogen en lijdend aan de builenpest, *believe me.*'

'Misschien wil hij een Indiase remake maken van *De klokkenluider van de Notre Dame*, en dan ben jij de eerste keus, schat.'

'Jij weet precies wat ik wil horen, liefste. Wat doen die kostuums bij de deur?'

'Die had ik vanochtend naar de stomerij willen brengen.'

'Dat doe ik zo meteen wel als ik Ben naar Rana breng.'

In het leger had Rana in haar unit gezeten. Zij leidde nu in een zeegroen geschilderd pand een crèche, De Stille Oceaan, waar Ben een paar uur onderdak kon vinden. Sinds zijn geboorte had Rachel hem geen seconde alleen gelaten. Het onderstreepte het belang dat zij hechtte aan het gesprek met de regisseur, dacht Bram, dat zij de moed had om Ben aan de zorgen van iemand anders toe te vertrouwen. Weliswaar zou Rana haar leven voor hem geven – opnieuw dat beeld, drong tot hem door, net als gisteravond – maar Rachel had de afgelopen maanden onafgebroken op gevaren geloerd die haar zoon konden bedreigen, en dat deed zij impulsief en intuïtief, als een tijger voor haar welp in een wrede wereld.

Een paar minuten later werd hij door Rachel gebeld. De bus was nauwelijks opgeschoten en het lag voor de hand dat hij te laat ging komen voor het college dat hij moest geven.

Rachel vroeg: 'Wie is Channah?'

'Channah?' herhaalde hij.

'Wie is Channah? Die naam heb je zelf opgeschreven. Een papiertje in de zak van een van je jasjes.'

'O die,' zei Bram.

Toen de zwangerschap zichtbaar werd, was Rachel jaloezieaanvallen gaan ontwikkelen. Kennelijk had zij het gevoel dat hij oog voor andere vrouwen kreeg nu zij gegijzeld werd door het wezen in haar buik, dat haar lichaam vervormde. Aanvankelijk had hij de verwijten omstandig gepareerd, wat weinig effect sorteerde. Nu deed hij er laconiek over, wat evenmin hielp. Het enige wat zij nodig had was tijd. Tijd om in te zien dat hij zijn leven voor haar zou geven – de derde keer, dacht hij. De aanvallen zouden nog wel een tijdje aanhouden, had de gynaecoloog hem verteld, dergelijke excessieve jaloezie kwam vaker voor bij aantrekkelijke vrouwen die bang waren dat de zwangerschap hun schoonheid wegnam.

'Wie is dat?'

'Een journaliste. Een Amerikaanse. Ze was bij me op het instituut.'

'Was ze interessant?'

'Fascinerend was ze.'

'Daarom wilde je haar telefoonnummer.'

Bram had hier geen zin in. Hij zat in de bus met een hond op zijn schoot, naast zijn benen zijn aktetas en een tas met een hondenbakje en een zak met puppyvoedsel. Om de medepassagiers te sparen sprak hij zo zacht mogelijk in het mobieltje.

'Ik wilde de tekst zien voordat zij het zou afdrukken. Voor de zekerheid wilde ik haar nummer.'

'Maar je vond haar ook leuk, toch?'

'Ze was niet onaardig, nee, maar er moet meer gebeuren voor ik jou ontrouw word.'

'Wat moet er dan gebeuren?'

'Schat, ik heb geen idee, heel veel meer. Het is niet aan de orde.'

'Ik weet zeker dat ze jou interessant vond.'

'Ik ben interessant,' probeerde hij.

'Als je iets doet vermoord ik je.'

'Dat is wel heel erg zwaar. Wat vind je van zweepslagen?'

'Na de zweepslagen vermoord ik je.'

'Rachel, weet je wel hoeveel vrouwen ik elke dag tegenkom?'

'Toevallig weet ik dat wel. En ik maak me daar ook zorgen over. Ik weet hoe die meisjes erbij lopen. En bij hen vergeleken ben ik een oude koe.'

'Ik ben een Hollandse boer, schat, vertel mij wat over koeien.'

'Je bent niet serieus,' klaagde ze geërgerd.

'Ik kan dat ook niet zijn. Ik was die Channah allang weer vergeten.'

'Dus je hebt wel aan haar gedacht?'

'Nee,' zuchtte hij, 'alleen nu. Door jou.'

'Ik wil dat je me trouw blijft,' zei ze verzoenend.

'Het toeval is: dat wil ik ook van jou. Die regisseur die je zo meteen ontmoet, dat vind ik nou vervelend.'

'Je hoeft je nergens zorgen over te maken.'

'Ik maak me er zorgen over dat je voor hem valt. Voor wie hij is en wat hij voorstelt. Dat je verleid wordt om in Bombay voor de camera te gaan staan.'

'Mumbai heet het tegenwoordig.'

'Ik wil met Ben en met jou naar Princeton,' zei hij. Het maakte hem niet uit dat hij pathetisch klonk.

'Dat wil ik ook, liefste. Dit betekent niks voor mij. Een flardje van vroeger.'

'Ik geloof je,' zei hij.

'Ik geloof jou,' antwoordde ze.

Enkele minuten later belde ze opnieuw. De bus was slechts honderd meter opgeschoten.

Ze vroeg: 'Zal ik die afspraak afzeggen?'

'Wil je dat echt?'

'Het is eigenlijk onzin om net te doen alsof ik daar zin in heb. Als idee, in abstracte zin, ja, maar ik doe het toch niet.'

'Ik kan daar niet over oordelen. Het is misschien niet helemaal beleefd om zo laat af te zeggen.'

'Nee, dat is waar. Ik ben al onderweg.'

'Zit je in de taxi?'

'Ja. Ben kijkt zijn ogen uit. We zitten in de auto van –' Ze richtte zich tot de chauffeur, vroeg waar hij vandaan kwam. 'Bram, hij is Ethiopiër, een falasha, en zijn taxi ziet eruit als een kermiswagen met allemaal gekleurde lichtjes. Ben vindt het te gek.' Ze richtte zich tot hun zoon. 'Mooi hè, Ben, al die kleuren die veranderen en aan- en uitgaan?' En vervolgens weer tot Bram: 'Hoe gaat het met het hondje?'

'Hij zit op mijn schoot. Het is een ontzettend lief beest.'

'Is hij gevaarlijk voor Ben?'

'Ja,' antwoordde Bram resoluut. Hij wilde Hendrikus niet kwijt. Ben zou met hem opgroeien. 'Het is een levensgevaarlijk piepklein beestje met een vlek op zijn hoofd. Een mensenetend monster ter grootte van een hamster.'

'Goed, nou ja, ik zie hem straks wel. Ik bel je als ik die man gesproken heb.'

5

Bram was tien minuten te laat in de collegezaal en hij hoorde de verwensingen van zijn vader in zijn hoofd. Zijn moeder was bij machte geweest om Hartogs ongemak met zijn zoon in toom te houden, maar zij was jong gestorven, twaalf weken voordat haar man de Nobel-oorkonde in ontvangst zou nemen, een dag van voldoening en triomf, een koninklijk ritueel voor een joods jochie dat uit de hel was teruggekeerd, een plechtigheid waarmee de gezwellen in haar lichaam geen rekening hadden willen houden.

Een jaar na haar dood aanvaardde Hartog het aanbod van de universiteit van Tel Aviv om daar onderzoek te doen en les te geven. Het eigenaardige was dat zijn vader hem een keuze voorlegde, meegaan of in Amsterdam blijven bij een pleeggezin, alsof het vanzelf sprak dat een kind van elf een dergelijke keuze weloverwogen kon maken. Bram hield van zijn vader, maar ook was hij bang voor hem. De gedachte dat hij zonder ouders en zonder familie in Nederland zou achterblijven vertoonde nachtmerrieachtige trekken, maar hij wilde niet nog langer de bron van zo veel teleurstelling bij zijn vader zijn. Bram moest in Amsterdam blijven opdat zijn vader niet meer met het falen van zijn zoon geconfronteerd werd. Bram wilde dat uit diens blik niet alleen de rouw om de dood van zijn vrouw maar ook de bitterheid over zijn tekortschietende zoon zou verdwijnen. Als het vakantie was vloog Bram naar Tel Aviv, sliep op een gammel opklapbedje in de tweede slaapkamer, door zijn vader als rommelhok gebruikt, bracht uren zwijgend met hem door en nam bij het schaken wraak voor de vele momenten waarop zijn vader hem hoofdschuddend op zijn falende exactheid had gewezen.

Hartog had zijn zoon de wereld van de wetenschap willen binnenvoeren, maar Bram was een dromerige jongen. Hartog had hem nooit schaken bijgebracht, en Bram begreep tijdens die vakanties in Tel Aviv waarom: zijn vader, het exacte genie, kon niet schaken. Hij kon de meest gecompliceerde berekeningen voor de vuist weg uitwerken, maar schaken kon hij niet, een gebrek dat hem zichtbaar ergerde en dat de zwakke plek in zijn harnas was ('Ik heb dat niet gezien, ik heb dat niet gezien,' klaagde hij wanneer Bram door zijn linies brak). Voor Bram was schaken een intuïtief spel. Hij lette op de vormen van zijn stellingen, op de verhalen die op het bord te vertellen waren, en toen hij vastgesteld had dat er in de verrassende nederlagen die hij zijn vader toebracht een systeem te bespeuren was – namelijk: zijn vader beheerste dit spelletje voor geen meter – kon hij het niet nalaten te pas en te onpas zijn vader tot een partij te dwingen. Het eigenaardige was dat zijn vader zijn nederlagen ridderlijk accepteerde. Dan liet hij zijn koning struikelen, boog zijn hoofd en grapte: 'Bram, jij hebt gewonnen. Die Nobelprijs betekende niks. Jij bent beter.' Het waren de momenten waarop Bram het gelukkigst was. Waarop met ironie de tederheid tot stand werd gebracht waar Bram zo naar verlangde. Papa hield van hem. Hij kon daarna over de boulevard dansen, ervan overtuigd dat zijn vader trots op hem was. Maar die gelukzalige momenten hielden nooit lang stand. Hartog leek hem na een paar uur vergeten te zijn, en dan moest Bram hem weer bij de les brengen en het ritueel van de klinkende overwinning bij de schaakpartij herhalen.

Bram kon niet uitblinken in wis- en natuurkunde. Bram

hield van verhalen. En dus van geschiedenis. Voordat hij zijn dienstplicht in Israël vervulde, studeerde hij in drie jaar af. Tijdens zijn tochten door de gebieden kwam hij op het idee voor een onderzoek dat een proefschrift kon worden, en via contacten van zijn vader slaagde hij erin documenten op te diepen die aantoonden dat het reine beeld van de joodse verdedigingsoorlog voor een deel moest worden herschreven. Bram toonde aan dat de zionistische leiders al vanaf de jaren dertig op een mogelijke verdrijving van Arabieren hadden aangestuurd. Hartog, een overtuigde zionist van de oude stempel, vond het onzinnig en gevaarlijk dat Bram dergelijke conclusies trok, maar hij begreep op tijd dat zijn zoon zijn eigen wetenschappelijke terrein aan het veroveren was en hij kon het uiteindelijk bij de promotie opbrengen om fier de gelukwensen voor zijn zoon in ontvangst te nemen.

Bram gaf les in de moderne geschiedenis van het Midden-Oosten, een vakgebied vol moord en doodslag, staatsgrepen en genocide, corruptie en roof, en soms stond hij er versteld van dat hij nog in vredesprocessen kon geloven, in de diepe goedheid van de Midden-Oosterse mens, die weliswaar door eer, geld en macht gedreven werd maar desondanks een milde ziel zou bezitten.

Ook nu gaf hij twee uur college. In het eerste vertelde hij over Abdul Nasser, de mythische leider van Egypte die zich de smadelijkste nederlaag van alle moderne Egyptische leiders op de hals had gehaald, en poogde hij uit te leggen waarom Nasser tot op de dag van vandaag door veel Egyptenaren en andere Arabieren werd aanbeden. In het tweede vertelde hij over de fascistische en stalinistische karaktertrekken van de Syrische en Iraakse Ba'ath-partijen.

Terwijl hij in de collegezaal zijn tas inpakte en met vier studenten in discussie was over de Amerikaanse bezetting van Irak – er was weinig discussie, het was duidelijk dat Bush zijn hand overspeeld had – werd hij door Rachel gebeld. Voordat hij 's middags nog college moest geven, had hij twee uur in zijn kantoor willen doorbrengen om zijn notities door te nemen. Maar Rachel had andere plannen.

'Bram, ik wil met je praten.'
'Waarom nu meteen?'
'Daarom.'
'Ik moet eigenlijk nog wat voorbereiden.'
'Dan maar geen voorbereiding.'
'Geen voorbereiding? Rachel, wat is er?'
'Je moet iets uit mijn kop praten.'
'Wat moet ik uit je kop praten?'
'Hij wil – die regisseur – dat ik de hoofdrol in zijn nieuwe film speel. Hij maakt geen suikertaartfilms maar serieuze speelfilms. Ik wil wel maar ik wil niet, begrijp je?'
'Ik geloof het wel,' antwoordde hij verward.
'Ik wil het niet, maar het is iets dat ik kan, dat weet je. Het hoort bij me. Maar ik wil het onderdrukken. Ik wil niet dat ik dit doe. Die regisseur – hij heeft prijzen gewonnen in Venetië en Cannes. Hij is een groot talent. En toch doe ik het niet. Ik ben geen actrice. Ik ben kinderarts. Wij gaan samen weg hier. En dat ga je me nog een keer zeggen. Nee, je gaat het me honderd keer zeggen. Kun je komen schat?'
'Waar?'
'We zien elkaar halverwege, bij de crèche. Als je eerder bent, wacht je op me, goed?'

Ze had gelijk. Ze was een theatraal mens. Ze genoot van aandacht, van de entree in een druk restaurant en van volle tafels met vrienden die onder haar leiding alle raadsels van het Midden-Oosten oplosten terwijl ze van de wijn en haar schoonheid dronken werden.

Bram haalde Hendrikus op bij Lila, zijn secretaresse. Het beestje had in haar een verse aanbidder gevonden en piepte

verontwaardigd toen Bram hem in de plastic draagtas opsloot.
'Heb je hem uitgelaten?'
'Nee. Dat moet natuurlijk wel, hè?'
Lila was een kleine, gezette Jemenitische met een ijzeren geheugen en moederlijke toewijding. De keerzijden van die kwaliteiten heetten traagheid en faalangst.
Voordat hij haar kamer verliet, vroeg hij: 'Hoe vaak moeten honden worden uitgelaten?'
'Drie keer, geloof ik. Is-ie vanochtend geweest?'
Hij had geen idee. Hij vroeg: 'Heeft-ie hier gepoept?'
'Nee.'
'Dan is-ie vanochtend uitgelaten.'
Bij de faculteit stonden taxi's te wachten en Bram had zich voorgenomen om onderweg in de taxi nog wat te werken – een rit van twintig minuten op het midden van de dag – maar hij kon niet lezen omdat hij zich rusteloos afvroeg of zij een vertrek naar Princeton kon combineren met een baan als actrice. Rachel zou veel op reis zijn, maanden voor opnamen in hotels en villa's logeren, en dan zou ze op een dag op iemand verliefd worden die de hysterische intensiteit van het leven op de filmset met haar kon delen. Vermoedelijk had zij gelijk, zij moest het aanbod negeren.

De taxi waarin hij zat werd door een gillende ambulance gepasseerd. Hendrikus keek op, opeens met een trillend lijfje, geschrokken door de eerste confrontatie met Magen David Adom, het Israëlische Rode Kruis.

Het was een klamme mediterrane dag met een hoge luchtvochtigheid die alles broeierig en klef maakte: de lucht die hij inademde, de zitting van de taxi, zijn oksels.

Terwijl Bram samen met het hondje de ambulance nakeek, drong het tot hem door dat de verhoudingen tussen hem en Rachel niet in balans waren: hij had Johansons aanbod wel kunnen aanvaarden zonder haar ambities en welzijn in zijn besluitvorming te betrekken, maar omgekeerd wilde hij dat zij aan hem en hun huwelijk voorrang gaf. En hij werd er zich van bewust dat het gesprek dat zij vanochtend met de regisseur had gehad de inlossing was van de ergste angsten die hij kende: dat zij hem zou verlaten. Zij was te mooi, te grillig en te onvoorspelbaar voor hem. Hij had nooit begrepen waarom zij uit ontelbaren voor hem had gekozen. Hij was geen bijzonder mooie man. Hij was niet een van de vele mediterrane verleiders die in Israël de stranden en cafés afstruinden op jacht naar de juwelen onder topjes en minirokken. Misschien omdat hij enigszins introvert en afstandelijk was, in feite soms stierf van verlegenheid, leek hij minder op een roofdier dan sommige andere mannen, ook al kon hij zich in gedachten aan de wildste escapades uitleveren. Misschien had ze hem uitverkoren omdat ze bij hem duidelijkheid, trouw en regelmaat dacht te vinden. En dat was niet ongegrond geweest. Maar ze was niet alleen arts en een vrouw die een veilige omgeving had gezocht waarin ze een kind kon baren, ze was ook een actrice die zich moest voeden met het grote gebaar en applaus. Ze was woest wanneer ze het gevoel had dat hij met andere vrouwen flirtte, maar zelf genoot ze ervan om de verbeelding van mannen op hol te doen slaan. Misschien was het verkeerd geweest om hun publieke bestaan zo streng te begrenzen. Binnen enkele weken na de publicatie van zijn studie over de wederzijdse wreedheden in 1948 waren ze opgenomen in het linkse kunstenaarscircuit in Tel Aviv, en daar kon Rachel schitteren. Ze was niet alleen overdonderend mooi en had de juiste huidskleur, ze hield er ook de correcte meningen op na. En hij moest bekennen dat hij moeite had met de aandacht die haar overal ten deel was gevallen. Hij had zich door de schilders, schrijvers en filmmakers bedreigd gevoeld, door hun losse ironie en vanzelfsprekende lichamelijkheid. Hij had er zich een onbeholpen hark gevoeld, geduld om zijn kennis en bewonderd om zijn stellingnamen, benijd om zijn buit: dit uitzonderlijke vrouwtjesbeest, dit langbenige wezen met wilde manen en ogen die de gedachte aan doorweekte lakens en dierachtige geuren opriepen, deze trofee, kon hem elk moment worden ontnomen door mannen die wel wisten waarvan zij droomde, die wel aan de directe rauwe geilheid konden toegeven waarnaar zij, zo wekte zij de indruk, in stilte hunkerde. Of maakte hij het zichzelf allemaal wijs? Was het een variant van dat oude gevoel dat hij in de schaduw van zijn vader stond en in alles tekortschoot en dus op niets recht had? Hij dacht dat hij er zich van bevrijd had. Op zijn achttiende had hij zich voorgenomen om zijn vader met wetenschappelijke wapens te verslaan. Hij was op zijn achtentwintigste tot hoogleraar benoemd en desondanks had hij het gevoel dat zijn vader zijn prestaties hoogstens met milde tolerantie bezag. Een biochemicus ziet in een historicus, zelfs een briljante, niet meer dan een halfgare dromer die zich in de overgeleverde grapjes van het verleden heeft verloren – precies, een verliezer.

Opnieuw hoorde Bram het gejank van een sirene, meerdere zelfs, en de taxichauffeur stuurde zijn auto naar de rand van de weg en maakte ruimte voor drie ambulances die in wilde vaart voorbijsuisden. Rachel was arts, een beroepsredder, en tijdens haar studie had zij enkele maanden als vrijwilliger op een ambulance gewerkt. Zij had geluk gehad: alleen de gewone ongelukken en ongevallen en hartinfarcten, de gewone pijnen en angsten, geen aanslagen.

Nadat de ambulances verdwenen waren stuurde de taxichauffeur de auto de weg op en Bram opende het plastic hondenhokje en streelde het bevende dier.

Maar opeens vulde de lucht zich opnieuw met sirenes. Binnen enkele seconden werden ze aan alle kanten overdonderd door het gehuil van tientallen sirenes, dichterbij dan Bram ze ooit had gehoord. Het verkeer kwam tot stilstand en in de auto's om hen heen staarden de inzittenden strak voor zich uit. Een donkere schaduwvlek schoot over de auto's en Bram keek omhoog en zag twee heli's laag overkomen, de auto trilde door de enorme luchtverplaatsing.

Hendrikus verstijfde.

Bram zei: 'Zet even de radio aan.'

De chauffeur, een gezette kalende man met ongeschoren vette wangen die over zijn onderkaak gezakt waren, knikte gelaten. Het lag voor de hand dat ze hier nog een uur in het verkeer vastzaten. De taxivergunning, tegen het dashboard geplakt, onthulde in zijn naam een volledige levensloop: Vladimir Latoschenko. Zijn dikke vingers draaiden aan de knop en vonden snel een nieuwszender: een aanslag, nog geen berichten over doden en gewonden, enorme vuurontwikkeling, zelfmoordaanslag, deze keer vermoedelijk geperfectioneerd met een zware brandbom, een verslaggever was bijna op de plek, niet zo ver van waar Brams taxi wachtte, nog geen officiële mededelingen.

In de auto naast Bram stak iemand in alle rust een sigaret op. Aan de andere kant van zijn taxi waren twee vrouwen druk gebarend met elkaar in gesprek. Een van hen begon te glimlachen en vervolgens moesten ze beiden lachen. Over hun werk, de liefde, een vakantie?

Bram voelde hoe een golf van onrust door zijn ledematen sloeg, een vreemde sensatie die iets met zijn bloed van doen had, hij moest er zijn vader eens naar vragen, de man die het meest wist van alle stervelingen die Bram ooit had gekend.

De meter gaf zestien sjekel aan. Bram pakte zijn portemonnee uit zijn tas: 'U zult hier nog wel een tijdje staan, ben ik bang. Ik geef u vijftig sjekel. Ik stap hier uit, ik hoef niet ver meer.'

Hij wilde niet lijdzaam zitten wachten. De straten waren geblokkeerd, maar onder dit soort omstandigheden wilde hij zo dicht mogelijk bij zijn geliefden zijn. Zijn gezicht met Rachels haren bedekken. Bens vingertjes in de kom van zijn hand beschermen. De chauffeur nam nonchalant het geld aan.

'Ik met sovjetleger in Afghanistan,' zei hij in gebroken Ivriet terwijl Bram zijn tas dichtklikte en met de rits het draagbare hondenhok afsloot. 'Vuren daar, hoog als bergen. In Afghanistan, Amerikanen hebben Bin Laden tegen ons gestuurd. Zij hebben monster gemaakt. Monster heeft Bush bedankt. Met vliegtuigen in torens.'

Zonder iets te zeggen stapte Bram uit en begon aan zijn wandeling. Hij had sterke benen die hem misschien wel in minder dan tien minuten naar de crèche konden brengen. Maar het was vreemd dat zoiets ijls en transparants als lucht zo zwaar en dicht kon worden, alsof hij met elke stap door een barrière moest breken. Dat kwam door de gruwelijke kakofonie die tussen de huizen en over de daken naar hem toe walmde. Honderden sirenes, leek het wel, gierende uithalen van prehistorische dieren die kermden van de pijn. Hij kon haar bellen, dacht Bram, verbazingwekkend dat hij daar niet meteen aan gedacht had, gewoon bellen, mobiel naar mobiel, waarom had hij gewacht tot de onrust met een ijzeren hand zijn keel toekneep en zijn slappe knieën en enkels geen enkele steun meer boden?

Hij bleef staan en pakte zijn mobiel uit zijn tas. Drukte haar nummer in en na één beltoon klonk meteen haar stem: 'Rachel Mannheim, laat uw boodschap achter na de piep.'

Direct verbrak Bram de verbinding. Hij had geen boodschap. De enige boodschap die hij had, was dat hij haar nu meteen wilde zien. Waarom had ze haar telefoon uitgezet? Natuurlijk was ze bang dat ze in de crèche de slapende kinderen in hun bedjes wakker zou maken. Hij stelde zich rijen met kleurrijke ledikantjes voor, overal gele en rode en hemelsblauwe bloemen en poppen en fantasiefiguren, en in een van die ledikantjes lag Ben, breed, roze en onschuldig wachtend op een moederborst vol leven, en met een van zijn knuistjes kneep hij dromend en wel in Rachels wijsvinger. Zij zat naast hem op een kruk, in aanbidding over hem heen gebogen.

Bram haastte zich in de richting van de crèche. Om hem heen vulde de straat zich met tientallen voetgangers. Ze hielden hem op, versperden het trottoir, mannen, vrouwen, kinderen, omhoogstarend naar de roetzwarte wolken achter de huizen en gebouwen, wolken die zich niet in de windloze grijze lucht lieten verdrijven en een donker decor vormden voor de vier of vijf helikopters die zenuwachtig boven de daken zwermden. Bram stapte de straat op en versnelde zijn pas, slalommend tussen de auto's, op weg naar zijn vrouw en kind. De Stille Oceaan. Een mooie naam voor een kinderdagverblijf. Hij mocht de plastic hondentas niet te veel schudden, maar hij merkte dat hij zijn handen niet stil kon houden en Hendrikus begon te huilen, bijna als een kat. De brand die hier ergens in de buurt woedde verspreidde de stank van benzine en brandend plastic, scherpe geuren waarvan zijn vader vermoedelijk in een handomdraai de chemische structuur kon ontleden.

In de hitte boven het wegdek zocht Bram zijn weg tussen de auto's, langs de bestel- en vrachtwagens. Overal zag hij mensen die belden of zwijgend voor zich uit staarden of besloten hadden dat het nu tijd was om het lunchpakket te openen, een enigszins gefrustreerde, tot stilstand gekomen karavaan die maar één ding wilde: op gang komen, zich in beweging zetten en de tocht naar kantoren, winkels, opslaghallen, restaurants en crèches voortzetten.

Maar iets onwrikbaars, enkele straten verder, had alles doen verstarren, een vuurspuwende draak wiens hitte al op afstand voelbaar was. Bram begon te hollen, het hart in de keel, met ogen die alles wilden zien maar bang waren om te kijken. Want er klopte iets niet. Hij wist dat er iets niet klopte, alsof zijn haperende lichaam al op de hoogte was van een waarheid die zijn geest niet kon bevatten. Mijn god, iets klopte niet, het vuur niet, de walmen niet, en de zwaailichten van de ambulances en politiewagens niet. Honderden rode en blauwe lichten, kleuren die bij een crèche pasten, schoten over de muren van de huizen en weerkaatsten op de ruiten, en hij werd door al die zwaailichten bijna verblind, ook al was het midden op de dag. De lucht hing zwaar op zijn schouders.

Hij sloeg een zijstraat in en in de uitstralende hitte en het diepe gebulder van het zwarte vuur stuitte hij op een muur van menselijke ruggen, een woud van kleurrijke bloesjes en hemdjes en kale glimmende schedels en paardenstaarten met feestelijke strikken en Afrikaans kroeshaar en Russische blondines. Maar hij had geen tijd om hier te wachten want hij wist dat er iets niet klopte, mijn god, iets klopte hier niet. Met elke vezel van zijn lijf was hij ervan overtuigd dat het beter was om nu direct in de tijd rechtsomkeert te maken, om de klok tot stilstand te brengen en te laten teruglopen zodat het niet meer zes over halftwee was maar vijf voor een. Toen had hij Rachel nog kunnen bellen en had hij haar kunnen toeschreeuwen: Rachel! RACHEL!! RACHEL!! Ga nu meteen naar De Stille Oceaan! Nu meteen! Verlies geen seconde en haal Ben op!! Haal hem daar weg want er klopt iets niet! Geloof me, liefste, iets klopt niet! Haal hem daar weg! Liefste, haal hem weg! WEG! WEG!

Opnieuw pakte hij zijn telefoon en toetste haar nummer in: 'Rachel Mannheim, laat uw boodschap –' Haar mobiel stond nog steeds uit. Waarom belde ze hem niet?

'Sorry sorry sorry,' mompelde hij terwijl hij tussen tientallen schouders en verontwaardigde of geschrokken of berustende gezichten door de muur van omstanders naar voren waadde. Ruw vocht hij zich door de rijen van omstanders naar de politieafzetting. Maar hij bleef daar niet afwachtend staan. Hij verscheurde de gele politielinten om naar de rij brandende auto's te lopen want hij had hun Mazda herkend, de Japanner die bedekt was met littekens, de oude wagen waarmee hij vanochtend naar Hartog was gereden. Rachel had hem vervolgens opgehaald om naar de crèche te rijden.

Er klonken stemmen toen hij met een simpele armbeweging de linten kapottrok, hem werd toegeroepen dat hij moest blijven staan, maar hoe kon hij zich van wat dan ook iets aantrekken? Hij liep naar de Mazda tot hij door sterke handen werd vastgegrepen, handen van politiemannen die hem geen ruimte lieten, handen die hem pijn deden maar hem vreemd genoeg tegelijkertijd probeerden te troosten terwijl hij naar de vlammen keek die uit de ramen van het gebouw sloegen, een gebouw dat ooit zeegroen van kleur geweest moest zijn, een vierkante blokkendoos van twee verdiepingen hoog die nu al dreigde in te storten doordat een woedend vuur zich naar buiten vrat. Waar waren de ledikantjes waarin de kinderen sliepen? Het speelgoed, de klimrekken, de verfpotjes, de tekeningen aan de muren?

Brandweermannen waren nog bezig slangen uit te rollen en vanaf het dak van een rode wagen schoof een ladder zich in volle lengte uit naar het gebouw. Zwarte, stinkende wolken dreven uit het gebouw.

Zij zou natuurlijk hier ergens tussen de mensen staan en ongerust naar hem uitkijken, Ben veilig in haar armen, en hij probeerde zich om te draaien zodat hij de menigte achter de politieafzetting kon overzien, maar de politiemannen die om hem heen stonden gaven hem niet de ruimte om naar zijn vrouw te zoeken. Wild probeerde hij zich van hun domme handen te bevrijden terwijl hij verbeten zijn aktetas en plastic hondenkooi bleef vasthouden, alsof die dingen het enige houvast boden dat hem van de ondergang kon redden. Hij werd bijna verteerd door de woede over het onbegrip in de koppen van de agenten, hij had het gevoel dat het vuur het allerbinnenste van zijn lijf bereikte en ook daar alles in brand zette.

Bram wist dat er iets niet klopte, mijn god, dit klopte niet, maar hij kon nauwelijks helder denken en hij vroeg zich af of hij zijn vader kon bellen om hem te smeken de tijd terug te zetten, zijn vader, de Nobelprijswinnaar die elke seconde meer geheimen doorgrondde dan Bram in zijn hele leven kon bevatten.

Natuurlijk waren ze niet in dit brandende gebouw. Natuurlijk waren ze al eerder naar buiten gegaan want Rachel had een bijna dierlijke intuïtie. Zij was het kind van een traditie met werkelijkheden die ongrijpbaar waren voor zijn zintuigen. De kans was groot dat zij, gedreven door exotische onrust, Ben had opgehaald. Zij had iets voorvoeld omdat ze iets kon ruiken wat ijler was dan haar neus kon registreren, omdat ze iets beluisterde dat geen oor kon horen. Ze had buikpijn, iets dergelijks was het, een vreemde, magische maar betekenisvolle kramp in haar buik, en ze had daaraan toegegeven en ze had Ben in haar armen genomen en ze was de crèche uit gehold, waarom wist ze niet, het was die buikpijn, en ze was gaan rennen tot ze de explosie achter zich hoorde. En ze was blijven rennen. Gewoon weg, verder weg, steeds verder.

O liefste Rachel, dacht hij, o liefste, o liefste kindje van me, o kleine Bennie, mijn lieve jongen.

En hij begon te schreeuwen. Het was gek dat hij deze behoefte zomaar uit zijn borstkas voelde opwellen. Maar hij moest brullen als hij niet wilde dat zijn hart scheurde. Of misschien was het anders: misschien wilde hij dat zijn hart nu scheurde en kon hij dat bereiken door zijn longen uit zijn lijf te schreeuwen.

Hij merkte dat de agenten een ogenblik terugdeinsden toen aan zijn keel dierlijke geluiden ontsnapten, en een moment verslapte hun greep om zijn armen en rug. Hij rukte zich los en probeerde naar het gebouw te rennen tot opeens andere handen hem grepen, zeven, acht paar stalen handen. Bram bleef gillen. Hij kon niet anders. Maar de vormeloze oergil droeg nu opeens betekenis.

'LIEFSTE LIEFSTE LIEFSTE!' brulde hij.

De politieagenten trokken hem naar de grond en zo veel armen en handen waren te sterk voor zijn vechtende lijf, dat sinds zijn negende niet meer in een directe fysieke vechtpartij verwikkeld was geweest, ook al had het in de gebieden dienstgedaan en droeg het elk jaar nog als reservist een uniform, een pacifistisch lijf, een lijf dat niet zoveel meer wilde dan het lijf van Rachel en het lijfje van Ben voelen. Hij lag op zijn rug op het asfalt, zijn armen en benen werden door misschien wel een tiental agenten vastgehouden. Krampachtig kneep hij in de hengsels van de tas en het hok, zijn begeleiders die hij voor geen goud zou loslaten. Maar zo veel repressie was niet nodig. Hij voelde hoe alle kracht uit zijn verwoeste lijf stroomde. Hij kon zich niet meer verzetten. Hij kon niet meer gillen. Hij kon nog wel fluisteren.

'O mijn liefste, o mijn liefste.'

Hij gaf zich over aan de handen van de mannen om hem heen.

Hij hoorde dat een van hen zei: 'Pas op, in die tas zit een hondje.'

En het gekke was dat Bram opeens voor een keuze stond. Hij wist dat hij voor de waanzin kon kiezen. Het was een besluit dat voor het oprapen lag. Deze wereld viel niet te begrijpen en hij kon voor zijn eigen wereldvariant kiezen. Er was een uitweg, leek het wel, een uitweg die hem van deze verzengende pijn kon verlossen.

Hij had zijn ogen gesloten en werd zich bewust van de orkaan van lawaai om hem heen. Het brullen van de brand, de bevelen van de brandweermannen, de helikopters, de sirenes van aankomende en vertrekkende ambulances. Als hij wilde, kon hij ze wegdenken en uit zijn hoofd bannen.

'Ik ben zijn vrouw,' hoorde hij vaag.

Dergelijke woorden kon hij zelf oproepen, hij wist dat het hem geen enkele moeite zou kosten om ze elke dag te horen en ze elke dag te koesteren en te verzorgen.

'Laat me bij hem, nee raak me niet aan! Dat is mijn man, ga opzij!'

Het waren woorden die hij wilde horen maar die niet uitsluitend binnen in zijn kop klonken.

Hij sloeg zijn ogen op en de mannen lieten toe dat hij zich oprichtte, ook al bleven ze zijn armen vasthouden.

En tegen de donkere lucht, waarin de vette zwarte walmen van de brand wervelden, verscheen Rachel, krachtig en vastbesloten, als een madonna met Bennie in haar armen. Zijn babyzoon keek met grote ogen zwijgend om zich heen. De mannen maakten ruimte voor haar en ze stapte naar voren, hurkte en ze keek met droeve ogen op hem neer.

'O mijn god,' zei ze. 'O lieve, lieve jongen.'

Hij zei: 'Ik dacht dat –'

Maar hij kon niets zeggen. De tranen stroomden over zijn wangen. De mannen lieten hem los en hij bleef in elkaar gedoken op straat zitten, verdwaasd en opgelucht, tintelend van vermoeidheid en geluk, en hij voelde dat de waanzin langzaam uit zijn hoofd trok en een verlossende leegte achterliet. Hij sloeg zijn armen om zijn benen en huilde als een klein kind terwijl Rachels troostende hand zijn hoofd en zijn rug streelde.

'Rustig maar, liefste, er is niets gebeurd,' zei ze. 'Liefste, rustig maar.'

'Kunt u meteen weggaan?' klonk een boze stem. 'Er zijn mensen die hun werk moeten doen hier.'

Princeton
Vier jaar later
Augustus 2008

I

Hij had Rachel naar Newark gebracht en reed nu met Hendrikus terug. Het hondje had zijn plaats naast Bram ingenomen. Op de heenweg had het dier rechtopstaand, met zijn pootjes tegen het zijraam, naar buiten gekeken. Het zelfverzekerde beest wisselde om de vijf minuten tussen de zitting van de passagiersstoel en de zachte mat op de bodem van de nieuwe Ford Explorer die Bram een maand geleden had geleased. Over een uur zou Rachel in Newark op de El Al-vlucht naar Tel Aviv stappen. Ze had een upgrade geregeld – ze kon altijd kleine en grote zaken regelen, een goedkope loodgieter, een antieke boerentafel, een tekening van het huis die tijdens de burgeroorlog door een zwarte artiest uit Philadelphia was gemaakt – en ze had genoeg werk bij zich om de lange vlucht te doorstaan. Ze beweerde dat ze aan boord nooit kon uitrusten maar Bram wist uit persoonlijke waarneming dat zij na de eerste maaltijd urenlang zou slapen. Soms deed zij dat in de vliegtuigstoel langer en dieper dan thuis in bed en moest hij haar wakker maken wanneer het toestel boven de Middellandse Zee de lange daling naar Ben Goerion inzette. Haar vader vierde morgen zijn vijfenzestigste verjaardag en Rachel ging hem in Tel Aviv met haar aanwezigheid verrassen.

In Europese landen waren op sommige luchthavens razendsnelle irisscanners geïnstalleerd die het mogelijk maakten om minder dan twee uur voor vertrek in te checken, zoals vóór *nine eleven*. Maar in Amerika was grenscontrole handwerk, zoals in Israël. Als Rachel over een week terugkwam, zou een ambtenaar minutenlang haar gegevens onderzoeken. Bram had er alle vertrouwen in dat de maatschappij die al vele jaren tot de veiligste in de wereld behoorde, El Al, haar onbeschadigd in Israël zou afleveren, maar luchtverkeer bleef voor hem een onbegrijpelijk fenomeen dat hem nog altijd angst inboezemde. Hij vloog gemiddeld twee keer per maand en telkens staarde hij met het zweet in zijn handen naar zijn laptop terwijl hij ingespannen op het gezoem van de motoren lette. Wanneer zich plotseling een verandering in de toonhoogte en het volume voordeed, wierp hij geschrokken een blik op het boordpersoneel om vast te stellen of het zenuwachtig contact met de cockpit opnam. Bram was ervan overtuigd dat hij een geliefd studieobject voor nieuw personeel was; de hele vlucht lang werden de passagiers door boordcamera's geobserveerd en zijn doodsbenauwde kop was vaak de enige in een cabine vol slapende reizigers waarmee een personeelstrainer de toekomstige stewards en stewardessen het toonbeeld van de schijtlaars kon demonstreren: kijk, dat is hem, hij heeft een gigantische hoeveelheid *frequent flyers*-punten maar hij heeft nog steeds geen vertrouwen in de kundigheid van de piloten en is dus een potentiële bron van ellende.

Als hij met Rachel vloog, wreef zij vergevingsgezind het zweet van zijn handpalmen. Zij begreep zijn angst maar vond dat hij overdreef. Hij had haar verteld over de nachtmerries waardoor hij sinds een week of acht geteisterd werd.

'Je doet te veel,' had zij vanochtend geconcludeerd. Hij was om halfvijf wakker geworden, glimmend van het zweet. 'Die lezingen breken je op. Je moet er echt mee ophouden.'

'We hebben het geld nodig. De verbouwing kost goud.'

Zijn boek over Sharon en Arafat, een bescheiden non-fictie bestseller, had genoeg opgebracht om de aanbetaling te bekostigen van het vervallen landhuis waarin ze vier maanden geleden hun intrek hadden genomen. Belangrijker nog dan die royalty's waren de inkomsten uit de lezingen die hem vanuit het hele land werden aangeboden. Daarmee konden ze sneller dan voorzien de verbouwing financieren en zelfs de hypotheek aflossen. Hij wilde zekerheid. Hij meed risico's. Het huis, in 1828 een eenvoudige houten kubus, was in de loop van twee eeuwen uitgebreid tot een labyrint van gangen en kamers. Uiteindelijk besloeg het zevenhonderd vierkante meter, en het mocht niet instorten voordat ze het hadden kunnen stutten. Dat was een overdreven angst, hadden de architect en aannemer hem bezworen. Ze spraken over het gebint van het huis, dat sterk en robuust was. Alle leidingen moesten worden vervangen, de badkamers, de meeste ramen, de keuken en een groot deel van het dak, maar aan het einde van hun vijfjarenplan zouden ze daarvan de vruchten plukken: een huis waarin je kon dwalen en warm en veilig de zware winters aan je voorbij kon zien trekken. Nu leefden ze in de meest recente aanbouw, in 1928 opgetrokken voor het huispersoneel dat in 1930 na de beurskrach ontslagen was. De drie slaapkamers en een woonkeuken bevonden zich in een kleine vleugel van het z-vormige pand, aan de zijkant tussen het verwaarloosde gazon van de weidse tuin en de stille weg die na twee mijl uitkwam op de 518, die naar Princeton leidde, een rit van nauwelijks dertig minuten. Hun tuin bevond zich op een gering deel van hun grond, dat maar liefst zesentwintig acres bedroeg, een eigen woud op heuvels die aan Midden-Engeland deden denken, doorsneden van paden en oude karrensporen. Wilde herten en vossen dwaalden tussen hun bomen, roofvogels doken er op knaagdieren. Vóór het invallen van de winter moesten ze de verwarming in orde hebben. De offertes waren binnen. Het kon een paleis worden.

Highway 1 verbond Princeton rechtstreeks met Newark International. Bram deed er ruim een uur over. Vervolgens zocht hij in een buurt met groene lanen en gerestaureerde 'colonials' en 'Victorians', comfortabele antieke grote huizen met uitnodigende veranda's en elegant houtsnijwerk langs de daklijsten, naar het pand van doctor Giotti. Hendrikus moest mee naar binnen. Bram had een ingewikkeld schema gemaakt met verschillende verblijfadressen voor de uren dat hij les moest geven, maar voor vandaag had hij geen oppas voor het hondje gevonden. Bennie was op de crèche. Hij moest hem om drie uur ophalen.

Giotti was net zo Italiaans van uiterlijk als zijn naam suggereerde, klein, donker, met zwarte, ironische ogen, een zorgvuldig, kort gehouden baardje, een scherp gesneden kostuum en schoenen van Bruno Magli aan zijn voeten. Een stille airco blies koele lucht in zijn spreekkamer. Hendrikus snuffelde geïnteresseerd rond, onder de poten van de strakke, kale stoelen en de eenvoudige ronde tafel die Bram van Giotti scheidde. Geen boeken op tafel. Een doos papieren zakdoeken en een kan met water en twee duralex-glazen. Hij was Bram door de interne dienst van de universiteit aangeraden. Het was Rachels idee.

Met de hand noteerde Giotti Brams leeftijd, geboorteplaats, de plaatsen waar hij had gewoond en gestudeerd, de sterfdatum van zijn moeder, gezinsomstandigheden.

Daarna vroeg Giotti: 'U slaapt dus slecht?'

'Ja.'

'Sinds wanneer?'

'Twee maanden.'

Het was vreemd om zomaar met een wildvreemde over zijn slaapgedrag te praten.

'Eerder dergelijke perioden gehad?'

'Nee. Dit is nieuw.'

Giotti had grote, vrouwelijke ogen, spiegels bijna, met lijnen op zijn oogleden die aan mascara deden denken maar puur natuur waren. Het viel Bram opeens op dat Giotti's haar geen spoor van vergrijzing toonde, ook al moest hij minstens zestig zijn. Hij liet het verven.

'Dramatische veranderingen in uw leven, rond die tijd?'

'Niet echt,' antwoordde Bram, 'nou ja – een huis, we hebben een huis gekocht. Waar veel aan moet gebeuren.'

'Zoveel dat u ervan wakker ligt?'

'Een beetje, ja.'

'Dat is vrij normaal, om daarvan wakker te liggen,' zei Giotti. 'Maar u heeft kennelijk het gevoel dat uw slapeloosheid niet alleen daarmee samenhangt?'

'Niet ik, mijn vrouw heeft dat gevoel.'

'Uw vrouw heeft u naar mij gejaagd?'

'Zij dacht dat het mij misschien kon helpen.'

'Heeft u er last van, van die slapeloosheid?'

'Ik zou het niet vervelend vinden om weer eens een nacht goed door te slapen, maar echt last – misschien wel, ik weet het niet.'

'Heeft u last met inslapen?'

'Nee, dat niet. Geen enkel probleem.'

'Seksuele problemen?'

'Hoe bedoelt u?'

'Erectiestoornissen?'

Niemand had Bram ooit zoiets gevraagd.

'Nee.'

'U heeft een bevredigend seksueel leven?'

Bram wist niet of hij dit vijfenveertig minuten lang kon uithouden. 'Ja.'

'Meerdere partners?'

'Nee. Ik geloof in trouw.'

'En u heeft het gevoel dat uw vrouw ook tevreden is over haar seksuele leven?'

Ze deden de dingen die ze wilden doen. Rachel was prachtig. Haar lijf en reacties op zijn aanrakingen sloten de behoefte aan ervaringen met andere vrouwen uit. Ze hadden samen wel eens een pornofilm gehuurd. Ze had hem een paar keer gekleed in alleen jarretels en hoge hakken verleid. Vermoedelijk allemaal onschuldig vermaak in de ogen van een ervaren shrink. Giotti was de favoriete psychiater van Princetons docentencorps. Misschien was het percentage geperverteerden hoger onder academici dan onder havenarbeiders.

Bram zei: 'Ik heb die indruk wel, ja.'

Giotti knikte, Brams antwoorden noterend.

'Kunt u een nacht beschrijven? U slaapt dus goed in?'

'Ja. Maar dan – ik krijg een nachtmerrie. Daarna slaap ik niet meer.'

'Zit er een patroon in die nachtmerrie?'

'Ja.'

'Een beschrijfbaar patroon?'

Bram knikte.

Zo ging dat dus bij een psychiater. Een droge uitwisseling van intieme informatie die daardoor geobjectiveerd en onderzoeks- en interpretatiemateriaal werd.

'Heeft u de nachtmerrie ook aan uw vrouw beschreven?'

'Ja.'

'Zij is een intelligente vrouw – ik ben wel eens aan haar voorgesteld – wat zei zij?'

'Dat ik een goeie shrink nodig had.'

Giotti grinnikte. 'Ik zei het al, een intelligente vrouw.' En hij keek Bram een ogenblik met een glimlach aan. 'Vindt u het moeilijk om hierover te praten?'

Bram antwoordde: 'Ik praat liever met u over de politieke ontwikkelingen in Korea.'

'U bent een optimist,' schoot Giotti terug.

'Ik ben geloof ik geen wroeter in mijn innerlijk.'

'Als dat niet tot problemen leidt, dan is dat geen enkel probleem. Maar u heeft nachtmerries.'

'Ja.'

'Ik hoef u niet uit te leggen wat dat betekent: onverwerkte angsten. Onderdrukte angsten.'

Bram knikte. Hij wist dat het in die nachtmerries om angst ging. Hij was bang. Bang om te verliezen wat hij koesterde. Rachel. Bennie. Het huis. Zijn werk. Zijn vader.

'Kunt u, denkt u, een gemiddelde nachtmerrie beschrijven, tenminste, als er zoiets als gemiddeld is?'

'Het is altijd dezelfde.'

'Eén vast patroon?'

'Ja.'

'Gaat uw gang,' nodigde Giotti hem uit, alsof het om een auditie ging.

'Ik zal het proberen – het is een vreemde situatie, zo tegenover u.'

'Natuurlijk. Deze onwennigheid blijft maanden, zo niet jaren bestaan.'

'U denkt dat ik u jaren zal blijven bezoeken?'

'Geen idee. Als u daaraan behoefte heeft –'

'Slaapmiddelen zijn een perfecte uitvinding,' opperde Bram.

'Absoluut. Ik kan een recept uitschrijven en dan kunt u verder met wat u vandaag wilde doen. Maar ik ben wel erg nieuwsgierig naar het patroon van de nachtmerrie.'

Bram vroeg zich af of hij genoegen zou nemen met een potje slaappillen of de voorkeur moest geven aan de kans dat hij hier inzicht kreeg in de hardnekkigheid van de nachtmerrie.

Hij zei: 'Het begint altijd anders. Maar dan ontstaat iets waardoor ik in het nieuwe huis beland.'

'Heeft u een voorbeeld van een begin?'

'Bijvoorbeeld, ik ben bij mijn vader. We praten over zijn hond. Die loopt weg en ik volg hem en dan ben ik met die hond in het huis. Het is het huis waarin ik nu met mijn vrouw en onze zoon woon, hoewel – het is erop gebaseerd. Ik loop daar achter die hond aan en de hond valt opeens door een gat in de vloer. Het is een oud huis – en er zit inderdaad in het echte huis op de bovenste verdieping een gat in de vloer van een van de kamers. Ik kijk dan naar beneden en zie de hond daar staan, onder het gat, hij kijkt smekend omhoog, hij wil dat ik hem help. Ik ren dan terug en loop de trap af. Ik kom dan in een gang en die heeft – ik geloof niet dat dat bijster origineel is van mijn onderbewuste – veel te veel deuren. Ik kom maar niet bij die hond. Ik hoor hem wel, maar hij is er niet. Dan ontstaat er rook. Die komt uit de aircoroosters. Er zitten in ons huis geen aircoroosters, die moeten allemaal nog worden aangebracht. De gangen en de kamers vullen zich met rook. Ik begin dan de naam van de hond te roepen. Maar de rook komt in mijn longen. Ik lijk te stikken. Ik hoor de hond piepen. Dan word ik wakker.'

Giotti knikte naar Hendrikus, die een moment stil onder de tafel lag en zijn pootjes likte: 'Dit is de hoofdpersoon?'

'Nee. Hoewel – een beetje.'

'Heeft u eerder honden gehad?'

'Nee.'

'Ook niet in uw jeugd?'

'Nee.'

Opeens begreep Bram dat het de hond van zijn vader was.

'Mijn vader had als kind een hond. Ik denk dat het de hond van mijn vader is. Althans, zoals ik me hem voorgesteld heb.'

'U kent die hond van foto's?'

'Nee. Mijn vader heeft erover verteld.'

'Was het een bijzondere hond voor uw vader?'

'Ja.' Meer wilde hij deze onbekende man niet toevertrouwen. Het werd een tamelijk bespottelijk gesprek. Het ging nu over honden.

'Kunt u iets meer over uw vader en die hond vertellen?'
'Ik weet niet of dat ter zake doet.'
'Waarom niet?'
'Ik maak me gewoon zorgen om het huis. We wonen er nog niet zo lang. Het is een gigantisch pand en er moet veel aan gebeuren voordat we het kunnen bewonen. De renovatie is heel kostbaar. Misschien zijn we aan iets begonnen wat we niet kunnen afmaken, ik ben bang dat we ons eraan vertild hebben.'
'Deze verklaring komt nu spontaan bij u op?'
'Het ligt nogal voor de hand, vindt u niet?'
'Absoluut. Maar: heeft u er wat aan?'
'Wat zou ik eraan moeten hebben?'
'Zijn de nachtmerries erdoor verdwenen?'

In gedachten gaf Bram toe dat de verklaring misschien wel klopte maar niet tot enige verlichting had geleid. Na een van de eerste nachtmerries had hij deze verklaring al geformuleerd. Maar hij had meteen geweten dat zij niet voldeed.

'U behoort tot de oude school?' vroeg Bram.
Giotti bekeek hem vragend. 'Oude school? Hoe bedoelt u?'
'Ik bedoel: zodra ik de symboliek van de droom begrijp, zal de droom verdwijnen. Dan heeft die geen functie meer.'
Giotti grijnsde. 'Dat is mijn ervaring ja, na meer dan dertig jaar omgang met patiënten. Maar het duurt soms lang voordat alle elementen bekend zijn.'
'En toeval?'
'Hoeveel keer heeft u over die hond gedroomd?'
'Ik weet niet. Twaalf, dertien keer, misschien iets meer.'
'En u vindt het toeval dat dezelfde beelden met dezelfde emoties telkens terugkeren?'
'De angst voor de verbouwing, voor het gevaar dat we geen geld hebben om het huis af te bouwen, die is gebleven. Die droom dus ook. Ik denk dat dit genoeg –'
Giotti onderbrak hem: 'Wat doet die hond in dat huis van uw droom?'

'Geen idee. Wij hebben een hond. Mijn vader had een hond.'

Giotti zag Hendrikus liggen. Het beest leek ontspannen een dutje te doen, wat hij zelden deed in een vreemde omgeving. Normaal was Hendrikus een dwingende persoonlijkheid.

Giotti vroeg: 'Hoe heet-ie?'

'Hendrikus.'

'En de hond van uw vader?'

Bram nam een aantal seconden de tijd voordat hij antwoordde: 'Hetzelfde.'

'Hendrikus?'

Bram knikte.

'Wat is dat voor een naam? Israëlisch?'

'Nederlands.'

'Heeft het enige betekenis?'

'Het is een Germaanse naam, vermoedelijk afgeleid van twee Duitse woorden: *heim*, zoiets als de plek waar je thuishoort, en *rik*, dat rijk, machtig betekent. Het Duitse equivalent is *Heinrich*.'

Giotti knikte: 'Slaat dus enigszins op het huis dat u net heeft aangekocht. Een grote plek.'

Bram voelde dat zijn mond van verbazing openzakte. 'Verdomd,' zei hij. En hij begon te grijnzen. Dit was speelser dan hij verwacht had. Wat had hij eigenlijk verwacht?

Hij zei: 'Dus ik heb een soort cryptogram in mijn hoofd? Ik droom een puzzel?'

'U wist wat de naam van uw hond betekende maar u had nog niet bewust het verband gelegd. Een kwestie van tijd.'

'En uw hulp.'

'Ik doe mijn best,' zei Giotti zonder enige bescheidenheid. 'Mensen hebben niet zonder reden al duizenden jaren het gevoel dat dromen gecodeerde boodschappen zijn van het onderbewuste. Josef in het Oude Testament was een droomuitlegger. In zekere zin de eerste shrink.'

'Als kind woonde mijn vader niet in een groot huis. Hij had zijn hond naar een Nederlandse politicus genoemd, een bekende persoonlijkheid in die tijd.'

'Maar u wist de betekenis van die naam. Het is niet uitgesloten dat als de hond Paul had geheten, hij niet in uw droom zou voorkomen.'

'Paul, Paulus: klein, bescheiden,' mompelde Bram.

Giotti knikte. 'Nog even terug naar het begin van die dromen. Ze beginnen allemaal anders maar nemen dan hetzelfde patroon aan?'

'Ja.'

'In het voorbeeld dat u gaf, begon de droom met uw vader. Begint het altijd met hem?'

'Nee.'

Bram probeerde zich de openingsbeelden voor de geest te halen. Hij wandelde over een Amsterdamse gracht en passeerde in de Gouden Bocht van de Herengracht de paleizen van de kooplieden die in de zeventiende en achttiende eeuw met de wereldhandel in specerijen, ivoor, zijde en Chinees porselein en Afrikaanse slaven hun fortuinen hadden vergaard. Bij een van de huizen ontbrak de trap naar de ornamentele voordeur. Hij kon er naar binnen kijken. De ramen werden door tralies beschermd. Binnen zag hij de hond. Hij duwde tegen de deur en die draaide soepel open. De hond verscheen kwispelend in de gang en Bram volgde het dier de diepte van het gebouw in.

Hij zei: 'Ik zal een voorbeeld geven.' Hij vertelde over de grachtenwandeling, het grote pand, de tralies.

Nadat hij was uitgesproken, vroeg Giotti: 'Allemaal bekende elementen voor u?'

'Ja.'

'U heeft daar zelf ooit gelopen?'

'Vaak, ja. Op de middelbare school heb ik –'

Hij keek Giotti geschrokken aan. Maar de psychiater reageerde niet. Bram besefte dat Giotti's jarenlange ervaring hem geleerd had wanneer hij moest zwijgen. Onaangedaan bleef de psychiater hem observeren.

'Dat gebouw – toen ik achttien was heb ik voor mijn eindexamen een werkstuk gemaakt. Over de Tweede Wereldoorlog. Daarvoor ging ik een paar maanden bijna wekelijks naar het Rijksinstituut voor Oorlogsdocumentatie. Daar zijn de archieven over de oorlog ondergebracht. Dat gebouw, met de hond, dat is het Rijksinstituut.'

'En de hond zit binnen?'

'Ja, de hond zit binnen.'

'Wat heeft de hond met dat Rijksinstituut te maken?'

'Alles,' mompelde Bram.

'Alles?'

2

Tot Bennie na de zomervakantie bij de eerste groep van de kindergarten zou worden ondergebracht, leverden ze hem elke dag bij een crèche van de universiteit af. Na het bezoek aan Giotti haalde Bram hem op. Hendrikus danste om Bennie heen, hapte speels naar zijn handen, spurtte weg en keerde plotseling om en rende terug. Bram sjorde zijn zoon in de kinderstoel op de achterbank van de Explorer en reed naar huis. Bennie bracht Hendrikus tot bedaren. Ze waren aan elkaar gewaagd.

Ben was een fel kind, uitbundiger dan Bram geweest was. Uit eigen beweging hadden ze hem nooit speelgoedwapens willen geven, maar Bennie was er zelf om gaan vragen. Geweld had zijn interesse. Een uur lang kon hij schijngevechten leveren met schimmige vijanden, gewapend met zwaarden of mitrailleurs of karabijnen. Soms hing hij zichzelf vol met wapens: in elke hand een pistool, om de schouders plastic uzi's en AK-70's, in de riem een paar zwaarden. Een Rambo – die hij nooit had gezien – in de dop. Gewelddadige tekenfilms hadden zijn voorkeur. En er was iets anders wat Bram trof: Bennie at als een beest. Hij was niet dik, maar het was duidelijk dat hij een gespierde en grote man ging worden. Als hij at, leek hij op Brams vader, die ook boos en woest zijn bord leegschraapte. Bram had dat woeste eten altijd met de Tweede Wereldoorlog geassocieerd: de honger in de kampen had zijn vader de waarde van de maaltijd geleerd, en Bram had hem als kind altijd met verbazing gadegeslagen wanneer hij als een wolf zijn eten tot zich nam, boos bijna, woedend en geconcentreerd zijn bord leegvegend tot zijn maag gevuld was en het gevaar van de honger was geweken. Maar Bennie was precies zo. Ook zonder de ervaring van de oorlogshonger verwerkte deze Mannheim op beestachtige wijze zijn voer – het was geen eten meer maar voer of vreten in de meest letterlijke betekenis. Smaak deed er niet zoveel toe. Net als zijn grootvader was Bennie van plan te overleven.

Bram zag hem via de achteruitkijkspiegel in zijn stoeltje. Een rond gezicht, glanzende blauwe ogen, het blonde haar, dat eigenlijk geknipt moest worden, over zijn oren. Hendrikus zat stil naast hem. In hondenland was hij een Bennie, net zo eigengereid, wild en slim.

'Mag ik mama bellen?'

'Morgen. Ze zit nu in het vliegtuig.'

'Waar is ze nu?'

'Geen idee. Ik denk dat ze nu –' Hij keek op de klok van het dashboard. 'Ik denk dat ze nu ergens boven Long Island is. Als ze op tijd is vertrokken, zit ze nu een uurtje in de lucht.'

'Boven de wolken,' zei Bennie. 'Ik wil een straaljager.'

'Je hebt er eentje.'

'Dat is speelgoed.'

'Je kunt piloot worden als je groot bent.'

'Hoe oud moet je dan zijn?'

'Nou – ik denk achttien.'

'Veertien jaar nog?'

'Ja.'

Bennie kon rekenen. Vanaf zijn tweede had hij zichzelf rekenen geleerd. Hij vroeg naar cijfers en getallen. Rekende de som van de cijfers op nummerborden van auto's uit, gaf zelfs de letters een waarde en leefde kennelijk in een wereld die beheerst werd door geweld en getallen.

Bram zag dat Bennie gespannen naar buiten keek, alsof er tussen de zonovergoten huizen aan de westzijde van Princeton een gevaar school dat hij moest ontdekken. Over enkele minuten zou Bennie diep slapen. Als Rachel erbij was geweest, had hij luidruchtig en koppig geëist dat zij naast hem kwam zitten. Soms deed zij dat, klom zij over de middenconsole naar de achterbank en liet zij hem op haar schoot liggen. Ze streelde zijn hoofd tot hij in slaap viel. Bram hield van die momenten: in een auto samen met zijn gezin, iedereen van wie zijn bestaan afhing onder handbereik in een stalen harnas – op zijn vader na.

Drie maanden geleden had zijn vader hem een mailtje gestuurd. Zijn vriendin was gestorven. Onverwachts, in de bus, had zij een hartstilstand gekregen. Een aanwezige verpleegster had tevergeefs geprobeerd haar te reanimeren. Bram had hem meteen gebeld en hem via het antwoordapparaat gecondoleerd. De volgende ochtend wachtte Bram een nieuwe mail. Condoleances waren niet nodig, ze was maar een vriendin, ze waren niet getrouwd, ze had een mooie dood gehad die elk mens zich zou wensen.

Bram had de mail een paar keer gelezen. Hartog was nooit gul met berichten over zijn zielenroerselen, maar deze keer was hij wel erg kortaf. Hij wilde niet dat zijn zoon wist dat hij zijn vriendin miste, dat zou een teken van zwakte zijn en dus ondenkbaar in zijn universum. Maar wat bedoelde hij met 'zich zou wensen'? Was dat een manier van spreken die in dit geval voor de hand lag of was het een code voor iets anders? Bram schreef terug dat hij in Princeton welkom was; misschien een vakantie van een paar weken om te herstellen? Antwoord: ben je besodemieterd? Ik kan hier niet zomaar weg!

Tien dagen later werd Bram gebeld. Een ziekenhuis in Tel Aviv. Zijn vader was op straat flauwgevallen. Ze hadden een scan gemaakt en het was een klein herseninfarct dat weinig schade zou nalaten. Ze hadden erop aangedrongen de familie op de hoogte te stellen, wat Hartog wilde voorkomen, en na veel gezeur had hij eindelijk ingestemd en het telefoonnummer in Princeton opgeschreven.

Een uur later belde zijn vader zelf.

Bram vroeg: 'Papa, hoe voel je je?'

'Ik lig hier in een ziekenhuiskamer met slangen en kabels, wat denk je?'

'Je bent helemaal de oude.'

'Waarom niet? Alle kleuters die hier rondlopen en zich arts noemen, weten minder van infarcten dan ik. Ik wil hier weg.'

'Ze willen je nog een nacht houden.'

'Als ze me platspuiten, ja.'

'Waarom kom je niet hier naartoe? Je moet er eens uit. En dan kun je meteen het huis zien.'

'Megalomane mesjoggaas, je huis. Veel te groot.'

'Het is een goede investering.'

'Sinds wanneer ben jij een investeerder?'

'Het was een eenmalige kans.'

'Ja, een kans om de mist in te gaan. Moet je zelf weten. Ik kan nu niet vliegen. Andere keer kom ik, dat beloof ik.'

'Is er iemand die voor je zorgt?'

'Ja, er komt elke dag iemand langs, hebben ze gezegd.'

'Beloof me dat je daar vannacht blijft.'

'Ik heb geen keus, geloof ik. Hoe gaat het met de jongen?'

Hartog sprak zelden over Ben of Bennie – voor hem was het 'de jongen'. Toen Bennie uit zijn zuigelingenstaat ontwaakte, stelde Hartog vast dat zijn eigen genen een generatie hadden overgeslagen en in volle hevigheid in zijn kleinzoon waren opgebloeid.

'Hij is gezond, hij is wild, je weet het,' antwoordde Bram.

'Die jongen moet bijles krijgen.'

'Papa –'

'Nee, luister naar me. De jongen heeft het. Het kan geen

kwaad om een aardige wiskundestudent te vragen een paar keer per week met de jongen te komen spelen, gewoon, simpele berekeningetjes doen. Wat zal dat kosten, nou? Voor de centen hoef je het niet te laten, dat boek van je heeft een aardig spaarpotje opgeleverd. Of heb je dat in het huis gestopt? Ik heb het je vaker gezegd. Waarom doe je dat niet? Die jongen wordt er geen slechter mens van, weet je.'

'Ik weet het. Ik zal het er met Rachel over hebben.'

'Dat zou je al tien keer eerder gedaan hebben.'

'Ik ben blij dat je er geen last van hebt, pap.'

'Waarvan?'

'Je belt me vanuit een ziekenhuisbed, weet je nog?'

'Nee, ik zít. In een stoel. Ik kijk naar het bed.'

'Je hebt gelijk, pap, je hoeft daar niet te blijven. Het is ook verkeerd om te stellen dat je weer de oude bent. Je bent meer jezelf dan ooit tevoren.'

'Bespeur ik enig sarcasme?'

'Ik zou niet durven.'

'Je hoeft je geen zorgen te maken.'

'Gelukkig.'

'Ik ga straks naar huis.'

'Neem een taxi.'

'Er is niks mis met de bus. Het is statistisch nog altijd gevaarlijker om naar de bushalte te lopen dan door een bus te worden vervoerd.'

'Bewaar het bonnetje, papa. Ik betaal de taxi.'

'Oké, ik neem een taxi.'

'En Rachel?'

'Ze wil je ook even spreken. Ze is arts.'

'Ik heb er hier tweeduizend tot mijn beschikking. Dat is genoeg.'

'Hier is ze, pap.'

Bram drukte zijn hand op de hoorn.

'Hij is onmogelijk. Het is niet meer te doen,' fluisterde hij uitgeput tegen Rachel.

'Gelukkig,' glimlachte ze, en ze nam de hoorn van hem over. 'Zo, ouwe zeur, hoe gaat het?'

Het was verbijsterend wat Hartog zich liet welgevallen wanneer Rachel tot hem sprak. In Hartogs roestvrijstalen wereld bevonden zich twee zwakke plekken, twee diepe krassen van grote sentimentele betekenis: Bennie, de jongen die meer op hem leek dan Bram, en Rachel, door wie hij zich met alle plezier liet corrigeren en beledigen.

'Ja, Hendrikus blaakt van gezondheid,' zei Rachel geruststellend.

In de stille Explorer sliepen beiden, Bennie en zijn vriend Hendrikus. Bram stuurde de auto langs de heuvels en wouden van het pastorale landschap ten westen van Princeton, onder de armen van bomen die hun schaduw op het wegdek wierpen. Bram had een zonnebril opgezet om de felle lichtovergangen te verzachten.

Hun huis lag op anderhalve mijl afstand van de Delaware, de grensrivier tussen New Jersey en Pennsylvania. Aan de overkant van de rivier breidde Philadelphia zich langzaam naar het noordoosten toe uit, in de richting van de rivier, en het viel te verwachten dat over enkele decennia New York, Newark, New Brunswick, Trenton en Philadelphia één groot stedelijk gebied zouden vormen, een brede strook met een reusachtige stad die zich van Pennsylvania naar Connecticut uitstrekte.

Het drong tot hem door dat hij een dag na zijn gesprek met zijn vader de eerste keer over het huis en de hond had gedroomd. Het was bespottelijk dat hij dat niet eerder had vastgesteld. Het was een droom over zijn vader. De hond stond voor zijn vader – iets dergelijks moest het zijn. Of was het onzin om dromen te interpreteren? Het was Giotti's werk om samenhang en betekenis aan te brengen, en het feit dat psychologen en psychiaters al meer dan een eeuw mensen met allerlei methoden redelijk succesvol bijstand verleenden, zou als een teken van hun effectiviteit kunnen worden opgevat. Maar Bram kon niet uitsluiten dat de interpretatie net zo toevallig en willekeurig was als de droom zelf, ook al bestond deze uit herkenbare elementen. Giotti's uitleg hielp als je zelf wilde dat hij hielp. En er ontstond natuurlijk al snel enige samenhang wanneer de patiënt over zijn problemen sprak; al pratend en zoekend werden zijn sores ten overstaan van de behandelaar een verhaal. Met kop en staart. Een retorische eenheid die onvermijdelijk iets wilde betekenen. Bram wist waardoor zijn nachtmerries veroorzaakt werden: hij maakte zich zorgen, dat was alles. Over zijn vader, het huis, de prestatiedwang op de universiteit. Hij zou zich van de droom bevrijden wanneer hij het kalmer aan zou doen. Even geen lezingen en artikelen schrijven. Rustig het huis opbouwen, een burcht die hen zou beschermen.

Hij sloeg de weg af en reed over hun eigen oprijlaan naar het huis, een geasfalteerde weg met gaten en putten die pas kon worden hersteld nadat de grote werkzaamheden waren afgesloten. Links en rechts van de weg en glooiend naar dichte bossen – hún bossen, wie had dat ooit kunnen denken: Abraham Mannheim, de kleinzoon van straatarme Nederlandse joden, bezat grond in Amerika – lagen onverzorgde gazons, overwoekerd door onkruid, onduidelijke struiken en over de grond zoekende tentakels van een netwerk van gigantische klimopplanten. Na een opening in een hoge, dikke en al jaren ongesnoeide taxushaag van tweehonderd meter lengte verscheen het huis, een langgerekt, grauwwit houten bouwwerk dat zonder enig plan leek te zijn opgetrokken. Er waren gewoon in de loop van twee eeuwen stukken aan vastgebouwd zodra er behoefte aan ruimte en het vermogen tot financiering ontstonden. De weg eindigde op een grindplein dat de hele breedte van het huis besloeg. Ook het grind was niet onderhouden of ververst, de steentjes waren grauw en door de druk van autobanden in het zand gedrukt. Maar het was duidelijk wat hier kon ontstaan: een glorieus landgoed.

Bennie bleef ook na het uitzetten van de motor slapen. Hendrikus zat rechtop en zweeg, alsof hij Bennie niet wilde wekken. Bram maakte de beschermingsbeugel los en tilde Bennie uit zijn stoel. Dit was een kritisch moment, meestal met ongewenste gevolgen, maar Bennie bleef slapen. Bram droeg hem naar een deur aan de zijkant van het grote huis, in de stilte tussen roerloze wouden, onder de zon die genadeloos de oude wanden van het pand verhitte. Als je dichterbij kwam, zag je dat het verweerde, gebarsten, verbleekte hout om verf smeekte.

Eind jaren vijftig was dit deel van het pand, het voormalige bediendenkwartier, tot een appartement verbouwd. Direct achter de voordeur van het personeelsdeel lag de woonkamer met open keuken, de twee slaapkamers grensden aan de keuken en een derde deur gaf toegang tot de rest van het huis. Hij legde Bennie op zijn eigen bed en ververste Hendrikus' waterbakje. Hij activeerde de babyfoonfunctie van de telefoon en liep terug naar buiten terwijl Hendrikus luidruchtig het water opslurpte. De taxushaag liep in een U rond drie zijden van het pand en liet de achterkant van het pand open. Daar lag een stuk wilde heide die ooit een negentiende-eeuwse siertuin was geweest, zo lieten tekeningen van die tijd zien, en daarachter bevond zich een moerasje dat moest worden uitgebaggerd zodat in de ovaalvormige vijver, die in de loop van twintig jaar was dichtgeslibd, vette kois konden worden uitgezet, Rachels wens. Hendrikus kwam achter hem aan gehold.

'Jongen, hou je nou rustig met deze hitte.'

Het was bizar om op deze manier tegen dieren te praten,

maar het ging vanzelf. Hendrikus was lid van de familie geworden en had dus recht op menselijke liefdesbetuigingen en menselijke terechtwijzingen.

Zijn werkkamer bevond zich op een hoek aan de rechterzijde van het pand, met hoge ramen in twee wanden, een ruimte van meer dan zeventig vierkante meter waarin hij zijn boeken kwijt kon – nog steeds in dozen – en uitkijkend op een arm van de taxushaag, de moerasvijver en daarachter hun woud.

Bram verzamelde de papieren die hij nodig had voor zijn colleges morgen. Hij wilde Bennie niet alleen laten en had zich voorgenomen om in de woonkamer te gaan werken. Hendrikus begon te keffen.

'Wat is er? Toch te warm?'

Hendrikus stond op de drempel en hield de toegang bij de taxushaag in het oog.

Nu hoorde Bram het geluid van een naderende auto en het drong tot hem door dat John O'Connor langskwam om over de vijver te praten.

De rode pick-uptruck kwam naast Brams Explorer tot stilstand. Bram liep hem tegemoet.

'Warme dag, Abe.'

Abe was zijn derde naam. Bram in Nederland, Avi in Israël, Abe in Amerika.

John was een grote dikke man van ongeveer driehonderd Amerikaanse ponden, met een rood hoofd en sterke handen waarin tientallen hamers en tangen versleten waren. John was door een paar collega's op de universiteit als betrouwbare aannemer aangewezen, een eerlijke organisator die zich aan prijzen en afspraken hield. Het leek wel of het zweet uit zijn hoofd spatte zodra John uit zijn truck met airconditioning was gestapt.

'Ik heb jaren in Israël gewoond, John.'

'We kunnen airco aanbrengen. Doe je een oog dicht in deze hitte?' vroeg John.

Bram sliep gewoonlijk slechts enkele uren. 'Geen probleem.'

'Rachel zit in het vliegtuig?'

'Ze heeft niet gebeld dus ik neem aan dat ze geen vertraging had.'

'Veel problemen daar, las ik.'

Israël was de laatste maanden weer veel in het nieuws. Sinds Hamas Gaza in een islamitische staat had veranderd, waren confrontaties aan de orde van de dag. Raketten werden op Israël afgeschoten, Israël schoot terug. In Israël werd Jitzchak Balin als toekomstige minister van Buitenlandse Zaken genoemd. Bram had nog wel contact met hem, zo nu en dan wisselden ze een mailtje uit, maar Brams vertrek had een einde aan hun vriendschap gemaakt. Balin had Bram nooit van verraad beschuldigd toen hij Israël de rug toekeerde, anderen wel. De gewelddadigheden, die na het roemloze einde van de Tweede Intifada waren afgenomen, laaiden op in het gevecht tussen Hamas en Fatah. Maar er waren altijd individuele Palestijnen te vinden die beweerden duurzame vrede te wensen. Balin kon hen er altijd uitpikken.

'Sinds Arafat daar weg is,' zei Bram, 'kan er van alles gebeuren. Je kunt beter leven met de duivel die je kent dan met de duivel die je niet kent.'

'Gisteren weer zes jongens gesneuveld,' zei John. Hij bedoelde Amerikaanse soldaten in Irak.

Bram knikte: 'Ik hoorde het, ja.' Hij had geen behoefte aan een gesprek over Irak. Hij had indertijd de oorlog van Bush bekritiseerd, en dat had hem bij sommige collega's in Tel Aviv niet populair gemaakt. 'Nog nagedacht over de vijver?'

'Ja.' John trok een grote rode zakdoek te voorschijn en depte er zijn nek en wangen mee. Het was een ouderwets gebaar, als uit een film. Bram zelf bezat geen zakdoeken.

'Is een grote klus. We moeten hem eerst droogpompen, met speciale filters. Dan leegbaggeren met draglines. Daarna spe-

ciale bekleding aanbrengen. En met verwarming, anders vriezen die Japanse vissen dood. Die verwarming gaat een vermogen kosten. Mijn advies? Vergeet het.'
'Zeg jij het haar zelf? Van mij wil ze het niet aannemen.'
'Geen probleem. Wil je nog een advies hebben?'
'Zeg het maar.'
'Concentreer je op de hoofdzaken. We moeten dit huis opknappen voordat de winter invalt. Dat is al meer dan genoeg. Als jullie in de miljoenen baden dan kunnen we nog eens over een verwarmde visvijver nadenken. Ze is volgende week weer terug, hè?'
'Ja.'
'We moeten nu de dakbekleding vaststellen. Shingles, pannen, asfalt? Als jullie pannen willen, moeten we dan het dak versterken? Alles kan. De kwaliteit van de goten. Je kunt het krijgen van pvc tot koper. Alles kan, als je de poen hebt. Het gaat hier om grote partijen, Abe.'
'Rachel zei dat de meeste ramen hersteld konden worden.'
'Ja, dat is een meevaller. Er zijn maar een paar kozijnen rot.'
'Wordt het veel herrie?'
'Het is geen picknick, nee. We zijn bouwers. We timmeren en we zagen. Dus herrie. Als ik jou was zou ik veel op de universiteit blijven als we aan de gang gaan.'
Hendrikus sloeg opgewonden aan, ver weg, ergens in het huis leek het wel. Stond er ergens een deur open?
'We beginnen in de eerste week van september. We moeten het midden november wel rond hebben,' vervolgde John. 'Rachel vroeg ook om een paar folders over alarmsystemen. Ze vond het toch wel verstandig om de boel meteen vanaf het begin te beveiligen, jullie wonen toch een beetje afgelegen. Ik heb ook een paar brochures meegenomen over kluizen met allerlei gadgets, eentje die zichzelf opblaast wanneer een bepaalde code wordt ingetoetst.'

Voelde Rachel zich niet veilig in het huis? Ze had er niets over gezegd. Of twijfelde ze ook aan het avontuur?

'Een kluis die zich opblaast met een bepaalde code?' vroeg Bram. 'Lijkt me niet iets voor een gezin met kinderen. Die gaan natuurlijk, wanneer papa en mama niet kijken, proberen de kluis te openen.'

'Er zitten veiligheidsdingen op. Het is een snufje, niet meer,' antwoordde John.

Ze stonden te lang in de zon, Johns gezicht was rood aangelopen en het zweet droop van zijn slapen.

'We hebben niks om in een kluis te leggen,' zei Bram. 'Wanneer we diamanten hebben, dan graag. Wat drinken?'

'Graag.'

Ze liepen naar het bewoonbare deel. Elke stap was een kwelling voor John, die zwaar naar de schaduw van het bediendenkwartier stapte.

'Wat raad je aan voor het dak?' vroeg Bram.

'Het meest duurzame. Pannen. En koperen goten. Wacht met de airco, ook al hou ik van een lekker koel briesje. Wacht met de badkamers. Maak er eentje in orde. Als je gasten hebt dan moeten ze maar van jullie bad gebruikmaken. Met pannen en koper ben je voor minstens zestig jaar gedekt, misschien wel tachtig jaar. Shingles moet je eigenlijk elke vijftien jaar vernieuwen. Goedkoper, maar tel het allemaal maar eens bij elkaar op. Tenzij je denkt dat je over drie jaar weer weg bent.'

Ze stapten de schaduwrijke koelte van hun woonkamer in.

'Hier blijven we. Heel lang,' zei Bram op gedempte toon. 'Mijn zoon ligt te slapen,' verduidelijkte hij zijn manier van praten.

In de koelkast wachtte een sixpack cola. Hendrikus kefte weer, zacht en dof, alsof hij ergens in een kast zat.

'Coke?'

'Fijn.'

Bram overhandigde een blikje en trok zelf ook een lipje los. De koele cola klokte in zijn keel. John hield zijn mond open en liet de gehele inhoud van het blikje moeiteloos in zijn mond verdwijnen. Met de rug van een hand veegde Bram zijn lippen af en hij merkte dat de deur van Bennies slaapkamer niet gesloten was. Hij wist zeker dat hij de deur achter zich had dichtgetrokken.

'Eén moment,' zei hij.

Maar hij wist het eigenlijk al. In een oogwenk zag hij dat de deur naar het onbewoonde huis openstond.

Zonder iets tegen John te zeggen liep hij de gang in.

'Bennie!' brulde hij.

Hendrikus blafte, maar geen geluid van Bennie. Er lagen antieke plavuizen in de gang, afgesleten door duizenden slepende schoenzolen. Het plan was om ze te laten lakken en ze voor de toekomst te bewaren. Rechts boden ramen uitzicht op het grindveld, de haag en de twee geparkeerde auto's. Links antieke deuren die tot allerlei vertrekken toegang gaven. Bram versnelde zijn pas en belandde in de hal, waarvan het houten plafond tot onder het dak reikte. Ook hier plavuizen op de grond, witte en zwarte tegels gelegd in het geordende patroon van een schaakbord. Twee sierlijke armen van een trap verleidden tot een tocht naar de eerste verdieping. Bram wist dat Bennie dat had gedaan. Hij wist ook waar zijn zoon zich bevond.

'Bennie! BEN!'

Hij nam drie, vier treden tegelijk en bereikte de overloop die aan twee zijden in hoge gangen uitmondde. Hij haastte zich naar de volgende trap. Deze was kleiner en had niets monumentaals en leidde naar de zolderverdieping die zo veel problemen gaf. Lekkages, verrotte balken, weggevreten goten.

'BENNIE! BENNIE!'

Hendrikus kefte, dichterbij nu. Bram kon ook de toon van het gekef interpreteren. Hendrikus waarschuwde. Het beest waarschuwde Bennie en het waarschuwde Bram.

'Verroer je niet!' gilde Bram. 'BENNIE BLIJF STAAN WAAR JE STAAT!'

Hij rende langs de lege zolderkamers waarvan de wanden zo poreus waren dat je er met een vuist doorheen kon slaan. De vloeren bestonden uit brede houten planken, ooit uit stoere dikke bomen gezaagd, op een paar plekken na in redelijke staat. En bij een van de gaten, vijf meter diep (hij zag het al voor zich, ook al was hij er nog niet), wachtte Bennie. Onder het dak was het minstens veertig graden Celsius. Hoeveel was dat ook al weer in Fahrenheit? Hendrikus was nu luid te horen.

'BENNIE!'

De gang maakte een bocht en Bram overbrugde de laatste vijftien meter naar de grote zolderkamer aan het einde van het pand. Hij trapte de deur open, stof warrelde op van de zoldervloer.

Onder de spanten van het vermoeide dak stond Bennie met zijn rug naar hem toe. Vanuit een zolderraam viel een baan zonlicht dwars door het oude zolderstof heen. Zijn kind keek naar beneden, naar het gat vlak voor zijn voeten. Hendrikus stond keffend naast hem.

Voordat Bennie zich kon omdraaien, greep Bram hem bij zijn arm. Hij trok zijn zoon van het gat weg en hield hem vast.

Hijgend knielde hij voor zijn zoon, op zoek naar een schuldige blik. Maar Bennie bleef dromerig naar het gat staren. Hij had een smak van vijf meter kunnen maken. Hij had zijn nek of rug kunnen breken.

'Bennie – Bennie luister naar me.'

Zijn stem trilde en hij wist niet of hij woedend of alleen maar opgelucht was, maar zijn kind keek hem nu aan. Bennie leek traag en slaperig, alsof hij nu pas ontwaakte, alsof hij valium had geslikt.

'Bennie – wil je dit nooit, nooit meer doen? Hoor je? Nooit

meer mag je hier komen. Je had daar in kunnen vallen. Het is gevaarlijk hier. Alles moet hier verbouwd worden. Daarna pas mag je hier spelen. Hoor je?'

Bennie knikte, maar het leek wel of Brams woorden niet tot hem doordrongen, alsof hij slaapwandelde. Misschien was dat zo, misschien was zijn kind gaan slaapwandelen.

'Bennie – nooit meer, hoor je me? Beloof je dat?'

Zijn kind keek hem verwonderd aan. Het had nog steeds niets gezegd.

'Bennie? Weet je nog hoe je hier gekomen bent?'

Het kind leek zich opeens van iets bewust te worden. Het keek om zich heen en nam de zolder in zich op.

'Waar zijn we, pappie?'

Hij had geslaapwandeld. Bram moest dit met Rachel bespreken. Misschien wist zij wat ze ertegen konden doen.

'Je bent hier zelf naartoe gelopen, Bennie. Weet je het niet meer?'

'Nee,' zei Bennie verbaasd.

Ze moesten hem laten onderzoeken. Hij slaapwandelde of leed aan absences, korte vage momenten van bewustzijnsverlies die een lichte vorm van epilepsie waren.

Bram wilde hem beschermen en zei: 'Kom hier, lieverd.'

Bennie stapte tussen zijn gespreide armen en Bram drukte hem tegen zich aan, voelde zijn wangetjes en zijn ruggetje. Was dit de reden van zijn dromen geweest? Om zijn kind te redden van een val door een gat in de vloer? Had zijn vader hem ooit Hendrikus geschonken opdat het dier hem kon waarschuwen? Nee, bespottelijke magische onzin. Bram slikte zijn tranen in en tilde zijn kind op en droeg het naar beneden. Hendrikus liep voor hen uit. Het hondje had gewaarschuwd. Bram besloot dat hij er Rachel niets over zou zeggen.

3

Rachel had de neiging om rond achten te eten wat Bram te laat vond voor Bennie. Maar zij zat in het vliegtuig en kon niet voorkomen dat hij om kwart over zes zijn zoon een bord spaghetti serveerde. Rachel kon koken, hij niet. Complexe Indiase gerechten met kruiden waarvan hij na al die jaren nog steeds de namen vergat, Aziatische aroma's die nooit eerder door dit huis waren getrokken. Spaghetti met tomatensaus en gehaktballetjes, een bordje spinazie erbij. Een ijsje toe. Als Rachel dit zou weten zou ze hem stijfschelden: te weinig vitaminen, verboden vlees – Bennie was gek op vlees. En dan zat hij ook nog eens op de grond voor de televisie, bord op de lage glazen salontafel, en at terwijl hij naar zijn favoriete programma's keek. Ze hadden een schoteltje laten plaatsen en ontvingen tweehonderd zenders.

'Waarom zijn er wormen?' vroeg Bennie terwijl hij at.

Een vreemde associatie, dacht Bram. De spaghettislierten, natuurlijk.

'Ik weet niet waarom er wormen zijn. Waarom zijn er vogels?'

'Omdat er lucht is,' smakte zijn zoon.

'Misschien zijn er dus wormen omdat er natte grond is,' zei Bram.

'Waarom zijn er in het huis zo veel wormen?'

Bennie zat op de vloer met zijn rug naar Bram toe. Hendrikus lag naast hem, wachtend op het moment dat Bennie hem iets zou toeschuiven.

Ze keken naar een tekenfilm vol geluidseffecten en bizarre figuren.

Bram wist niet waar zijn zoon op doelde. Hij vroeg: 'Waar zijn er wormen?'

'Boven.'

'Boven? Waar dan?'

'Boven,' herhaalde Bennie.

Bram zag dat hij moeite had met de lange pasta.

'Wacht maar,' zei hij.

Hij hurkte naast zijn zoon en sneed de pasta in korte stukjes die makkelijker op een vork geschoven konden worden. Rachel had Bennie al verschillende keren proberen bij te brengen dat hij de pasta om zijn vork moest draaien, maar de lessen hadden weinig indruk gemaakt.

'Ik heb geen wormen gezien,' zei Bram.

'Ik wel.'

Misschien was er ergens een nest door de lekkages die het huis jaren geteisterd hadden. Of hadden wormen geen nesten? Misschien speciale wormen?

'Je moet ze maar eens aanwijzen,' zei Bram.

'Ze zijn boven,' legde Bennie uit. 'Daar mag ik toch niet komen?'

'Boven? Waar boven?'

'Bij dat gat.'

'Waren daar wormen?'

'Ja. Beneden. Als je kijkt.'

Bram had een blik door het gat geworpen toen hij Bennie had vastgegrepen en hij had daarbij de vloer van de kamer onder het gat gezien. Droge, kale planken. Daar waren geen wormen. Het had al weken niet geregend. Wormen konden daar niet overleven.

'Echt waar?'

Wat was er met zijn kind? Soms had Bram het gevoel dat Bennie ver weg was, verloren in zijn gedachten. Leed Bennie aan een lichte vorm van autisme? Hij was lichamelijk en aanhalig en had geen problemen met andere kinderen of met het opnemen van informatie of andere prikkels. Maar tussen momenten van wild gedrag door had hij momenten van volledige afwezigheid, alsof zijn bewustzijn een moment werd uitgeschakeld of in labyrintische gedachten verdwaald was geraakt.

Vier jaar geleden, in de crèche in Tel Aviv, was Bennie door Rachel tien minuten voor de aanslag uit zijn wieg getild omdat hij ontroostbaar huilde. Hij had buikkrampen en gilde de slapende baby's en peuters wakker. Nadat ze enkele minuten vergeefs over zijn buikje had gestreeld, had ze hem in haar armen genomen en naar buiten gedragen. Hem wiegend was ze de straat op gelopen en had ze hem zacht een liedje toegezongen. Toen ze zich op honderd meter van de crèche bevond en Bennie was bedaard, draaide ze zich om en deed ze enkele stappen in de richting van De Stille Oceaan. Opnieuw begon Bennie te brullen. Ze was blijven staan, zich afvragend wat ze met hem moest doen. Misschien moest ze ergens venkelthee kopen of zelf venkel koken en hem het afgekoelde kookvocht laten drinken. Terwijl ze in de richting van de crèche staarde, zag ze opeens vlammen door de ruiten barsten. Ze voelde hoe de explosie de wind langs haar slapen joeg, haar haar waaide op. Onwillekeurig draaide ze haar rug naar het gebouw om haar kind te beschermen. Bennie gilde.

Dagen later, toen de waanzin in hun hoofd enigszins was afgenomen en ze eindelijk met elkaar konden praten, zei Rachel: 'Weet je, ik heb de hele tijd het gevoel – Bennie heeft ons gered. Als hij niet was gaan huilen –'

'Hij had krampjes,' reageerde Bram. 'We moeten die krampjes dankbaar zijn. Bacteriën? Een virus?'

Dwars door de gekte van alle andere beelden herinnerde Bram zich dat moment: zijn zoon in haar armen, stil om zich heen kijkend naar de chaos, de vlammen, de brandweermannen en de nerveuze dreun van de helikopters.

'Ja, wat een geluk,' zei Rachel. 'Als-ie geen last van zijn buikje had gehad –'

Als hij haar verteld had dat hij al wekenlang over een gat in de vloer droomde, zou zij dat als een teken opvatten – met god-weet-wat welke consequenties. Magische verbanden waren in haar belevingswereld niet uitgesloten. Huis verkopen. Alle vloeren direct laten dichtmaken. Bennie met riemen aan een stoel vastbinden. Rachel geloofde niet in toeval. In haar wereld liepen er onzichtbare maar daarom niet minder werkelijke lijnen tussen voorvallen, gevoelens, en zelfs spullen, met name spullen die zij kwijt was en wilde terugvinden door er geconcentreerd aan te denken.

Op tv mepte een soort geit, een in een computer gegenereerd wezen, een ding in elkaar dat leek op een tot leven gekomen scooter.

Bram vroeg: 'Hoe groot waren die wormen?'

Bennie nam een hap en keek geïnteresseerd naar de tv: 'Heel grote wormen.'

'Hoe groot dan?' vroeg Bram.

Bennie legde zijn vork neer en spreidde zijn armen: 'Zo.'

Hij gaf de maat van een slang aan. Geen wormen, slangen dus. Waren er slangen in dit huis?

Bram vroeg: 'Hoeveel wormen waren er?'

Bennie pakte zijn vork weer op: 'Tienduizend miljoen.'

'Jij kunt heel precies tellen, Ben. Hoeveel?'

Bram keek naar de rug van zijn kind.

'Oneindig,' hoorde hij hem zeggen.

Kende hij die term nu al? Wist Bennie wat dat was?

'Wat zei je, lieverd?'

'Oneindig,' herhaalde Bennie nonchalant.

Misschien had zijn vader gelijk: Bennie leek op Hartog, dezelfde genetische structuren die geprogrammeerd waren voor werelden die Bram nooit kon ontsluiten.

'Wat is oneindig?' vroeg hij.

'Alle getallen bij elkaar. Hoeveel happen nog?'

Bram keek naar zijn bord: 'Acht.'

'Vier.'

'Acht, zei ik.'

'Oké.'

Bram kon zich niet bedwingen, boog zich voorover en kuste zijn kind op het hoofd, rook het haar van zijn zoon, dat iets zoets en fris uitademde, ook al had de zon er vandaag uren op geschenen. In Bennies schedel bevond zich nu al een vorm van kennis die Bram vreemd was. Hij moest hem nu al laten gaan.

Bennie had geen eetlust, wat zelden voorkwam. Misschien was het toch niet zo'n goed idee geweest om spaghetti voor hem te maken. Maar de Indiase keuken van Rachel was een mysterie voor hem. Tot zijn schande moest hij bekennen dat hij na al die jaren met Rachel nog geen soepje kon maken. Hij had beter een van haar ingevroren maaltijden in de magnetron kunnen zetten.

'Papa?'

'Wat is er, lieverd?'

'Hoe oud ben je als je weggaat?' vroeg Bennie.

'Hoe bedoel je, weggaat?'

'Grote jongens gaan toch weg van hun huis, van papa en mama?'

'Als ze gaan studeren, ja. Achttien, negentien jaar ben je dan.'

'Ik wil niet weg, papa.'

'Waarom zou je weg moeten?'

'Weet ik niet.'

'Jij mag blijven tot je honderd bent,' suste Bram hem.
'Wanneer is mama terug?'
'Volgende week alweer.'
'Ik wil mama zien.'
'Je krijgt mama te zien.'
'Ik wil mama nóu zien,' drong Bennie aan.
'Morgenochtend bellen we met haar.'
'Gaan we skypen? Dan kan ik mama zien.'
'Ze heeft haar laptop mee, dus we kunnen met haar praten en we kunnen haar zien.'

Bram zag aan het achterhoofd van zijn zoon dat hij knikte zonder zijn blik van het televisiescherm te nemen.

De telefoon ging.

'Ik doe het,' zei Bennie. Hij stond op en nam van het aanrecht de draadloze telefoon die Bram daar had laten liggen.

'Einneb Mienam.'

Ingespannen luisterde hij: 'Nee, dit is goed. Mannheim.' Hij knikte: 'Einneb Mienam is Bennie Mannheim maar dan achterstevoren.' Opnieuw knikte hij: 'Ja. Ik ben al vier.'

Terwijl hij terugliep, legde hij zijn hand op het mondstuk: 'Voor jou.'

Bram nam de telefoon van hem over en noemde zijn naam. Hij streek zijn zoon over het haar toen deze weer voor hem kwam zitten.

Hij hoorde: 'Jitzchak Balin.'

'Jitzchak? Wat een verrassing! Hoe gaat het?'

'Stoor ik?'

'Natuurlijk niet.'

'Vertel, Avi: je mooie vrouw, je slimme zoon, alles goed?'

'Het zou niet beter kunnen.'

'Ik hoorde dat je een kasteel hebt gekocht.'

'Een kasteel?' Dat was dus wat ze in Israël over hem rondbazuinden. De verrader had nu zijn eigen slotgracht. De Israëlische economie draaide goed, maar professor Mannheim had het in het verre Princeton helemaal voor elkaar.

Bram zei: 'Een groot huis, ja, maar een bouwval, een kolossale partij oud hout, zoals mijn vader zegt.'

'Ik kwam de oude baas vorige week nog tegen. Dezelfde als altijd.'

Brams vader was een fel tegenstander van Balin. 'Jitzchak, je bent zo'n slimme jongen, en toch zie jij niet dat jouw vreedzame coëxistentie tot gewelddadige ont-existentie zal leiden,' had Brams vader de politicus eens voorgehouden. 'De Arabieren willen geen vrede. Weet je wat ze van jou willen?'

Balin had hem wanhopig aangekeken en had toen maar zijn hoofd geschud: 'Nee.'

'Ik zal het je vertellen,' had Brams vader gezegd, en hij had een paar tellen gewacht voor het dramatische effect: 'De Arabieren willen jouw ingewanden.' Daarna had hij weer even gewacht: 'Om die rauw op te vreten.'

Bram zei: 'Ik hoop dat hij je met rust heeft gelaten.'

'Natuurlijk niet. Ik heb altijd gedacht dat hij de meest radicale man was die ik kende, nou ja, radicaal en geweldloos tegelijk, en ik heb altijd gedacht dat zijn ideeën niet erger konden. Ik heb me vergist. Hij is erger geworden – ik ben op hem gesteld, dat weet je, maar hij gaat wel steeds verder.'

Het was niet handig van Balin om over zijn vader te beginnen. Of deed hij het met opzet?

'Ik ben blij om dat te horen,' reageerde Bram. 'Vertel me alles over jou. Trouwens, hoe laat is het daar? Het is bij jou halftwee 's nachts!'

'Ik ben niet in Israël. Ik ben in New York.'

'Dan moeten we elkaar zien. Goed idee om me te bellen, Jitzchak!'

Bram had hem altijd bewonderd, ook al was hij een zelfingenomen kwast. Jitzchak had een missie, een opdracht, een heilige taak: een einde aan de bezetting van de Westoever. Jitzchak was ervan overtuigd dat de ellende zou verdwijnen zodra in Judea en Samaria een onafhankelijke Palestijnse staat zou worden gesticht – Bram had dat ook jaren gedacht. Hij wist het niet meer.

Balin vroeg: 'Wanneer kun je me ontvangen?'

'Morgen geef ik de hele dag les. Maar je kunt komen eten, hier. Of komend weekend?'

'Ik kom morgen graag naar je toe. Hoe is het met Rachel?'

'Ze werkt parttime bij een huisartsenpraktijk, gaat heel goed. En jij – gefeliciteerd nog!'

Balin was twee jaar geleden opnieuw getrouwd en zijn vrouw was een maand geleden van een dochter bevallen. Rachel had op een vlooienmarkt in Princeton een prachtige bijtring aangeschaft en hem naar Balin gestuurd.

'Bedankt nog voor het cadeau,' zei Balin, 'veel te duur.'

'Dat had ik Rachel ook gezegd, maar ze had het al gekocht.'

Balin grinnikte: 'Ik kom in het weekend.'

'Heb je het adres?'

'Heb ik – Avi, nog even iets anders, kun je er alvast over nadenken – ooit overwogen om terug te komen?'

'Naar Israël?' vroeg Bram.

'Ja, naar huis.'

Alle clichés over Amerikaanse universiteiten bleken waar te zijn: publiceren was een absolute noodzaak, en dat betekende dat de docent altijd bezig was zich te bewijzen en dus veel onderzoek moest doen en voortdurend op jacht was naar materiaal, ideeën, inzichten. De concurrentie in Princeton was zwaar. Daar kwam ook nog eens bij dat hij diep in zijn hart geloofde dat ze zich met de aankoop van dit huis vertild hadden. Maar het was te vroeg om dat toe te geven. Rachel verheugde zich op de renovatie van het huis. Het was haar project, een droom die verwezenlijkt moest worden.

'Jitzchak, hier staat mijn huis.'

'En je ziel?'

Jitzchak Balin zat nooit verlegen om een retorische slag in de lucht. Ziel – Bram had geen idee wat een ziel was. Hij had geen behoefte aan een discussie over de plaats, functie en levensduur van de ziel. Ze moesten dit verdomde huis opknappen en hij wilde weer gewoon slapen.

'Mijn ziel is waar mijn zoon loopt,' antwoordde Bram.

Het bleef even stil.

'Daar heb ik geen antwoord op,' mompelde Balin. 'Zondag?'

'Zondag. Kom je alleen?'

'Nee, ik heb een paar gorilla's bij me. Die zorgen voor zichzelf.'

Bodyguards zouden hem dus afleveren en later op de avond weer ophalen. Vermoedelijk in twee of drie zwarte suv's waarvan er een voor het huis geparkeerd zou worden. De inzittenden van de andere twee zouden ergens in de buurt wat gaan eten en anderhalf uur later de achterblijvers aflossen. Bram had dat allemaal eerder met Balin meegemaakt. Hij was een geliefd haatobject van ultrarechtse zionisten en radicale Palestijnen.

'Kom om een uur of zes. Rachel heeft allerlei Indiase gerechten gemaakt voordat ze wegging. Ik zal wat ontdooien, verder reiken mijn kookkunsten niet, Jitzchak, ik waarschuw je.'

'Ik heb alle vertrouwen in wat Rachel invriest. Weet je trouwens, Avi, dat ze me ooit ook eens voor die baan van jou hebben gepolst?'

'Jou – wanneer?'

'In dezelfde periode. Jij ging ermee aan de haal. Ik ben lang boos op je geweest.'

Bram herinnerde het zich – een andere Israëliër.

'Jitzchak, als ik dat geweten had, was ik in Tel Aviv gebleven.'

'Jij was de aangewezen persoon, ik was blij voor je. Maar ik ga proberen je over te halen terug te komen. Ik ben er morgen, om een uur of zes.'

Hij hing op.

Het drong tot Bram door dat hij tijdens het telefoongesprek naar buiten was gelopen, de avond in, zonder erbij te hebben nagedacht. De zon stond laag en hulde de oude wanden van het huis en het woud eromheen in een oranje gloed. Krekels sjirpten hun onverstoorbare ritme. Rondom het huis rook het naar dennennaalden, aarde, en er hing een aangename rottingsgeur. Het was wonderlijk dat hij hier terecht was gekomen. Uitverkoren boven een autoriteit als Balin. En het was eigenlijk bezopen om onder de last van deze plek te lijden – het was een voorrecht om hier met Rachel en Bennie te wonen, en terwijl hij zijn hoofd in zijn nek wierp om naar de geelgouden hemel te kijken waarin enkele langgerekte wolkennevels rood oplichtten, nam hij zich voor om van dit grote avontuur te genieten.

Hij liep naar binnen en vroeg zich af waarom hij zo vaak de duisternis van het bestaan moest onderscheiden – zijn jeugd, zijn jeugd, zei hij binnensmonds, vol afschuw voor het versleten stramien waarin zijn karakter gevangenzat. Hij had altijd weinig waarde gehecht aan het verschijnsel van de 'tweede generatie' – dat was een etiket voor narcisten en slachtofferfreaks. Zijn vader was de enige generatie en om van een 'tweede' te spreken was een vervalsing van de werkelijkheid. En toch ontzegde hij zich de momenten die in het leven vermoedelijk de enige echt kostbare waren: hier en nu met Rachel en Bennie, plannen makend, badkamertegels uitzoekend, de gedachte dat er nooit een einde zou zijn als vanzelfsprekend aanvaardend.

En hij ging op de bank zitten en keek een moment naar de tv. Hij liet zijn blik door de keuken dwalen en miste Bennie. De jongen ontbrak in de kamer.

'Bennie!'

Hij stond op en voelde een steek door zijn borstkas, alsof er een mes in sneed: was dit het satanische moment waarvoor Rachel zou hebben gewaarschuwd als hij haar zijn dromen zou hebben verteld? En vervolgens zag hij dat de deur naar het onbewoonbare deel van het huis opnieuw openstond.

Hij rende de gang in.

'Bennie! BENNIE!'

Hij holde de trappen op en hij wist met onwrikbare helderheid dat ze dit huis moesten verkopen. Het deugde niet. Het huis bracht ongeluk. Hij was woedend dat zijn zoon hem weer was ontglipt.

'BENNIE!'

Hij slaagde erin vier treden tegelijk te nemen, en op de zolderverdieping rende hij naar het vertrek met het gat – Bram wist met overdonderende helderheid dat Bennie zich daar nu zou bevinden, en elk moment was beslissend voor Bennies leven en toekomst, voor zijn kans om een volwassen man met een volwassen bewustzijn te worden.

Bram trapte de deur open en maakte aanstalten om met hetzelfde snelle geweld naar voren te stormen en Bennie bij het zoldergat weg te trekken, maar het vertrek was verlaten. Hijgend bleef hij staan. De bewegende deur had stof doen opdwarrelen. In het gouden licht dat door een raam viel dansten stofdeeltjes. En hij voelde zijn hart in zijn nek slaan, alsof zijn slagaderen resoneerden op de wilde, radeloze bewegingen van zijn hartkamers. Hij had geen keuze: hij moest dichterbij komen om in het gat te kijken, maar hij bleef staan. Nee, zei hij tegen zichzelf, het was onmogelijk dat Bennie in het gat was gevallen. Bennie was bang voor het gat. Bennie had daar wormen of slangen gezien.

Bram probeerde zo neutraal mogelijk te klinken, alsof dat zijn kind opeens te voorschijn zou brengen: 'Bennie – Bennie – hoor je me?'

Hij bleef met ingehouden adem op een teken wachten, op een kreun, een verre lach. Op de vermolmde planken zette Bram opeens de zes noodzakelijke stappen waardoor hij een blik in het gat kon werpen. Vlak voor de laatste sloot hij even zijn ogen. Langzaam bewoog hij zijn blik omlaag. Beneden, onder het gat in de zoldervloer, was het leeg; een verdieping lager ontbrak elk spoor van zijn kind.

Niks dromen of nachtmerries. Niks voorgevoel. Hij was opgelucht dat zijn stompzinnige angsten op niets gebaseerd waren. Maar hij werd steeds bozer. De onrust viel nauwelijks meer te verdragen.

'Bennie! Bennie!'

Hij holde terug, met moeie benen opeens, misselijk door de confrontatie met zijn eigen zieke paranoïde verbeelding. Bennie was ergens beneden. Had zich achter de bank verstopt. Of liep rond het huis met Hendrikus. Hendrikus! Waarom had hij er niet aan gedacht om de hond te roepen?

Terwijl hij snel een blik wierp in de oude lege kamers op zolder, brulde hij een paar keer de naam van hun hond. Het bleef stil. De planken kreunden onder zijn schoenen. Hij daalde de trap af, weer sneller nu, meegenomen door zijn boosheid. Hij moest Bennie duidelijk maken dat dit niet kon, verdomme. Hij had hem net nog gewaarschuwd. Moest hij hem een klap geven? Hij had hem nooit eerder geslagen maar hij nam zich voor om deze keer een tik uit te delen. Misschien een klap op zijn hand. Nee, bespottelijk. Geen televisie morgen, iets dergelijks.

'Bennie! BENNIE, GEEF VERDOMME ANTWOORD!'

Bram stond nu in de mooie hal van het oude pand, een spookslot waarin het late zonlicht een roze romantische stemming bracht.

Hij liep terug naar de vleugel die zij in gebruik genomen hadden, en terwijl hij de drempel naar de keuken overschreed verwachtte hij zijn kind bij de salontafel te zien, alsof hij Bennies verdwijnen in een opwelling van vertederende vaderliefde had gezien – vertederend omdat het zijn ziel aanvrat, ja zijn ziel, hij had een ziel, hij kon het Jitzchak Balin nu beamen, zijn ziel had zich aan zijn zoon gehecht.

'BENNIE BENNIE BENNIE!!!'

Bram brulde de naam van zijn kind. Daarna siste hij: 'Godverdomme, jongen, waar ben je?!'

Hij liep naar buiten. God, wat een prachtige avond.

'Bennie, kom te voorschijn, dit is niet leuk meer, laat je zien!'

Alleen de krekels, wat vogelgeluiden, en verder de onverstoorbare ruis van de natuur, het vage geritsel van miljoenen bladeren die in de nauwelijks waarneembare wind tegen elkaar schuurden.

Het zweet gutste van zijn gezicht, de druppels vielen op de droge aarde en verdwenen in een oogwenk. Hij rende om het vervloekte pand heen, naar de achterkant waar ooit een gigantische koivijver zou worden aangelegd, zeg maar een koimeer. Het was nu een moerassig stuk grond, een vijver die al decennia niet meer was schoongemaakt, met hier en daar een stinkende poel waarin een klein kind kon verdrinken. Kinderen kunnen in een glas water verdrinken, had hij ergens gelezen.

'Ben, jongen, kom nou te voorschijn! Bennie, luister, laten we een wedstrijd houden! Ik moet raden waar je bent, oké? Geef de richting aan! Bennie! BEN! BEEENNN!!'

Hij sprong over de verweerde balustrade die rondom de oude vijver liep en baande zich een weg tussen struiken, zonk hier en daar tot zijn hielen weg in de modder, speurde naar de gestalte van zijn zoon en riep de naam van zijn zoon. Waarom was het hier drassig? Kennelijk werd er water aangevoerd, was er een verborgen kraan die voortdurend openstond of was er een bron die onafgebroken de grond vochtig hield.

De hond, bedacht Bram.

'Hendrikus! Hendrikus!'

Hij bleef een moment staan, de warme zomerlucht gierde door zijn keel, de krekels dreunden hier hun doelloze kreten. Maar hij hoorde de hond. Of vergiste hij zich? Hij probeerde zijn panische ademhaling onder controle te brengen en het lawaai van zijn mond en longen te dempen. Luister, luister.

Hendrikus kermde. Het was een geluid dat Bram niet van hem kende. Maar het was hem, onmiskenbaar.

'Hendrikus! Hier! Kom hier!'

Hij zette een paar stappen. Nee, hij moest blijven staan, de hond zou naar hem toe komen. En daarna zou Hendrikus hem naar Bennie brengen.

'Hendrikus! Hier! Kom maar!'

Geritsel. En onbekend geluid, honds gehuil, de toon van pijn.

Hij draaide zich om en zag Hendrikus. Het diertje hinkte. En het was bebloed. Bram boog zich naar hem toe.

'Wat is er gebeurd? Rustig maar, beestje, wat is er?'

Hendrikus kon nauwelijks lopen, trok met een poot, en er kleefde bloed op zijn borst, onder zijn keel. Was Bennie hiervoor verantwoordelijk? Het was ondenkbaar dat Bennie zijn hondje had verwond. Of toch? En hield hij zich verborgen omdat hij de toorn van zijn vader vreesde?

'Bennie, waar is Bennie?'

Hendrikus moest door een dierenarts verzorgd worden, dit was ernstig. Maar eerst moest hij hem naar Bennie brengen.

'Hendrikus – Bennie, waar is Bennie? Bennie, breng me naar Bennie.'

Het was warm, minstens vijf- of zesentwintig graden, maar Hendrikus rilde alsof het vroor.

Bram moest bellen, er was in deze streek een dierenambulance, maar eerst moest hij Bennie vinden. Was Bennie ook gewond? Was hij in een boom geklommen en waren ze eruit gevallen? Maar hoe was Hendrikus naar boven gekomen? Het was uitgesloten dat Bennie al klimmend het dier naar boven had gedragen.

'Hendrikus – zoek. Zoek.'

Het dier richtte zich op en keek hem aan alsof hij het begreep. De hond had een zachte blik, een menselijke blik, wat misleidend was, zo wist Bram, ogen waarin mensen herkenning lazen en waarin zij gedachten en herkenbare emoties meenden te zien – maar de pijn die het dier had kon door niemand worden miskend.

Het dier strompelde langs hem heen, hinkend en kermend maar zich bewust van de heilige opdracht die hem was gegeven.

'Goed zo, Hendrikus, brave hond – zoek, zoek Bennie,' moedigde Bram hem aan.

Hij besefte dat hij de hond op de proef stelde, misschien zou het te veel voor hem worden, maar het ging nu om Bennie. Zijn vader zou het Bram vergeven als Hendrikus zou bezwijken. Nee, Hendrikus zou straks door een arts worden behandeld en dan zou alles weer zijn zoals het hoorde te zijn, Bennie in bed, Hendrikus aan zijn voeteneinde en Bram met een boek op de bank.

Het beestje liep kermend voor hem uit, tot het aan de rand van het moeras stil bleef staan.

'Wat is er? Zoek! Zoek!'

Bram keek naar de bomen aan de achterzijde van het open terrein, het woud dat zij hun bezit mochten noemen. Een huisje met een omheinde tuin in een buitenwijk was beter geweest. Daar tussen de bomen ergens bevond Bennie zich.

'BENNIE ZO IS HET MOOI GEWEEST! KOM TE VOORSCHIJN! NU! KOM NU TE VOORSCHIJN! BENNIE!'

Bram holde naar de zoom van het bos en bleef roepen. Nee, dit was niet in orde, dit klopte niet. En misschien – misschien was Bennie stil naar binnen geglipt, schuldig en beschaamd, verlangend naar onzichtbaarheid.

Voorzichtig nam Bram het hondje in zijn handen. Het dier piepte. Bram holde om de vijver heen en door het schudden begon het dier erbarmelijk te huilen, maar Bram wilde direct weten of Bennie binnen zat en zich veilig in de omgeving van het huis bevond.

Terwijl hij Hendrikus als een breekbaar geschenk voor zich uit hield, rende hij om het monsterlijk grote huis heen en schoot hij op de deur van de personeelsingang af. Bennie, Bennie zou er zijn, voor de televisie of in bed, huilend en angstig.

Terwijl zijn ledematen leken te verlammen, betrad Bram de woonkamer. Geen Bennie. Was hij in zijn kamer? Bram riep zijn naam, legde Hendrikus op de vloer en haastte zich naar de kamer van zijn zoon. Woede sloeg door zijn borst. Het bed was leeg. Hij trok de kast open, keek op de grond, achter de gestreken kleren die aan hangers in een verzorgde rij op Bennie wachtten, en schreeuwde een paar keer zijn naam.

Hij moest de politie bellen. En Rachel. Die zat in de lucht, nog uren, en wat kon hij haar zeggen? Bennie is weg, verdwenen, ik weet niet wat er gebeurd is, ik heb hem een paar minuten alleen gelaten en opeens was hij weg – kon hij dit aan de moeder van zijn kind meedelen?

En de politie? Wat kon hij de politie vertellen?

Hij rende opnieuw het huis door, roepend tot zijn keel rauw werd en zijn longen leken te barsten. Hij liep van kamer naar kamer, stormde de trap op en trok door de hele bovenverdieping, vervolgens naar de zolder, wierp overal een blik op, keek achter stroeve deuren en in muffe kasten, onafgebroken de naam van zijn zoon prevelend tot hij begon te stotteren en de klanken in niets meer met de gedachte aan zijn zoon verband hielden.

Hij raakte uitgeput, maar hij mocht niet opgeven. Hij holde

naar beneden en rende naar buiten, langs Hendrikus die moeizaam lag te hijgen, en daarna betrad hij weer de droge grond van de voortuin, waarover langzaam de zwoele avond viel.

Opnieuw vond hij de kracht om Bennies naam naar de bomen en struiken te schreeuwen. Over een halfuur, misschien minder, zou het donker zijn en zijn kind zou ergens door het woud dwalen, zoekend naar zijn vader. Waarom liet Bennie zich niet horen?

Bram keerde naar de woonkamer terug en vond onder het aanrecht de zware zaklantaarn die zij voor het geval van een stroomuitval hadden gekocht. Hij hoorde de moeizame ademhaling van Hendrikus. Daarna liep hij de avond in, naar de bomen, en liet het licht van de lantaarn over de stammen strijken, in de dorre struiken die eronder groeiden, op de met takken en bladeren en klimopwortels overdekte grond. Het was onmogelijk om Rachel te bellen. Hij kon haar niet spreken zonder eerst hun kind te hebben omarmd. Het was een groot terrein dat zij hadden verworven, het was een van de aantrekkelijkheden van de koop geweest, zo veel grond, Amerikaanse grond, gebied van rijkdom en vrijheid. Het was een vergissing. Hij had het de hele tijd geweten. Als dit allemaal achter de rug was, zou hij Rachel zeggen dat hij besloten had om het huis te verkopen en dat het beter was om naar een gewone, brave burgerlijke buurt te verhuizen. Weg hier. Of misschien was het allemaal quatsch wat er nu in zijn hoofd spookte, vermoedelijk dacht hij er morgen anders over, als hij nu maar eerst Bennie vond.

Eén ding was zeker: hij zou Rachel deze uren verzwijgen. Er was niets gebeurd. Zo meteen zou hij Bennie vinden. Het was laat. Normaal lag zijn zoon allang in bed. Hij stelde zich voor dat Bennie ergens was gaan liggen en uitgeput in slaap was gevallen. Als Bennie sliep, zou hij niets horen, ook niet de schorre stem van zijn vader, die zich niet meer kon oriënteren en geen idee had in welke richting hij moest lopen om zijn huis te vinden.

Als Bram opkeek, schitterden boven de takken de sterren. Onder dezelfde sterren lag zijn zoon ergens te slapen. Gelukkig was het niet koud. Een mooie heldere nacht.

Santa Monica, Californië

Twee jaar later

April 2010

I

De bankpas was gestolen. Zonder pincode was de pas een zinloos stukje plastic, maar toch was het door iemand meegenomen die de illusie had dat hij de juiste vier cijfers kon vinden voordat de geldautomaat de kaart zou opvreten. De machines waren daarop geprogrammeerd. Drie keer mis – weg kaart. Sinds zijn zoektocht begon, had hij er altijd geld mee kunnen krijgen. Honderdzestig dollar per week. De bankpas had hem in leven gehouden. Het was hem duidelijk dat iemand de rekening aanvulde, maar de tijd was nog niet aangebroken om daar over na te denken. Tot nu toe had hij de meeste nachten een dak boven zijn hoofd kunnen betalen. Wanneer de pensions en logementen geen ruimte meer hadden, had hij in parken geslapen. Onder viaducten. In busstations. Maar altijd had hij de zekerheid van de kaart bij zich gedragen.

Vanochtend had hij tachtig dollar uit de machine gehaald, en daarvan resteerden er drieënvijftig. Toen na uren van vertwijfeling de paniek was gezakt, was hij met zijn rugzak uit het logement in Venice geslopen waar hij drie weken had doorgebracht, en nu was het zaak om een goed plan voor de toekomst te ontwikkelen.

Bram had geen keuze: hij moest zich aansluiten bij de dakloze sloebers die hij sinds het begin van zijn reis had gadegeslagen, en van wie een groot deel geestesziek was. Hij besefte dat hij zich maatschappelijk al geruime tijd in hun nabijheid bevond, één stap verwijderd van de goot. Hij beschouwde zichzelf niet als een man zonder vaste woon- of verblijfplaats. Hij was geen zwerver. Hij was gewoon een periode op reis. Een soort sabbatical. Bram had een missie.

De beste overnachtingsplekken, de portieken van winkels en kantoren, waren door anderen ingenomen. Soms zaten of lagen ze er met vier, vijf man, en dat waren cijfers waar hij niets aan had. De cijfers die hem interesseerden waren twee en acht – vier kon hij weliswaar lezen als tweemaal twee, maar vijf bleef een lastig cijfer, dat uit twee, twee en één bestond. Als hij die één accepteerde, wat mogelijk was, had hij toch het gevoel dat hij een beetje schipperde, en schipperen stond gelijk aan zelfbedrog, en zelfbedrog betekende uiteindelijk dat de reis nog langer zou duren.

Als daklozen groepen vormden, zo had hij in de loop van zijn reis vastgesteld, bestonden ze uit een leider met volgelingen. Nergens was plaats voor hem – en dat was vanzelfsprekend. Hij droeg behoorlijke kleding. Zijn wangen en kaak waren geschoren, zijn haren geknipt. Gemeten naar zijn kleding had hij zelf een leider kunnen zijn, maar hij had nooit een groep gevormd. De groep kon ontstaan wanneer een leider enkele uit andere groepen verstoten daklozen samenbracht. In zijn geval moest de groep bij voorkeur uit twee of acht leden bestaan. Vier en zes waren acceptabel, maar een veelvoud was niet zuiver. Twee en acht waren dat wel, ook al was acht vier maal twee, maar acht was nu eenmaal gegeven.

Het was hem niet ontgaan dat de kleur van zijn huid verraadde dat hij al lang onderweg was. Zijn gezicht vertoonde een bronzen tint. De huid van de meeste daklozen en zwervers kreeg in de loop der jaren een zongebrande gloed, die in niets leek op de kleur die met zonnebrandolie werd gekweekt. Dat hij optisch te veel op de sloebers ging lijken, probeerde Bram te voorkomen door het dragen van een leren cowboyhoed, die hij voor twee dollar op een *yard sale* had gekocht (ze had drie gevraagd maar Bram kon slechts twee betalen omdat hij er niet op vertrouwde dat iets wat twee plus één kostte hem ook echt kon beschermen – alleen twee kon dat wel). Toch wist de weerkaatsing van het zonlicht op glas, op de glanzende carrosserie van auto's, op water, zijn gezicht te bereiken.

Op het strand aan weerszijden van de Santa Monica Pier lagen groepen daklozen te slapen, ogenschijnlijk rustig en ontspannen. Zijn reis had hem naar de laatste grens van dit continent gebracht, en zolang hij onderweg was, mocht hij hopen – hoewel, hopen was het verkeerde woord. Hij hoopte niet, hij had een rotsvast vertrouwen, de grootste zekerheid, de diepste overtuiging die een mens kon koesteren: zijn zoon wachtte op hem, en Bram mocht hem niet teleurstellen.

Het licht uit de lampen op de pier en de boulevard streek over de donkere silhouetten van de slapers op het strand. Het viel hem op hoe luid de oceaan ruiste. Om middernacht had hij zich op het strand laten zakken. Hij strekte zich niet uit maar bleef rechtop zitten, in kleermakerszit, zijn rugzak als een beschermend obstakel voor zich, niet al te ver van daklozen die genoegen namen met een plekje in het zand, en hij wist dat hij geen oog dicht zou doen, ook al was hij uitgeput en ook al voelde hij de naweeën van de ontdekking dat hij zijn pasje was kwijtgeraakt.

Het was vanochtend om drie over halfnegen gebeurd. Het waren cijfers die om moeilijkheden vroegen en hij wist dat hij er zelf schuldig aan was. Om acht over acht had hij geld moeten trekken, of om acht uur achtentwintig, maar drie over halfnegen bestond uit cijfers die ellende teweeg konden brengen. Negen en drie was twaalf, en in twaalf zaten zes tweetjes, en zes zelf bestond uit drie tweetjes, maar dat was zo ongeveer hetzelfde als de wereld naar jezelf toe verklaren, besefte Bram, en dus hielp het afbreken van onwelgevallige cijfers tot welgevallige niet bij het bereiken van zijn doel. Er waren vier machines geweest en bij de derde, geteld vanaf links, had hij zijn kaart gebruikt, en ook dat was een vergissing geweest. Hij had de tweede of desnoods vierde machine moeten gebruiken, maar beide waren bezet geweest en hij had niet het geduld gehad om te wachten. Hij had haast. Het was vandaag de achtste en op zulke dagen maakte je nu eenmaal meer kans. De tweede en achtste van elke maand waren de belangrijkste. De veelvouden mocht hij niet veronachtzamen, maar diep in zijn hart was het hem duidelijk dat hij op die andere dagen in feite niets kon verwachten. Het ging hem eigenlijk om die twee dagen, de hoogtepunten van de maand. Het was zaak om op die dagen zo veel mogelijk te doen. Hij had dus haast. Vóór twee uur 's middags moest hij Second and Eighth Street geïnspecteerd hebben. Hij gebruikte de derde machine van een bankgebouw in het hart van Santa Monica, op de hoek van Fourth en Arizona Boulevard, en toen hij zijn vier bankbiljetten uit de gleuf nam – hij telde twee keer twee – gebeurde er op het kruispunt een ongeluk.

Waarom was hij die ochtend eigenlijk zo laat geweest? Normaal begon zijn werkdag om zes uur achtenveertig. Elke ochtend wachtte hem een zware taak. De straat die zijn onderzoeksgebied vormde – Second of Eighth – moest hij als het maar enigszins mogelijk was in haar geheel overzien. En dat betekende dat hij zich haastte tussen de nummers twee, acht, achtentwintig, tweeëntachtig, tweehonderdacht (nul was neutraal), tweehonderdachtentwintig, et cetera. Het was hem niet ontgaan dat zijn gedrag soms mensen liet schrikken, maar zijn onderzoek was belangrijker dan de schade die zijn reputatie kon oplopen. Trouwens, Princeton was duizenden kilometers hier vandaan en de kans was klein dat zijn onderzoeksmethode daar tot onrust zou leiden. Als hij een team had gehad, had hij zijn medewerkers op cruciale punten in de betreffende straat kunnen posteren, maar hij kon zijn methode niet met anderen delen. Hij had het gevoel dat deze haar kracht verloor zodra hij anderen erover vertelde. Hij had een verborgen patroon in de werkelijkheid ontdekt en de kennis en het inzicht die hij inmiddels in de cijfers twee en acht had verworven moest hij geheim houden en alleen voor zichzelf benutten – nou, ja, voor zichzelf, voor zijn zoon.

Hij was laat geweest omdat hij over Bennie had gedroomd. Tegenwoordig kon hij, als hij wakker werd, terugkeren in de droom. In het verleden, sinds in de nacht van 22 op 23 augustus 2008 zijn queeste begon, droomde hij over het verlies van Bennie, maar de laatste tijd droomde hij over zijn terugkomst, wat natuurlijk heerlijk was en hem tijdens zijn onderzoek onbegrensde moed en hoop gaf. En het mooie bij dit mooie was dat hij, als hij huilend van geluk ontwaakte, gewoon zijn ogen kon sluiten en naar zijn kind kon terugkeren, alsof het hem nu gegeven was, een plotseling talent, een plotselinge gave, om bewust voor een droom te kiezen. Vanochtend had hij dat te lang gedaan. Er zat iets inconsequents in de droom van Bennies terugkeer want Bennie was geen dag ouder geworden, gewoon de jongen van 22.8.2008, of 8.22.2008, zoals ze in Amerika schreven. Bennie was inmiddels twee jaar ouder, maar in Brams droom was hij nog gewoon vier. De droom die hij de laatste tijd had – en waarvoor hij als hij wakker was kon kiezen – begon in die nacht. Het was precies zoals toen. Het bos, de sterrenhemel, de zaklantaarn, hij voelde zelfs de brand in zijn keel van het schreeuwen. En vervolgens verscheen Hendrikus, hinkend en bebloed, die hem naar een grot leidde, een gat in de grond waarin Bram zich moest laten zakken. En onder het bos bleek zich een labyrint te bevinden. Maar Bram wist precies waar hij heen moest. Het licht uit zijn zaklantaarn onthulde de splitsingen, kruispunten, en een stuk of tien keer moest hij kiezen tussen links, rechts, tweede van links, rechtdoor, vierde van rechts. En dan bereikte hij een verlicht vertrek waarin Bennies bedje stond. Het licht kwam van een speelgoedlamp, een soort projectielamp met een draaiende plastic kap waarop allerlei Disney-figuurtjes stonden. Op de wanden van het vertrek leken de geprojecteerde figuren te zweven. Het was een lamp van Bennie, en Bennie lag in zijn bed te slapen. Voorzichtig ging Bram naast hem op de rand van het bed zitten en hij streek de haren uit Bennies gezicht, streelde zijn voorhoofd en boog zich voorover om zijn wangen te kussen. En het bizarre, het overdonderende en bijzondere was dat zijn lippen Bennies wangen echt, onmiskenbaar, onloochenbaar beroerden – de ervaring was zo overweldigend, elke nacht weer, dat hij geen enkele twijfel had aan de lichamelijkheid ervan. Hij had geen idee hoe dit fysiek mogelijk was, hoe de natuurwetten dit toelieten, en het was straks, als de beproeving voorbij was, een aardige kwestie voor zijn vader, die natuurlijk via ingewikkelde formules de ervaring tot een gewoon natuurkundig verschijnsel kon herleiden. Maar daar hield de droom niet op.

Bram, op het strand, in de warme nacht van Santa Monica, starend naar de verschoppelingen in een gerafelde slaapzak of op een opengevouwen kartonnen doos, of gewoon languit op het zand met het hoofd op een pakketje kleren, voelde de tranen over zijn wangen glijden, en hij wilde zielsveel slapen en dromen, want daar kon hij zijn kind zien, en vooral: kussen en omarmen. Want dat gebeurde na het kussen. Bennie werd half wakker en ging slaperig rechtop zitten en wilde zijn vader vasthouden, en vervolgens voelde Bram het slapende lijfje van zijn zoon, die zich in de omarming van zijn vader beschermd wist en verder sliep. Niemand in de wereld kon deze ervaring bij Bram wegnemen. Het maakte alles goed. Het maakte de wereld compleet en zinvol. Het vulde even het gat in zijn ziel – ja, hij had een ziel en daarin was een gat ontstaan dat vanzelf zou genezen zodra zijn tocht volbracht was.

Vanochtend was hij laat geweest omdat hij in zijn droom urenlang zijn kind had vastgehouden. Hij voelde er zich niet schuldig over maar het had wel als consequentie dat hij te laat in Eighth Street was verschenen en zijn werk niet goed had kunnen doen. En als hij wel op tijd was geweest, had hij het ongeluk niet gezien.

Terwijl vier biljetten van twintig in zijn hand gleden – één twee, één twee –, hoorde hij een klap, een schreeuw, het geluid van dingen die kapotgingen. Doordat hij elke dag op straat doorbracht, had hij vele gedaanten van het kwaad gadegeslagen.

Hij draaide zich om en zag hoe een blauwe auto over het kruispunt schoot. Op straat liet een vrouw zich op haar knieën vallen. Naast haar lag een buggy, geen plastic lichtgewicht geval maar een zware, ouderwetse wandelwagen, de verbogen wielen ervan draaiden nog rond – het deed Bram denken aan een klassieke film. Er lag ook een klein kind op straat, de vrouw begon kermend om hulp te roepen. Bram haastte zich naar haar toe. Toen hij in het leger zat had Rachel hem de regels van de eerste hulp bijgebracht. Tijdens haar zwangerschap had zij hem nog meer technieken geleerd, ook die over de behandeling van geperforeerde aderen, waar ze liepen en hoe hij ze moest afbinden.

Hij stak het geld weg en na enkele stappen zat hij naast de gillende vrouw, die geen idee had wat zij moest doen en haar handen hief en met haar hele lichaam begon te trillen. Bram duwde haar opzij en zag het bloed uit een diepe snee uit het been van het meisje stromen. Het meisje had andere verwondingen, maar ze was geraakt door een scherp uitsteeksel van de verwrongen wandelwagen of de auto, en ze verloor bloed, veel bloed. Bram zat met zijn knieën in haar bloed, haar leven vloeide uit haar weg, en hij nam een stuk touw uit zijn broekzak, en bond het been af en hield het omhoog zodat de stroom van het bloed gestopt werd. Daarna onderzocht hij of het kind andere verwondingen had, maar op schaafwonden na kon hij niets ernstigs ontdekken. Wat niet wilde zeggen dat het meisje niet levensgevaarlijk gewond was. Misschien was er inwendig het een en ander beschadigd, maar daaraan konden alleen specialisten in een ziekenhuis werken.

De vrouw leek iets te bedaren. Ze keek hem met angstige blik aan. Het was een mooie vrouw die enkele seconden geleden nog geen idee van de hel had gekend: 'Is het erg, is het erg? Ze gaat toch niet dood? Zegt u me dat ze niet doodgaat –'

Bram zei: 'Nee. Ze blijft leven. Ze houdt hier misschien alleen een litteken aan over.' Hij had niet het gevoel dat hij iets zei dat hij niet kon rechtvaardigen. Dit meisje moest leven.

'Hoe heet ze?' vroeg hij.

'Diana –'

'Diana overleeft dit,' zei Bram zonder een greintje twijfel.

De vrouw wilde het kind aanraken.

'Nee, laat haar liggen,' maande hij, 'ze mag niet bewegen, wacht tot de ambulance er is.'

De sirene waaide al over de daken naar hen toe. Toen de verplegers uit de rode wagen sprongen, richtte hij zich op en stapte opzij.

'Wat is er gebeurd?' vroeg een van hen.

'Auto reed door rood. Raakte de kinderwagen. Ze zijn doorgereden. Er is een slagader geraakt. Ik heb het afgebonden.'

De verplegers ontfermden zich over het meisje. De politiesirene schreeuwde door de straten en snel verwijderde Bram zich van het kruispunt aangezien hij zich geen confrontatie met de politie kon veroorloven. Hij liep in de richting van Eighth Street en besefte onderweg dat hij zijn kaartje in de geldautomaat had laten zitten. In paniek holde hij terug naar het kruispunt maar hij bleef op afstand wachten omdat vier politiewagens het kruispunt bezet hielden en agenten het ongeluk in kaart brachten. Na een uur kwam hij eindelijk in de buurt van de automaat, de derde, en het was duidelijk dat zijn pas was gestolen.

Hij kon zich geen logement veroorloven. Hij had misschien genoeg voor enkele dagen voedsel. Was het mogelijk om naar de bank te gaan en te informeren of zijn kaart was gevonden? Hij zou zich misschien moeten legitimeren en dan konden ze vaststellen dat hij op de FBI-lijst stond, althans, hij nam aan dat hij daarop stond.

Vanavond had hij in de vreethal op de Santa Monica Promenade gegeten, gewoon, een hamburger met friet. Op een van de tafels stond een nauwelijks aangeraakte fles mineraalwater die hij veroverde voordat een van de sloebers die hier bij tientallen rondhingen zich er meester van konden maken. Misschien kon hij ergens een baantje vinden. Hij zag er verzorgd uit, was bij machte om zich precies uit te drukken en hij beschikte over een enorme strijdlust.

Het wilde schuim op de donkere golven ving het licht van de stad en leek te fluoresceren. Vlak achter hem verhief de Pacific Coast Highway zich van de vlakte van het strand en draaide landinwaarts. Vanaf de bocht heette hij de Santa Monica Freeway, de drukste snelweg in de wereld. Maar nu lag de snelweg er verlaten bij. De hotels en appartementengebouwen lagen boven op een langgerekte klif, die vlak achter de PCH steil uit het strand oprees. Hoeveel golven hadden hoeveel jaren tegen de helling gebeukt om een dergelijke steile wand te vormen? Bram sloot niet uit dat zijn vader iets dergelijks kon uitrekenen: de kracht van de golven, de weerstand van de helling, en een paar andere factoren, en dan zou hij iets ingewikkelds doen en het duizelingwekkende antwoord aan de wereld verkondigen. Drieënhalf miljoen, zou hij zeggen. Of elf komma twee. Of vijftigduizend.

Opeens zat er een klem om zijn hals. Zijn adem werd afgesneden. Hij wilde zich van die verstikkende kracht bevrijden en probeerde zijn handen naar zijn keel te brengen, maar zijn armen werden vastgegrepen. Met alle kracht waarover hij beschikte draaide hij zijn lichaam en deed hij een poging zich los te trekken. Het was een arm die zijn keel dichtsnoerde. Een paar handen hielden zijn armen vast. En hij moest toezien hoe een man zijn rugzak weggriste – Bram liet zich brullend achterovervallen en probeerde met gestrekte benen naar hem te trappen maar de man sprong opzij en ontweek Brams schoenen. Snel trok hij Brams bezittingen uit de rugzak, zijn vier broeken, acht overhemden, acht paar sokken, acht onderbroeken, zijn regenponcho, zakmes, rol touw, plakband, zijn setje eetgerei, de afsluitbare plastic beker en het plastic bord, het tasje met scheerspullen en verband en pleisters, de potlodenset, en toen hield hij het schrift in zijn hand.

Bram brulde: 'Blijf daarvan af!'

Opnieuw probeerde hij de man met een trap te raken. Hij stond te ver weg. Het schrift had zijn belangstelling niet en hij liet het op het zand vallen.

'Waar is je geld?' vroeg de man.

Bram gromde en schudde zijn hoofd, kronkelde wild met zijn lichaam en probeerde zijn armen los te trekken.

Minstens drie mannen bevonden zich achter hem. Een van hen hield zijn hoofd in een judogreep, twee anderen heersten over Brams armen. De man die voor hem stond liet een mes uit een heft schieten, een stiletto. Jaren geleden had Bram dit ook meegemaakt, maar deze keer had hij geen wapen bij zich.

'Je hebt geld, ik weet zeker dat je geld hebt.' Met een hand maakte hij een dwingend gebaar dat ook 'kom dichterbij' kon betekenen: de palm naar boven en ongeduldig heen en weer bewegende vingers.

'Als je je geld niet geeft, snij ik je open en dan hebben we het geld ook. Geef het nou maar zoet aan mij. In je broekzak?'

Bram liet een woedende brul horen, maar het besef dat hij niet kon winnen overwoekerde zijn krachten en hij liet zich slap achterovervallen. Hij hijgde. Het was voorbij. Het had geen zin om de nederlaag te ontkennen. Zij zouden zijn laatste dollars grijpen.

'Mijn broekzak,' fluisterde hij uitgeput, 'mijn linkerzak.'

De man maakte een gebaar en Brams linkerarm kwam vrij. De dollarbiljetten schoof hij uit zijn broekzak, de munten hield hij achter. De man die links achter hem stond – liggend, omhoogkijkend, Bram kon niet veel meer van hem zien dan een ongeschoren kaak – trok de biljetten uit zijn hand.

'Hoeveel?' vroeg de man met het mes.

De baard telde: 'Twintig, twee tientjes, twee vijfjes, drie eentjes – drieënvijftig.'

'Is dat het?' vroeg de man met het mes.

'Dat is alles.'

'Je hebt geluk gehad.'

Opeens boog de man zich voorover en maakte een snelle beweging met het mes. Iets vlamde door Brams linkerbeen. Met het mes had de schoft zijn broek en been opengehaald. Bram beet op zijn lippen en zijn lichaam verstrakte, maar hij verdroeg de pijn en wist een kreun te onderdrukken. Ze lieten hem los en hij voelde hun zware stappen op het zand toen ze hem achterlieten, alsof ze reuzen waren die met hun betonnen voeten het strand deden trillen.

Het was donker en hij draaide zich naar het verre licht van de snelweg en de boulevard en door een scheur in zijn broek zag hij een langgerekte wond waaruit bloed welde. In de verte zag hij dat zijn overvallers in de duisternis onder de pier verdwenen. Hij kon de wond schoonmaken en verbinden. Als het zover was en hij zijn kind terugvond, had het misschien verzorging nodig en dat betekende dat hij allerlei verbandmiddelen en tubes bij zich droeg met hormoonzalfjes die desinfecteerden en ervoor zorgden dat de jongen zich snel kon herstellen. Drieënvijftig dollar. Het was een onmogelijk getal. Drie en vijf waren samen acht, maar zo mocht hij niet denken. Achtenveertig dollar was beter geweest. Desnoods vierenveertig.

2

Op de vijfde dag na de overval regende het. Bram had het avond- en nachtritme van de daklozen overgenomen: 's avonds rondhangen op de Promenade, die zich over een voor verkeer afgesloten deel van Third Street uitstrekte, als de winkels, restaurants en bioscopen sloten een plek voor de nacht zoeken, zo lang mogelijk wakker blijven en als het even kon de ochtend wegslapen, om daarna aan te sluiten bij de rijen voor de mobiele gaarkeukens op Ocean Avenue, de weelderige boulevard die boven op de klif liep en aan de zeezijde omzoomd werd door rijen palmbomen en aan de landzijde door hotels en appartementengebouwen.

Hij had de munten, een bedrag van twee dollar vijfendertig, nog niet besteed. Alleen voor echte nood zou hij zijn laatste reserve aanspreken. Het was van belang om er niet als een zwerver uit te zien en zolang ze hem niet de toegang tot de wc's in het winkelcentrum ontzegden, kon hij zich scheren, zijn haar kammen, het vuil van zijn nagels spoelen. Zijn kleren begonnen te ruiken en het was van belang om bij de gratis middagmaaltijd niet te knoeien en 's nachts een schone slaapplek te vinden, want smoezelige kleding was het begin van het einde.

Zijn onderzoek beperkte zich nu tot de middag, nadat hij op Ocean Avenue zijn maaltijd had genuttigd. Dat hij 's ochtends sliep was niet zozeer een keuze als wel noodzaak: hij kon zich geen ontbijt veroorloven en het was ondoenlijk om met een geheel lege maag zijn onderzoek te verrichten. Maar het slapen ging hem goed af; als hij droomde was hij immuun voor zijn honger, en dromen was een geschenk.

Gisteravond had hij voor het eerst een arm in een afvalbak gestoken – hij had er niet eens iets bij gevoeld, ook al kon over de symboliek van de daad nauwelijks enig misverstand bestaan. Maar hij had gezien dat een meisje een zo goed als volle beker frisdrank in een afvalbak achterliet, en dat was bespottelijke verspilling. Brams toevallige positie in de nabijheid van de bak bood hem de kans direct in te grijpen en de beker te confisqueren. Het was Sprite of Seven-Up. Tevreden trok hij zich terug in een hoekje van de pui van een sportzaak. De Promenade bood afleiding, vertier, soms zelfs spektakel. Elke avond stroomden duizenden toeristen naar het voetgangersgebied om langs de etalages en straatzangers en straatartiesten te slenteren, een bak popcorn in de hand, zuigend aan een rietje dat in een afgedekte beker cola stond of nippend aan een beker Starbuckskoffie. Voor de bioscopen wachtten rijen opgewonden pubers die het geweld van de actiefilms nu al in hun armen en benen voelden, op de terrassen van de restaurants laveerden kortgerokte serveersters met brede dienbladen tussen de tafels met families en verliefden, een overvloed aan voedsel en alcohol brengend, en overal waren muzikanten, goochelaars en zangers, sommige talentvol, de meeste belabberd, ervan overtuigd dat zij hier door een beroemde impresario ontdekt zouden worden. Bram voelde zich hier nooit alleen. Soms, met stramme benen van het staan, nam hij plaats op een van de ijzeren bankjes die verspreid over de Promenade in de betonnen bodem waren verankerd. Meestal zaten daar alleen daklozen, wachtend op middernacht, waarna ze zich mochten uitstrekken zonder door de politie te worden weggestuurd. Bram liet zich hier niet op de grond zakken. Dat was een niveau dat de geesteszieke daklozen, de hopelozen en vertwijfelden hadden bereikt, zittend op het beton, achter een stuk karton waarop met onzekere hand geschreven was dat een dollar op prijs werd gesteld. HUNGRY NEED FOOD. Of: WAR VETERAN. SUFFERED FOR NATION. NOW POOR. Of: WILL WORK FOR FOOD.

Bram droeg een gele, nylon regenponcho toen hij zich in de stromende regen – hij telde – bij tweehonderdvijftien doorweekte mannen en enkele vrouwen aansloot. De capuchon van de poncho bedekte zijn hoofd en verborg zijn gezicht, hij voelde er zich veilig door. Na zevenentwintig minuten stond hij vooraan bij de vuilwitte truck, waarvan de laadruimte tot een keuken was omgebouwd. De truck stond bij de palmentuin geparkeerd en een hele zijwand was omhooggeklapt waardoor een afdak boven een toonbank was ontstaan. Op het dak walmde een schoorsteen. Vijf bezwete latino's, kleine brede mannen die veel op elkaar leken en zonder twijfel broers en neven waren, bereidden met snelle gebaren het voedsel, twee blanke Amerikanen, beiden vijftigers met goeiige, beschaafde gezichten, deelden de plastic borden uit. Vandaag was er puree, gekookte wortelen en een keuze uit vlees of soja. Gisteren bestond het menu uit gebakken aardappels, broccoli en vis of soja. Altijd een fles water.

'Vlees of vegetarisch?'

'Vegetarisch,' antwoordde Bram.

Niemand vroeg naar een ID.

Bram haastte zich naar de luwte onder een palmboom die nog niet door daklozen was bereikt, honderd meter verder, en het was duidelijk dat hij zijn bord niet tegen de regen kon beschermen. Maar hij wenste in zijn eentje te eten, weliswaar staand, maar hij lette erop dat het verschil tussen hem en de echte daklozen in stand bleef. Het weggooibestek was licht en dun, maar voldeed. Het regenwater had de maaltijd in een waterig papje veranderd, maar hij nam aan dat de voedingswaarde op peil was gebleven. Smaak deed er even niet toe. Hij had een plan nodig om zijn geldgebrek op te lossen. Hij had een baan nodig die hem de komende weken enige inkomsten bood zodat hij daarna weer fulltime zijn onderzoek kon doen.

'Professor Mannheim?'

Bram, verdiept in zijn bord en zijn plannen, had de man niet dichterbij zien komen. Hij was zwaar gebouwd, een man van middelbare leeftijd die ooit veel aan lichaamsbeweging had gedaan. Hij had een gespierde nek en grote handen. Hij had kortgeknipt grijs haar en droeg een donkerblauw trainingspak van een glanzende stof, misschien zijde. Hij droeg een enorme paraplu met de afmetingen van een parasol. Aan zijn voeten witte gymschoenen met verse modderspatten.

'Wat zegt u?' vroeg Bram verbaasd.

'Professor Mannheim – mag ik mij voorstellen? Ik ben Steven Presser. Ik ben de grootvader van het meisje dat vorige week door u is gered.'

Bram vroeg zich af wat de man van hem wilde. Hij had veel te doen, er was veel uit te denken en zijn onderzoek lag nu al zes dagen stil. Dat kon hij zich niet veroorloven. Hij mocht het Bennie niet aandoen.

'Ik ben – ik ben niet die man – ik ben iemand anders, u vergist zich.'

'Ik ben u op het spoor gekomen door de camera's die buiten bij de bank hangen. En op elk kruispunt in de stad hangen politiecamera's sinds de aanslag in Seattle. Ik heb een paar mensen gehuurd om u te vinden. Zo ben ik hier terechtgekomen.'

Bram schudde zijn hoofd. Hij wilde niet gekend worden. Hij wilde niet dat hij verantwoording moest afleggen want hij was aan het werk om alles in orde te brengen en pas wanneer alles was hersteld kon hij verantwoording afleggen – dat begrepen ze toch wel? Via een magistrale vondst was Bram op het spoor gekomen van Bennie. Het was een formule waarmee hij zijn vader versteld kon doen staan. Het sprak eigenlijk allemaal voor zich. 22.8.2008. Je moest het zien. Als je het eenmaal gezien had, viel alles op zijn plek.

'Nee,' zei hij, 'ik ben niet die man – ik ben – ik wil niet.'

Hij verliet de luwte onder de palmbladeren en stapte de regen in. Hij wierp de maaltijd in een afvalbak want hij kon niet eten voordat hij deze situatie had overdacht. Het kon gevaarlijk zijn om gekend te worden. Dit was een complicatie die hij nog geen plaats in zijn plannen had gegeven. Hij kon niet de man zijn die hij ooit was. Hij kon niet de vader van het kind zijn zonder het kind te hebben teruggevonden. En tegelijkertijd was het onmogelijk om de vader te zijn van een verdwenen kind – zolang hij dat was kon hij niet zijn wie hij was, begrepen ze dat niet?

De regen kletterde op de capuchon die zijn hoofd en nek en slapen beschermde als een helm. De rugzak drukte opeens zwaar op zijn rug. Hij had zich niet willen omdraaien om te kijken of de man hem was gevolgd, maar hij hoorde opnieuw diens stem, dichtbij, hij stond kennelijk vlak achter hem.

'U stond bij de geldautomaat van de bank toen het gebeurde. Het is allemaal geregistreerd. U ging meteen helpen, u aarzelde geen seconde. U bent toen uw pinpas vergeten. Gelukkig heeft iemand hem bij de bank ingeleverd.'

Bram wierp een blik opzij en zag de sterke hand van de man met het bankpasje. Hij besefte dat hij bij de aanvaarding van de kaart zijn identiteit zou aanvaarden. Dat kon niet. Hij kon niet Abe, Avi of Bram Mannheim zijn zolang Bennie niet in zijn eigen bed sliep.

'Ik heb ervoor getekend,' zei de man, 'het is het filiaal waar ik bankier, ze kennen me er. Presser. Mijn kantoor zit op Fifth Street, vlak om de hoek van het kruispunt. Mijn dochter was net even langs geweest. Ze wilde nog wat gaan winkelen toen – u was er gelukkig. Mijn kleindochter – ze houdt er niets kwalijks aan over. Een littekentje, en zelfs dat zal op den duur verdwijnen, zeiden ze.'

Fifth. Verkeerd. Bram zei: 'Nee, ga weg. Ik wil niet. Ik heb – ik heb dingen te doen.'

Hij staarde naar de truck. De zijklep werd gesloten en de koks brachten de wagen voor vertrek in gereedheid.

'Ik geef u mijn visitekaartje. Ik stop het in uw rugzak, goed? Dan kunt u mij vinden. Ik heb – ik heb navraag gedaan, over u, en ik begrijp –'

Bram had geen tijd voor de man. Hij rende over het drassige grasveld onder de palmen. De rugzak schudde zwaar heen en weer en hij probeerde de balans te herstellen door de riemen strak vast te houden, maar alles was beter dan in de nabijheid van de man te verkeren. Waarom had hij zich laten afleiden? Hij had een opdracht, een heilige opdracht! Dagen was hij kwijtgeraakt met zorgen over eten en slaapplaatsen terwijl hij zich over zijn kind had moeten ontfermen, misschien had hij Bennie verdomme al teruggevonden als deze flauwekul niet had plaatsgevonden. Ja, natuurlijk had hij zijn bankpasje terug willen hebben, maar het was bloedlink om zijn identiteit te openbaren want dat zou tot arrestatie kunnen leiden en als hij gearresteerd was, zou niemand zich met de opsporing van Bennie bemoeien.

Bram holde naar de rand van de klif. Achter een opening in de betonnen balustrade lag een trap die hij moest afdalen om de smalle voetgangersbrug te bereiken waarmee hij dit park de rug kon toekeren. De brug leidde over de laaggelegen highway naar het strand, dat nu verlaten onder de grijze hemel lag, ingeklemd tussen de snelweg en de wilde golven.

Toen hij de glibberige trap was afgedaald en het hoogste punt van de boogbrug had bereikt, hield hij in en haakte zijn vingers in het ijzeren vlechtwerk dat de brug in zijn geheel omspande en passanten die wilden toegeven aan een suïcidale opwelling ervan weerhield om te springen. Onder hem suisde het verkeer over het natte wegdek. De trap tussen de brug en het park boven op de klif was verlaten, de man had hem laten gaan. Zo was het beter. Hij had een missie. Zodra het droog was – en het weerbericht voor morgen, zo had hij in een op een bank achtergelaten krant gelezen, was hoopgevend – zou hij zijn onderzoek hervatten.

3

Bram had zijn onderzoek voortgezet in een van de slechtste buurten van de stad. Hier bevonden zich de zwarte getto's, de urbane oorlogsgebieden waar tegenwoordig moskeeën stonden waar de gelovigen werden opgeroepen een leven in islamitische vroomheid en jihadistische weerbaarheid te leiden. En het probleem was dat 82nd Street geen doorlopende straat was maar losjes door het noordelijke deel van Watts, het gewelddadigste getto, meanderde. Dat betekende dat hij de straat niet in zijn geheel kon overzien en zijn werk nog meer inspanning vroeg. Hij bevond zich nu ten oosten van de 110, of de One-Ten zoals ze hier zeiden, de snelweg die Pasadena in het noordoosten met Long Beach in het zuiden verbond.

Drie weken waren verstreken sinds de man zijn bankpasje had aangeboden, en het mooie was dat Bram met voldoening op zijn weigering terugkeek. Hij was niet bezweken voor het gemak van het pasje en een uitkering van honderdzestig dollar per week. Het ging hem om het enige hogere doel dat in zijn leven bestond.

De afgelopen nacht had hij geluk gehad. Hij had een slaapplaats gekregen in een hal van het Leger des Heils in *downtown*. Hij had gisteravond zijn kleren gewassen en zich vanochtend gewassen en geschoren. Hij had ontbeten en bij vertrek hadden ze een lunchpakket meegegeven en hem bij terugkeer een slaapplaats gegarandeerd. Zijn rugzak lag er nu achter slot en grendel in een speciale bagagekamer. Wat een genot om zo veel houvast te krijgen terwijl hij zijn onderzoek verrichtte. Zijn schrift had hij bij zich gestoken, net als acht scherp geslepen potloden. Hij wist niet waaraan hij dit te danken had. Gisterochtend was hij op straat door een heilssoldate aangesproken, een kleine zwarte vrouw die vooral uit een groot achterwerk leek te bestaan, die hem vroeg of hij honger had en hem een folder meegaf. Bram had zich afgevraagd waarom ze hem had aangesproken, en in het opvanghuis, voor de spiegel, begreep hij dat hij er nu als een geesteszieke dakloze uitzag. Ook dat was goed. Het was de perfecte vermomming. Niemand kon vermoeden dat achter dat uiterlijk een geest met een scherp plan huisde. Maar vanochtend had hij zich geschoren omdat de huid onder de baard ontstoken raakte en zo begon te jeuken dat hij zich soms tot bloedens toe krabde.

Nu rende hij in Watts met roodontstoken kin en wangen – hij had er zalf op gesmeerd, een witte crème die vet op de huid lag en de indruk wekte dat hij vergeten was scheerschuim weg te wassen – langs de verwaarloosde bungalows van de zwarte armen. Zoals altijd had hij eerst vastgesteld hoe laat de kinderen uit de lokale scholen verschenen. En dan was het zaak om de huisnummers die uit twee en acht bestonden te observeren. In de lange Amerikaanse straten was dat geen sinecure. Hij moest zo veel mogelijk blokken overzien, en dat betekende dat hij vaak op volle snelheid tussen de huizen heen en weer moest rennen. Het zag er natuurlijk bespottelijk uit, al dat rennen, maar hij had al lang geleden geaccepteerd dat mensen veronderstelden dat hij niet goed snik was, en ook dat was eigenlijk een welkom oordeel. In volledige anonimiteit verrichtte hij zijn werk.

Soms passeerde hij jongens die hem lachend verwensingen nariepen, maar ze lieten hem passeren, ook al konden ze opeens met een gestrekt been op zijn weg opduiken om te kijken of ze hem konden laten struikelen, omdat ze in hem alleen de gek zagen bij wie niets te roven viel.

Het was een zonnige middag in april en het was heerlijk om gewassen en gevoed door de straat te rennen. Hij had een halfuur geleden het lunchpakket opengemaakt, vier sandwiches met kaas en sla, een appel en een beker yoghurt – en hij voelde zich onoverwinnelijk. Vandaag kon het gebeuren, ongeacht de precieze datum en het precieze tijdstip – normaal had hij vooral aandacht voor twee over acht, acht over acht, acht voor halfnegen en twee voor halfnegen 's ochtends en 's middags voor twee over twee, acht over twee, acht voor halfdrie en twee voor halfdrie – maar nu was het voldoende om hier te zijn en door de straten te vliegen terwijl hij 'EINNEB!' schreeuwde.

Als hij 'EINNEB!' geschreeuwd had, moest hij achtentwintig stappen zetten voordat hij opnieuw 'EINNEB!' mocht roepen. Daarna, achtentwintig stappen verder, opnieuw: 'EINNEB!'

Als het moest kon Bram dit uren volhouden, rennend tussen de huizen die in aanmerking kwamen voor observatie. Hier in Watts waren de huizen klein, vervallen, de tuinen verstoten, de hekjes vermolmd, op de opritten stonden autowrakken, defecte koelkasten of wasmachines. In de goten lagen flessen, folders, rommel die niet eens een afvalbak gehaald had, en nu hij op weg was naar 82nd Street nummer 828 drong het tot hem door dat er een auto met hem meereed. Dat was al een minuut het geval, stelde hij vast, maar hij had er geen aandacht aan besteed omdat hij geheel in zijn werk verdiept was.

Het was een gloednieuwe witte Cadillac SUV, een kostbaar en dus begeerd object in deze buurt. Kennelijk het hoofd van een bende, een topdealer, een crimineel die de bendeleden zijn rijkdom en onverschrokkenheid demonstreerde. Bram had eens gelezen dat ze soms voor de lol iemand in het voorbijgaan neerschoten, alsof het om een safari ging waarbij groot wild mocht worden afgeschoten, maar hij kon zich niet voorstellen dat ze iemand die zich zo buitenissig gedroeg – Bram was zich volstrekt bewust van de curieuze indruk die hij op anderen maakte – met voldoening afmaakten.

Hij kon niet zien wie zich achter de donkere ruiten schuilhield. Terwijl hij rende, wierp hij een paar keer een blik opzij en verloor de tel van zijn stappen. Hij vertraagde en bleef staan. Cadillac ESV, laatste model, de grootste die Cadillac ooit had gebouwd. Nog steeds hybride, nog steeds afhankelijk van fossiele brandstoffen, zo herinnerde Bram zich een commentaar van enkele maanden geleden toen het model op de autoshow in Detroit gepresenteerd werd.

De auto reed door, en dus was de aandacht van de inzittenden van voorbijgaande aard geweest.

Hij brulde: 'EINNEB!'

Geen reactie – hij maakte aanstalten om verder te gaan en zag dat dertig meter verder de Cadillac stilhield.

De achterdeuren zwaaiden open en drie mannen stapten uit. Alleen de middelste droeg een kostuum. Het was de sterke man die hem zijn bankpasje had aangeboden. De andere twee, atletische jongemannen, liepen op donkere sneakers en droegen losse kleren die hen in staat stelden om snel te bewegen en toe te slaan. Politie. FBI. Ze kwamen hem halen.

Bram bedacht zich geen moment en draaide zich om en rende weg. Hij wist niet wat er achter hem gebeurde en hij zou seconden van zijn voorsprong verliezen als hij over zijn schouder zou kijken, dus hij had geen andere keuze dan op volle snelheid een zijstraat in te slaan en misschien ergens in een tuin weg te duiken en een schuilplaats te zoeken.

Maar hij verloor zijn schrift.

Het opgerolde boekje gleed uit zijn hand en vloog van hem vandaan en viel midden op het wegdek open. Hij moest terug – het was zijn houvast in het leven, de methode die Bennie zou terugvoeren.

Hij draaide zich om en zag de twee jonge mannen op hem afstuiven, en op het moment dat hij zich boog en het schrift in veiligheid bracht, grepen ze hem vast.

'Professor,' zei een van hen, 'professor, wees niet bang, wij doen u geen pijn.'

Ze leken vermoeider dan hij te zijn, wat geen wonder was. Door zijn onderzoek was Bram een van de best geoefende langeafstandslopers van dit land geworden. Hij drukte het schrift tegen zich aan, bedacht op een agressieve beweging van de mannen, maar ze bleven naast hem staan en wachtten tot de sterke man zich bij hen had gevoegd. Hij kwam op een drafje dichterbij, soepel lopend op dure veterschoenen, gekleed in een kostuum met een hagelwit overhemd en manchetknopen waarop de zon glinsterde, de boord van het hemd nonchalant open geknoopt.

Een deel van de ingenaaide pagina's van het schrift was gekreukt, maar tot zijn opluchting zag Bram dat er niets beschadigd was. Hij streek ze glad en keek naar de man.

'Professor Mannheim,' zei de man toen hij hen bereikt had. Hij stak een hand uit: 'Steven Presser, weet u nog?'

Bram probeerde achter Pressers ogen te kijken, dwars door hem heen om te achterhalen wat de man deze keer van plan was.

'Die bankpas was niet van mij,' zei Bram.

'Ik heb u via de bankpas kunnen vinden. Maar als u zegt dat u het niet bent – ik wilde nog één poging wagen om u te danken voor wat u voor mij heeft gedaan.'

'Ik heb niets gedaan.'

'Ik heb een kopie van de tapes van de bankcamera's,' zei Presser. 'U bent duidelijk herkenbaar. U mag er trots op zijn.'

'Ik ben niet trots, ik heb er niets mee te maken.'

Presser vroeg: 'Kan ik u met iets helpen?'

'Ik heb werk te doen. Laat me met rust.'

'Kan ik u helpen bij uw werk?'

'Nee.'

'Ik bezit meer geld dan ik in mijn leven kan opmaken. Ik kan u helpen als u me vertelt waarmee ik u kan helpen.'

'Niets. Ik heb haast, ik heb werk te doen.'

Bram wilde langs hem heen lopen, maar de man greep met zijn stalen hand Brams arm vast, niet pijnlijk, vastbesloten. Bram liet hem begaan.

'Geeft u me een halfuur van uw tijd,' zei de man. 'Een halfuur. Misschien kan ik u iets geven. Als u het niet wilt, dan bent u vrij om het te weigeren.'

4

Het was de meest luxueuze auto die Bram ooit had gezien. In de auto stonden zes grijsleren fauteuils, twee voorin en vier achterin, tegenover elkaar geplaatst zodat je elkaar kon aankijken. Bram zat met zijn rug naar Pressers assistenten, die beiden voorin hadden plaatsgenomen, en streek over de leren armsteunen van zijn stoel, snoof de zoete geuren op die uitsluitend door het interieur van gloednieuwe auto's werden uitgeademd, en vroeg zich af of hij de juiste keuze had gemaakt. Dit was een belangrijke dag, hij had het vanochtend direct aangevoeld, na een nacht die hem vreemd genoeg geen droom had geschonken, en nu liet hij kostbare minuten verstrijken omdat hij zich door deze man had laten verleiden. Was hij toch zwakker dan zijn onderzoek van hem verlangde? Hij kon alleen slagen wanneer hij de hoogste eisen aan zichzelf stelde, zich totaal overgaf, met slechts één oogmerk leefde, maar nu had hij zijn tocht onderbroken om zich te laven aan een gekoelde auto met fluisterstille airco. Dit mocht niet te lang duren. Het kon hem alleen in verwarring brengen en verzwakken – het was duidelijk wie daarvan het slachtoffer zou zijn.

De auto was in beweging. Er was nauwelijks iets van te merken, zelfs niet op de slecht onderhouden wegen van Watts.

'Ik heb weinig tijd,' opperde Bram.

'Dit gaat niet lang duren,' antwoordde Presser. Hij trok de bovenkant open van de brede console tussen de twee fauteuils.

Daarin was een koelkastje verwerkt. 'Kan ik u iets te drinken aanbieden?'

'Water.'

De man reikte hem een plastic flesje bronwater aan. Bram hield het omhoog om te controleren of de veiligheidsring om de dop onbeschadigd was. Ook de bovenkant van de dop onderzocht hij, misschien hadden ze er met een injectienaald een verdovende stof in gespoten. Maar hij kon geen onregelmatigheid ontdekken.

Hij voelde dat de man hem met verbazing bekeek. Het interesseerde hem niet wat de man van zijn argwaan dacht en Bram draaide de dop los en nam een slok. Het was een warme dag. Daarna vroeg hij: 'Waar brengt u me heen?'

'Mijn kantoor. In Santa Monica.'

'Fifth Street,' zei Bram.

'Als u wilt, kunt u zich daar verkleden. Ik was zo vrij om het een en ander voor u te kopen. Niks bijzonders. Ik dacht dat u – misschien vindt u het fijn om iets nieuws te dragen.'

'Ik heb niets nodig,' zei Bram.

Hij kende een film – of was het een boek? – waarin een voortvluchtige een jas cadeau kreeg die signalen uitzond: in een zoom was een zendertje verstopt zodat ze altijd wisten waar hij zich bevond. Hoorde Presser daarbij?

'Ik steun Israël,' zei Presser.

Wat bedoelde hij daarmee? Wisten ze dat hij de Israëlische nationaliteit had?

'Ik doneer elk jaar een serieus bedrag,' ging Presser door, 'aan projecten daar.'

Bram was op de hoogte van de ontwikkelingen. Balin was minister van Buitenlandse Zaken.

'Wat doet u – uw beroep?' vroeg Bram.

'Vastgoed. Ik koop gebouwen, ik ontwikkel zelf ook. Het gebouw waarin mijn kantoor is gevestigd, is ook van mij.'

'Heeft u kinderen?' vroeg Bram.

'Drie – mijn dochter heeft u ontmoet, een paar weken geleden. Twee zonen. Ik ben niet meer getrouwd, heb het twee keer geprobeerd maar ik heb het temperament niet voor het huwelijk.'

Hij zweeg en wachtte af, alsof hij Bram nu de gelegenheid gaf om op zijn beurt enkele confidenties prijs te geven, maar Bram had de indruk dat hij Presser niets hoefde te vertellen aangezien Presser alles wist. Hij keek naar buiten. Ze reden de 110 North op. Over een paar minuten zouden ze de 10 bereiken. De 10 West zou na twintig minuten in Santa Monica de kust bereiken en daar als de Pacific Coast Highway naar het noorden buigen. 110 kon een goed getal zijn. Eén en één is twee, nul is neutraal. Tien was vijf keer twee.

Bram had er niet naar gevraagd, maar Presser zei opeens: 'Mijn dochter is weduwe.'

Bram knikte. Het was een onnozele reactie. Hij wist niet wat hij moest zeggen. In zekere zin was Rachel ook een weduwe.

Bram vroeg: 'Hoe heet ze?'

'Diana.'

'Dat is toch de naam van uw kleindochter?'

'O, ik dacht dat u haar bedoelde. Mijn dochter heet Anne. Mijn kleindochter Diana. Die door u is gered. Ik denk dat Anne anders ook was doodgegaan. Na wat haar vorig jaar is overkomen.'

Bram nam nog een slok. De uitgestrekte stad gleed aan weerszijden voorbij. Toen hij nog over geld beschikte had hij per bus deze urbane laagvlakte doorkruist. Daarna was hij gaan lopen. Hij had er een volle dag over gedaan om vanuit Santa Monica downtown Los Angeles te bereiken.

De huizen in Santa Monica die in zijn doelgebied lagen – met huisnummers die uitsluitend uit tweeën en achten bestonden in straten die ook uitsluitend met tweeën en achten genummerd waren – had hij allemaal onderzocht. Toen hij aan de Oostkust zijn onderzoek begon, had hij eerst de route van Highway 202 naar het zuidwesten gevolgd. Het had hem grote moeite gekost om doorgaande snelwegen te vinden die genummerd waren met slechts een twee of een acht, maar door gebruik te maken van vier en zes – wat onzuiver was – was hij erin geslaagd om Brunswick, Georgia, te bereiken, waar de Eighty-Second begon. De Eighty-Second bracht hem naar Alabama, Mississippi, Arkansas, Texas, New Mexico. Alle steden die hij onderweg aandeed, werden door hem zorgvuldig onderzocht. Alamogordo, New Mexico, vormde het eindpunt van de Eighty-Second. Ten noordwesten van deze stad was op 16 juli 1945 op de White Sands Missile Range, om precies te zijn: op de Trinity Site, de eerste atoombom tot ontploffing gebracht. Tegenwoordig bedroeg de bevolking van Alamogordo, de thuishaven van de Stealth-bommenwerper, 38 000 ingezetenen. Het had hem grote moeite gekost om de stad weer te verlaten. De belangrijkste snelweg in Alamogordo was de 54, een getal dat hij niet tot rustige tweeën en achten kon afbreken. Ten westen van de stad lag de White Sands Missile Range en ten zuiden ervan lag Fort Bliss, en behalve de 54 liep daar de 70. Hij had rechtsomkeert gemaakt en bereikte via de lokaal genummerde 20 en 84 de nationale Highway 40, die in het verre Wilmington, North Carolina, begon en hem in Barstow in de Mojave-woestijn van Californië deed belanden. Ook daar was het lastig om via veilige cijfers verder te trekken. De 10 bracht hem uiteindelijk in Santa Monica. Daar werd de 10 de Pacific Coast Highway, die als nummer 101 droeg. Hij kon weliswaar de twee eentjes optellen en de nul wegstrepen, maar daarmee deed hij de zuiverheid van zijn onderzoek geweld aan. Als hij zijn onderzoek niet in Los Angeles zou bekronen, stond hij voor de zware taak om een van de noordelijke snelwegen te bereiken. Het probleem daarbij was dat de noord-zuidverbindingen met oneven getallen waren toegerust. Als hij LA voor SF wilde verruilen, werd hij ertoe gedwongen enorme omwegen te maken omdat hij alleen gebruik kon maken van snelwegen met even getallen die schuin naar het noorden afweken, een patroon dat leek op een weg die op een steile helling naar de top zigzagde.

'Seattle, mijn schoonzoon,' zei Presser opeens, 'de vuile bom daar. Mijn schoonzoon was er net twee uur eerder aangekomen. Hij werkte bij mij. We waren bezig een gebouw daar te kopen.'

Bram had zich veertien maanden geleden afgevraagd of zijn onderzoek door de aanslag werd beïnvloed, maar hij kon zich niet voorstellen dat zijn kind zich daar bevond toen de bom explodeerde. Hij had er geen bewijzen voor, alleen een gevoel; ofschoon hij tegenwoordig zijn leven op cijfers en getallen had afgestemd, wilde hij zijn intuïtie niet opgeven.

Presser wendde zijn blik af en keek naar buiten: 'Het was een eerste technische doorloop in Seattle. Twaalf verdiepingen, driehonderd vierkante meter per verdieping. Gebouwd in 1948. Solide constructie, stalen frame, marmeren lobby. Vier liften. Ik had zelf moeten gaan, maar mijn afspraak met de tandarts werd verschoven. Ik had hem zelf al twee keer afgezegd. Ik ben zelf graag bij de inspecties maar ik was niet echt nodig. Eddie ging toen in mijn plaats. Nog geen honderd meter verderop lieten ze die container ontploffen. Het gebouw stond midden in de zone. Hebben ze met de grond gelijkgemaakt en het puin ligt diep in een mijnschacht in Nevada. Schijnt nog lang radioactief te zijn.'

Toen het gebeurde bevond Bram zich in een motel vlak buiten Meridian, Mississippi. In de naar gekookte bloemkool ruikende lobby bleef hij urenlang stil voor de tv zitten terwijl cameraploegen, gekleed in beschermende pakken, de gevolgen in beeld brachten. Volgens deskundigen was het een geluk bij een ongeluk dat het binnen tien minuten na de explosie zwaar was gaan regenen terwijl er nauwelijks wind stond, en dat had de fall-out beperkt.

'De oudste Starbucks hebben ze ook platgewalst,' zei Presser.

'Maar een mijl verder weer opgebouwd,' reageerde Bram. Soms had hij dagen in een Starbucks doorgebracht. De koffie was duur, maar zolang hij een bekertje voor zich had, had het personeel hem met rust gelaten. Hij had er tijdens zijn onderzoek honderden bezocht.

'Is niet hetzelfde,' antwoordde Presser.

Bram zei: 'De gemeenteraad heeft gestemd en ze willen alles weer maken zoals het was.' Dat had hij enkele weken geleden gelezen. Het had hem geroerd – ook hij wilde dat alles weer werd zoals het ooit was.

Presser schudde zijn hoofd: 'Dat wordt het nooit meer.'

'Toch vind ik het goed dat ze alles opbouwen,' hield Bram vol.

'Niemand komt er door terug,' merkte Presser op, 'en daar gaat het toch om?'

Daarop kon Bram geen antwoord geven. Hij had gelezen dat de burgemeester beloofde dat de getroffen wijk in oorspronkelijke stijl zou worden herbouwd, tot aan de grassprieten en gescheurde muren toe.

Bram vroeg: 'Op welke verdieping is uw kantoor?'

'De vijfde.'

'Heeft het kantoor een nummer?'

'Vijf nul vijf. Waarom?'

'Zomaar.'

'Fifth Street 1555,' zei Presser, 'vijfde verdieping, suite 505.'

Vijf was niet goed; met zo veel vijven dreigde een ramp.

'Eddie, mijn schoonzoon, Eddie Frenkel – zegt u dat iets?' Presser keek hem vragend aan: 'Weet u wie Eddies vader was? U gelooft uw oren niet!'

Presser keek hem strak aan en wachtte op een reactie, maar Bram zweeg.

'Ik zal u zeggen wie Eddies vader was. Dat was Saul Frenkel.'

Bram kende die naam niet. Misschien was die man een beroemde Amerikaan, maar Bram, die intensief de kranten bijhield, kon de naam niet plaatsen.

'Die naam zegt u niets?' vroeg Presser.

'Nee.'

'Saul Frenkel, professor Saul Frenkel. Was van oorsprong een Duitse jood. In de jaren zestig en zeventig woonde hij in Nederland. Hij was daar onderzoeker aan de universiteit. Hij was medewerker van professor Hartog Mannheim.'

Presser glimlachte, schudde zijn hoofd, nog steeds verrast door wat hij had vastgesteld.

'Wat een verbazingwekkende wereld – uw vader, Eddies vader, samen in Nederland, samen werkend aan de Nobelprijs. Kleine, vreemde wereld, toch? Eddies vader en uw vader hebben elkaar heel goed gekend. Vindt u dat niet – ontroerend? Aan de andere kant van de wereld redt u Sauls kleindochter.'

De man kende alle details van Brams verleden. Waarom moest hij hem lastigvallen?

'Toen uw vader naar Israël verhuisde, is Saul Frenkel naar Caltech gekomen, in Pasadena. Hij is jaren geleden overleden, nog vóór Eddie in –'

Presser slikte de laatste woorden in.

Als Bram langer in zijn gezelschap verkeerde, zou zijn hele project gevaar lopen.

'Ik – ik wil niet mee,' zei Bram.

'Even maar, u zult er geen spijt van krijgen.'

'Ik had niet mee moeten gaan. Kunt u stoppen?'

'Niet op de snelweg. We zijn er zo.'

'Ik wil er bij de eerste afslag uit.'

'Dat is Lincoln. Over tien seconden zijn we al op Fifth Street.'
'Ik wil eruit,' zei Bram beslist.
'Ik kan u niet dwingen,' zei Presser vertwijfeld. 'Professor Mannheim, ik heb het beste met – '
'Noem me niet zo! Zo heet ik niet! Ik wil eruit.'
Presser kreeg iets wanhopigs over zich, enkele seconden bleef hij Bram gekweld aankijken, maar vervolgens leek hij zich bij Brams wensen neer te leggen en richtte zich tot de bestuurder: 'Je hoort het, Lincoln. Stop op de hoek met Olympic.'
De Cadillac verliet de snelweg. Bram pijnigde zich met de vraag waarom hij op dat fatale moment bij de geldautomaat van de bank was verschenen. Hij had langer geslapen dan anders, hij had zich in de heerlijkste droom aller dromen ondergedompeld waaraan hij slechts met verdriet een einde had kunnen maken – het had iets van een besluit gehad om wakker te worden en ook die dag zijn onderzoek te verrichten. Maar deze morgen had iets fataals, wat hem uiteindelijk in deze auto had doen belanden.
De Cadillac stopte. Presser ging rechtop zitten en trok zijn benen in om Bram te laten passeren. Maar voordat Bram buiten stond, werd hij door Presser vastgepakt.
'Uw pasje – '
Bram trok zijn arm los en stapte uit.
'Is niet van mij.'
Een van de assistenten stond buiten op de stoep. Zonder om te kijken liep Bram weg. Hij was goed gevoed en zou een hoog tempo kunnen aanhouden, maar het was ondenkbaar dat hij vóór zonsondergang het opvangtehuis van het Leger in downtown LA kon bereiken.
De ochtend van het ongeluk had Bram fouten gemaakt. Hij had de derde machine gebruikt op een tijdstip dat volkomen ongeschikt was, en dat alles had met de droom van doen gehad. Hij was nonchalant geweest, en nonchalance was een eigen-

schap die hij zich niet kon veroorloven. Het ging om precisie. Zijn getallenonderzoek vereiste de grootste zorgvuldigheid – en toen drong het tot hem door dat hij zijn schrift in de Cadillac had laten liggen.

Enkele dagen na aanvang van zijn tocht had hij in een kantoorboekhandel het schrift gekocht. De flexibele, geplastificeerde kaft had duizenden kilometers overleefd, het schrift liet zich oprollen en omklappen, de katoenen rijgdraad die de kaft en de pagina's bijeenhield was van een onverwoestbare kwaliteit, en het was hem duidelijk dat hij op een dag in dit schrift de sleutel tot de definitieve verblijfplaats van zijn kind zou vinden.

Hij holde naar Lincoln, de drukke straat die Santa Monica met Venice en het vliegveld van Los Angeles verbond. Ook de huisnummers van Lincoln waren door hem onderzocht. Tussen Seventh en Ninth Street bevond zich Lincoln Boulevard, ofwel: in feite hoorde Lincoln Eighth te heten. Dit waren de straten die zijn aandacht verdienden want ze waren niet wat ze leken. Twee blokken verder strekte zich Fifth Street voor hem uit, ook een drukke winkelstraat die deel was van het centrum van Santa Monica, en het kostte hem nauwelijks twee minuten om Fifth Street 1555 te bereiken. De Cadillac stond niet voor de ingang geparkeerd.

Hij kon zich niet voorstellen dat de man zijn schrift over het hoofd had gezien. Bram had het op de stoel naast hem gelegd, precies tegenover de man, en in de haast om de auto te verlaten had hij de stoel niet bekeken. Nonchalance, haast – hij moest zijn leven beteren en de discipline herstellen die hem zo ver had gebracht.

Het kantoorgebouw was vijf verdiepingen hoog, over de gevel liepen drie stalen koorden, een art-decoachtige versiering die samen met de ronde hoeken en iets gebogen kozijnen het gebouw een vooroorlogse indruk gaven – vooroorlogs, nou ja, de Tweede Wereldoorlog. Sinds 11 september 2001 was dit land continu in oorlog, volgend jaar zou het eerste decennium worden herdacht. Maar het gebouw was niet oud.

De twee brede deuren bestonden uit spiegelglas dat het zicht op de lobby belemmerde. Bram trok een deur open en stapte de airconditioned lucht van het gebouw binnen. Suite 505. Achter een balie van zwart marmer zat een receptionist, bij de lift stond een geüniformeerde bewaker, een grote zwarte man in een strak overhemd dat al dienst had gedaan voordat zijn gewicht was toegenomen.

Bram had het gevoel dat hij er redelijk schoon uitzag, maar hij trok meteen de aandacht van het personeel in de lege lobby. Langzaam zette de bewaker enkele stappen in zijn richting. Maar Bram had geen keuze. Hij overbrugde de tien meter naar de balie en stelde er zich resoluut bij op.

'Presser, suite 505,' zei hij tegen de receptionist, ook een zwarte man, maar minder gezet dan de bewaker.

De receptionist knikte en toetste een nummer in.

'Heb je hulp nodig?' vroeg de bewaker. Hij was stil dichterbij gekomen en stond nu naast Bram.

De receptionist maakte een gebaar dat betekende dat hij de zaak onder controle had: 'Helen? Charlie. Is meneer Presser binnen?'

De receptionist luisterde en keek naar iets wat alleen voor hem zichtbaar was, kennelijk een rij monitoren onder het bovenblad van de balie.

'Ja, ik zie hem net binnenkomen.' Hij keek Bram aan: 'Heeft u een afspraak?'

'Ik ben iets in zijn auto vergeten. Moet ik terug hebben.'

'Helen? Ik heb hier iemand die zegt dat hij iets in de auto van meneer Presser heeft laten liggen.' Hij knikte. 'Ik zal het vragen.' De man wierp een onderzoekende blik op Bram. Het was duidelijk dat Bram niet aan zijn verwachtingen voldeed want zijn toon was opeens minder bars: 'U bent professor Mannheim?'

Bram wilde zijn schrift terug, maar hij was nog lang niet toe aan de man die hij geweest was.

'Zijn schrift. Ik heb zijn schrift nodig.'

'Ik vroeg of u professor Mannheim bent.'

Het was een vraag die hij niet kon beantwoorden. Ja en nee. Vroeger wel maar nu niet. Straks weer wel zodra hij zijn onderzoek voltooid had.

'Ik ken hem,' antwoordde Bram. 'Ik kom iets voor hem halen.'

'Helen?' zei de receptionist in zijn telefoon. 'Hij is niet de professor maar hij komt iets voor hem halen.' De man knikte, luisterde en verbrak de verbinding.

'U wordt gehaald. U kunt daar wachten.' Hij wees naar een zithoek, drie zwartleren banken rond een tafel van glas op een roestvrijstalen frame. De bewaker stond nog steeds naast hem.

Bram liep naar de zithoek maar ging niet zitten. Hij bleef staan en staarde door de hoge ramen naar het verkeer en de voetgangers. Wat was op de ochtend van het ongeluk de rol van de blauwe auto geweest? En waarom was Pressers dochter zo vroeg naar kantoor gekomen? De winkels op de Promenade gingen pas om tien uur open en desondanks had zij al om halfnegen haar kinderwagen in de richting van de winkels geduwd – wat kon zij daar op dat tijdstip doen? Er was weinig meer te doen dan toe te kijken hoe de daklozen in de portieken en op de zitbanken ontwaakten en hoe de trucks van de leveranciers de winkels bevoorraadden. Net zo urgent was de vraag wie de blauwe auto had bestuurd. Had Presser zich ook met de identiteit en het verleden van de bestuurder beziggehouden of alleen met Bram? Hij had nog geen greep op de structuur van die ochtend. En hij had ook geen oog gehad voor het kenteken van de blauwe auto. Als hij die had gezien, had hij houvast gehad. Nu stond hij met lege handen en liep hij het gevaar een speelbal van Presser te worden.

'Bram?'

Sinds zijn vertrek had niemand hem zo aangesproken. Hij had namen verzonnen; in de panden waarin hij had overnacht was niemand geïnteresseerd in authentieke documenten. Hij was Peter, John, Bill, Neil, Bob, Howard, Craig, Rudy en Floyd.

Het was de stem van zijn vader die zojuist geklonken had, maar Bram kon zich niet omdraaien en hem aankijken.

'Bram?'

Zijn vader was hier niet omdat hij hier niet hoorde te zijn. Bram weigerde toe te geven aan de stem en zich naar zijn vader om te draaien. Zijn vader woonde ver weg, in Tel Aviv, waar aanslagen aan de orde van de dag waren, en daar diende hij rustig te wachten.

'Meneer Presser heeft me gevraagd of ik kwam. Ik heb achttien uur gevlogen. Bram?'

Ach, papa, wilde hij zeggen, lieve papa, lieve, lieve, moeilijke, lastige papa, hoe kan ik je ooit onder ogen komen nu ik zelf zo als vader gefaald heb en me schaam voor alles en iedereen? Ach, papa, laat het me rechtzetten, ik beloof je dat alles goed zal komen maar kijk me niet aan, spreek niet tot me, ga weg en wacht want ik doe mijn allerbeste rotbest en ik zal alles goed maken.

'Bram – ik kan je niet vertellen hoe blij ik ben dat ik je –'

Nee, ik hoor niets, dacht Bram, ik mag niets horen want er ligt een taak op mij te wachten, een zware taak die jaren kan duren en die alles van mij eist en geen twijfel of spijt of aarzeling kan dulden. Het gaat om alles.

Bram hoorde getik op de marmeren vloer, en hij voelde iets langs zijn enkels strijken. En ook dat was duidelijk. Godverdomme, dacht hij, dat je dat gedaan hebt, dat je de tegenwoordigheid van geest en de gotspe had om dat te doen –

Hendrikus piepte. Het beestje leefde dus nog.

'Bram – het is tijd. Ik kom je halen. Ik zal voor je zorgen.

Het is genoeg geweest. Mag ik je vasthouden? Ik wil je graag vasthouden.'

Bram bleef staan. En hij hoorde dat zijn vader twee stappen zette en toen lagen opeens de handen van zijn vader op zijn schouders en terwijl hij achter hem bleef staan trok zijn vader hem tegen zich aan en Bram voelde dat zijn vader schokte, alsof hij huilde.

Twee jaar later
December 2012

I

Op woensdag 12 december 2012 – de datum was gekozen door Presser, maar hij zag er een teken in – vloog Bram van Tel Aviv naar Los Angeles. Hij had Presser om een foto gevraagd van zijn kleindochter Diana, gewoon interesse, benieuwd naar hoe het meisje er inmiddels uitzag, en als antwoord daarop had Presser hem uitgenodigd en een businessclassticket gestuurd.

Bram woonde bij zijn vader in diens flat in Tel Aviv, de permanente logé in de kale logeerkamer waar hij als middelbare scholier de vakanties had doorgebracht, in hetzelfde ledikant, dezelfde lege muren, dezelfde tegels op de vloer. Hij slikte medicijnen die zijn stemmingen stabiliseerden, maar hij had geen kracht om zijn academische werk weer op te nemen, ook al begeleidde hij zo nu en dan studenten bij hun scripties. Hem was gevraagd om weer college te geven, maar hij had het aanbod afgeslagen.

Met Steven Presser had Bram sinds zijn terugkeer naar Tel Aviv contact gehouden. Ze hadden een paar keer gebeld, mailtjes gestuurd, en Presser had hem uitgenodigd – Bram was niet gegaan – voor het tweede huwelijk van zijn dochter Anne. Later had Presser een geboortekaartje laten sturen met het bericht dat Anne en Rick met vreugde bekendmaakten dat hun zoon Steven was geboren. Hij had Bram op het hart gedrukt te bellen wanneer hij iets voor hem kon betekenen.

Op de luchthaven van LAX werd hij door een assistent van

Presser in een glanzende zwarte Cadillac opgehaald en naar zijn hotel in Santa Monica gebracht, het Miramar, een luxueus L-vormig complex achter hoge muren op de hoek van Wilshire Boulevard en Ocean Avenue. Hij herinnerde zich alles, de lange boulevard langs de zee met rijen wuivende palmbomen en het smalle, langgerekte park, Palisades Park, dat evenwijdig aan Ocean liep en de verblijfplaats was van honderden daklozen. Vanuit zijn suite keek Bram uit op de pier van Santa Monica en op de cateringwagen waar elke dag de daklozen een warme maaltijd kregen aangereikt. Na de lange vlucht gunde Presser hem rust, maar Bram voelde geen vermoeidheid. Hij was helder, sterk, vastbesloten.

Hij wandelde over de loopbrug die van Ocean Avenue naar het strand leidde, over de drukke Pacific Coast Highway heen, en zat een uur op het verlaten strand en luisterde naar de golven. Later op de dag, bij de grijze balustrade aan de rand van Palisades Park, te midden van bejaarden en toeristen, keek Bram tussen zijn wimpers door naar de rode zon, die langzaam in de Pacific verdronk; hij was zonder twijfels, zonder bedenkingen.

De volgende ochtend wachtte Steven Presser aan een ontbijttafel naast het zwembad, in de tropische tuin van het Miramar. Presser was een brede man met krachtige, korte vingers en het kortgeknipte haar van Israëlische militairen, gekleed in een glanzend, grijs kostuum en een wit overhemd waarvan de boord informeel openstond. Een pinkring met een roze diamant. Een Patek Philippe met een eenvoudige zwarte band rond de pols. Blauwe kinderogen vol genegenheid. Hij kuste Bram op beide wangen, greep zo nu en dan zijn hand, en vertelde over zijn kleindochter Diana.

Met oprechte belangstelling vroeg hij naar Brams werkzaamheden en hij verraste hem met het plotselinge verschijnen van Anne, Diana, en baby Steven. Anne bleef even bij hen en dronk vers sinaasappelsap en geurende koffie, een slanke, blonde vrouw, met intelligente ogen en dure sieraden. Ze brak stukjes af van een broodje en vertelde, leunend op tafel, met ogen die zo nu en dan wegkeken, over hoe haar leven zich had hersteld. Bij haar leek alles geheeld. Diana was nu vier, een meisje met zwarte krullen en lange wimpers, nog steeds mollig als een baby. Anne nodigde hem voor het avondeten uit bij haar thuis in Brentwood, vlak boven Santa Monica. Alles hier was mooi, aangenaam en veilig, dacht Bram. Hij kende geen twijfel.

Nadat Anne en haar kinderen vertrokken waren, bleef hij nog even met Presser zitten. Een auto met chauffeur stond tot zijn beschikking. Hij mocht net zo lang in het Miramar blijven als hij wilde – een week was echt te kort, Bram, je moet blijven – en mocht hij plannen hebben om weer iets met zijn vak te gaan doen, Presser wilde graag bijdragen aan een nieuwe studie of een nieuw boek.

'Misschien wil je er helemaal niet over praten, Abe, maar ik zie mogelijkheden, begrijp je, als je nog onderzoek wilt doen naar toen, naar de vermissing.'

'Het onderzoek is afgesloten,' zei Bram. 'Ik heb de afgelopen twee jaar de politierapporten tientallen keren gelezen, ik heb alles nagetrokken, en ik weet nog steeds niets. Het is al weer meer dan vier jaar geleden, wat kun je nog vinden na die tijd?'

'Er zijn heel goeie recherchebureaus in deze stad, met topmensen. Is niet goedkoop, maar ik wil dat echt alles wat bekend kan worden ook naar boven is gehaald.'

'Ik ben bang dat dat ook is gebeurd,' antwoordde Bram.

In Brentwood slingerden lanen langs groene heggen, langs okergele villa's, witte landgoederen en tuinen met eucalyptussen en kafferbomen, ongeschonden, naakt in hun kwetsbaarheid. De laatste keer dat Bram een avond met een gezin en kinderen had doorgebracht, was het weekend voor Rachels bezoek aan haar vader in Tel Aviv geweest, ruim vier jaar eerder, in Princeton, toen zijn wereld nog klopte. Ze hadden enkelen van zijn collega's en hun gezinnen uitgenodigd, Rachel had haar onnavolgbare Indiase gerechten gemaakt maar hij had erop gestaan dat ze ook zouden barbecuen. Zondagmiddag, op het grind voor het houten huis dat zij in zijn oude glorie gingen herstellen.

Kinderen speelden en huilden en ruzieden, de mannen bij elkaar, met een koud flesje Corona in de hand, gelach van Rachel te midden van de echtgenotes, discussies over de naderende verkiezingen en de gevolgen daarvan voor Irak. De avond viel, maar langzamer dan anders leek het wel, vertraagd en vrijgevig, plastic bordjes met vegetarische curries en hamburgers, schalen met salades, de blote schouders van de vrouwen, smeltend ijs in de emmers waarin lege blikjes Sprite en Coke dreven, de jongste kinderen al slapend op schoot voordat de buitenlampen werden aangestoken – de gouden uren van hun leven, licht en zeker in de verwachting dat hieraan nooit een einde kwam.

In Brentwood bracht hij de avond door met Anne en haar kinderen, haar man Rick, Steven Presser, en zes vrienden, in een huis dat bijna net zo groot was als het huis dat hij ooit had willen renoveren, maar dit pand was getemd. Een paar ogenblikken lang, zomaar gedurende de avond, vergat hij dat hij alleen was, en dat het kind nooit meer zou terugkeren – het was de jetlag die hem deze genade schonk, vermoedde hij.

's Ochtends vroeg rende hij in het eerste licht over het betonnen pad, in een stoet van joggers met iPods en modieuze sportkleding, langs de Stille Oceaan. Hij kocht boeken bij Barnes and Noble op de hoek van Wilshire en de Promenade, dronk koffie bij Infuzion Café op Third, en concentreerde zich op zijn doel. Hij had geen prints bij zich, geen laptop, niets wat zijn doel kon verraden.

Vanuit zijn kamer in de Miramar belde hij de bank in Princeton waar hij in 2008, na hun aankomst uit Tel Aviv, een kluisje had gehuurd. In het kluisje stond een kistje, en in het kistje lag in een leren hoes de Kel-Tec P11, geconserveerd in oliën en vetten. Zonder opzien te baren was het kistje in de verhuiscontainer van Tel Aviv naar Princeton vervoerd. Bij het inpakken in Tel Aviv had Bram het wapen over het hoofd gezien en geschrokken had hij het in een verhuisdoos teruggevonden toen ze na hun aankomst in Amerika hun appartement in Princeton gingen inrichten. Hij had twee overtredingen begaan: hij had illegaal een wapen ingevoerd en vervolgens had hij een wapen illegaal in bezit.

Hij wist dat Rachel laaiend zou zijn en zweeg erover. Bij een bank huurde hij een kluisje en borg het kistje weg aangezien het onnodig was om in Amerika rekening te houden met een intifada. De kosten werden één keer per jaar automatisch op zijn creditcard verhaald, ook in de periode dat hij door het land was getrokken om zijn kind te zoeken. De creditcard was gecombineerd met een pinpas, en alleen de laatste had hij gebruikt, bang dat hij bij aankopen met de creditcard kon worden getraceerd voordat hij zijn missie had vervuld.

Tijdens zijn tocht was de post doorgestuurd naar Hartog, die vanuit Tel Aviv aan de hand van de geldopnames Brams route had gevolgd en de kosten had voldaan. Jaarlijks kostte de kluis honderdveertig dollar, betaald met een kaart die hij nooit gebruikte. Voor de zekerheid had hij de afschrijvingen opgezocht. Eén keer per jaar, inmiddels door de inflatie gestegen tot honderdnegentig dollar. Hij had geen idee waar hij de sleutel van de kluis had gelaten – vermoedelijk in een la in zijn werkkamer op het landgoed, waar inmiddels andere mensen woonden – maar toen hij zich in Tel Aviv op de reis aan het voorbereiden was en de bank belde, vertelde de bankemployé dat het openen van de kluis tussen de drie- en vierhonderd dollar zou bedragen omdat een specialist de kluisdeur moest kraken.

Hij maakte de afspraak dat op 20 december in zijn aanwezigheid het kluisje zou worden opengebroken. Nog twee keer werd hij door Anne Presser uitgenodigd, en binnen enkele dagen volgde zijn lichaam het ritme van de Amerikaanse westkust.

Op 19 december mocht hij 's ochtends om negen uur met Steven Presser in diens Challenger mee naar New York vliegen. Bram wilde een paar oude bekenden in Manhattan bezoeken. Op de eenentwintigste zou Presser weer terugvliegen naar Los Angeles en Bram zou doorreizen naar Tel Aviv. De Challenger was Pressers eigen jet, een comfortabele tweemotorige koker met leren zetels en twee banken die tot bedden konden worden uitgeklapt, gepolitoerde houten tafels die glansden als opgewreven piano's, een groot tv-scherm.

Presser bracht hem naar zijn hotel op East 63rd, dwars door het drukke verkeer, tussen de gebouwen gillende brandweerwagens en duizenden boze claxons. Het was bijna Kerstmis en de stad fonkelde met miljoenen lichten, rode en groene linten en kristallen engeltjes. Hij kon in het hotel blijven zolang als hij wilde; roomservice, het restaurant, taxi's, de rekeningen gingen naar Presser. In de felle wind voor het hotel, allebei in dunne Californische kleding, namen ze met een omhelzing afscheid. Op Brams kamer op de drieëntwintigste verdieping – een priemgetal – lag in een envelop een zwarte Mastercard van Saks Fifth Avenue, met een handgeschreven briefje van Presser: 'Beste Abe, maak me blij en koop die zaak leeg, er zit geen limiet op. Je vriend, Steven.'

Saks was tot laat open en op elke verdieping bogen zorgvuldig geklede kopers zich over kasjmieren vesten, platina manchetknopen, Wedgwood-ontbijtbordjes. Bram kocht er een zwarte winterjas, zwarte bergschoenen, zwarte handschoenen, een zwarte das, alles met zorg verpakt in het weelderige kerstpapier van Saks.

De volgende ochtend wandelde hij via de zuidelijke paden van Central Park naar Broadway en kocht hij bij een winkel met sport- en kampeerspullen een Maglite, dezelfde zware zaklantaarn die hij vroeger thuis had gehad, een Zwitsers zakmes, een rol touw en een massieve honkbalknuppel. Daarna gebruikte hij de creditcard van Saks bij een autoverhuurbedrijf op West 54th en huurde een Honda Civic. Om halfvier had hij de afspraak bij de bank in Princeton.

2

In Tel Aviv, in de krappe opslagbox van flat 404 op de begane grond van het appartementengebouw waarin hij met zijn vader woonde, was Bram na zijn terugkeer uit Amerika twee jaar lang op zoek geweest naar 'inzichten die naast de feiten konden opbloeien' – zo had hij zijn activiteiten voor zichzelf omschreven. Hij had het hok van de onderbuurvrouw gehuurd en een supersnelle internetconnectie laten installeren, hij had er een Apple geplaatst, een koelkastje met water, wodka, frisdrank, en grote prikborden aan de wand geschroefd. Zeven prikborden. Zeven verschillende theorieën. In de tijd dat Bram daar zijn nachten doorbracht, had hij nooit één woord over zijn nachtelijke activiteiten aan zijn vader geopenbaard.

De opslagbox was zijn kleine tempel.

Zeven prikborden van vijftig bij vijftig centimeter, vol met kaartjes en notities, prints, plattegronden, foto's.

Prikbord één: weggelopen en ergens langs een weg terechtgekomen en meegenomen door pedofiel, daarna vermoord?

Prikbord twee: weggelopen en langs een weg door een auto of truck aangereden – lichaam ergens gedropt door panische bestuurder?

Prikbord drie: weggelopen en verdronken?

Vier (variant van één): doelgericht meegenomen door pedofiel en vermoord?

Vijf: meegenomen door pedofiel en verhandeld?

Zes: meegenomen door professionele kinderhandelaar en verkocht aan kinderloos echtpaar?

Zeven: meegenomen met onbekend motief, geld?

De verdwijning kon via twee duidelijke beginpatronen zijn verlopen: zelf weggelopen of door iemand meegenomen. Het waren twee concepten met verschillende aspecten.

Bij het wegloopmodel was de essentiële vraag of B. in staat zou zijn geweest in de luttele minuten die het telefoongesprek met Balin had geduurd het bos rond het huis te verlaten. Bram had daar altijd aan getwijfeld. Hij kon zich evenmin voorstellen dat B. niet op zijn geroep en geschreeuw gereageerd zou hebben, ofschoon hij moest toegeven dat B. vermoedelijk aan een lichte vorm van epilepsie leed, of op zijn minst een soort absences kende die hem afsloten van prikkels van buitenaf. Het bos rond het enorme huis was twee keer uitgekamd door de politie, met speurhonden, en het kind was niet aangetroffen.

Zelf had Bram, toen hij ontdekt had dat het kind niet meer in de kamer zat te eten, een essentiële fout gemaakt door zich aanvankelijk op het huis te richten. Hij had direct naar buiten moeten gaan en moeten brullen. Hij had dat nagelaten omdat hij bang was dat het kind opnieuw bij het gat in een van de zolderkamers had gestaan. Bram had zich dus door een eerder incident op die middag op een verkeerde manier laten sturen en had kostbare tijd verloren.

Hij was ervan overtuigd dat hij, als hij meteen naar buiten was gerend, het kind had kunnen redden – bij beide basispatronen zou dat het geval geweest zijn, zo hield hij zichzelf voor.

De plattegrond van het pand en het bos had hij aan de muur boven de Apple bevestigd, naast een kaart van de regio en een kaart van de staat New Jersey. De hoeveelheid variaties op de zeven modellen, gebaseerd op twee concepten, was duizelingwekkend, maar de basis had een ijzeren logica: hij had direct buiten op zoek moeten gaan in plaats van binnen te blijven en op zolder bij dat gat in de vloer te kijken.

Op de derde dag na de vermissing was hij op het politiebureau ondervraagd, vlak voordat ze in de rivier gingen dreggen en de staat duizenden dollars zou uitgeven aan kikvorsmannen. Hij was erbij geweest toen een van de honden bij de rivier een geur had opgevangen, maar Bram vertelde dat hij twee weken eerder met B. in het bos gewandeld had en ze hadden daar bij de rand van de rivier gestaan. Na al die jaren voelde hij nog steeds de schaamte bij de ondervraging – het was niet eens de absurditeit dat hij verdacht was; het was de confrontatie met zijn eigen falen. Een telefoontje. Buiten gestaan. Mooie avond. Oude bekende die belde. Jitzchak Balin. Kandidaat-minister in Israël.

Gedurende de nachten die hij in het rommelhok onder in het flatgebouw in Tel Aviv doorbracht, was hij steeds meer gaan twijfelen aan het wegloopconcept. Hij kon zich niet voorstellen dat B. op eigen initiatief het huis achter zich had gelaten. Ja, B. was ondernemend, had een rijke verbeelding, maar het was ook een kind dat graag in de buurt van zijn ouders bleef. De sleutel lag in de verwondingen van Hendrikus. Hij was ervan overtuigd dat het dier tot bloedens toe was getrapt. Hij had zich afgevraagd, wekenlang, of Hendrikus was aangereden. Hij had dierenartsen geraadpleegd, en hij had spijt dat hij niet direct foto's van de verwondingen had gemaakt. Er was veel waaraan hij niet had gedacht toen het gebeurde. Elk van de zeven modellen had hij aandacht gegeven, maar theorie vier, vijf, zes en zeven leken in toenemende mate een opening te bieden.

Wanneer zijn vader boven in hun flat in zijn diepste slaap was en de stad ongrijpbaar ver weg leek, een labyrint van gesloten huizen en gebouwen in een zware mediterrane nacht, stil en onbeweeglijk als een mausoleum, was het rommelhok helder verlicht. Op de Apple bekeek hij foto's van het pand in

Princeton. De map met documenten van de aankoop van het pand had hij aangetroffen in de dozen die in een zeecontainer terug naar Tel Aviv waren gestuurd – ze waren in gemeenschap van goederen getrouwd en Rachel was volledig bevoegd en had het huis tijdens zijn lange tocht verkocht en leeggehaald. Waarom had ze de speelgoedjes en kleertjes van B. aan hem nagelaten? Bram was niet zo gestoord dat hij ze vaak bekeek, maar het ging om het besef dat alles wat met B. verband hield, wat B. aan zijn lijf gedragen had en waarmee hij gespeeld had – wapens, veel wapens – niet zomaar was weggesmeten of in een afvalcontainer terechtgekomen was. Hij had ze in het rommelhok in forse dozen bewaard, maar liefst zes, en Rachel had ze naar Hartogs flat in Tel Aviv gestuurd om Bram, wanneer hij boven water was gekomen, voor altijd aan het verlies te herinneren; ze moet geweten hebben dat hij er geen afstand van kon doen. Het was een poging om hem tot waanzin te drijven. Dat hoefde niet – de waanzin kende geen geheimen voor hem.

Hij keek nooit in de dozen – hij kon het onmogelijk opbrengen. En ze deden inderdaad pijn, maar ze hielden ook het besef in leven dat B. echt enkele jaren op deze aarde had gelopen en geen vervagende abstractie was. De dozen kon hij verdragen. Foto's van B. waren taboe. Met de betekenisloosheid van de verdwijning kon hij niet bestaan – zoals de eerste echte mens niet kon bestaan met de blinde betekenisloosheid van de kosmos en noodgedwongen, om niet aan waanzin te gronde te gaan, een God bedacht en ging bidden. In plaats van te bidden was Bram achter zijn Apple gaan zitten – in de rotsvaste overtuiging dat hij op een dag zou ontdekken wat er op 28-8-2008 om 18.18 uur op 282 Goodhill Road was gebeurd. Er waren ontelbare mensen die hun uren 's avonds en 's nachts verkwistten met on- en offline spelletjes – hij besteedde uren aan een heilige tocht.

Hij had de weersgesteldheid van die dag onderzocht – niet

zomaar een beetje de temperatuur maar ook de luchtdruk, de fluctuaties in de loop van de dag. Hij wist alles van de stand van de zon, de plaats van struiken, bomen, planten in de tuin en het omringende bos, de bodemgesteldheid. Hij wist alles van het huis, meer dan toen ze er bivakkeerden: de gebruikte materialen, de vormen van de aanbouw, de vroegere bewoners. Honderden keren was hij in gedachten teruggekeerd naar die middag. Twee mannen die er hadden gewoond waren gesneuveld gedurende de Amerikaanse Burgeroorlog, en later was een dienstplichtige in de Vietnam-oorlog gewond geraakt. Kinderen hadden er, voor zover de archieven dat toonden, een veilige jeugd gehad.

Hij had het politiedossier opgevraagd. Het was duidelijk dat de betrokken rechercheurs na het geurspoor tot de conclusie waren gekomen dat het kind in de rivier achter het bos verdronken was. Honden hadden Hendrikus' bloedspoor gevolgd, maar dat stopte zomaar ergens in het bos, alsof het dier ergens spontaan was gaan bloeden. Ontvoering door familieleden – het meest voorkomende geval van ontvoeringen, vaak het gevolg van pijnlijke echtscheidingen – kon in dit geval worden uitgesloten. Bram zelf moest ook als verdachte worden aangemerkt – er was een lijst die de rechercheurs afliepen, en het onderzoek van de gedragingen van de vader en moeder bij een vermissing was daarop een vast onderdeel – en hij had het zichzelf lastig gemaakt toen hij vlak voor Rachels terugkeer naar Princeton op reis was gegaan. Hij was verdwenen, en Rachel had de politie gewaarschuwd. Na tien dagen hadden ze hem in Maryland gearresteerd en een dag vastgehouden. Hij wist dat het gebeurd was maar had er vreemd genoeg geen herinnering aan – hoe maf was hij toen al? Ze hadden hem op voorspraak van Rachel laten gaan, zo had hij in het dossier gelezen. Ze haatte hem, maar ze wist dat hij niet met opzet B. uit het oog had verloren. Juridisch gezien was hij onschuldig, maar naar haar maatstaven, en de zijne, was hij zo schuldig als een mens schuldig kon zijn.

Hij had toegang gekregen tot online archieven die inzicht gaven in de statistieken, de namen, de omstandigheden. Elk jaar werden er anderhalf miljoen kinderen vermist. De meesten kwamen zonder kleerscheuren terug, binnen vierentwintig uur. Dat waren de weglopers, de pubers, en de kinderen die waren meegenomen door familieleden bij een familieruzie of echtscheiding. Het getal zestigduizend betrof de groep kinderen die werden gekidnapt door niet-familieleden. De helft van die kinderen werd seksueel misbruikt, dertigduizend kinderen dus, elke dag overkwam dat meer dan tachtig kinderen. En elk jaar bleven er een paar honderd kinderen voor altijd weg. Dat waren de vermissingen die families verwoestten.

Soms vond hij een achteloos detail dat hem kracht gaf. Hij bleef de dossiers herlezen, de omstandigheden analyseren, deed verzoeken aan archieven waar opsporingsdossiers bewaard werden. Zo nu en dan dronk hij een glaasje wodka, staarde naar het scherm van de Apple en de kaarten aan de muur, en maakte aantekeningen, duizenden.

Achttien maanden nadat zijn vader hem terug naar Tel Aviv had gebracht, had hij een verzoek gedaan aan de openbaar aanklager in Edmonton, Canada, om inlichtingen over John O'Connor, de aannemer.

O'Connor was een oude Ierse naam, afkomstig van de krijgsheer Conor of Concovar, die vermoedelijk in 971 gestorven was. Alle O'Connors waren afstammelingen van die ene Concovar, een Keltische naam die zoiets betekende als de machtige, de leider.

Na al die jaren had Bram vastgesteld dat John O'Connor op zijn zeventiende uit Edmonton in de Canadase staat Alberta naar Boston was verhuisd. Niemand had dat onderzocht. John

O'Connor was de laatste bezoeker aan het pand geweest. Hij was binnengekomen en was er getuige van geweest dat Bram het pand in gerend was toen hij merkte dat de deur openstond en B. weg was. Bram had ook mailtjes gestuurd naar twee Canadese organisaties van ouders van vermiste kinderen, zogenaamde Megan's Law-groepen, en een groepje in Edmonton. Op het net was vaak veel te vinden, maar het was moeilijk om van officiële databanken gegevens over individuen te krijgen door de talloze privacyregels waaraan die databanken moesten voldoen. Overheden konden databanken vaak binnengaan alsof het supermarkten waren, maar derden zoals Bram stuitten op ondoordringbare hekwerken.

John had een goede reputatie als aannemer. Hij was altijd voorkomend en betrouwbaar geweest. Maar het was curieus dat tot nu toe niemand onderzocht had wat hij tot zijn zeventiende in Canada gedaan had.

Bram wist niet wat het formele verzoek en de e-mails zouden opleveren – maar hij had er een gevoel bij gehad, en wekenlang had hij er wakker van gelegen.

3

Een employé begeleidde Bram naar het souterrain van de bank, een marmeren trap af, voorbij een klassiek traliehek, naar een ruim vertrek, egaal verlicht, met wanden die door honderden kluisdeurtjes in beslag werden genomen. Nummer 817, geen bijzonder getal, ook al was de som van de afzonderlijke cijfers twee keer acht. Onder het tl-licht werd door een slotenmaker een gat in het kluisdeurtje geboord terwijl Bram en de jonge bankemployé, een Latino in een driedelig krijtstreeppak, zwijgend toekeken; bij elkaar duurde het openen misschien zes minuten. Nadat de slotenmaker en de bankemployé het vertrek verlaten hadden, trok hij het kistje uit de kluis en verborg het in een plastic zak.

De Honda Civic die hij had gehuurd, was een van de meest verkochte auto's in het land, een onopvallende auto, zilvergrijs van kleur, en hij reed ermee naar het huis waar John O'Connor woonde.

Het bevond zich hemelsbreed misschien drie mijl, vijf kilometer, van hun vroegere landgoed, een vrijstaand witgeschilderd huis met een grote tuin van een paar hectare. Net als makelaars wisten aannemers waar de koopjes stonden, de panden met achterstallig onderhoud waar bejaarden hun laatste dagen sleten of die zij voor een verzorgingstehuis verruilden. Het leek erop dat ook O'Connor op deze manier zijn slag had geslagen.

Achter een oprijlaan van een meter of zestig verrees de witte kubus, met een nieuw grijs dak, nieuwe ramen, vlekkeloos in de verf, klaar voor de *flip*, zoals dat heette: goedkoop aanschaffen, oppeppen, snel verkopen. Bram reed er twee keer langs en ging terug de stad in.

Bij een internetwinkel logde hij in op zijn Apple in Tel Aviv en bekeek nog een keer de route die hij te voet moest nemen wanneer hij de Honda op het parkeerterrein van een winkelcentrum voorbij het huis geparkeerd had.

Hij was te gespannen om te eten, dronk water en toen het donker was reed hij naar het winkelcentrum, een u-vormig conglomeraat van supermarkten en warenhuizen langs een drukke doorgaande weg, willekeurig opgetrokken, zo leek het, in de bossen aan de rand van de stad. Nadat hij de auto had afgesloten, slenterde hij langs de winkels, allemaal bont versierd met kerstparafernalia, vrome liederen schalden langs de galerijen. De verlichting hield aan de rand van het terrein op, daarna zette meteen de duisternis in door het gebrek aan openbare verlichting, zoals bijna overal in dit grote land dat, hoe spilziek ook, de straten en wegen spaarzaam verlichtte.

Hij nam de spullen uit de auto en volgde het pad dat achter het winkelcentrum liep, een breed bospad dat ook door ruiters werd gebruikt. Het pad lag parallel aan de doorgaande weg, zo'n twintig meter vanaf de berm achter winterse struiken en kale bomen die net genoeg dekking gaven om hem vanaf de weg onzichtbaar te maken.

De afgelopen weken had hij in gedachten dagelijks de tocht gemaakt, en ook al waren de beelden van Google enkele jaren oud, het pad volgde ongeveer de lijnen die hij op zijn computer had gezien.

Om acht over zeven bereikte hij het huis. Achter geen enkel raam brandde licht. De wanden waren van kunststof, zo zag hij nu, *vinyl siding*, een goedkope standaardmethode om de houten wanden tegen weersinvloeden te beschermen – hij had het er ooit met O'Connor over gehad, het bestond in vele kleuren en soorten, met of zonder houtstructuur, maar ook als nepbakstenen.

Het had weinig verschil gemaakt als O'Connor binnen was geweest. Hij zou hebben aangebeld en de 9mm op O'Connors hoofd gezet, zo had hij zich voorgenomen. Hoe vaak had hij het niet in films gezien? Desnoods zou hij meteen geschoten hebben. Tien jaar geleden had Rachel hem de Kel-Tec gegeven en hij had er een paar keer op een schietbaan mee gevuurd – in het leger was hem de waarde van schietoefeningen bijgebracht. Het kleine, stompe wapen was sinds die oefeningen niet meer gebruikt – hij had het laten zien tijdens die mislukte overval in Tel Aviv, die hem voor Princeton had doen kiezen, zo besefte hij nu – en het was te gevaarlijk geweest om vandaag ergens in de bossen de werking ervan te testen. De Kel-Tec had een zwart kunststof handvat en een blauwig-metalige kleur. Het mechanisme was identiek aan dat van Rugers en Glocks. Tien patronen.

Na het bezoek aan de bank, zittend in zijn auto, had hij het kistje geopend en het wapen uit het hoesje gehaald. Het rook nog steeds naar olie. Hij haalde de kogels eruit en laadde het opnieuw nadat hij de patronen had gecontroleerd en met een doek gepoetst. Hij moest het met beide handen vasthouden wanneer hij vuurde. De terugslag was groter dan het kleine wapen deed vermoeden.

Het was vanzelfsprekend dat hij op die koude nacht in de schaduw van het huis op O'Connor wachtte. Het was onmogelijk om verder te leven zonder aan zijn behoefte aan vereffening toe te geven, wat de gevolgen ook zouden zijn. Bram zou schuldig worden bevonden aan moord, en als hij daarvoor levenslang kreeg – hij was ervan overtuigd dat een jury het hem zou vergeven, want wat hij deed was toegeven aan een van de diepste waarheden die mensen kenden – zou hij de gevolgen aanvaarden.

Hij wist ook wat er zou gebeuren als hij de politie had getipt: op 14 december 2007, vijf jaar geleden, had New Jersey de doodstraf afgeschaft, ook al was dit de staat waar Megan's Law geïntroduceerd was na de moord op de zevenjarige Megan Kanka door haar overbuurman Jesse Timmendequas, een veroordeelde verkrachter die anoniem in een kinderrijke wijk woonde. Zedendelinquenten werden zomaar vrijgelaten wanneer hun straf erop zat, en zij konden zonder belemmeringen in wijken met veel kinderen een huis huren, niemand wist van hun neigingen. Megan's Law maakte daaraan een einde. Pedofielen werden na hun vrijlating geregistreerd, het werd mogelijk om hun gangen na te trekken.

Na de afschaffing van de doodstraf werd Timmendequas' straf in levenslang omgezet – O'Connor zou hetzelfde krijgen, met mogelijkheden om op zijn iPodje Mozart te beluisteren en in de gevangenisbibliotheek kunstboeken met afbeeldingen van Degas en Vermeer in te zien. B. zou die kansen nooit krijgen, en omdat O'Connor B.'s toekomst met geweld genomen had, moest Bram O'Connors toekomst nemen om de balans in de kosmos te herstellen. Het deed er niet toe of O'Connor met zijn perversie was geboren – vermoedelijk was dat zo, op zijn zestiende had hij zich al door zesjarige jongens laten bevredigen – en of zijn aandriften door de natuur waren gemaakt en of zijn wil daarop geen greep had. O'Connor was een monster dat een verwoestend spoor had getrokken. Daaraan moest een einde komen.

4

In Tel Aviv had Bram zo nu en dan met Google Earth of Live Local het gerestaureerde leistenen dak en de schitterende tuin in Princeton opgezocht – toen hij twee jaar geleden ging zoeken woonde er een jong gezin, wetenschappers die tijdens hun studie een softwareprogramma hadden ontwikkeld dat ze voor een vermogen aan Microsoft hadden verkocht. Allebei hoogleraar. Drie kinderen. Een groot hek om de tuin. Veiligheidscamera's op de dakgoten. Drie auto's, alle drie hybride. Veel was te vinden op het net, als je wist waar je moest zoeken, maar overheidsarchieven bleven gesloten.

Hij was veel tijd kwijtgeraakt met de lijst snelheidsovertredingen die op 28 augustus in een straal van tien mijl rond het pand begaan waren. Het had hem vijf maanden gekost om alle overtreders na te trekken – het had hem in feite de helft van het jaar 2012 gekost, een getal waarvan hij veel had verwacht. Hij had gehoopt dat op 28 augustus van dat jaar 's ochtends vroeg om 2.28 uur – hij had gereed gezeten in het rommelhok – het definitieve patroon op de een of andere manier zichtbaar zou worden, alsof God persoonlijk zou ingrijpen, maar er gebeurde niets. Hij had iemand betaald voor een inlogcode voor de site van het Department of Motor Vehicles en hij had de lijst uitgeprint. Tien mijl was een vrij willekeurige afstand, maar hij had zich voorgesteld dat een mogelijke kidnapper hard had gereden om zo snel mogelijk weg te komen.

Het was een grote cirkel met een doorsnede van twintig mijl, meer dan dertig kilometer, met daarin Princeton en tientallen buitenwijken en dorpen. Vierhonderdnegentien bonnen waren er die dag uitgeschreven, waarvan honderddrie met automatische flitsers. Vrouwelijke bestuurders vielen af, en de namen van drie mannen had hij kunnen vinden op de sites van buurtgroepen die de verhuisbewegingen van pedofielen in de gaten hielden. Die drie namen had hij lange tijd gevolgd, hij had prints van hun gezichten op het bord geprikt, maar de routes die zij op 28 augustus 2008 hadden gereden, hadden hen niet in de directe nabijheid van het pand gebracht. Volledig afgeschreven waren ze niet; hij hield ze in een aparte file, zocht hen zo nu en dan op, keek of er berichten waren over nieuwe misdaden.

John O'Connor.

De politie had met O'Connor gesproken, zoals iedere man die in de voorafgaande maanden in het huis geweest was een gesprek met een rechercheur had gehad – meestal telefonisch. Mannen zonder strafblad, en zonder een verleden met seksueel misbruik, werden vrijwel meteen van de lijst afgevoerd. John ook – geen strafblad. Het was een grote, goeiige man, glimmend van het zweet, althans op die dag. Al die tijd had hij niets afwijkends aan John opgemerkt, een naam in zijn dossier, een betrouwbare aannemer – een contradictio in terminis – die niet afweek van afspraken en begrotingen. Wat was er zo bijzonder aan het feit dat hij in 1967 in Edmonton, Canada, was geboren en in 1984, op zijn zeventiende, naar Boston was verhuisd? Het bijzondere was dat het Bram niet eerder was opgevallen, een detail van niets in het dossier. Hij had op nieuwssites naar mogelijke misstappen van John O'Connor in Boston en omgeving gezocht tussen 1984 en 1995, toen John zich in Princeton als aannemer vestigde. John was ongetrouwd en hij was erbij geweest toen Bram in paniek door het pand ging rennen om B. terug te vinden.

Nadat Bram op de zolderverdieping zijn zoon van het gat in de vloer had weggevoerd, stond John met een van B.'s speelgoedpistolen voor de tv, met gestrekte arm gericht op een van de figuren van de tekenfilm.

'Sorry, John,' had Bram gezegd, B. in zijn armen dicht tegen zich aan houdend.

'Luger,' zei B.

'Dat is een Luger,' had Bram herhaald in de veronderstelling dat John het type pistool niet kende.

'Hou maar,' had B. gezegd.

Wild bewoog hij zijn lichaam om zich los te worstelen uit de greep van zijn vader, en Bram zette zijn zoon neer.

John had zich naar hen omgedraaid en tegen B. gezegd: 'Je vader was erg ongerust, je mag daar echt niet komen.'

'Ik wil de wormen zien,' zei B., terwijl hij naast John ging staan en het pistool zorgvuldig bekeek.

'Wormen? Zitten daar zo veel wormen?'

'Hij denkt dat daar wormen zijn,' zei Bram.

'Doodschieten met een Luger,' zei B. 'Zo groot als slangen. Hou maar.'

'Je hoort het, John. Je mag het pistool houden, een hele eer.'

John grinnikte: 'Oké. Ik voel me nu een stuk veiliger.'

Toen Bram zijn personalia natrok, bijna vier jaar na de verdwijning, was John O'Connor nog steeds ongetrouwd, en nog steeds was hij aannemer. In die periode waren in de regio drie jongens verdwenen, inclusief B., en één van hen was teruggevonden. Misbruikt. Om het leven gebracht. Er was niets wat erop wees dat John O'Connor een kindermoordenaar was, maar Bram moest hem onderzoeken en kon pas daarna zijn aandacht verleggen. Het was een lange tocht, maar Bram geloofde dat er ooit een einde aan zou komen.

Na tien dagen had hij twee reacties ontvangen op de mails die hij naar Canada had gestuurd, twee e-mails van een Megan's Law-groep in Edmonton die de pedofielen in die stad in het oog hield. Het was eind september 2012.

De eerste mail meldde dat ze de specifieke John O'Connor in kwestie hadden getraceerd, geboortedatum 2-11-1967. Hij had een *juvenile file*; John had dus, toen hij jong was, iets uitgehaald wat tot een justitieel onderzoek had geleid. Maar het dossier was niet toegankelijk. Op verzoek van John – een procedure die simpel en vrij normaal was – was het dossier *gesealed*. Bram wist inmiddels dat het ondoenlijk was om inzicht in dat dossier te krijgen, tenzij hij iemand kon omkopen. Maar hij had geen contacten in Edmonton.

Zou John –? Was het al die jaren zo dichtbij geweest? Hij zocht de prints van het dossier dat hij over John had aangelegd. Het moest mogelijk zijn, als dit de juiste weg was, om dichter bij de waarheid te komen. De waarheid – die kon hem troosten.

De tweede mail leek zijn hart tot stilstand te brengen.

Hij las: 'Geachte heer Mannheim, we zijn gaan speuren in onze knipsels en archieven, en we zijn er zo goed als zeker van dat deze John O'Connor degene geweest is die op zijn zestiende in Edmonton als vrijwilliger in een *summer camp* zesjarige jongens seksueel mishandeld heeft. Dit heeft in de zomer van 1984 veel publiciteit gekregen. Honderd procent zekerheid is er echter niet, dus we verzoeken u niet te snel de conclusie te trekken dat deze O'Connor de man is naar wie u navraag heeft gedaan. Wij zullen u op de hoogte brengen zodra we meer informatie hebben vergaard. Soms willen onze contacten bij het Openbaar Ministerie per ongeluk een kopie van een dossier naar ons mailen. Van dit soort "vergissingen" maken wij graag gebruik. Wij houden u op de hoogte.'

O'Connors BTW-nummer had uiteindelijk de connecties vrijgegeven. Een lid van een groep die veroordeelde en vrijgelaten pedofielen in de gaten hield, een echte Megan's Law-actiegroep, medewerkster van de belastingdienst in Connecticut, de Department of Revenu Services, had hem de BTW-afdrachten van O'Connor doorgegeven, wat strafbaar was. Bram had via die BTW-betalingen de volledige lijst met O'Connors klussen in bezit gekregen. Gekmakend gewroet in honderden klussen en bouwprojecten in Connecticut en New Jersey had de verbanden gelegd: Bram had de adressen van O'Connors klussen vergeleken met de adreslijsten van mishandelde, vermiste en vermoorde kinderen.

Het ging om jongetjes. Vijf, zes, zeven jaar oud. O'Connor had tussen 1984 en 1995, toen hij in Boston woonde, en tussen 1995 en 2012, in Princeton, bij negentien families gewerkt die later – de gemiddelde periode was een jaar nadat hij er zijn klus had beëindigd, Brams kind was een uitzondering – getroffen werden door een vermissing of een verkrachting. Negentien van de bijna driehonderdvijftig klussen. Vijf jongetjes waren er vermoord, twaalf seksueel mishandeld, twee kinderen vermist, onder wie Brams kind. Er was maar één verband tussen al die afzonderlijke families en werkopdrachten. Andere namen was Bram ook nagegaan, hij had zijn theorie begraven en was opnieuw gaan zoeken en verzamelen – wekenlang in het rommelhok, koortsig, misselijk van spanning en angst en pijn. Maar de conclusie was onvermijdelijk. Waarom hadden ze dit niet direct twee jaar geleden onderzocht? De databanken van de belastingdienst waren niet aan die van de politie of die met namen van vermiste kinderen gekoppeld. Bram had monnikenwerk verricht, met de hand, elke klus van O'Connor had hij nagetrokken, telkens opnieuw, tot hij zeker wist wie zijn kind had laten verdwijnen.

5

Om drie over acht draaide een grote pick-up dual cab de oprijlaan op van O'Connors huis, de lampen streken over de kunststof muren. Bram wachtte in een nis bij de achterdeur, vlak naast de brede garage, aan het einde van het grindpad. Het lag voor de hand dat O'Connor daar zou stoppen. Het was koud maar droog, en ofschoon Bram de das rond zijn gezicht gewikkeld had, waaierde condens uit zijn mond. Hij voelde het gewicht van de knuppel in zijn handen, de toename van zijn hartslag, en hij wist dat hij ertoe in staat was.

Hij hoorde de zware motor tot stilstand komen. De koplampen doofden. Een autoportier draaide open en hij hoorde O'Connor praten.

'Natuurlijk, mevrouw, die tegels passen ook daar op die plek. Maar ze zijn twee keer zo duur.'

Het portier viel in het slot en een ander werd geopend, vermoedelijk een achterportier.

Bram hoorde een vrouwenstem, de speakerphone van het mobieltje stond aan: 'Ik betwijfel of de kosten van die tegels een probleem vormen, meneer O'Connor. Ik zal het er met mijn man over hebben, maar gaat u er maar van uit dat het die bloemetjestegels worden.'

'Mevrouw Putnam, uw wil is mijn wet. Als u andere tegels in die badkamer wilt, ze komen er.'

Bram schoof enkele centimeters uit zijn schuilplaats en zag

hem staan, in het licht dat uit het interieur van de pick-up straalde, een gezette man met een onschuldig, kinderlijk gezicht, gekleed in een bol winterjack dat hem ook in de ergste vrieskou warm zou houden. O'Connor hield met de ene hand de telefoon vast en reikte met de andere naar de achterbank en nam er een grote boodschappenzak uit. Hij duwde het portier met een elleboog dicht en het licht doofde. Zijn silhouet bleef echter zichtbaar, een donkere figuur die in beide armen een grote zak naar de achterdeur droeg.

Met wie was hij in gesprek? Zou mevrouw Putnam de politie waarschuwen wanneer het gesprek plotseling werd afgebroken? Of zou de telefoon nog functioneren als de klap door O'Connors lichaam trok?

'Misschien ben ik hier te lang mee bezig, maar die tegels, daar kijk je toch jaren tegen aan en dat mag wat kosten, vindt u niet?' zei de vrouw.

'Het komt in orde, mevrouw Putnam. Ik ben er morgenmiddag.'

'Dank u wel, fijn dat u meteen komt.'

'Nee, geen dank,' zei O'Connor.

Hij zette de zak op de grond naast zijn voeten en beëindigde het gesprek. Hij zocht in zijn zakken, viste er een dikke sleutelbos uit en stak de juiste sleutel in het slot.

Langzaam draaide de deur open en een felle spot onder het dak flitste aan en verlichtte het tegelterras rondom de achterdeur – kennelijk zat er een contact in de sponning dat geactiveerd werd wanneer de deur opendraaide. Dit was gevaarlijk. Het gevaar bestond dat iemand in een passerende auto hem zag staan, maar hij kon niet meer terug.

Bram deed drie stappen naar voren en merkte dat hij misselijk werd. Zijn benen wankelden en opeens vloeide de kracht uit zijn spieren.

O'Connor bukte om de zak met boodschappen te pakken.

Toen hij overeind kwam, haalde Bram uit, en hij wist dat de klap niet zwaar genoeg was.

De knuppel trof het dikke jack en maakte het geluid van een steen die op het water spatte. O'Connor wankelde niet eens. Hij probeerde over de bolle schouder van het jack achterom te kijken, de zak vasthoudend, en omdat hij die niet wilde laten vallen kreeg Bram de kans om nog een keer uit te halen voordat O'Connor de knuppel kon grijpen.

Bram zag een moment O'Connors geschrokken ogen, en hij wist dat zijn eigen remming nu moest worden overwonnen. Dit was de moordenaar van zijn kind – een onmogelijke, zieke gedachte. Bram beet op zijn tanden terwijl de volledige kracht van zijn lichaam in zijn armen schoot, en hij wist dat hij voldoende snelheid in de knuppel bracht.

De knuppel raakte O'Connor op zijn schouderbladen, en het leek wel of Bram iets hoorde kraken.

De lucht kreunde uit O'Connors longen en zijn adem stokte. O'Connor kon een seconde blijven staan, maar vervolgens zakte hij door zijn benen en viel op zijn knieën voorover op de zak.

Boodschappen rolden eruit, blikjes soep, pakken koekjes, een pak sinaasappelsap, diepvriesmaaltijden, glanzende zakken M&M's. De aanblik van de boodschappen – zo menselijk, zo alledaags – verlamde Bram. Hij had nog een keer moeten slaan, maar hij had geen kracht.

Bram liet de knuppel vallen en nam de Kel-Tec uit zijn zak. Hij hoorde zijn stem, gesmoord door de das: 'Kruip naar de garage. Als je gaat staan, maak ik je af.'

Hier sprak professor doctor Abraham Mannheim, ooit een academische belofte, voormalig hoogleraar, een man met smaak en relativeringsvermogen, een dienaar van kunst en wetenschappen – dit was waar O'Connor hem toe gedreven had.

O'Connor kreunde, bewoog zijn benen, trappelend als een baby, en hij begon stil te huilen.

'Naar de garage,' siste Bram, ontzet dat hij medelijden met de man had. 'Kruipen. En haal je niks in je kop.'

'Mijn benen –'

O'Connor hapte naar adem, zocht naar kalmte, overzicht en medelijden.

'Kruip!'

O'Connor richtte zich op, met geluiden die aan walvissen deden denken, lange, klagende uithalen, dierlijke kreten vol angst en pijn.

O'Connor bewoog niet als een walvis maar als een zware schildpad, zijn brede achterste in een versleten spijkerbroek, op handen en voeten kroop hij zwaar en met kinderlijk gekreun over het grind naar de zijdeur in de garage. Bram liep naast hem mee, het wapen op O'Connors hoofd gericht, en opende de deur en zocht naar een knop waarmee hij het licht kon aandoen.

Het was één tl-buis. De garage was leeg – O'Connor had aan de andere kant van de stad een kantoor en een opslaghal met aanhangwagens en gereedschap. Onhandig schoof de man over de schone betonnen vloer en durfde niet op te kijken, hij leek bang dat oogcontact tot geweld zou leiden.

'Tot hier,' zei Bram.

O'Connor liet zich moeizaam op zijn buik vallen.

'Ik ben hier –' zei Bram. Hij maakte de zin niet af.

Waarom was hij hier? Om wraak te nemen. In de moderne menselijke samenleving was de mens wraak ontnomen. Maar hij kon niet verder leven zonder de dood van zijn kind te hebben gewroken. Het was een oerwet.

'Hoeveel kinderen heb je gehad? Ik weet er van negentien. Hoeveel zijn het er geweest?'

O'Connor lag voorover op zijn buik. Als hij uitademde, hijgend en met pijn, kreunde hij zacht.

'Je hebt geen keus, O'Connor. Hoeveel?'

Hij zag dat O'Connor zijn hoofd schudde.

'Waar heb je het over?' vroeg O'Connor zacht. 'Ik – ik weet niks van kinderen. Ik ben niet getrouwd.'

Bram betreurde het dat hij de knuppel buiten had laten liggen. Hij moest hem aan het praten krijgen en dat kon alleen door hem met de knuppel te bewerken. Hij herinnerde zich discussies van een paar jaar geleden, hier in Princeton en in de media, over de vraag of martelen ooit nuttige informatie kon opleveren. Vanuit humaan opzicht moest het verboden worden. Maar wat was humaan in zijn situatie? Deze man was een beest – en voordat hij hem doodde wilde hij hem laten bekennen. Wat een vreemde reflex, dacht Bram, die behoefte dat het beest zou bekennen. Waarom had hij niet meteen geschoten? Dan was hij nu al op de terugweg geweest naar zijn auto op het winkelcentrum.

Bram boog zich voorover en sloeg hem met de kolf van de Kel-Tec op een van de schouderbladen waarop hij de knuppel had laten neerkomen. O'Connor gilde.

Walgend van zichzelf richtte Bram zich op – hij haatte de man die hem tot deze bestialiteit had aangezet. Bram haastte zich naar buiten, greep de knuppel en was binnen twee seconden terug.

O'Connor had geen poging gedaan om overeind te komen. Misschien had de slag met de knuppel zijn ruggengraat beschadigd, maar door het dikke winterjack dat O'Connors bovenlijf bedekte was er niets te zien.

Bram moest eigenlijk direct schieten en O'Connors leven beëindigen – maar hij kon het nog niet. De afkeer was er, maar hij was nog niet woedend genoeg. Hij had tijd nodig om het besluit te nemen.

Hij vroeg: 'Types zoals jij – die hebben foto's, video's, weet ik veel – waar liggen ze?'

O'Connor bleef liggen, hijgend, de handen tot vuisten gebald.

Bram liet de knuppel op zijn rug neerkomen, niet eens hard, en O'Connor gilde nu, voor het eerst luid.

De meest nabije buren woonden tweehonderd meter verder. De garagemuren en de bomen en struiken zouden de schreeuw dempen, hoopte Bram.

Hij vroeg opnieuw: 'Waar liggen die foto's? Wil je dit nog een keer voelen?'

'Nee,' kreunde O'Connor. 'Nee –'

Bram moest nog een keer slaan om geloofwaardig te zijn – hij kon niet meer terug. Hij moest dit voltooien, maar het was verschrikkelijk om iemand op deze manier te behandelen, zelfs een schoft als O'Connor.

Opnieuw sloeg hij met de honkbalknuppel, harder dan zojuist, op O'Connors schouderbladen.

De man schreeuwde, secondenlang, een diep geluid uit zijn ingewanden.

'Hou je kop!' brulde Bram.

O'Connor huilde, herhaalde onafgebroken, en kreunde bij elke ademtocht: 'Nee – nee – nee – nee – nee –'

'Ik wil die spullen zien, foto's, video's,' zei Bram.

'Ik – nee – ik – een kastje boven mijn bed.'

'Kastje?'

'Kluisje –'

'Code?'

'Twee twee – vier vier.'

Bram hoefde niet bang te zijn dat de man een bedreiging voor hem zou vormen. Hij borg de Kel-Tec weg, hurkte en trok ruw O'Connors rechterarm op zijn rug, bond het touw om zijn pols en wikkelde daarna het touw om de andere pols. Machteloos lag de man op zijn buik, de polsen op zijn rug.

Bram trok aan het touw en pijnscheuten trokken door O'Connor heen.

'Opstaan,' beval Bram.

O'Connor, een grote, zware man, vond de kracht niet om zonder hulp van zijn armen overeind te komen, hij bleef liggen en kreunen, trapte met zijn benen, en Bram ging half over hem heen staan en trok hem bij zijn bovenarmen overeind tot O'Connor op zijn knieën zat.

Bram kon O'Connors gezicht nu goed zien. Lijntjes bloed, veroorzaakt door schaafwonden door zijn bewegingen op de garagevloer, waren door zijn tranen over zijn wangen uitgesmeerd. O'Connor hield zijn ogen gesloten, ook al had hij de kans om Bram aan te kijken.

'Ga staan,' zei Bram.

En hij hielp O'Connor te gaan staan, onder diens ellebogen, met de handen waarmee hij straks de kogels zou afvuren die een einde zouden maken aan dit beest – dat nu een hulpbehoevend mens was, een medemens die erbarmen behoefde. Bram mocht niets voelen – het ging om zijn kind. Maar hij begon eraan te twijfelen of hij in koelen bloede kon doden.

O'Connor bleef wankelend staan, met van pijn vertrokken gezicht en dichtgeknepen ogen, de armen op de rug gebonden.

'Laat het me zien,' zei Bram. 'Voor me uit.'

O'Connor wankelde met kleine passen naar de deur, stapte in de richting van de achterdeur van het huis.

'Geen maffe dingen doen, John,' hoorde Bram zichzelf zeggen. Hij nam de Kel-Tec weer in de hand.

Het rook naar vocht in de lucht, naar regen of sneeuw. Geen ster te zien in de bewolkte, nachtelijke lucht. In de verte geluiden van langsrijdende auto's op weg naar het winkelcentrum en de kerstcadeaus, maar hier op het terrein heerste rust.

Ze bereikten de cirkel van licht die de hoge spot op het terras wierp, en O'Connor stapte op zijn boodschappen, trapte een zak M&M's open en de gekleurde snoepjes spatten over de tegels.

'Geen licht binnen,' zei Bram.

Hij volgde de moeizaam lopende man, hoorde de m&m's onder zijn voeten kraken, en ze stapten een ruime Amerikaanse keuken in met een kookeiland en een dubbeldeurs koelkast. In het halfduister glansde het aanrecht in de buitenlamp. Bram las de displays op de oven en de magnetron: 8:14. Het rook naar verf, verse stuc en geschuurd hout, de geuren van een huis dat klaar was voor de ontvangst van een gezin waar kinderen zouden opgroeien en verjaardagen vieren, waar koekjes uit de oven zouden worden geschoven om op het aanrecht af te koelen.

De verbinding naar de hoge hal was open, een brede trap wentelde zich naar de slaapverdieping, in de geur van verse parketlak.

Maar O'Connor liep rechtdoor, zwak en met gebogen hoofd, verdoofd door de waanzin die zich opeens meester van zijn bestaan had gemaakt.

'Waar ga je heen?' vroeg Bram.

Een lichte hoofdbeweging in de richting van een deur: 'Daar.'

'Ik volg,' zei Bram.

De buitenlamp lag nu ver achter hen, maar het gazon dat hij door het raam zag, ving nog net wat licht, via complexe weerkaatsingen waarvan de banen door zijn vader op de achterkant van een luciferdoosje konden worden berekend.

O'Connor duwde de deur open en schoof de kamer in, over de dikke vloerbedekking die hier lag. Hij bleef staan in de kamer, vermoedelijk ontworpen als studeervertrek, maar O'Connor had er een bed geplaatst, een tv en een dvd-speler, een schemerlamp.

Bram liep om hem heen en trok de verticale jaloezieën dicht, de bekende lamellen die bijna overal in Amerika ramen verduisterden, en knipte daarna de lamp aan.

'Ga op bed zitten,' zei Bram.

O'Connor deed drie stappen, over de tijdschriften die naast

het bed lagen, en liet zich met open mond zakken, alsof hij zo de pijn in zijn op zijn rug gebonden armen kon uitademen.

In de wand naast het bed bevond zich een ingebouwde kluis met een display met twaalf toetsen, standaard genummerd.

'Twee twee – vier vier?' vroeg Bram.

O'Connor knikte.

'Weet je wie ik ben?'

'Nee.'

'Ik heb gewoond op – Goodhill Road.'

O'Connor zei niets.

'Je hebt mijn kind meegenomen. Wat heb je met hem gedaan?'

'Ik heb niks gedaan,' zei O'Connor met schorre stem.

Met een schoen schoof Bram over het tapijt de tijdschriften naar zich toe, het wapen op O'Connor gericht. Bladen met foto's van jonge jongens. Een paar tijdschriften over moderne huizenbouw. Een brochure over kluizen. En dieper onder het bed titelloze dvd-cassettes.

Op het tapijt lagen een paar modderige afdrukken van de zolen van Brams nieuwe schoenen – kennelijk had hij die modder van het bospad meegenomen. Moest hij ze straks verwijderen?

Hij vroeg: 'Heb je foto's van je slachtoffers?'

'Ik heb geen slachtoffers,' fluisterde O'Connor.

'Wat zit er in die kluis?'

'Geld.'

'Hoeveel?'

'Dertigduizend.'

Bram wierp een blik op de kluis, de randen van de stuc eromheen oogden vochtig.

'Nieuwe kluis?'

'Ja.'

'Net geplaatst?'

'Twee dagen geleden.'
'Maak hem open.'
'De code is: twee twee – vier vier.'
'Maak jij hem open,' zei Bram.
'Nee.'
'Ik wil dat jij hem openmaakt.'
'Nee.'

Bram pakte zijn Maglite en sloeg O'Connor tegen de zijkant van zijn hoofd, zonder kracht, maar de zaklantaarn was zwaar en veroorzaakte ook zonder kracht een wond. De man zakte schuin op bed, dit keer zonder geluid, eenzaam in zijn onmacht, terwijl het bloed over zijn wang en oor begon te stromen.

Bram voelde de woede door zijn armen slaan, woede over de verkeerde beslissingen die hij had genomen en hem tot deze wreedheid hadden aangezet. Hij had hem meteen moeten doodschieten. Hij sjorde O'Connor overeind, beseffend dat elke ruk aan het touw als een messteek door diens rug en schouderbladen trok, en sleurde aan het grote lijf tot O'Connor wankelend bleef staan.

Hij duwde O'Connor naar de wand met de kluis, een vierkant stalen deurtje op ooghoogte. Met het Zwitserse mes sneed hij het touw door, stak het bij zich en deed enkele stappen naar achteren.

O'Connors armen vielen als dood gewicht langs zijn lichaam. Hij bleef stokstijf staan, het hoofd gebogen.

'Openmaken,' zei Bram.

O'Connor bewoog niet.

Bram had geen keus en hief de Kel-Tec en trok de trekker naar achteren. Terwijl zijn arm door de terugslag met geweld opzijsloeg, dreunde de explosie in de kleine ruimte als een granaatinslag – en uit de muur naast de kluis spatte het verse stuc.

Terwijl de geur van het verbrande kruit de kamer vulde, trok een pijnscheut door zijn schouder – stom, hij had de Kel-Tec met beide handen moeten vasthouden. Hij stond achter O'Connor en kon zijn gezicht niet zien, maar vermoedelijk waren brokstukjes uit de muur op O'Connor gespat.

Het schot had O'Connor niet beroerd.

'Ik wil dat je dat ding openmaakt.'

O'Connor zweeg.

'Als je dit overleeft –' zei Bram, '– als je dit overleeft, krijg je levenslang. Maar één ding is zeker: als je niet doet wat ik zeg, ga je er zeker aan.'

Bespottelijke woorden die een volwassen man normaal niet zou moeten uitspreken. Maar 'normaal' was een begrip dat vier jaar eerder uit zijn handen was geglipt. Hij wist niet wat hij moest doen. Hij besefte dat hij de man kon doden. Maar hij had het adres van het huis genoemd: Goodhill Road. O'Connor zou hem aangeven – of zou hij zwijgen omdat hij nooit de politie onder ogen zou kunnen komen?

Wat was er met de kluis? O'Connor had hem de code gegeven en als die niet klopte had Bram de middelen – een Kel-Tec met nog negen patronen – om hem de juiste cijfers te ontlokken.

Het was iets in zijn houding misschien – en de plotselinge herinnering aan iets, vier jaar geleden – wat Bram deed wegduiken achter O'Connors brede jack toen diens hand naar het display van de kluis reikte, traag als de arm van een kraan. Twee, twee – en bij de volgende toets aarzelde O'Connor.

Op die ene dag, twee uur voordat de ramp van B.'s vermissing zich zou voltrekken, had O'Connor folders achtergelaten met alarmsystemen, Rachel had erom gevraagd. O'Connor had iets opgemerkt over een kluis die na het intoetsen van een bepaalde code zou exploderen, en Bram wachtte op de klap.

O'Connor drukte op de vier en zei: 'Ik hou van ze, dat is alles.' Vervolgens drukte hij opnieuw de vier in.

Niets gebeurde. Twee, drie seconden verstreken. Geen explosie.

Bram richtte zich op en zag dat O'Connor de kluisdeur opende en opzij stapte, zijn blikken ontwijkend. Dit was dus geen kluis die zichzelf kon wegvagen. Maar zou er iets gebeuren als Bram zijn hand in de kluis stak?

'Ik wil zien wat er in ligt,' zei Bram. 'Haal alles eruit.'

Bram vroeg zich af of er een wapen in lag. Was O'Connor bezig hem ongerust te maken opdat Bram hem opdracht zou geven om de inhoud van de kluis te tonen? Dit gebeurde dus in deze situaties: alles was dubbelzinnig, elke stap kon in zijn tegendeel verkeren.

'Ik doe het zelf,' zei Bram.

Hij maakte een gebaar met het pistool, O'Connor duidelijk makend dat hij ruimte moest maken.

O'Connor stapte weg en Bram reikte naar de kluis, tastte met zijn vingertoppen. Het gladde metaal van de bodem. Geen wapen. Wel enkele platte cd- of dvd-cassettes. Waarom wilde iemand dvd's in een kluis bewaren?

Bram wendde zich een moment van O'Connor af en wierp een blik in de kluis. Een stuk of zeven dvd's, in transparante plastic cassettes.

En voordat hij zich kon omdraaien voelde hij O'Connors armen om zijn keel en werd zijn adem afgesneden met een kracht die Bram nooit eerder had gevoeld. De grote man achter hem, een man die met zijn lijf werkte, duwde zijn adamsappel in zijn keel en zijn luchtpijp werd afgesneden. O'Connor was zo sterk dat hij Bram ook enigszins optilde. Vlak bij zijn oor hoorde hij O'Connor grommen, de gierende lucht tussen O'Connors tanden.

Bram hief zijn handen om zich te verlossen van O'Connors stalen greep om zijn nek. Zijn hart leek op hol te slaan. Hij moest O'Connors armen lostrekken. Maar hij bedacht dat hij in zijn rechterhand nog steeds een pistool vasthield. Hij voelde dat het zuurstofgebrek nu al zijn bewustzijn aantastte, zijn hoofd brandde, en hij zocht het been van O'Connor en drukte er het wapen tegen en vuurde.

Bram voelde de schok van de terugslag door zijn hand slaan, en hij voelde ook hoe O'Connors lichaam trilde, alsof het onder stroom werd gezet. De greep om zijn hals verslapte en Bram draaide zich om en greep nu het wapen met beide handen vast. Hij deed twee stappen opzij en zag het bloed uit O'Connors bovenbeen stromen.

O'Connor keek ernaar, met verbijstering in zijn ogen, en hij keek even op naar Bram.

'Nee –' zei O'Connor.

Het tweede schot raakte O'Connor in zijn maag, dwars door het jack heen. Er was geen bloed te zien maar O'Connor wankelde terwijl zijn blik verstarde, alsof een licht werd gedoofd. Bram richtte hoger en vuurde nog een keer. Een deel van O'Connors gezicht sloeg weg alsof het van schuimplastic was, en de grote man viel log en vormeloos achterover.

Bloed gutste uit O'Connors wonden op zijn kleren en op het tapijt, zijn hart pompte nog gewoon door, en zijn ledematen begonnen te schokken.

Bram keerde zich van hem af en hapte verdoofd naar adem. Dit was het dus. Weerzinwekkend. Onvermijdelijk.

Bram richtte zich op, met armen en benen die pijn deden, alsof ze vergiftigd waren. Zijn oren suisden. De lamellen voor het raam zwaaiden heen en weer. Een penetrante kruitstank hing in de kamer, en een walm, alsof een groep sigarenrokers een Cohiba had aangestoken.

Bram moest hiermee leren leven, en daarvoor had hij iets concreets nodig, aanvullend bewijs, een objectief feit. Hij ontweek de aanblik van de man op de grond en van de plas bloed die steeds groter werd, en hij griste een paar dvd-cassettes uit de kluis en rende naar buiten.

Met gillende oren, in zijn neus de stank, holde Bram door het bos. Hij zoog zich vol met frisse lucht en sprak zichzelf kalmerend toe en was ervan overtuigd dat de beelden in zijn hoofd snel zouden vervagen, als een droom.

Op het parkeerterrein reden suv's en andere auto's, er werden kerstcadeaus ingekocht. De honkbalknuppel had hij mee teruggenomen, en het stuk touw, de Maglite, de Kel-Tec. Hij stuurde de auto naar de rivier achter het landgoed en wierp alles in de brede stroom waarover hij O'Connor vragen had willen stellen: was zijn kind hierin verdwenen? Het zou slechts minuten gekost hebben om langs het huis te rijden, maar hij hield zichzelf onder controle.

Hij reed nergens sneller dan de toegestane snelheid, en hij herinnerde zich dat hij over deze wegen gereden had toen hij Rachel naar Newark International had gebracht – haar hand zo nu en dan teder op zijn arm en op zijn schouder – en ze vol verwachting spraken over het huis met de koivijver en de aannemer die zo aardig en behulpzaam was.

Bram zag donkere bloedspatten op zijn zwarte jas, en hij begon te huilen, helemaal tot in de Holland Tunnel, tussen de trotse tempels van Manhattan, toen het tot hem doordrong dat hij zijn kind had gewroken, zijn zoontje. Hij had genomen wat hem ontstolen was, leven. Hij wachtte om de hoek van zijn hotel met uitstappen tot hij was uitgejankt en hij zijn jas had uitgetrokken en uitgeput de auto aan de *valet* kon overdragen.

Toen hij was bijgekomen, bekeek hij op zijn kamer de dvd's – het was de perverse troep die hij van O'Connor verwachtte, kleine jongetjes. Hij was bang dat hij zijn kind zou aantreffen en hij brak de schijfjes in stukken en wierp ze met de jas in een afvalcontainer bij een verbouwing voor een pand op 62nd. Hij liep door naar de hoek van Fifth Avenue en Central Park South, alleen gekleed in zijn dunne Israëlische colbertje. Het was bijna middernacht maar er wachtten nog steeds koetsjes op gasten. De paarden hadden winterjasjes aan, stoom kwam uit hun neusgaten, en keken met grote ogen naar hem. Een van de koetsiers wenkte hem en gaf hem een paar suikerklontjes opdat hij het paard kon laten snoepen, alsof hij een beklagenswaardige dakloze was die hunkerde naar troost. De koetsier had hem met één blik doorgrond. Hij voelde de warme lippen van het dier, voorzichtig tastend om geen pijn te doen.

Kleine, witte vlokken zweefden op de mouwen van zijn jas – de eerste sneeuw van deze winter zou die nacht een laag maagdelijke onschuld over de stad leggen.

DEEL TWEE

Tel Aviv
Twaalf jaar later
April 2024

I

'Hij slaapt nu,' zei Rita Kohn terwijl ze opstond van de bank in de woonkamer. Ze was een kleine, grijze vrouw, dun als een hongerkunstenaar. Om haar kalkoenenhals hing een leesbril aan een gouden koord, vierentwintig karaats, dat ze 'mijn begrafenisverzekering' noemde. Zij was Ikki's tante, een zus van zijn moeder, en zij had Ikki aan Bram voorgesteld.

Ikki was een uitzonderlijke student geweest die de kans had gekregen om aan het MIT in Cambridge, Massachusetts, computertechnologie te studeren. Halverwege het tweede jaar had een vriend hem ervan overtuigd dat ze gedurende de decembermaand in de bar van een groot hotel op Aruba moesten gaan werken. Enorme fooien, mooi weer, prachtige meiden. Hij was negentien en werd een van de honderden slachtoffers van de zelfmoordaanslagen die op woensdag 25 december 2019 – een drukke kerstweek op de eilanden – zeven Caribische eilanden troffen. Rita deed een beroep op Bram. Hij had goede Amerikaanse connecties. Ikki werd naar Tel Aviv gevlogen en moest anderhalf jaar revalideren. Daarna werd hij Brams partner bij *De Bank*.

'Heeft-ie wat gedronken?' vroeg Bram.
'Minstens een halve liter,' zei Rita.
'Tot hoe laat kun je blijven, Rita?'
'U heeft toch dienst zo meteen? Als het moet, blijf ik de hele nacht. Ik zal het u straks wel laten horen, uw vader.'

'Hij heeft weer gesproken?'

'Ik heb het opgenomen. Op mijn mobieltje.'

'Dat is prachtig, Rita,' zei Bram. Hij hoopte dat ze zijn ongeloof niet opmerkte.

'Hij heeft gewoon gesproken. In zijn oude taal.'

'Kan ik het nu horen?'

Ze pakte haar telefoon van tafel en drukte op een van de toetsen. De zwakke stem van Hartog klonk. Het leek op een Germaanse taal, maar het was niets. Gebrabbel met wat herkenbare Nederlandse klanken. Bram hoorde hem zeggen: 'En noten govesie gene, maar halsie van der maken en blagsen van de slas.' Een minuut of drie een betekenisloze hoeveelheid geluiden met vage reminiscenties aan een Nederlandse tongval. Het was meer dan zwijgen maar het was geen uitdrukking van een gedachte. Of hij dacht wel maar kon niet de stap naar precieze articulatie maken.

'Wat zegt de professor?' vroeg Rita. 'Is het belangrijk?'

'Hij zegt –' Bram wist zich te beheersen en vertelde haar: 'Hij zegt dat hij het fijn vindt dat hij door u verzorgd wordt. Hij bedankt u ervoor.'

'Is het Nederlands wat hij spreekt?' Ze straalde.

'Ja. Nederlands van lang geleden.'

Als Bram niet thuis was, werd zijn vader door Rita verzorgd. Rita was een weduwe die een verdieping lager woonde en een oppasloon betaald kreeg. Rita's enige zoon was gesneuveld in de Negev Oorlog. Haar man was twintig jaar geleden gedood in wat toen nog de West Bank heette, en volgens Rita had ze met Hartog regelmatig gesprekken over de 'situatie'. Het was verleidelijk om te denken dat Hartog ergens in zijn oude hoofd nog steeds bestond maar niet kon communiceren. Vermoedelijk was zijn geest al lang weg, opgelost. Dus wat Rita beweerde was de verbeelding van een weduwe die in de echo's van haar eigen stem een andere stem meende te horen.

Toen de eerste symptomen van alzheimer zich bij hem hadden geopenbaard, had Hartog zich in het ziekteproces verdiept dat uiteindelijk zijn bewustzijn zou verduisteren. Hij had gehoopt dat hij zijn kennis met zijn zoon kon delen, maar het ontbrak Bram aan fundamentele kennis van chemie en geneeskunde. Terwijl in de geest van de Nobelprijswinnaar de kern werd omvat, zocht Bram in populaire publicaties; daar vond hij slechts oppervlakkige informatie, maar het gaf hem een indruk van wat zich in het lichaam van zijn vader voltrok.

De symptomen die zijn geest uiteindelijk zouden uitschakelen, had zijn vader voor hem samengevat in een lijstje, dat hij op zijn computer had bewaard:

1. multiple cognitieve stoornissen
2. geheugenstoornissen
3. afasie, apraxie en agnosie
4. geleidelijke achteruitgang in het algemene functioneren

Hartog had hem verteld dat leeftijd de belangrijkste risicofactor bij het ontstaan van alzheimerachtige ziekten was. Volgens hem was het menselijk organisme dat gedurende miljoenen jaren evolutionaire ontwikkeling was ontstaan berekend op een maximale levensduur van een jaar of vijftig, en zodra die werd overschreden nam de kans op aftakeling schrikbarend snel toe. Hygiëne en medisch vernuft hielpen de mens veel ouder te worden dan de natuur had voorzien, maar de natuur had het daar niet bij laten zitten. Zijn vader had gezegd: 'De natuur is haatdragend. De natuur neemt wraak met ouderdomsziekten.'

Zijn vader was inmiddels drieënnegentig. Hij sliep veel, mompelde soms onbegrijpelijke klanken bij het televisie kijken en het was duidelijk dat hij het aangenaam vond wanneer zijn vingers gelikt werden door Hendrikus, die niet van zijn zijde week, ook niet als Hartog voor de tv zat of in de schaduw op het balkon naar de straat en de gebouwen in de buurt staarde.

De momenten waarop Bram de aanblik van zijn vader niet verdroeg, vielen niet te voorspellen. Soms, wanneer Hartog voor de tv in slaap gevallen was, het hoofd opzij, levend en dood tegelijk, werd het hem te veel. Of wanneer zijn vader een slechte dag had – goede waren er ook – en Bram hem met kleine hapjes voedde. Dan moest hij zijn gezicht afwenden terwijl Hartog stil zat te kauwen en niets van de emotie van zijn zoon merkte.

Twee keer per dag, of zo vaak als nodig was, trok Bram hem een schone luierbroek aan, een gewatteerde onderbroek die zijn ontlasting en urine vasthield. Maar regelmatig raakte de huid tussen Hartogs benen ontstoken en dan moest hij met cortisone worden ingesmeerd. Aanvankelijk walgde Bram van de smerigheid en de stank tussen de benen van zijn vader, maar hij bleek allengs in staat om zijn taak mechanisch en zonder kotsneigingen uit te voeren en min of meer nuchter getuige te zijn van de aftakeling.

De huid van Hartogs lichaam was dun en droog, gerimpeld vel dat bijna transparant was en zijn paarse aderen geen bescherming gaf. Waar de huid kleur had – vlekken, over zijn hele lichaam – was hij leverbruin. Hartog had kracht genoeg om zelfstandig uit bed of uit een stoel te komen en de afstandsbediening van de tv te hanteren. Als hij zich door de flat bewoog, steunde hij op een rollator. Drempels waren in de flat nooit aangebracht, dus hij kon elke hoek bereiken. Soms begon Hartog met het hoofd op de schouder van zijn zoon te huilen, en dan hield Bram hem vast tot zijn vader niet meer wist waarom hij huilde en zijn ogen in een lege blik verstarden.

Hartog slikte experimentele medicijnen. Hij was een van de proefkonijnen waarop universitaire onderzoekers hun producten testten. Massaal waren in de afgelopen tien jaar jongeren en gezinnen met kinderen naar Australië en Nieuw-Zeeland weggetrokken, en de gemiddelde leeftijd van de achtergebleven bevolking was dramatisch gestegen. Niet alleen in het leger maar ook bij de universiteiten vrat het verlies van de helft – het jongste deel – van de bevolking het voortbestaan aan. Als de trend zich voortzette, zou over tien jaar de studentenpopulatie dezelfde omvang hebben als die van de Thaise schoonmakers, die nu allemaal overwogen om naar hun eigen land terug te gaan aangezien Thailand er economisch beter voor stond dan Israël. Maar ten aanzien van het onderzoek van ouderdomsziektes had de huidige demografische crisis een positief effect gehad. Het was absolute noodzaak om de oude bevolking zo lang mogelijk in gezondheid in leven te houden. Voor zover de overheid nog subsidie voor wetenschappelijk onderzoek kon bieden, werd het geld in de geriatrie gestoken. Nieuwe medicijnen waren daarvan het resultaat. Sinds hij vijf maanden geleden de nieuwe pillen was gaan slikken, had Hartog meer heldere momenten gekend dan daarvoor – Bram hield die momenten in een schriftje bij, met datum, tijdsduur, intensiteit. Voor de vaststelling van de intensiteit had hij een eigen noteermethode ontwikkeld: motoriek, volzinnen, aankijken, herinneringen. En ook al kon hij Rita's opgewekte verslagen van de discussies met zijn vader niet controleren, hij noteerde ze voor de zekerheid in zijn schrift in een speciale Rita-lijst.

Nadat Rita de flat had verlaten, zette Bram zijn vader aan het keukentafeltje en knoopte een slab om de losse huid van zijn nek; als hij dat achterwege liet moest hij hem na het eten meteen verschonen. Hartog staarde naar een punt op het tafelblad, rustig ademend, gelijkmatig met zijn ogen knipperend, alsof hij in diepe concentratie een razend ingewikkelde vergelijking probeerde op te lossen. Bram ging naast hem zitten en voerde hem kleine stukjes van een snee brood met boter.

'Papa, je moet de groeten hebben van Judy Rosen. Ze belde gisteravond toen ik op de ambulance zat.'

Judy Rosen was de dochter van een Amerikaanse filantroop die Hartogs laboratorium jarenlang met grote giften had ondersteund. Jeffrey Rosen was al jaren dood en zijn dochter was degene door wie zij onderhouden werden; Judy sponsorde *De Bank*.

Met snelle bewegingen van zijn kaken verwerkte Hartog als een nerveus knaagdier het vlokje brood dat Bram in zijn mond had geduwd. Brams woorden ontgingen hem.

'Het ging goed met haar. Ook met haar kinderen. Ze heeft haar huis in New York verkocht, de veiligheidsmaatregelen maken de stad kapot, zei ze. Ze gaan naar New Mexico, Santa Fe. Ben jij er ooit geweest?'

Bram had New Mexico aangedaan, maar hij had er geen herinneringen aan.

'We hebben niet zo heel lang met elkaar gesproken, een paar minuten, ik was aan het rijden, en ik vertelde dat het goed met je ging en ik moest je de groeten doen van haar en haar man, of heb ik dat al verteld?'

Voorzichtig gaf hij zijn vader wat te drinken, thee met een scheutje melk. Uit Hartogs mondhoeken droop de vloeistof naar zijn kin en druppelde op de slab.

'Ze vroeg of we niet ook weg wilden. Zou jij weg willen? Wat zouden we daar moeten doen? We horen hier thuis, lijkt me. Ondanks alles horen we hier thuis. We gaan niet weg.'

Zijn vader maakte een grommend geluid, iets dierlijks, een signaal van een intuïtief levend organisme, en Bram nam aan dat hij nog een stukje brood wilde. Toen hij het in zijn mond wilde doen, hield zijn vader zijn lippen stijf op elkaar.

'Heb je geen honger? Heb je genoeg gehad?'

Opnieuw klonk uit Hartogs keel een raspend geluid. Bram meende nu iets te horen dat betekenis droeg. Zijn vader opende zijn mond en zei zoiets als: 'Woeg'.

Wist Hartog wat hij zei of kwam die klank zomaar uit zijn keel? Vandaag zat Hartog in een dal van de 'helderheidscurve', zoals een arts dat noemde. Morgen of overmorgen kon dat opeens anders zijn en soms kwamen er klanken uit zijn mond die aan woorden herinnerden. Als Bram daarop reageerde, drong dat niet tot zijn vader door. In het begin van de ziekte was Hartog zo nu en dan uit zijn catatonische staat ontwaakt; door een gelukkig toeval van de chemie waren de neuronen in het hersendeel waar Hartogs overtuigingen lagen opgeslagen opeens met elkaar gaan communiceren, en vervolgens was gedurende een kwartier of halfuur de oude, scherpe, onverzoenlijke Hartog tot leven gekomen. Ze waren er opeens geweest, zomaar, wonderlijk heldere momenten, en dan zat Hartog aan tafel met een boek van vroeger, of schreef hij wat leek op een chemische formule op de zijkant van een krantenpagina (een papieren krant; aan de elektronische had Bram bij de ontbijtkoffie nooit kunnen wennen), of kon hij een paar minuten monotoon brabbelen, alsof hij uit een artikel in een vreemde taal voordroeg – maar het was al weer lang geleden dat die wonderlijke momenten zich hadden voorgedaan.

Nadat hij zijn vader naar bed had geleid, schoor Bram zich, nam een douche, trok een schoon shirt aan. De envelop met de foto van het doodsbed van het meisje legde hij weg in een la onder de tv. Voordat hij de deur achter zich dichttrok en Rita ging waarschuwen dat hij weg was, wierp hij een blik op zijn vader – Hartog lag op bed, op zijn rug, zijn lange dunne armen vredig naast zijn lichaam, met open mond snurkend, op een broekluier na geheel bloot en bleek en broos, en Hendrikus op een matje aan het voeteneinde. Bram ging zes uur lang een ambulance besturen.

2

De ambulancepost bestond uit een hangar met twaalf ambulances, een meldcentrale, een kantine voor de chauffeurs, een douche annex omkleedruimte met ijzeren kastjes voor het bewaren van persoonlijke eigendommen. Dit was de post die het centrale district van de binnenstad bestreek, een betonnen complex omgeven door een muur met prikkeldraad, verlicht door schijnwerpers op masten.

Bram meldde zich bij Hadassa, een van de vijftien leden van het team van de meldcentrale. In Moskou heette Hadassa ooit Kristina, een forse vrouw met een witte huid, lichtblauwe oogschaduw, wenkbrauwen die tot dunne potloodlijntjes geëpileerd waren, wangen die ze met rouge had gepoederd, en een grote bos bordeauxrode haren. Ze zag eruit als een hoerenmadam, maar niemand dreef de spot met haar. Als het druk was en de paniek leek toe te slaan, gaf ze ijzeren aanwijzingen, ze leidde het district als een tsarina. Vijf jaar geleden was ze samen met haar broer geïmmigreerd – een van de weinige joden die het rijke Rusland verruilden voor het getto van Tel Aviv.

'Je hebt de 30-24,' zei ze met haar Russische accent.

'Trage wagen,' antwoordde Bram.

'De snelle jongens zijn al vergeven. Je rijdt met Max.'

'Max? Ik dacht dat ik met Dov zou rijden.'

Dov Ohayoun was zijn vaste partner, een snelpratende sefardische jood, donker als een bedoeïen, verzorgd als een filmster.

Max was Hadassa's broer, een blauwogige, rossige beer die in de Siberische olie-industrie had gewerkt en op drie locaties een vinger had verloren, zo ging het verhaal. Toen heette hij nog Matvey, Russisch voor Mattheüs.

Jaren geleden hadden gediplomeerde artsen deel uitgemaakt van de bemanning van een ambulance, maar door het tekort aan artsen bestond een ploeg nu uit twee verplegers die beiden reden en eerstehulp konden verlenen. Twee jaar geleden was Bram eraan begonnen toen het gebrek nijpend was en het ministerie van Gezondheid om vrijwilligers had gevraagd die na een korte opleiding een ambulance konden besturen. Vanwege zijn instabiele verleden was hij vrijgesteld van de reguliere reservistendienst, maar als ambulanceverpleger was hij welkom. Hij had een eerstehulpopleiding gekregen die gericht was op de behandeling van de acute trauma's waarmee het ambulancepersoneel tijdens zijn werk te maken kreeg. Een belangrijk aspect daarbij was de behandeling van trauma's die door bomaanslagen ontstonden.

Er werd in de media een discussie gevoerd over de vraag of mannen, zolang zij over al hun ledematen beschikten en een wapen konden dragen, in het leger moesten dienen tot zij zouden sterven. Tot zij de leeftijd van vijfenvijftig hadden bereikt vervulden mannelijke burgers jaarlijks drie maanden hun reservistenplicht – inmiddels was een kwart van de weerbare bevolking van Israël ouder dan vijfenzestig en dat percentage nam alleen maar toe. Niemand hoefde zich meer te ergeren aan de ultra-orthodoxen, die zich, wijzend op hun religieuze taak de Talmoed te bestuderen, decennialang aan dienstplicht hadden onttrokken aangezien de meeste *schwartsen* naar het Palestijnse Jeruzalem waren verhuisd. In de afbrokkeling van Israël hadden zij de hand Gods ontwaard en zij bereidden zich opgewonden voor op de komst van de Messias; voor het zover was brachten zij, net als de Palestijnen, zoveel kinderen ter wereld als de schoot van hun vrouwen kon verdragen. Als de Messias er was, zou Hij de overledenen opwekken en voor eeuwig de mensheid van het Kwaad, het Lijden en de Dood verlossen, wat op zich geen slechte gedachte was.

Bram plaatste zijn naam op de presentielijst, kleedde zich in het witte shirt met op de rug en de borst het ambulance-embleem – een uit zes delen opgebouwde davidster met daarboven in het Ivriet de woorden Magen David Adom, het Rode Schild van David –, trok de schoenen met dikke rubberen zolen aan en liep naar de kantine, een vierkante, rokerige zaal zonder ramen. Er stond een lange tafel met een gelig kunststof blad, waarop honderden sigarettenpeuken bruine smeltvlekken hadden gebrand. Er zaten tien mannen die net als Max en Bram niet het land verlaten hadden omdat ze geen visa hadden gekregen, te laks waren geweest, een strafblad hadden of omdat ze uit perverse fascinatie het tragische avontuur van dit land tot het bittere einde wilden meemaken. Bram begroette elk van hen met een high five, een gewoonte die was geïntroduceerd nadat Dov hun had verteld dat in de jaren vijftig van de voorbije eeuw de high five door testpiloten van de NASA voor het eerst was gebruikt. Waren zij niet dezelfde waaghalzen als die testpiloten?

Max vroeg: 'Hé, man, jij kits?' Hij had een zware, raspende stem, de sigaret tussen zijn lippen wipte als hij sprak. Op tafel stonden plastic bekers met zwarte koffie, onder de tafel stonden onbestemde papieren zakken met wodkaflessen. De leiding van Magen David Adom wist dat er op de posten gezopen werd, maar het werd oogluikend toegelaten.

'Heb je het gehoord van Dov?' vroeg Baruch Peretz. Hij was de *food and beverage*-manager van het Tel Aviv Palace – vroeger het Hilton – en een overtuigd kettingroker die de gesprekken in de kantine stuurde. Hij keek Bram grijnzend aan.

'Is er iets met hem?'

'Wat – heb je het nog niet gehoord?'

'Nee. Wat?'

'Max, vertel jij het? Jij was erbij.'

Max knikte, rochelde achter een gesloten vuist, en vertelde: 'Gisteravond, precies acht voor elf. Melding. Oude dame in ademnood. Dov en ik weg. Flatje op Rothschild. We worden opgewacht door mokkel. Ze neemt ons mee boven –'

'Naar boven,' corrigeerde Baruch.

'Naar boven, we nemen zuurstof en alles en we zien meteen – ze vertrokken –'

'Ze is vertrokken,' zei Baruch.

Max haalde zijn schouders op: 'Ze lag op bed, vredig gestorven. Niks te doen. En mokkel zegt: ze is, denk ik, dood. Nou, die oude dame al lang ziek, verpleegd door mokkel, geen schoonheid maar zij toch lekker, mooie ronde tiet, fijne kont. Niks huilen. Wij zeggen: wij niks kunnen doen, bel begrafenis. Mokkel blij dat oma dood is. Veel zorg, oma geen leven, altijd in bed, pijn, altijd zeiken op mokkel, altijd kritiek. Ze is opgelaten –'

'Opgelaten? Wat bedoel je?' vroeg Baruch. 'Opgelucht?'

'Opgelucht,' knikte Max. 'Gezellig in keuken, koffie, koekjes, wodka. Ik even wc, en ik terug in keuken, Dov met mokkel tegen muur, zijn tong diep in strot van mokkel!'

De mannen in de kantine brulden van instemming en afgunst.

'Wacht! Wacht!' Max maakte een sussend gebaar, terwijl hij de deur naar de meldkamer in het oog hield, erop bedacht dat zijn zus de orde kwam herstellen.

'Wat ik doen? Ik in woonkamer, sigaretje, bel meldkamer, ik zeg: mokkel overstuur, even kalmeren. Wachten tot Dov klaar is met tong. Nee. Niet klaar. Nee. Dov met mokkel naar slaapkamer van mokkel. Hij tegen mij zeggen: moet mokkel rust geven. Knipoog. Doet duim zo tussen vingers. Hij neuken. Oma dood, mors. Meubels trillen, mokkel roept: daar, hard, hard! Mokkel brult als olifant. Trompet. Echt waar! Als trompet! Vijftien minuten. In en uit. En weet je wat mokkel zegt? Zij en Dov terug in kamer. Helemaal rood. Mokkel zegt: oma dood, als ik dit had geweten, ik oma vergiftigd! Ik zweer! Echt gezegd!'

De mannen om de tafel sloegen op de tafel, stampten op de grond, gierden en juichten.

Toen het gebrul was verstomd, vroeg Bram: 'En waar is Dov nu?'

Max zei: 'Dienst ruilen met mij. Dov bij mokkel. Neuken.'

Ze kregen een melding voor een adres aan de oostelijke rand van het district, op de grens met Ramat Gan. Max bestuurde de ambulance, Bram gaf hem met behulp van het navigatiescherm de richting aan en onderhield contact met Hadassa. De sirene gilde en het verkeer maakte ruimte voor de Chevrolet, een ambulance die dertig jaar oud was maar door geldgebrek in dienst werd gehouden. Max had zijn wodka meegenomen, een handvol peppillen, en hij stuurde de wagen soepel en precies langs obstakels. Hij was een ervaren chauffeur die kon anticiperen op het panische gedrag van automobilisten wanneer ze de huilende ambulance zagen naderen. Bram hield zich met beide handen aan de steunen vast terwijl hij het navigatiescherm in het oog hield.

Bram riep Max toe: 'Man van drieëntachtig! Alleenstaand! Pijn in de borst! Hij heeft zelf kunnen bellen!'

'Hij alleen!' antwoordde Max. 'Niet fijn, alleen! Niet fijn oud en alleen, hartaanval! Niemand vasthouden! Niemand lief praten! Niemand zegt: komt goed! Alles komt goed! Rustig ademen! Alles goed!'

Hij ontweek een zwabberende bestelwagen en vloekte: 'Kutkop! Kutkop! Ogen uitkijken!'

Brams mobiel trilde in zijn broekzak en hij schoof het eruit; het was Ikki.

Hij toetste het aan en riep: 'Ikki, we zijn onderweg, ik bel je straks!'

'Moeten we de moeder van Sara niet waarschuwen?'

'Nee! Ik bel je straks!' antwoordde Bram, en hij verbrak de verbinding.

'Kutwijf!' vloekte Max naar een vrouw in een glanzend gele cabriolet die geen voorrang gaf. 'Kutwijf! Auto zien, Bram? Ford Mustang! Nieuw! Geld! Hoe aan geld? Niemand geld! Bank beroven! Ford Mustang! Ik ook Mustang willen!'

Bram hield het navigatiescherm in het oog: 'Tweede rechts!'

Max bestuurde de ambulance elegant de zijstraat in en stopte op aanwijzing van Bram halverwege een rij gesloten winkelpanden. Dit was een straat die ooit gebloeid had maar door gebrek aan klanten was verdord. Verroeste rolluiken verborgen lege etalages en vervallen verkoopruimtes. Hier hadden ooit juweliers en diamantairs hun klanten ontvangen, helderheid gemeten en gewicht gewogen, een smaragd gezet, een collier op waarde geschat. Bram schakelde de sirene uit maar liet de zwaailichten aan. Het schuifhek van het pand waarvoor ze gestopt waren, was half geopend. Als ze ergens arriveerden, stonden meestal nieuwsgierigen of familieleden te wachten, maar hier was de stoep verlaten. Bram greep de defibrillator, Max de tas met naalden en epinefrinecapsules.

Ze renden naar het schuifhek, schoven zich zijwaarts door de smalle opening naar binnen, duwden de glazen deur open en belandden in een donkere, mufruikende ruimte met lege uitstalkasten en lege schappen. Er schemerde licht door het melkglas van een deur die toegang gaf tot een andere ruimte aan de achterzijde van het pand. Max trok eraan, de deur was op slot. Hij klopte erop met zijn grote vuist.

'Iemand daar? Iemand daar? Ambulance bellen?'

Er klonk iets achter de deur. Max zette enkele stappen terug, bundelde de kracht van zijn grote lichaam in zijn rechterbeen en trapte tegen de deur. De ruit brak en houtsplinters schoten langs zijn hoofd terwijl de deur uit zijn scharnieren klapte; vervolgens trapte hij de deur volledig uit zijn sponning.

Glas kraakte onder hun voeten toen ze verder liepen. Op de vloer van een kantoortje leunde een oude man met zijn rug tegen een ladenkast, zijn hemd geopend, heftig ademend. Hij wilde praten maar kon geen adem vinden. Bram en Max hurkten naast hem, grepen hem vast en legden hem plat op de vloer. Bram wikkelde direct de bloeddrukband om zijn bovenarm terwijl Max naar de hartslag luisterde.

Bram vroeg: 'Hoog?'

Max: 'Honderdtachtig.'

De man maakte zijn lippen vochtig en zocht opnieuw naar kracht om iets te zeggen.

Max zei: 'Alles goed. Alles in orde. Wij hier nu.'

Tegen Bram zei hij: 'Infuus. Zoutoplossing. Shock, denk ik.' De man had een oud Europees gelaat – dat woord kwam bij hem op, gelaat – dat beschaving verraadde. Bram had ze eerder gezien, lippen die wijze woorden hadden gevormd, ogen die begrip hadden uitgestraald, een voorhoofd waarachter ideeën hadden postgevat.

Bram richtte zich op, rende naar buiten om het infuus en de brancard te halen.

Op de stoep wachtte een ouder echtpaar, arm in arm, kleine gezette mensen met droeve gezichten die Brams handelingen volgden.

'Hoe heet-ie?' vroeg Bram terwijl hij met snelle bewegingen de tas met het infuus omhing en de brancard uit de wagen schoof.

'Janusz! Janusz Goldfarb!' antwoordde de kleine man. 'Hij was edelsmid! Een kunstenaar!'

'En dichter! Een groot dichter!' riep de vrouw hem na.

Bram schoof het veiligheidshek verder opzij en bracht de brancard naar het kantoor.

Max zat naast de man op de grond en controleerde hartslag en bloeddruk. Met ervaren handen legde hij het infuus aan, daarna legden ze de man op de brancard.

Hij woog niets. Ze klapten de draagarmen uit en reden hem naar buiten.

Onder de blikken van het echtpaar laadden ze de brancard. Max ging achterin bij de patiënt zitten, Bram haastte zich naar de bestuurdersplaats.

'Laat iemand die winkel afsluiten!' riep Bram hen toe.

Het echtpaar stond dicht tegen elkaar aan en hij zag de twee oude mensen schrikken toen hij de sirene inschakelde.

Bram en Max zetten koptelefoons op om in het lawaai van de sirene met elkaar te kunnen communiceren. Via de mobilofoon riep Bram Hadassa op en meldde: 'Shock. We zitten vlak bij het Sheba. Meld jij dat we eraan komen?'

Dertig jaar geleden was het Sheba Medical Center het grootste ziekenhuis in het Midden-Oosten, een stad op zich. Er werkten zesduizend artsen en verplegers, elk jaar werd een miljoen patiënten getest, het onderzoek was baanbrekend, geen Arabisch land, nee, bijna geen land in de wereld kon de kwaliteit van dit gezondheidscentrum evenaren.

Bram had de route tientallen keren gereden, met patiënten die genezing zouden vinden of zouden sterven, die berustend of hoopvol waren of boos of bang of alles tegelijk.

Bram hoorde Max' stem in de koptelefoon: 'Hij stabiliseert. Ademhaling regelmatig nu. Hart honderdzeventig, druk zevenentwintig-twintig.'

'Nog drie minuten,' zei Bram.

'Hij opent ogen, kijkt. Hij iets zeggen.'

Op het beeldscherm op het dashboard zag Bram dat Max

zich naar de man toe boog en luisterde.

Opnieuw klonk Max' stem. Via de microfoon gaf hij Bram door wat de man hem vertelde: 'Hij zeggen – twee astronauten komen op Mars. Wat hij bedoelt, Bram?'

Bram zei: 'Geen idee. Misschien is het een gedicht.'

Max luisterde en gaf Bram door wat de man hem vertelde: 'Missie van astronauten – is zuurstof op Mars? Jij weten of dat waar is?'

'Er zijn nooit astronauten op Mars geweest,' zei Bram.

Max luisterde en grinnikte. Hij meldde Bram: 'Astronaut vraagt andere astronaut: lucifers geven voor onderzoek. Als lucifer brandt, is zuurstof op Mars. Niet branden, geen zuurstof.'

Opnieuw grinnikte Max. 'Vertellen witz? Meneer –?'

Bram zei: 'Goldfarb. Janusz Goldfarb.'

'Meneer Goldfarb? Witz?'

Max luisterde verder: 'Maar marsmannen komen. Zij zwaaien met armen. Zij roepen: niet doen! Niet doen! Twee astronauten niet weten wat doen. Misschien heel veel zuurstof op Mars? Gevaarlijk lucifers aansteken? Wat zegt u, meneer Goldfarb? Maar astronauten moeten testen, dit is doel van reis. Astronaut pakt lucifer. Gaat aansteken. Marsmannen nu wild. Nee nee niet doen, roepen marsmannen! Maar astronauten zijn daar voor wetenschap. Astronaut steekt lucifer aan. Lucifer brandt. Dus zuurstof. Niet gevaarlijk op Mars. Dan astronaut vraagt marsman: waarom geen lucifer aansteken? Is niet gevaarlijk. Dan zegt marsman tegen hem: geen lucifer aansteken vandaag, het is sjabbes, jij idioot!'

Bram hoorde Max lachen.

Bij de ambulanceterminal van het ziekenhuis wachtte een team met geavanceerde hartritmeapparatuur die in hun wagen ontbrak. Bram deed kort verslag van hoe ze Goldfarb hadden aangetroffen en welk protocol ze hadden gevolgd. De verplegers legden Goldfarb op een ziekenhuisbrancard en duwden hem de eerstehulp in. Daarna vulde Bram de formulieren in, hun namen, tijdstip, opmerkingen over de toestand van de patiënt. Voordat hij ze bij de balie inleverde liet hij de papieren lezen aan Max, die mede moest ondertekenen.

'Vergeten, Bram: patiënt witz vertellen! Is belangrijk!'
'Het gaat om zijn medische toestand.'
'Geef pen, ik schrijf.'
'Oké, ik doe het wel.'

Bram vatte de witz samen en glimlachend tekende Max de formulieren.

De zon zakte boven de stad. Het complex van Sheba lag er verzorgd bij. De sproei-installaties richtten zich op uit de grond en sproeiden wolken kostbare waterdruppels over de groene gazons. Hadassa had geen nieuwe melding en buiten naast de terminal rookten ze een sigaret. Sheba bestond uit tientallen gebouwen, een medisch dorp met hotels en restaurants en een winkelcentrum voor een volk met geloof in de wetenschap. De helft van de gebouwen stond leeg. De artsen woonden in Sydney, Calgary, Odessa en Krakau.

De rit was binnen de gestelde normen gebleven. Afhankelijk van de verkeersdrukte en de afstand tot het incident duurde een rit maximaal dertig minuten. In principe moesten ze binnen tien minuten op de plaats van het incident arriveren, de behandeling op locatie mocht niet langer dan tien minuten in beslag nemen, de tocht naar het ziekenhuis mocht niet langer dan tien minuten duren en daarna nam de schoonmaak van de ambulance, zeker na het vervoer van slachtoffers van auto-ongelukken, soms meer dan een uur in beslag. Vroeger werden de ambulances door vrijwilligers schoongemaakt, maar dat had Bram nooit meegemaakt: de ploeg die reed was zelf verantwoordelijk voor de hygiëne van de wagen en vaak waren ze langer bezig met het schoonmaken van het interieur en van de apparatuur dan met de rit.

Ze namen plaats op een warme betonnen bank naast de parkeerplaats van de terminal en Max reikte hem de papieren zak aan. Bram nam een slok wodka. De stad en de gebouwen van Sheba lagen in de warme ondergaande zon. Achter het gazon bevond zich een helikopterplatform waarop drie Agusta-Bells stonden, insecten met vierbladige rotoren en puntige neuzen. Het waren antieke toestellen, ingericht op medische evacuatie, 'medevacs', overgenomen van het Nederlandse leger. Het rode embleem van Magen David Adom prijkte op de witte romp.

'Hoe is jouw werk?' vroeg Max.

'Stroef,' antwoordde Bram. 'We hebben weinig geluk de laatste tijd.'

'Als je iemand nodig hebt, ik meedoen.'

'Wij hoeven niet door de stad te scheuren met de sirene aan.'

'Kinderen vinden. Is goed werk. Mooi werk.'

'Het is treurig werk.'

'Treurig ook, ja. Ik kinderen maken. Goed kinderen. Ik wil kinderen.'

'Heb je een vriendin?'

'Ja. Vriendin. In Moskou getrouwd. Na jaar: vrouw gek. Beelden in hoofd. Stemmen. Niet goed. In ziekenhuis. Pillen. Drie maanden niets zeggen. Ik elke dag bezoek. Vrouw mij niet aankijken, niets zeggen. Drie maanden geen woorden. Ik elke dag twee uur reizen. Mooie vrouw. Mooi lichaam. Zwarte ogen. Ouders Turkmenistan. Mooie vrouw, ja. Drie maanden in ziekenhuis. Springt in trappenhuis. Vijf verdiepingen. Stemmen in hoofd. Vrouw op kerkhof. Ik elke week praten daar, tegen steen, drie jaar lang. Ik zelf beetje gek. Weggaan. Nu kinderen maken. Met vriendin.'

Max bood hem opnieuw de fles aan, maar Bram weigerde. Max nam zelf een slok.

'Waar heb je haar ontmoet?'

'Hier. Halfjaar. Bij balie.'

'Zit ze er nu?'

'Nee. Geen dienst vandaag. Is bij ouders vandaag. Lieve vrouw.'

'Wil ze ook kinderen?'

'Nee.'

Op een andere plek in de wereld had Rachel drie kinderen gekregen. Waar had ze de kracht vandaan gehaald? Rachel had een verklaring van de verdwijning van het kind: hij, haar man, had moeten opletten en het kind onder zijn hoede moeten houden. Zij kon verder leven omdat de schuld op zijn schouders rustte. En dat was ook zo.

Max nam een derde slok en Bram had de neiging hem erop te wijzen dat ze nog een hele avond voor de boeg hadden, maar hij besloot om hem pas bij een vierde slok op zijn drinkgedrag aan te spreken. Max, een reus van bijna twee meter en een lijf dat minstens honderdvijftig kilo woog, kon veel wodka aan. Zijn blonde haar had in de avondzon een rode gloed gekregen.

'Land zonder kinderen,' zei Max. 'Palestijnen veel kinderen. Kinderen zijn toekomst. Geen kinderen, alles einde.' Hij wierp een blik op Bram. 'Wij allemaal kinderen maken. Alle vrouwen moeten zwanger. Moet wet komen. Geen kinderen dan straf. Verboden voorbehoedsmiddelen. Tien kinderen, allemaal! Twaalf!'

'Net als de chassieden,' zei Bram.

'Ja, als chassieden! Wij neuken als chassieden! Vrouwen altijd zwanger! Of net als moslims! Vier vrouwen! Twintig kinderen!'

'Vier vrouwen?' herhaalde Bram. 'Max, laat dat tot je doordringen: vier joodse vrouwen?'

Max lachte: 'Ja, moeilijk. Vier moslimvrouwen makkelijk. Vier jodinnen, moeilijk. Oké, één! Maar veel zwanger! Hierop drinken!'

Max nam de papieren zak en zette de fles aan de mond.

'Jij ook drinken.' Hij overhandigde Bram de fles.

In hun ambulance klonk Hadassa's stem. Max stond op en reikte door het open raam naar de microfoon, meldde zich bij zijn zus en luisterde knikkend. Hij wenkte Bram dichterbij en bleef knikken. '*Totsjas*,' zei hij. Hij hing de micro terug en haastte zich om de wagen heen.

'Ik rij!' riep hij tegen Bram terwijl hij de bestuurdersdeur opende.

Bram ging naast hem zitten en zag door de voorruit mannen naar de traumahelikopters rennen.

'Wat is "totsjas"?'

'Russisch. Betekent "meteen",' zei Max, de wagen in beweging zettend. 'Algemeen alarm.'

'Waar?' vroeg Bram.

'Controlepost Jaffa.'

3

'Ayalon?' vroeg Max.
 'Neem Begin, doorrijden naar Eilat.'
 Alle communicatiekanalen van Magen David Adom waren actief. Hadassa leidde de beschikbare wagens naar de controlepost. Miljoenen joden hadden de bocht genomen, maar Tel Aviv kende aan het einde van de dag nog steeds verkeersopstoppingen. Max schoof de Chevrolet tussen stadsbussen en personenwagens door. De sirene gilde en het licht van de twee rode zwaailampen veegde langs de gevels en reflecteerde in ruiten, op de carrosserie van auto's.
 Ikki meldde zich op Brams mobiele telefoon.
 'Heb je het gehoord?' brulde hij.
 'We zijn onderweg!' antwoordde Bram. 'Ik heb geen tijd nu!'
 'Ik heb het gevoeld! Ik heb het gevoeld!'
 'Je kunt dat niet voelen!' brulde Bram terug.
 'Jij niet maar ik wel!'
 'Ik heb geen tijd!' herhaalde Bram, en hij drukte Ikki's stem weg.
 Over de daken vloog de eerste traumahelikopter. Het bericht van de explosie was kennelijk via de radio tot de verkeersdeelnemers doorgedrongen want alle voertuigen gingen opzij en boden de ambulance vrije doorgang. Max reed tegen de honderd. Als iemand de sirene niet hoorde en door het groene

licht op een kruispunt reed, zouden ze zich te pletter rijden, of de auto zou bij een uitwijkmanoeuvre over de kop slaan.

Hadassa meldde zich: 'Dertig-vierentwintig?'

'Dertig-vierentwintig,' herhaalde Bram.

'Ik zie jullie op de navigatie. Dwarsstraten worden nu afgezet, het plein van het centrale busstation wordt stilgelegd. Jullie kunnen er binnen drie minuten zijn.'

'Zijn er andere wagens?'

'We hebben er al twee staan. Ik stuur alles wat we hebben.'

'Je broer is de beste.'

'Ik weet het. Over en uit, dertig-vierentwintig.'

'Over en uit,' zei Bram.

'Erg?' vroeg Max.

'Ja. Erg.'

Het middendeel van de straat was vrijgemaakt en Max bracht de acht cilinders van de Chevrolet op snelheid. Gebouwen schoten voorbij, winkels, appartementen. Ze naderden de wijk van het centrale busstation, vroeger het zenuwcentrum van het land, en ook al waren er geen bussen naar Haifa of Eilat meer, het bleef een chaotisch plein met een open markt, eettentjes en reizigers die zich geen auto konden veroorloven, op weg naar de buitenwijken of net aangekomen en op weg naar hun werk – dat was zo raadselachtig, dacht Bram, dat mensen naar hun werk gingen, boodschappen deden, de liefde bedreven. Gewoon. Alledaags. Terwijl vlakbij hele volken plannen smeeddden om hen uit te roeien. Het was nu het tijdstip dat de boekhouders, verkopers en reparateurs naar huis gingen, maar de rijbaan bleef leeg. Op het navigatiescherm bewogen lichtstipjes vanuit de hele streek naar de grenspost met Jaffa. Minstens dertig ambulances waren onderweg.

'Raket?' vroeg Max, geconcentreerd sturend.

'Geen idee.'

'We hadden de Palestijnen moeten afmaken, allemaal!'

schreeuwde Max, en hij sloeg met een vuist op het stuur.

Bram reageerde niet. Het was deel van de tragische geschiedenis van dit land: de joodse droom van de terugkeer naar het land van de voorouders had dezelfde droom bij de Palestijnse Arabieren gebaard. Vroeger had Bram erover geschreven. Hij had ergens een manuscript liggen over de stichting van de staat – de Arabieren noemden die de *naqba*, de catastrofe. Het was hem ooit bijna ontnomen, in de oude Duitse wijk, herinnerde hij zich. Het drong tot hem door dat daarmee alles begonnen was. Als die jongens niet gepoogd hadden hem te beroven, had hij voet bij stuk gehouden en het aanbod van die man – Ericson, Johanson? – afgewezen. Geheugen zwijg, dacht hij.

Max volgde de weg naar rechts, Regov Yafo-Tel Aviv, die na een paar honderd meter Rehov Eilat heette. Aan het einde van de weg lag Jaffa achter zware muren, achter honderden camera's en honderden sensoren. Ten zuiden van Jaffa lag opnieuw een grens, de officiële, waar betonnen wallen waren gebouwd van twintig meter hoog, net zo hoog als de hoogste delen van de Chinese Muur. Het aantal infiltraties was sterk gedaald de afgelopen jaren, maar nog steeds slaagden jongemannen – altijd jongemannen – erin het land binnen te dringen. Inventief maakten ze camera's en sensoren onklaar en construeerden uitgebreide stellages om de muur te overwinnen en joden te doden tot ze zelf werden gedood.

De ambulance naderde de lege strook grond langs het hek rond Jaffa, twee jaar eerder door bulldozers vrijgemaakt na lange processen van huiseigenaren en Jaffaanse Arabieren. De zon zakte snel en in het westen was de hemel dieprood, paars bijna, de belofte van een mooie zonsopgang boven de Palestijnse steden en hun hoofdstad Jeruzalem.

Max stuurde de wagen strak naar de kust, sneed over het kruispunt met Professor Yehezkel Kaufman. Hij moest hard remmen om met de overhellende wagen de bocht naar rechts te kunnen nemen. Nu reden ze parallel aan het strand. Onder een stilhangende Chicken Wing, precies recht voor hen, aan het einde van de boulevard, cirkelde witte en zwarte rook in de richting van Jaffa, weggeslagen door de zwiepende rotorbladen van de twee helikopters die op de andere rijbaan waren geland. Ze werden allebei al geladen. Een andere ambulance reed honderd meter voor hen. Tientallen rode en blauwe zwaailampen trilden rond de controlepost. Politie, militaire voertuigen, brandweerwagens, vijf, zes ambulances. De wagen voor hen was de zevende ambulance, de dertig-vierentwintig zou nummer acht zijn.

'Raket,' zei Max.

Ze kwamen dichterbij en konden nu details onderscheiden. De doorlaatsluis was geheel verdwenen, opgelost leek het, door een machtige hand weggeslagen. Uit het wachtgebouw ernaast waren alle ramen geëxplodeerd en twee rokende, uiteengereten militaire wagens werden bespoten met het witte schuim van een bluskanon op het dak van een brandweerwagen. De geur van brandend hout, textiel, kunststoffen en iets anders – een bittere geur die aan de diepste taboes appelleerde, ze hadden het beiden eerder geroken – drong de Chevy binnen. Max verminderde zo laat mogelijk de snelheid van de wagen en stopte als laatste in de rij ambulances. Toen hij de motor uitzette, hoorden ze boven het stationaire gebrul van de helikopters en boven het geronk van de zware dieselmotoren van de brandweerwagens en de bevelen die soldaten elkaar gaven het geschreeuw van gewonden. En het stonk, een walm die meteen op hun ogen sloeg. Brams maag keerde zich om, zuur schoot naar zijn keel, maar hij beheerste zich.

Er was al organisatie op de locatie. Tom Brandeis, een van de supervisors van Magen David Adom, rende op hen af. De supervisors waren met hun motoren overal als eersten aanwezig.

Brandeis riep: 'Twee gewonden op één uur vanaf hier!'
Bram voelde zijn hart tekeergaan en vroeg: 'Is er troep in de lucht?'

'We zijn aan het meten!'

Brandeis holde naar de volgende ambulance en Bram en Max namen de tassen met verbandmiddelen en afklemtangen en holden naar de plek die Brandeis had aangegeven. Brandweermannen wierpen lakens over verbrande lichamen, verplegers van andere ambulances zaten gehurkt bij gewonden die star en stil voor zich uit keken, andere gewonden schreeuwden terwijl ze naar hun verbrijzelde benen keken, een vrouwelijke soldaat wier gezicht los van haar hoofd leek te zijn gekomen vertoonde felle stuipen. Ze stapten op stukken steen, metaal en hout, ontweken een afgerukte hand, een weggeslagen wieldop waarop het verminkte hoofd van een mens lag, een onderbeen in een zwarte soldatenlaars, stukjes rauw vlees, en veel bloed, overal bloed, waarin ze de profielen van hun rubberen zolen achterlieten. Een team van orthodoxe joden, *zaka*, zou straks lichaamsdelen verzamelen en op zoek gaan naar de kleinste stukjes vlees tussen de brokstukken, in kieren op het wegdek, en ze in plastic zakken verzamelen om ze naamloos te begraven. De grotere lichaamsdelen zouden na DNA-onderzoek worden geïdentificeerd.

Het begon opeens te waaien door de snelle omwentelingen van de rotorbladen van de vertrekkende helikopters, die alle andere geluiden enkele seconden overstemden met hun hoge gehuil.

Max hurkte naast een man van middelbare leeftijd, een reservist, met een grote buikwond. De man was nog bij bewustzijn en kermde. Enkele meters verder lag een andere soldaat, zijn gezicht overdekt met bloed en ook op zijn lippen borrelde bloed. Een interne bloeding – hij kon erin stikken. Brams handen trilden terwijl hij zijn tas opende en ontsmettingsdoeken pakte. Hij veegde de lippen schoon en opende met een tang de gespannen kaken. Er stroomde bloed de mondholte uit. Hij draaide de man op zijn zij en zette een zuurstofmasker op zijn gezicht. Hij hoorde Max vloeken: 'Kut! Kut! Raak hem kwijt! Raak hem kwijt!' Over zijn schouder wierp Bram hem een blik toe. Met zijn handen radeloos naast zich gespreid keek Max neer op de man.

'De mijne maakt een kans!' schreeuwde Bram hem toe. 'Haal de brancard!'

Max stond op en rende weg. Met een mes sneed Bram het hemd van de soldaat open. Hij had een brede wond dwars door zijn schouderblad en borst, misschien een metalen splinter van de raket of de metalen sluis die bij de inslag uiteengespat was. Hij spoot er desinfecterende en stollende schuim op en spande er vervolgens een groot vel kunsthuid overheen. Max legde de brancard naast de man neer.

'De hel,' zei Max. 'Zo is de hel. Wij hebben verloren. Gekken hebben gewonnen.'

De Chicken Wing boven hun hoofd zette zijn lampen aan en opeens baadde de hele plaats in wit licht. Het bloed was bijna zwart van kleur.

Op het oneffen terrein konden ze de brancard niet rollen dus ze droegen de man naar de dertig-vierentwintig. Er stonden negen andere ambulances achter hun auto, een helikopter daalde en zand wervelde over de weg. Bram ging achterin zitten. Max startte de Chevrolet, ontweek verplegers en brancards en stoof de boulevard op, langs naderende ambulances die hun patiënten nog moesten ophalen en langs de eerste televisiewagens met schotels op het dak. De sirenes van de dertig-vierentwintig gilden. Zijn patiënt verloor veel bloed. Bram had hem platgespoten en de man was buiten bereik van de pijnsignalen van zijn lichaam. Voorzichtig depte hij het gezicht schoon. Chaim Protzke. Zijn zoon voetbalde, een talent, volgens Chaim. 'Zolang jongetjes hier gewoon kunnen voetballen is er hoop.' Had Chaim dat gezegd, of Bram zelf?

Bram brulde in de microfoon van zijn koptelefoon: 'Max, rij zoals je nog nooit gereden hebt! Vlieg!'

4

In de kantine hing de grauwe walm van tientallen zware sigaretten. Nadat ze de wagens hadden schoongemaakt – alle apparatuur eruit, schoonspuiten, desinfecteren, apparatuur inladen – hadden ze het op een zuipen gezet. Tussen de overvolle asbakken stonden drie lege wodkaflessen. Alle wagens van het district en de naburige districten hadden gereden en iedereen die behandeld moest worden was binnen een kwartier in een ziekenhuis bezorgd. Terwijl het ambulancepersoneel dronken werd, vochten in de operatiekamers chirurgen voor het leven van de zwaargewonden. Een ploeg van de operatiekamer had buiten op de dertig-vierentwintig gewacht en Protzke meteen naar de operatiekamer gereden. Bram had de neiging om te vragen of hij het zou redden, maar hij wist dat ze hun schouders zouden ophalen en verbeten aan het werk zouden gaan.

Elf doden, zeventien zwaargewonden, eenendertig licht – Bram zag orde in die cijfers. Het waren priemgetallen. Het verschil tussen zeventien en eenendertig bedroeg veertien, ofwel twee keer zeven, ook een priemgetal. En het verschil tussen elf en zeventien was zes, en dat bestond uit tweemaal het priemgetal drie. Waarom priemgetallen?

De rijders die met lichtgewonden hadden gesproken, hadden geen specifieke informatie opgevangen. Twee legervoertuigen met reservisten die op oefening waren geweest langs de zuidgrens tussen Jaffa en Ashdod, waren net door de sluis geloodst toen de explosie plaatsvond. Geen enkele soldaat was ongeschonden gebleven. Drie soldaten van de controlepost waren gedood, drie zwaargewond, vijf licht. Allemaal priemgetallen.

Na een aanslag of een ander groot incident bleef het meestal urenlang stil op de post. Geen zelfmoorden, geen hartaanvallen, geen auto-ongelukken – alsof de dood even verzadigd was en voldaan zijn roes uitsliep. Bij een melding zou de hele post voor schut gaan: ze waren inmiddels allemaal dronken of op z'n minst aangeschoten. Om middernacht kwam de volgende ploeg, en ze rekenden erop dat ze, zolang de stadstaat verlamd was door de schok van de aanslag, niet hoefden te rijden.

'Was raket,' meende Max. 'Palestijnen hebben raket gevuurd. Vertelde een reservist daar. Lichtflits gezien.'

'Of iemand uit Jaffa heeft zich opgeblazen,' zei Ronnie Katz, een architect die tegenwoordig klusjesman was. Er werd niets meer gebouwd.

'Niet door sluis,' beweerde Max. 'Sluis tegenhouden Arabieren. Arabisch DNA niet door sluis. Raket.'

'Misschien was er iets mis met de apparatuur. Of heeft-ie joodse voorouders gehad,' opperde Katz.

'Hou op,' hield Max vol, 'Palestijnen geen joods bloed.'

'Een mortier?' stelde Baruch Peretz, de man van wat vroeger het Hilton was.

'Niet met die gevolgen,' antwoordde Ted Joffe, leraar Engels.

'Grote klap. Veel explosie. Raket,' herhaalde Max.

'Ze hebben pas nog nieuwe radarapparatuur opgesteld. Daarmee kun je zien of het een raket is geweest,' zei Zev Miran, een handelaar in tweedehands computers.

'Was raket,' zei Max.

'De vraag is: wie heeft hem afgevuurd?' vroeg Reuven Baumel. Hij had een snackbar waar ambulancerijders vijftig procent korting kregen.

'Arabieren hebben hem afgevuurd,' antwoordde Ted Joffe.

'Da's duidelijk,' zei Reuven Baumel. 'Maar welke?'

Baruch Peretz, de food and beverage-man, zei: 'Misschien is-ie wel uit Afghanistan gekomen. Ik bedoel: alles kan tegenwoordig. Iedereen kan van waar ook ter wereld een raket in onze reet schieten.'

'Klopt,' knikte Max. 'Wat denk jij, Bram?'

'Een raket. Maar niet uit Afghanistan. Dichterbij. De radars hebben dat ding natuurlijk wel opgevangen maar ze konden hem niet met antiraketraketten neerhalen. Was te dichtbij.'

'Klopt,' zei Max met opgeheven vinger. Hij had in zijn eentje een fles leeggedronken.

'Ik ben benieuwd of we zullen terugslaan,' zei Baruch Peretz.

'Wij daad stellen,' zei Max. 'Arabieren begrijpen daad. Grens trekken. Moeten Ashkalon boem! Weg!'

'Er staan gebouwen van me in Ashkalon,' zei Ronnie Katz, de architect.

'Wie daar wonen?' vroeg Max.

'Ja, dat maakt me niet uit.'

'Wel uit! Wel uit!' bulderde Max. 'Jullie niet begrijpen! Daarom dit land nu klein. Galilea weg! Negev weg! Jeruzalem weg! Leren van Vladimir Vladimirovitsj Poetin! Hij tweeënzeventig. Grote leider. Hij macht weten. Acht jaar president, vier jaar premier. Toen: acht jaar president, vier jaar premier. Nu weer president. Hij vernietigen Tsjetsjenië. Hij vernietigen Georgië. Hij vernietigen Azerbeidzjan –'

'Maar Kazakstan durfde hij niet aan te pakken,' onderbrak Peretz hem. Na de aardbeving, die ook de Russische raketlanceerbasis Baikonoer had verwoest, hadden in het bergachtige zuiden de islamitische volken de macht gegrepen. Poetin had het hele noorden bezet maar hij had het niet aangedurfd zijn troepen verder naar het zuiden te sturen, bang voor een tweede Afghanistan.

'Komt nog! Paar jaar! Dan ook Kazakstan weer Russisch! Poetin Rusland groot rijk maken. Hij bewondering van mensen. Mensen trots. Vijanden vernietigen. Niet doen? Vijanden vernietigen jou! Poetin begrijpen macht. Jullie niet.' Max zwaaide met zijn vinger heen en weer en schudde zijn hoofd. 'Waarom niet? Waarom niet jullie begrijpen macht?' Hij keek om zich heen, in het middelpunt van de aandacht. Niemand antwoordde. 'Ik jullie zeggen. Jullie joden uit Europa. Europa! Jullie denken: macht is weg! Macht niet bestaan! Ik lachen! Macht overal!' schreeuwde hij. Hij hield even in om op adem te komen. 'Macht belangrijk. Macht weg in Negev. Macht weg in noorden. Macht weg in Haifa. Macht weg in Eilat. Macht weg in Jeruzalem. Jullie niet begrijpen. Vijanden vernietigen. Altijd. Vijanden vernietigen. Zo leven. Zo aarde. Zo alles.'

Max stak een sigaret op en staarde glazig voor zich uit.

'In Ashkalon staat mijn mooiste pand,' zei Ronnie Katz, verontschuldigend bijna.

'Goed,' knikte Max.

Katz stond op en ging achter de computer zitten. Hij drukte op een paar toetsen en op het scherm verscheen een veelhoekig gebouw van glazen panelen, een reusachtige bol met honderden facetten.

'Heb jij die ontworpen? Ben er een paar keer geweest,' zei Peretz, die voor het voedsel en de dranken zorgde in een hotel zonder gasten.

Ted Joffe, de leraar die voor halflege klassen stond, zei: 'Ik ben er ook geweest. Wie niet? Het was een sensatie toen het geopend werd.'

'Kunst,' mompelde Max. 'Is mooi. Ik huilen in hart.' Hij stond onzeker op en legde een zware hand op de schouder van Katz om zich overeind te houden. 'Ik excuus. Mooi. Jij kunstenaar. Ronnie, jij bijzonder. Ik buig. Mooi.'

Peretz merkte op: 'Mijn neefje heeft daar bar mitswa gedaan. Groot feest. Schitterend gebouw.'

'Was sjoel?' vroeg Max.

'Ja,' knikte Katz.

'Sjoel nu?'

Katz klikte het beeld weg en ging opnieuw aan tafel zitten. Met een grauw gezicht schonk hij voor zichzelf wodka in.

'Wat nu daar?' vroeg Max aan het gezelschap. Hij wankelde. Ook hij bewoog weer naar de tafel, liet zich op de stoel zakken.

'Iedereen zwijgen?' vroeg hij theatraal met gespreide armen. 'Iedereen zwijgen,' herhaalde hij zacht. 'Ik denken. Ik raden. Ik diep, heel diep denken. Ik – gokken. Ik denken: moskee. Moskee!' Hij lachte en prikte met een vinger op zijn borstkas. 'Ik gokken en ik gelijk. Moskee! Was sjoel! Nu moskee! Ronnie maken. Mooi bouwen, Ronnie. Jij meester, echt. Ik huilen in hart.'

Hadassa kwam de kantine binnen en sloeg met grote gebaren naar de sigarettenrook om haar heen: 'Heren, komt het niet bij jullie op om de deuren open te zetten?' Ze opende de brede deur naar de binnenplaats waar de ambulances stonden, in een strakke rij, gereed voor vertrek.

Terwijl zij zich naar hen omdraaide, zei ze: 'De legerwoordvoerder heeft het net bevestigd. Raket.'

'Holy shit –' zei Katz.

'Wat gaan ze doen?' vroeg Peretz.

Max sloeg met zijn vuist op tafel. De glazen trilden. 'Niks doen! Praatjes maken! Officieel protest!'

'Je stelt je aan,' zei Hadassa, 'en je bent bezopen.'

Bram zei: 'Dit is de zwaarste aanslag sinds – sinds twee jaar?'

'De laatste was die infiltratie op het strand. Twee jaar en drie weken geleden,' zei Peretz, de hotelemployé. 'Ik zat ertussen, ze kwamen bij ons naar binnen. Daarna trok Hilton zich terug.'

Reuven Baumel, die pretendeerde de beste falafel van de

stad te maken, zei: 'Raket erop, Oost-Jeruzalem. Nee, tien raketten erop.'

Zev Miran, de computerman, reageerde: 'Kom op, Reuven, je weet dat ze dat niet doen. De wereldopinie pikt dat nooit.'

'Fuck wereldopinie!' riep Max.

'Heren,' zei Hadassa, 'ik heb werk te doen, verzinnen jullie maar een reactie, goed?'

Ze ging terug naar de meldkamer. Niemand wist waarom hier seksescheiding bestond: de rijders waren mannen, de bediening van de meldkamer was in vrouwelijke handen.

Miran zei: 'Een gerichte actie. Hun hele regering opblazen.'

'Ja, dat worden mooie reacties in de Veiligheidsraad,' zei Ronnie Katz.

'Is het bekend waar die raket vandaan kwam? Misschien komt dat ding uit Paraguay,' merkte Bram op. 'We kunnen niks doen. Afwachten.'

'Meteen terugmeppen,' zei Baumel.

'Hee, rukkers,' klonk het bij de deuropening.

Dov Ohayoun stapte naar binnen, de filmster, met twee volle boodschappentassen: 'Ik dacht: jullie zullen wel dorst hebben. En ik heb te vreten ook. Humus, falafel, worstjes, noem maar op.'

'Trots op jou, jongen!' zei Max. 'Wij rijden, jij neukt.'

'Is het waar wat-ie ons heeft verteld?' vroeg Baumel met een hoofdbeweging naar Max.

'Wat heeft-ie verteld?' Dov zette de tassen op tafel. In de ene stonden flessen, in de andere in cellofaan verpakte voedselbakken. Hij had gitzwarte ogen en een donkere huid maar hij was geen Jemeniet. De grootouders van zowel zijn vader als moeder kwamen uit Marrakech.

'Over dat mokkel en die oma,' zei Baumel

Dov vroeg: 'Wat dan?'

'Dat jij haar in haar slaapkamer genaaid hebt terwijl in de kamer ernaast oma nog warm was.'

'Heeft Max dat verteld?'
'Ja,' gromde Max.
'Klopt niet,' zei Dov.
'Klopt wel,' zei Max.
'Nee, klopt niet.'
'Toch,' hield Max vol.
'Waarom niet?' vroeg Baumel. 'Het klonk behoorlijk aannemelijk.'
'Het was niet in de slaapkamer,' zei Dov achteloos. 'Ik heb haar in de keuken genaaid.'

5

Een frisse ochtend zonder de stank – van brak zeewater, van lekkende riolen – die hier vaak tussen de gebouwen hing. De tintelende ochtendlucht dempte het gedreun in zijn kop en traag volgde hij Hendrikus naar het hondenurinoir in het hart van de Bauhauswijk.

Hij verwachtte het telefoontje, zoals meestal rond deze tijd.

'Bel ik te vroeg?' vroeg Ikki.

'Ik laat Hendrikus even uit,' antwoordde Bram.

'Jij had dienst, hè?'

'Ja. En als ik geen dienst had gehad was ik opgeroepen geweest. Ze hadden iedereen nodig.'

'Wij hadden daar ook kunnen zijn, weet je dat wel?'

'We waren er niet,' zei Bram kortaf.

'Als het een paar uur eerder was gebeurd –'

'Wat zeik je nou, Ikki? 't Is geen paar uur eerder gebeurd. Die raket kwam later,' zei Bram.

'Ik weet het niet, een raket,' zei Ikki.

'Heb jij dan iets anders gehoord?' vroeg Bram geërgerd.

'Ik ga alleen maar op mijn gevoel af.'

'Ikki – hou daarmee op!'

'Bram, ik had er niet over willen beginnen, en ik had het niet willen zeggen, maar nu doe ik het toch: ik wist het! Wat daar gisteren gebeurde heb ik gevoeld! En als je eerlijk bent dan zeg je nu: Ikki, je hebt gelijk, je hebt een bijzondere intuïtie.'

'Je was misselijk, of gewoon bang. Hou op met die flauwekul.'

'Nee,' zei Ikki kortaf.

Bram zei: 'Ikki, luister: het is frappant, dat geef ik toe, maar ben je een genie of ben je een helderziende om te voorspellen dat een militaire post bemand door joden op een dag door Arabieren zal worden aangevallen?'

'Ik heb het gevoeld, dat is wat ik weet. Ik had ze moeten waarschuwen.'

'Ze hadden je niet geloofd.'

'Toch had ik ze moeten inlichten.'

'Doe het wanneer je weer een voorgevoel hebt, goed?' stelde Bram voor.

'Wanneer ga je naar Sara's moeder?'

Bram zuchtte: 'Straks. Ik bel je.'

'Zal ik meegaan?'

'Nee. Luister, ik sta hier bij de hondenpisbak, het stinkt als de ziekte, en om de een of andere reden kan ik niet lopen als ik met je bel – ik zie je straks op kantoor.'

Het lichaam had een eigen soort geheugen, een ritme met automatismen waarop het bewustzijn geen invloed had. Hartog legde zijn handen op de roestvrijstalen buis die op de wand van de badkamer was geplaatst en hield zich vast terwijl Bram plastic handschoenen aantrok en voorzichtig de luierbroek omlaagschoof, langs de dunne lange benen waarmee Hartog ooit gehaast maar zonder te wankelen over de aarde had bewogen, van collegezalen naar laboratoria, van zijn stoel in de ballroom van het Grand Hotel in Stockholm naar het podium om de prijs in ontvangst te nemen, van de goederenwagon naar de hongertocht toen de nazi's, op de vlucht voor Stalins legers, de laatste joden uit de barakken van de vernietigingskampen hadden geslagen en voor zich uit dreven. Het was in die tijd niet goed om lang te zijn. Vaker dan anderen was Hartog door bewakers in het kamp in elkaar geslagen. 'Ik stond altijd weer op,' had zijn vader hem verteld. 'Maar niet meteen. Want als je die fout maakte, sloegen ze je weer tegen de grond. Met een stok, de kolf van een geweer of een zweep. Even blijven liggen, de woede laten wegtrekken en even nergens aan denken. En pas na een tijdje opstaan. Tenzij ze je toebrulden dat je moest opstaan, natuurlijk. Dan stond je op.'

De restjes stront tussen zijn liezen veegde Bram met een vochtig doekje weg – normaal was hij bij machte herinneringen te onderdrukken, maar vreemd genoeg kon hij dat vandaag niet. Nee. Hij wreef de ontstoken plekken in met een huidherstellende crème en schoof zijn vader een schone luierbroek aan. Met stapjes waarmee Hartog niet meer dan vijf centimeter overbrugde leidde hij hem naar de slaapkamer. Hartogs ledematen trilden, de spieren onder zijn bleke, gerimpelde huid hadden net voldoende kracht om hem op de been te houden, en zijn hoofd bewoog met kleine schokjes heen en weer. Het leek erger te worden, dat trillen, Bram moest er een aantekening van maken. Hij hielp zijn vader het bed op, dekte hem met een laken toe en kuste hem op zijn eens zo geniale hoofd. Daarna ververste hij het water van Hendrikus.

Rita had een sleutel van hun flat, maar ze belde altijd aan als ze wist dat Bram thuis was. Ze droeg een volle boodschappentas en een hoofdkussen. De tas zette ze naast de bank in de woonkamer, daarna beklopte ze met beide handen het kussen zodat het opbolde.

'Voor het geval het laat wordt – ik slaap niet goed als ik mijn eigen kussen niet heb.'

'Ik weet niet hoe laat ik thuis ben vandaag,' legde Bram uit, 'ik probeer tegen het einde van de dag terug te zijn, goed?'

'Professor, u betaalt me per uur, hoe langer u wegblijft hoe rijker ik word. Slaapt-ie?'

'Ja.'

Ze nam haar mobieltje uit de tas en hield het onderzoekend op afstand. 'Eén moment,' zei ze, 'ik moet u wat laten horen.'

Ze boog zich over haar tas en vond haar leesbril. Ze drukte op een toets van het mobieltje en hield het vlak voor Brams gezicht.

Zijn vaders stem klonk metalig uit het apparaat: 'Kap gaza oemma deninzin tezuister. Auwjek, rauw. Rauw rauw rauw. Auwjek. Godverdomme.'

Rita keek Bram stralend aan en wachtte op een dankbare reactie.

Bram vroeg: 'Was dat het?'

'Ja. Wat zei die?'

'Hij zei – hij zei dat-ie blij was dat je voor hem zorgde. Kun je het nog een keer laten horen?'

Ze hield de mobiel tegen haar borst, zocht naar de toets en drukte. Snel bewoog ze het naar Brams gezicht, met gestrekte arm, alsof ze hier in een storm stonden en de geluiden verdronken als Rita de luidspreker niet dicht genoeg bij Brams oor hield.

'Kap gaza oemma deninzin tezuister. Auwjek, rauw. Rauw rauw rauw. Auwjek. Godverdomme.'

Het was echt zo. Hartog had gesproken. Hij had 'godverdomme' gezegd. Van alle woorden die hij had kunnen vinden was dit het enige woord dat zijn vader na een vol leven van meer dan drieënnegentig jaar de moeite waard had gevonden om uit te spreken. Misschien droegen voor Hartog die andere klanken ook betekenis, maar dit woord had hij helder en precies gearticuleerd uitgesproken. En wat betekende 'rauw rauw rauw'?

'Kun je vertellen waar hij was toen hij dit zei?'

'Hier aan tafel. Dan gaan we tegenover elkaar zitten en dan ga ik vertellen. Ditjes en datjes. En toen zei hij het.'

'Keek hij je daarbij aan?'

'Nee. Hij zei het voor zichzelf, een beetje voor zich uit.'

Als Hartog een moment van helderheid had gekend en het tot hem was doorgedrongen dat hij naar eindeloos geouwehoer zat te luisteren, dan had hij haar vervloekt.

Bram pakte het statusschriftje waarin hij de conditie van zijn vader bijhield, en luisterde een derde keer. Hij schreef de klanken op: 'Kap gaza oemma deninzin tezuister. Auwjek, rauw. Rauw rauw rauw. Auwjek. Godverdomme.'

Hij had geen idee wat Hartog bedoelde. Vermoedelijk bedoelde hij niets. Bram schreef er de datum bij. Hij nam de envelop met de foto uit de la en ging op weg naar Sara's moeder.

6

Batja Lapinski woonde in een vervallen appartementengebouw in een smalle straat zonder bomen ten zuiden van het Rabinplein. Het was een kaal gebouw met kleine balkons en droogrekken waaraan broeken en T-shirts en ondergoed hingen. Het was windstil, geen kledingstuk bewoog. Een paar appartementen hadden zich achter rolluiken verscholen, maar op de meeste opengeschoven ramen weerkaatsten ook overdag lampen en rusteloze televisiebeelden. Hij hoorde stemmen, flarden van films en praatprogramma's, klassieke muziek. Zonlicht streek over de gescheurde afgebrokkelde gevel. De deur naar de hal was gesloten. Hij zocht bewoners op de lijst en vond in een rechthoekig venstertje de naam Lapinski. Hij drukte op de kleine, ronde bel. En boog zich in afwachting van een stem naar de met een metalen plaatje afgedekte intercom. Appartement 608. Op de zesde verdieping, de hoogste, een van de acht flats die elke woonlaag had. Goed getal. Mooi in tweeën op te breken, mooi te vermenigvuldigen. Tientallen meters verder betrad een groep mannen uit een ander gebouw de straat, luid in gesprek met elkaar zonder dat Bram hun woorden kon onderscheiden, mannen in gestreken hemden met korte mouwen, spijkerbroeken die strak om hun heupen spanden, tevreden, dikke buiken, en hun gelach – waarover? mochten ze het land verlaten? – echode weg toen ze een hoek omsloegen. Hij drukte nog een keer op de bel. Het vreemde was dat hij niets voelde.

Hij moest het haar zeggen, meedelen als het onontkoombare feit dat het was. Dat het meisje gestorven was. Dat ze ziek was geworden en daaraan was bezweken. Zoals sinds het begin van de mensheid meisjes stierven, alleen en onbeschermd, zonder een vader of moeder door wie ze over hun wang en voorhoofd werden gestreeld en door wie ze werden toegefluisterd dat alles goed zou komen. Meisjes werden weggegeven, uitgehuwelijkt, verkocht, gekidnapt, gestolen – eeuwen geleden had Bram lesgegeven over de geschiedenis van het Midden-Oosten, over de culturen en tradities van de Semitische, Arabische, Turkse en Perzische volkeren, en het was niet verwonderlijk dat de meeste verdwenen kinderen in zijn computer meisjes waren. Ze konden tien, vijftien kinderen baren, als het meezat meer zonen dan dochters. De Palestijnse Arabieren hadden de joden met hun baarmoeders overwonnen. De machtige wapens van de joden waren impotent tegen de Palestijnse spermatozoïde die een vruchtbare eicel overmeesterde. Ook de eicellen van jodinnetjes konden moslims voortbrengen – soms was een meisje verdwenen in zee, soms meegenomen door een vrouw die door de natuur was verstoten, maar de meeste meisjes waren aan de andere kant beland, via joden die wisten hoe ze de elektronica en veiligheidsmuren van de grensbewaking konden omzeilen, de smokkelroutes kenden en een bonus opstreken. Hij drukte een derde keer op de bel, ook al besefte hij dat Sara Lapinski's moeder niet thuis was. Zij was apothekersassistente en had vermoedelijk dienst. Hij kon Ikki bellen en vragen bij welke apotheek ze werkte, maar hij wilde haar daar niet aanspreken – kon hij haar op haar werk even tussendoor confronteren met het bericht van de dood van haar kind? Het was echter de vraag of hij het recht had om haar nog een nacht in onzekerheid te laten, na de honderden nachten die zij uitgeput had doorgebracht, wachtend op de zonsopkomst die haar een teken van leven zou brengen.

Hij bleef een moment besluiteloos staan en het drong tot hem door dat de gegevens die ze hadden het bericht van Sara's dood niet rechtvaardigden. Een doodsfoto van het meisje? Net als joden deden moslims daar niet aan. Wie was die maffe basketbalfan Johnny? Wie was hij om hem op zijn woord te geloven? En misschien was de foto bewerkt en wachtte Sara ergens in een Arabisch bergdorp op de dag dat zij zou worden uitgehuwelijkt. Het was onzin om Batja Lapinski op de hoogte te stellen van de dood van haar dochter.

Hun bureautje was gevestigd in een bankfiliaal op de hoek van Ben Yehuda en Frishman. In de buitenmuur, naast de glazen toegangsdeuren, hingen vier nutteloze geldmachines, bekrast, beschadigd, beschreven met viltstiften en mespunten. Het kantoor had een wachtruimte met een crèmekleurige marmeren vloer waarop probleemloos honderd mensen voor een wand van tien eikenhouten loketten konden staan. Achter die loketten, tussen een twintigtal tafels waarop bankmedewerkers miljoenen hadden uitgeteld, hadden ze hun kleine centrale gebouwd: op twee tegen elkaar geschoven tafels stonden Apples met zware externe back-updrives. Soms zaten ze daar dagenlang tegenover elkaar, zoekend, bellend, ruziënd. Soms meden ze het filiaal dagenlang. De naam van hun bureau was niet alleen een ironische verwijzing naar het pand – ze beschikten over een enorme databank, gekoppeld aan bestanden van zusterbureaus in Amerika en Europa. Het kantoor had jaren leeggestaan voordat zij het van de bank mochten huren tegen de symbolische prijs van één euro per jaar. Ze ruimden het zelf op, maar de hoge ruiten hadden ze nooit gewassen; buiten lag het kruispunt schimmig achter stoffig glas, alsof er altijd mist hing.

Ikki had koffie en muffins gehaald. Alle kranten lagen op tafel, op de computer stond de homepage van een nieuwsstation.

'Een raket,' zei Ikki toen Bram ging zitten. 'Hij werd te laat gezien door de radar. Ze konden hem niet op tijd uit de lucht knallen.' Hij schoof Bram een exemplaar van *Haaretz* toe.

'Wie heeft hem afgeschoten?'

'Weten ze niet. Kwam van ver. Alles kan. Misschien van een schip in de Indische Oceaan. We moeten terugslaan. Maar wie moeten we straffen?'

'Misschien komen ze iets te weten wanneer ze onderzocht hebben wat voor raket het was,' antwoordde Bram. 'Die jongen die daar dienst had –'

'Protzke,' zei Ikki.

'Hij had de hele dag dienst. Zag er slecht uit.'

'Ik hoop dat ze de hufters die dit gedaan hebben eerst hun eigen darmen laten vreten voordat ze ze executeren.'

'*Dream on*,' antwoordde Bram.

'Hoe was het bij de moeder?'

Bij eerdere gevallen was Ikki net zo bezeten nieuwsgierig geweest naar de reacties van de nabestaanden als nu bij Sara's moeder. Aanvankelijk werd Bram afgeschrikt door Ikki's geexalteerde nieuwsgierigheid, maar snel was het hem duidelijk geworden dat dit de manier was waarop Ikki het dossier kon sluiten – hij had een ritueel nodig. Hij huilde, en sloot af.

'Ze was niet thuis.'

'Ze was natuurlijk op haar werk. Die grote apotheek op de hoek van Ben Goerion. Ben je daar geweest?'

'Ik wil wachten tot ze thuis is.'

Ikki keek hem verbaasd aan: 'Anders zeg je altijd dat we ouders meteen op de hoogte moeten stellen.'

'Wat weten we nou eigenlijk? We laten ons leiden door een mafketel die bezeten is van Tarzan en beweert dat-ie gokt op uitslagen van wedstrijden die al gespeeld zijn. Heb je Samir gesproken?'

'Ik kreeg hem niet te pakken. Maar – wat bedoel je, wat weten we eigenlijk?' zei Ikki. 'Denk je echt dat die Johnny zo veel geld laat lopen?'

'Misschien dacht-ie eerst dat-ie met een tip snel wat geld kon binnenhalen. Had iets opgevangen over een jodinnetje dat ze hadden binnengehaald. Bedacht zich. Opeens gekweld door iets wat op een geweten lijkt. Of misschien bang – want laat dat geweten even weg – dat ze door zouden krijgen dat-ie de boel verlinkt had, en dat zou betekenen dat-ie op een dag zijn ballen ergens aan een balkon kon zien hangen. Kom op, Ikki, wat hebben we nou aan feiten? We stonden op het punt iets verschrikkelijk doms te doen.' Hij schoof de envelop naar Ikki toe. 'Kijk naar die foto. Kan daarmee gerommeld zijn?'

Ikki schoof dichterbij en haalde de foto uit de envelop, liet het beeld op zich inwerken.

'Dat kan ik niet meteen zien,' zei hij. 'Er kan mee gerommeld zijn. Met de programma's die er zijn kun je echt alles doen. Het kost experts dagen om te achterhalen wat echt en wat nep is. Maar – waarom zou Johnny ons voor niks laten komen? Deze foto – hebben ze dat meisje laten poseren? Die bloemen?'

'Heb je ooit een islamitische begrafenis gezien met zo'n doodsbed?' vroeg Bram. 'Het lijkt wel een katholieke uitvaart. Hoe kunnen we daar nou instinken?'

Ikki knikte, de foto in zijn hand bekijkend: 'Kut.'

Bram zei: 'Dus jij krijgt een tip van Samir?'

Ikki keek op van de foto: 'Ja. Zijn neef heeft een tip.'

'En die tip betrof Sara Lapinski in het bijzonder?'

Ikki knikte: 'Naam, voormalig adres, geboortedatum. Ik zei tegen Samir: laat hem bellen. Deed-ie.'

'Hij kon haar vrijkopen?'

'Hij zei dat-ie voor een serieus bedrag de mensen die voor haar gezorgd hadden –'

'Dat zei Johnny zo: voor haar gezorgd hadden?'

'Ja. Dat-ie dacht dat ze haar konden laten gaan. Ze hadden geldproblemen.'

'Oké. Dus het verhaal was: meisje is meegenomen, door wie dan ook, verkocht aan mensen ergens aan de andere kant, die komen in de problemen en willen haar te gelde maken.'

'Redelijk verhaal, toch?' vroeg Ikki, met onzekere blik.

'Ja – kan gebeuren. Maar waarom meldt Johnny ons dat ze dood is?'

'Heb je eerder zo'n foto gezien?'

Bram keek hem vragend aan: 'Je bedoelt: sinds ik dit gestoorde bureautje heb?'

Ikki knikte.

'Nee,' zei Bram.

'Is dat geen reden om Johnny te geloven?'

'Er is geen enkele reden om welke Palestijn dan ook die zich Johnny noemt, te geloven,' zei Bram. 'En ik kan me wel voor m'n kop slaan dat ik net bij Batja Lapinski voor de deur stond.'

'Ik denk dat ze echt dood is,' zei Ikki, verontschuldigend bijna.

'Dat denk ik ook – maar we hebben niks aan bewijs behalve deze katholieke foto en een verhaal over Tarzan.'

'Over Tarzan?'

'Je weet nou toch alles over Johnny Weissmuller?'

'Katholieke Palestijnen,' zei Ikki.

'Hoe bedoel je?' vroeg Bram, op het antwoord wachtend, ook al wist hij meteen dat Ikki de juiste opmerking had gemaakt.

'Katholieke Palestijnen waren de mensen "die voor haar gezorgd hadden".'

'Orthodoxen,' zei Bram. 'Grieks-orthodox. Russisch orthodox. Zijn er niet veel. De meesten zitten in Jeruzalem. En ook een paar groepen in Bethlehem.'

Ze keken elkaar aan, beseften allebei dat ze een reëel spoor hadden.

'Tarzan heeft ons dus wel een tip gegeven,' zei Bram. 'Gratis en voor niks.'

Ikki schoof naar zijn computer: 'Hoeveel meisjes van die leeftijd hebben het afgelopen jaar in Palestina een christelijk-orthodoxe begrafenis gekregen?'

'In een gemeenschap van twintig-, dertigduizend mensen? Een meisje van acht jaar? Kunnen er niet meer dan twee of drie zijn,' schatte Bram. 'Of misschien meer, ik ken de cijfers niet over kindersterfte in die gemeenschap.'

Ikki knikte en riep op zijn computer een lijst met links op naar Palestijnse gemeentelijke databanken.

Het beeldscherm van Brams mobiel knipperde en een onbekend nummer verscheen: 'Hallo?'

'Sheba Medical.' Een vrouwenstem: 'Spreek ik met professor Mannheim?'

'Ja.'

'Ik heb een bericht voor u van Chaim Protzke.'

'Een bericht van hem?'

'Van hem. Hij vroeg me om u te bellen en te bedanken.'

'O – wat een fijn bericht.' Hij wierp een blik op Ikki, die rechtop ging zitten en hem verwachtingsvol aankeek. 'Was het ernstig?' Bram stak zijn duim naar Ikki op.

'Ja. Het was ernstig. Maar ze waren op tijd, en u ook, begrijp ik.'

Ikki grijnsde breed en keek weer naar zijn computer.

'We deden ons best, ja,' zei Bram.

'Meneer Protzke gaat straks – over een uur denk ik – de intensive care uit, en dan belt hij zelf, zei hij.'

'Hier ben ik blij mee,' zei Bram. 'O ja, nog iets anders. Goldfarb, Janusz Goldfarb, hoe gaat het met hem? Hebben we 's middags binnengebracht met de dertig-vierentwintig.'

'Goldfarb, met een b?'

Bram hoorde haar op het toetsenbord klikken.

'Ja.'

'Goldfarb. Die is ontslagen, is naar huis gegaan. Goldfarb, Henryk.'

'Nee: Goldfarb Janusz.'

'Janusz,' herhaalde ze. 'Sorry. Was dat gisteren?'

'Ja.'

'Goldfarb, Janusz. Ja, gisteren. Zestien uur eenendertig. *'Death on arrival'.*'

'Hij leefde nog toen we hem afleverden.'

'Dan is hij vermoedelijk gestorven toen hij naar de IC of een OK werd gereden. Registreren we als DOA.'

'Ach,' zei Bram, opeens overmand door rouw. Hij had Goldfarb nooit gekend, maar hij rouwde omdat hij over een eindeloos reservoir aan rouwgevoelens beschikte.

'Het spijt me,' zei de vrouw.

'Dank u voor het bericht van Protzke.'

'Graag gedaan,' zei ze, en hing op.

'Wat is er? Waar gaat het over?' vroeg Ikki.

'Een man die we hebben vervoerd,' zei Bram. 'Hij heeft het niet gehaald.'

'Een gewonde van de aanslag?'

'Nee. Een oude man. Op leeftijd. Hij vertelde een mop toen we hem reden.'

'Een mop?'

'Over astronauten die met een lucifer een zuurstofproef doen op Mars. Maar de marsmannen maken bezwaar. Het is sjabbes en dan maak je geen vuur.'

'Ik heb haar,' zei Ikki. Hij keek naar zijn beeldscherm en begon te huilen.

7

The Rainbow Room was een bar waar lang geleden de *glitterati* van Israël op witte leren banken hun benen hadden gestrekt – dat heette toen 'loungen' – en waar nu gepensioneerde inbrekers en autodieven de berichten van hun geëmigreerde kinderen bespraken en met elkaar methoden doornamen hoe ze ondanks hun strafblad toch een beroep konden doen op het recht om met hun nakomelingen herenigd te worden. Niemand ging. Niemand kreeg een visum. Maar praten over het 'nemen van de bocht' hield hen op de been. Allemaal zouden ze in dit land sterven zonder een uur in een veilig buitenland te hebben doorgebracht.

De witte leren banken waren inmiddels grauwgeel geworden, de regenboogkleuren op de muren vaal en bleek. Hier en daar zaten wat oudere mannen zoals Bram, rokend, starend, mompelend. Jazzy muziek op de achtergrond, Miles Davis, hoorde hij. Hij had gehoopt dat ze zou komen, en dat gebeurde ook: Eva kwam binnen toen hij zijn tweede wodka had gedronken.

Om de een of andere reden had hij Eva nooit naar haar leeftijd gevraagd, maar hij schatte haar tien jaar jonger dan hij zelf was. Ze legde een roodleren handtasje op de bar en schoof naast hem op een van de hoge draaistoelen. Zonder iets te vragen legde Jo, de barman en eigenaar, het tasje twintig centimeter verder en zette een glas voor haar neer dat hij tot aan de rand met wodka vulde, uit een fles waarop een metalen schenktuit was gedraaid. Daarna vulde hij Brams glas met een hand die de precieze maat kende. Toen hij de tuit wegdraaide, lag de wodka bol boven op de glasrand – in bedwang gehouden door de oppervlaktespanning. Bram kende het begrip, maar hij had geen idee waardoor het ontstond. Eva's glas zag er hetzelfde uit. Soms schonk Jo net dat ene druppeltje te veel en brak daarmee de spanning en stroomde de wodka over het glas, maar Bram schatte dat Jo misschien een van de vijftig keer zijn hand overspeelde.

'Lechajim,' zei Eva.

Terwijl ze met beide handen haar felblonde haar tegen haar wangen drukte, boog ze zich voorover en slurpte zonder het glas te beroeren van de wodka. Haar felrode lippen glansden in het licht dat door het transparante bovenblad van de bar straalde. Haar onderlip liet op de glasrand een veeg lipstick achter.

'Lechajim,' antwoordde Bram, en hij volgde haar voorbeeld.

Ze schoof een lok achter haar oor. Ze had donkere wenkbrauwen en bijna zwarte ogen, maar haar haar lichtte wit op. Zolang hij haar kende, had ze geblondeerd haar.

Ze droeg een wijd zwart jurkje met een laag decolleté dat de welving van haar borsten onthulde. Een enkele keer droeg ze iets straks, een tweede huid die liet zien dat ze, ook al was ze minstens veertig, het figuur had van een jonge vrouw.

'Je had toch dienst?' vroeg Eva.

'Ja,' zei hij.

Ze zei: 'Ik heb het op televisie gezien. Ik kan er niet naar kijken. Ze herhalen het de hele tijd. Geen idee wat ze daarmee willen bereiken.'

'Vergeet niet de commentaren tussendoor,' zei Bram. 'Maar ouwehoeren helpt soms. De schok moet op de een of andere manier kunnen wegvloeien. Het is fijn wanneer mensen ons kunnen uitleggen hoe het zit.'

'Geloof jij die commentatoren dan?'

'Nee. Meestal niet. Maar wanneer mensen hun best doen om begrijpelijk te maken wat niet te begrijpen valt, brengt dat je tot rust.'

'Ik ben vrij,' merkte ze op. 'Ben jij vrij?'

Hij begreep waar zij heen wilde.

'Ja,' zei Bram. 'Ik ben nog steeds moe. Maar ik ben vrij.'

Hij dacht aan Sara's moeder. Straks of morgen moest hij haar vertellen dat haar kind dood was. Was het niet beter om met hoop te leven?

Eva zei: 'Je ziet eruit alsof je onder een bulldozer hebt gelegen.'

'Is het zo erg?'

'Ik ben altijd eerlijk,' zei ze droog. 'Je hebt er wel eens beter uitgezien.'

'Jij ziet er altijd prachtig uit.'

Ze zei: 'Dank je.' Maar ze nam het compliment zonder enige emotie aan. Ze hoorde het vermoedelijk de hele dag. Ze werd ervoor betaald om complimenten aan te horen.

Bram hield van de blik in haar ogen, de geur van haar huid, de glans van haar hals, de zachte glooiing van haar buik. Hij liet geld achter wanneer hij haar verliet, maar ze wekte de indruk dat ze om hem gaf. Soms had hij geen geld en dan zei hij dat hij de volgende keer zou betalen, soms kwam ze klaar, soms zei ze dat ze niet wilde maar dat hij naast haar mocht liggen en dat ze hem met haar hand zou bevredigen.

Ze vroeg: 'Heb je een oppas voor je vader?'

'Ik bel haar nu.'

Hij pakte zijn mobiel en terwijl hij Rita uitlegde dat het later werd, keek hij toe hoe Eva een sigaret opstak, haar lippen tuitte. De vlam van de aansteker laaide hoog op toen ze vuur in de sigaret zoog. Lippenstift op het filter en straks, als zij in de juiste bui was, op zijn pik, dacht hij.

Rita zei dat het geen probleem was. Ja, Hartog zat voor de tv en praatte honderduit. Bram vroeg niet of ze hem ook wilde verschonen, maar hij wist dat ze dat zou doen. Hij bedankte haar en verbrak de verbinding.

Eva vroeg: 'Kan het?'

'Ja.'

'Fijn,' zei ze.

Ze keek hem even aan maar hij wist niet hoe hij haar blik moest begrijpen.

'Ik heb een rotdag,' zei ze.

'Is er iets gebeurd?'

'Er is niks gebeurd,' antwoordde ze.

'Gewoon dus een kutdag.'

'Een kutdag,' herhaalde ze. Ze sloeg de wodka in één keer achterover.

Jo leunde drie meter verder met zijn ellebogen op de bar, zijn bovenlichaam en gezicht in het volle licht dat uit het melkglazen bovenblad van de twintig meter lange modernistische toog straalde. Bram was hier voor het eerst geweest toen hij nog een leven had, in het gezelschap van zijn vrouw, in het opgefokte gezelschap van artiesten en schrijvers en politici die voor de opening een exclusieve uitnodiging hadden ontvangen en trots en zelfverzekerd hun stralende gezichten, glimmende jurken en kostuums aan het flitslicht van paparazzi toonden. Hier aan de bar hadden ze schouder aan schouder gestaan met de intellectuele elite, met de bekendste acteurs en opvallendste sterretjes, en hadden ze naar elkaar geschreeuwd om zich verstaanbaar te maken in de rauwe muziek en het lawaai van honderden aangeschoten stemmen. Dit was het voorste deel van wat toen Le Club Méditerranée heette. Aan het einde van de bar waren grote schuifdeuren. Daarachter bevond zich een weidse danszaal. Tel Aviv deed toen niet onder voor New York. In die tijd vormde deze club de bezegeling van Israëls lidmaatschap van het decadente Westen, alsof buiten de gele taxi's af en aan reden en boven de gebouwen de verlichte torens van het Chrysler Building en het Empire State Building de nacht verdreven. En de Twin Towers? Die waren toen al gevallen.

Jo kwam naar hen toe, schonk bij. Sinds Bram hier kwam, hadden de schuifdeuren naar de grote danszaal nooit opengestaan. Misschien was het nu een opslaghal. Of was het afgebroken? Op de opening van de club had Bram gedanst. Hij danste nooit, maar Rachel had zijn hand genomen en hem door de menigte heen naar de dansvloer getrokken. Ze had hem gedwongen om het ritme van de muziek te volgen. Een melodie was er niet in te herkennen geweest, maar na een paar onwillige seconden had hij zich aan haar overgegeven. Jaren geleden. Nu zou hij zonder gêne durven dansen. Met Eva. Bij haar was hij niemand. Geen pretentie. Geen zelfbeeld. Niets om te verliezen. Aan haar durfde hij zich met al zijn lichamelijke onhandigheden laten zien, geen hoofd met ideeën maar een sterfelijk dier in de ban van een prehistorisch ritme. Het kind was thuis geweest, die openingsavond. Ze hadden een lijst met namen van studentes die wilden oppassen, jonge vrouwen die zelf hunkerden naar een kind.

Eva zei: 'Wat zit je me aan te kijken?'

'Het is niet onaangenaam om naar je te kijken.'

'Ik ben niet op mijn best vandaag,' zei ze.

'Je hebt een kutdag,' zei Bram.

'Een hele erge kutdag. Geen oog dichtgedaan vannacht. Ik had ook geen zin om – om te werken vandaag.'

'Wat heb je dan gedaan?'

'Niks. Beetje gelezen. Kon ik mijn hoofd niet bijhouden. Ben gaan rennen, mijn route door de stad. Het stonk overal. En het was te heet. Ik heb vandaag drie keer gedoucht. Ik zal wel klachten krijgen van overmatig watergebruik.'

'Waarom ren je niet op het strand?'

'Daarom niet.'

'Waarom heb je niet geslapen?'

Eva keek toe hoe Jo ongevraagd haar glas tot aan de rand volschonk en ze wachtte tot hij zijn wachtplaats enkele meters verder aan de bar had ingenomen. Ze zei: 'Ik heb een nicht in Moskou. We mailen zo nu en dan. Ze zei dat ik in aanmerking kom voor een visum.'

Ze gaf hem het gevoel dat ze zijn aanwezigheid op prijs stelde, en daarvoor was hij haar dankbaar – hij betaalde haar voor dat gevoel, en misschien ook voor het opwekken van dankbaarheid. Als ze dat kon, dankbaarheid opwekken, vergaf hij het haar, dan had ze recht op respect voor haar professionaliteit. De zakelijkheid van hun betrekkingen weerhield hem er niet van om jongensachtig opgewonden te raken wanneer hij de hotelkamer binnen kwam waar ze haar gasten ontving. Hij was de enige met wie ze zoende, zei ze, en hij geloofde haar. Op het bed boog ze zich vooroveren hij nam haar terwijl hij over haar gladde rug en blonde haar naar de zee keek, achter de deinende gordijnen van het verloederde Beach Plaza Hotel, dat twintig jaar geleden in brochures van reisbureaus werd aangeprezen als een comfortabel familiehotel met verwarmd zwembad en een uitgebreid ontbijtbuffet. Hij hield haar bij haar heupen vast en bewoog als een chassied bij de Muur, in concentratie biddend, tegen haar billen stotend tot hij zijn ogen dichtkneep en even de wereld kon verlaten.

Bram zei: 'En dat hield je uit de slaap?'

Ze knikte. 'Ja.'

'Die nicht – die kan jou helpen?'

'Ze zegt van wel, ja.'

'De Russen geven geen visa meer.'

Eva haalde haar schouders op: 'Dat dacht ik ook. Maar ze zei dat het kon, via iemand die ze kende.'

'Hoeveel?' vroeg Bram.

'Veel,' zei Eva.

'Veel is – veertig, vijftig?'

'Zeventigduizend,' antwoordde Eva.

Ze was hierover begonnen omdat ze kennelijk geld van hem wilde. Maar over zo veel geld kon hij niet beschikken. *De Bank* had een werkkapitaal dat elektronisch door Amerikaanse accountants werd beheerd, en een dergelijk groot bedrag zou hij nooit kunnen verantwoorden zonder de legitimatie van verifieerbare dossiernummers. Hij zou de komende maanden dossiers kunnen verzinnen, maar dat zou liederlijk verraad betekenen van de mensen die hem al die jaren hadden gesteund.

Bram zei: 'Daar moet je toch wel een dozijn Russen mee kunnen omkopen.'

'Ze zei dat het om advocatenkosten ging. Ik kon de Russische nationaliteit claimen. Mijn grootmoeder was Russin.'

'En dat is erfelijk?'

'Bij joden werkt het zo, waarom niet bij Russen?'

Bram grinnikte. 'Waarom niet? Je hebt gelijk. Joden hebben niet het alleenrecht op deze vorm van gekte.'

'Vind je dat gekte?'

'Wat heb jij met de Russische cultuur?'

'Ik ben gek op wodka,' zei ze. En ze boog zich opnieuw voorover en slurpte van het glas.

'Ik ook,' zei Bram, 'en ik ben een Hollandse boer.'

Ze ritste het tasje open en trok er een sigaret uit. 'Jij ook?' vroeg ze.

'Waarom niet?'

Door haar was hij gaan roken, om met haar mee te doen. Iedereen rookte, zoals vroeger in Oost-Europa en China. Ze gaf hem vuur. Soms duwde ze hem achterover op bed en bereed ze hem wild tot ze zelf binnen een minuut met een zucht kwam, wellustig, alsof ze op hem had gewacht en zich nauwelijks kon bedwingen, en daarna liet ze zich naast hem glijden, met haar rug naar hem toe, en rookte zij zwijgend, drie kussens achter haar hoofd, starend naar het strand, alsof hij niet meer was dan een figurant.

'Ik heb het geld,' zei ze. 'Ik vertel het je niet omdat ik geld van je wil hebben of zo. Ik wil je alleen maar zeggen: misschien ga ik.'

Bram knikte: 'Ik ben blij voor je.'

Eva zei: 'Ik weet niet of ik hier blij mee ben. Soms is het overzichtelijk om geen keuze te hebben. Ik ben gek dat ik wil blijven nu de kans zich voordoet om te gaan, maar ik weet zeker dat ik daar niet gelukkiger zal zijn.'

Bram vroeg zich af waarom hij veronderstelde dat vrouwen die dit werk deden niet gelukkig konden zijn. Hem had ze tot op heden nooit met tegenzin ontvangen, dacht hij.

'Dus hier denk ik de hele tijd over na, wel of niet de bocht nemen,' zei Eva.

Bram herinnerde zich het eufemisme waarmee zijn ouders de moord door de nazi's op hun familie hadden aangeduid. De omschrijving was: ze waren nooit 'teruggekomen'. Misschien hoorde het bij de menselijke natuur om woorden het zicht op de wrede feiten van het bestaan te laten vertroebelen. Wie niet teruggekomen is, is nog op reis. Maar kun je na het nemen van de bocht nog terugkeren? Misschien moest dit hele volk maar de bocht nemen.

Bram vroeg: 'Wanneer heb jij voor het laatst gereisd?'

Getergd schudde Eva haar hoofd. 'Ik wil er niet aan denken.'

'Was het onaangenaam?'

'Nee. Ik was gelukkig.'

'Dat ben je hier ook.'

'Nee. Alles doet pijn hier.'

Het drong tot Bram door dat hij niets van haar wist, op haar naam en haar lichaam na. Misschien was dat voldoende.

Ze zei: 'Wil je niet weten waarom alles pijn doet?'

'Waarom doet alles pijn?' vroeg Bram.

'Daarom.'

'Dat is duidelijk,' concludeerde Bram. Misschien was het toch beter om te gaan. Hij stond op en drukte zijn sigaret uit.

Eva vroeg: 'Je bent moe, hè? Je hoeft niet mee als je niet wilt.'

'Ik wil met je mee,' zei Bram. 'Maar ik ben ook moe. Gisteren al, in Jaffa. Vervelend verhaal gehoord.'

'Ben jij gisteren nog bij die controlepost geweest, voordat-ie ontplofte?'

Hij knikte. 'In Jaffa. En nu moet ik straks iemand iets verschrikkelijks vertellen.'

'Wie?'

'Een moeder.'

Ze wist wat hij deed, maar hij sprak er nooit over.

'Zie je ertegen op?'

'Ja,' zei hij.

Ze nam een diepe trek en vroeg, terwijl de rook langs haar gezicht trok: 'Is het erg?'

'Het ergste.'

'Je werkt met iemand samen,' zei ze. 'Waarom moet jij dit doen?'

'Ik ben de oudste.'

'Vertel,' zei ze.

Wat Bram voor zijn echtgenote had gevoeld, was voortgekomen uit lust. Toen hij Rachel ontmoette, had hij haar in een bespottelijk verleidelijk uniform gezien, dat van de legerarts die zijn onderdeel bezocht. De lust bracht liefde voort, jaloezie, bezitsdrang en de oerdrift om haar en het kind te beschermen – in dat laatste had hij gefaald. Jarenlang had hij vrouwen gemeden. Maar na verloop van tijd begon zijn lichaam zich aan zijn faalangst te onttrekken en hij kocht zijn orgasmes. Eva was vijf maanden geleden hier in de bar naast hem komen zitten. Ze droeg een onaanzienlijk truitje, een decente plooirok, ze was nauwelijks opgemaakt. 'Ik weet wie je bent,' had ze gezegd, 'ik heb over je gelezen.' In de avondschemer waren ze naar het hotel gewandeld en ze had zich voor hem uitgekleed en haar dijen voor hem gespreid. Het weinige geld dat hij bij zich had, had hij haar buiten als een vanzelfsprekende verplichting overhandigd. Ze zei er niets over, keek zwijgend naar het bedrag in haar hand en propte de biljetten in haar tasje. Zonder om te kijken liep ze weg. Sindsdien hadden ze elkaar elke week gezien. Hij wist niet hoeveel andere mannen ze ontving. Hij kon geen claim op haar leggen want hij had geen rechten, en wat hij nu voor haar voelde verleende hem evenmin rechten.

Met grote ogen tastte ze zijn gezicht af, gespannen, afwerend, alsof ze wist wat hij ging zeggen.

Bram zei: 'Mag ik je kussen?'

Ze knikte. Ze legde haar sigaret weg en hij boog zich voorover en ze opende haar mond en hij proefde de lippenstift en de sigaret. Ze klemde zich aan hem vast, alsof ze verdronk. Daarna duwde ze hem met beide handen van zich af en keek hem doordringend aan, alsof ze hem kracht wilde geven.

Ze vroeg: 'Wat voor verschrikkelijks is er gebeurd?'

Bram zette het glaasje aan zijn mond en nam een slok, voelde de brandende vloeistof door zijn slokdarm zakken.

'Een meisje. Drie jaar geleden verdwenen. Van het strand, hier vlakbij.'

Eva keek hem aan alsof ze geslagen werd.

'Ze was vijf. Geen spoor. Haar moeder meldt zich een jaar geleden bij Ikki Peisman, mijn partner. Niks, geen enkel aanknopingspunt. Vorige week krijgen we een tip. Ze zou nog in leven zijn. Maar – de mensen bij wie ze de afgelopen drie jaar gewoond heeft –'

'Wat voor mensen?' vroeg Eva, ademloos, leek het.

'Wat we konden vinden – ze hadden zelf een meisje verloren. Ze konden geen kinderen meer krijgen, ook niet met IVF of ICSI. Hebben een meisje gekocht van handelaren. Ze heeft het daar goed gehad, denken we.'

'Zelf een meisje verloren? Waaraan?' vroeg Eva.

'Ze werd ziek.'

'En daarna nemen ze bij anderen een kindje weg?'

'Misschien dachten ze dat ze een weesmeisje adopteerden. Er wordt ontzettend gerommeld met geboortebewijzen. Alles kun je namaken, elk document. Daarom wisten ze misschien niet dat ze een meisje in huis kregen dat bij anderen was weggehaald.'

'Maar iemand gaf een tip?'

'De broer van de pleegmoeder, ja. Hij heeft een failliet bedrijfje. Zonder dat die mensen het wisten ging hij op zoek naar een manier om aan geld te komen.'

'Hij wist dat ze meegenomen was?'

'Hij heeft, denk ik, ook bij het leveren van het meisje een rol gespeeld.'

'Dat noem je "leveren"?' fluisterde Eva. Met ogen die nauwelijks konden kijken probeerde ze in zijn gezicht iets menselijks te vinden – hij voelde zich een sadist, wilde met dit verhaal stoppen.

'Hebben ze haar goed behandeld?'

'Ja. Ik denk het wel.'

'Maar ze is –?'

'Ze werd ziek. In haar hoofd, een tumor. Ze kon niet geopereerd worden.'

'Nee?' vroeg Eva. Ze keek weg van hem naar een punt ergens op de vloer.

'Ik ben geen dokter, dit is wat we gevonden hebben.'

'Dus die mensen – voor de tweede keer –?'

'Ja,' zei Bram.

'Heeft ze veel pijn gehad?'

'Eva – ik weet het niet.'
'En ze is begraven?'
'Ja. In Bethlehem.'
'Hoe heette ze?'
'Sara,' zei hij.

Ze draaide zich om, pakte haar tasje en liep weg. Verbaasd draaide hij zich om en zag dat ze niet naar de wc's maar naar de uitgang liep. Hij gleed van zijn barkruk en zette een paar stappen in haar richting, maar bedacht zich en ging weer zitten.

Jo kwam naar hem toe, de fles in de aanslag, en wisselde een blik met Bram – hij had haar vertrek gadegeslagen. Hij maakte een kleine beweging met de schouders – om te zeggen: zo gaat dat – en schonk bij, volmaakt tot aan de rand.

Hij vroeg: 'Heb jij gisteren gereden?'
Bram knikte.
'Laten we met ons sollen?'
'Al tweeduizend jaar,' zei Bram. 'Heb je wat te roken?'
Jo schoof hem een pakje toe.
'Avi, jij bent professor geweest, een geleerde.'
Bram knikte. 'Ik heb veel gelezen, maar niks geleerd, Jo.'
'Wat doen we met die hufters?'
'Welke?' vroeg Bram. Hij nam de aansteker van Jo aan en zoog de rook in zijn longen.
'De teringlijders. De baardapen.'
'Welke baardapen?'
'De onze en de hunne.'
Bram schudde zijn hoofd. 'Blijven ademen, Jo.'
'Vergiftigen. In Jeruzalem en Mekka,' zei Jo. 'En daarna het hele zootje platwalsen. De Tempelberg en die stenenhoop in Mekka. Mooie winkelcentra op zetten. Met volledige airconditioning. Mooie winkels. Victoria's Secret. Starbucks. Wat denk je?'

Bram knikte: 'Heeft wel wat. Maar het zal hier en daar op een paar bezwaren stuiten.'

Jo maakte een hoofdbeweging in de richting van de deur.

Daar stond Eva, haar ogen verborgen achter een zonnebril. Haar lippen vormden woorden. 'Ga je mee?' las hij.

8

De sirene van een voorbijrazende ambulance maakte hem wakker. Ze hadden hun vaste kamer op de hoogste verdieping van het hotel en op het balkon rookte hij een sigaret en wachtte of ook zij zou ontwaken. Achter het strand, dat verlaten op de ochtend wachtte en waarop het licht van de boulevard weerkaatste, richtten golven zich even op uit het zwart van de zee en schitterden een seconde voordat ze in het zand stierven. Weinig auto's, weinig voetgangers. De meeste nachtclubs en disco's waren al jaren geleden wegens gebrek aan baten gesloten, en wie zich tegenwoordig 's avonds naar buiten begaf, deed dat om na een huwelijksruzie af te koelen of om bij een dienstdoende apotheek medicijnen te halen. De tijd dat jongeren op de boulevard flaneerden en gecompliceerde verleidingsrituelen uitvoerden, lag duizend jaar terug.

Eva was al lange tijd niet meer op het strand geweest. Ze kon ernaar kijken, had ze hem verteld, maar ze kon het strand niet betreden.

'Waarom niet?' had Bram gevraagd.

'Omdat ik anders gek word,' had Eva geantwoord. 'Ik ben bang voor het strand.'

Hij hoorde dat Eva zich bewoog en hij wendde zich naar haar toe, maar ze bleef slapen en trok bij het draaien het laken omlaag en liet hem naar haar borsten kijken. In het verleden had hij collega's van haar bezocht en hij wist wat de codes van haar professie waren. Ze lieten toe dat mannen in hun intiemste lichaamsdeel binnendrongen, en tegen extra betaling was ook hun mond beschikbaar. Maar hun tong kon meestal niet worden gehuurd, een kus overschreed het beroepsmatige, en het likken van hun tepels vaak ook. Maar Eva kuste hem. Hij mocht haar tepels strelen. Vanavond had ze hem er zelfs van weerhouden een condoom te gebruiken. Ze gedroeg zich als een minnares, en hij wist niet of zij dat ook bij andere mannen was. Misschien was zij een gewilde hoer – ook al zag hij haar zo niet – en was zij bij machte om zich bij elke klant vol overgave als een geliefde te gedragen en daarmee het kleine vermogen te verdienen waarover zij kennelijk beschikte. Tot vandaag had de gedachte dat zij net zo hartstochtelijk andere mannen bereed of voor andere mannen net zo opgewonden haar benen spreidde, nooit zijn afkeer opgewekt, maar hij merkte nu dat hij jaloers was wanneer hij zich voorstelde dat zij zich morgen op dit bed op dezelfde manier op een ander zou laten zakken. Hij had geen monopolie op haar lichaam, geen enkel recht op exclusiviteit.

Ze hadden de afgelopen uren niet gesproken. Ze had even gehuild, zoals ze vaker deed, en ze hadden zwijgend naar de zee geluisterd en de verre geluiden van de stad.

Bram liet voldoende geld achter voor de kamerhuur.

Hij slenterde door de stille stad. Geen wandelaars. Geen auto's op weg naar een losbandig feest. De gebouwen die de immigranten een eeuw geleden hadden gemetseld, stonden nog steeds zakelijk en onschuldig langs de straten. Een nieuw bestaan. Een gewoon land voor gewone joden. Waar je overvallen kon worden. Waar achter muurtjes pubers elkaar voor het eerst kusten, waar op het strand *matkot* gespeeld werd, het snelle tennisspel met de rubberen pingpongbal, waar op seideravond kinderen konden vragen waarom deze avond zo anders was dan alle andere avonden. Wat hadden ze verkeerd gedaan? Hartog zou geantwoord hebben: we hebben onze vijanden niet vernietigd, dus worden wij door onze vijanden vernietigd.

Toch hoorde Bram leven achter de ramen. In een stille straat bleef hij staan omdat hij geluiden opving van een opgewonden vrijpartij. Was het echt, of een pornofilm?

Het was elf uur maar toch belde hij aan bij Batja Lapinski. Ze was niet thuis of deed niet open.

9

Bram was te vroeg voor het ochtendbezoek, maar ze lieten hem door toen hij de badge van Magen David Adom liet zien.

Chaim Protzke lag op een zaal met vijf andere patiënten, van elkaar gescheiden door witte gordijnen. Naast zijn bed stond een toren met apparatuur, via kabels en snoeren verbonden met Protzke, een op tilt geslagen gokmachine verlicht door tientallen knipperende rode en groene lichtjes.

Protzke zag er beroerd uit, bleek, donkerblauwe kringen rond zijn ogen, maar hij probeerde te glimlachen toen Bram aan zijn bed verscheen.

'Professor,' murmelde hij.

Bram trok een kunststof kruk onder het bed vandaan en ging naast hem zitten.

'Sira, mijn vrouw, ging net weg,' zei Protzke moeizaam.

Bram boog zich naar hem toe omdat Protzkes stem zwak was.

'Ik heb haar gemist,' zei Bram, 'jammer, ik had haar graag willen ontmoeten.'

'Professor – u hebt mijn leven gered.'

'Ik wist niet dat je talent had voor overdrijving,' antwoordde Bram.

'Als u vijf minuten later was geweest, was ik doodgebloed. Alles liep zo weg.'

'Het zijn de mensen hier in het Sheba. Wij zijn alleen maar de chauffeur.'

'U heeft precies gedaan wat u moest doen, zei de dokter gisteren. Rijdt u elke dag?'

'Twee keer per week. Ze hebben mensen nodig. Als jij weer op de been bent, moet je je melden.'

'Ga ik doen. En u bent vandaag weer aan het rijden?'

'Ik ben hier met mijn vader voor zijn onderzoek. Eén keer in de drie maanden. Hij krijgt nieuwe medicijnen en nu ondergaat hij een hersenscan, bij geriatrie. Dus ik ben even weggelopen om te kijken hoe het met jou gaat.'

'Dat stel ik op prijs.'

'Heb je nog pijn?'

'Nee. Eigenlijk niet. Ik sta stijf van de pijnstillers.'

'Een jaar geleden hebben we elkaar hier in het ziekenhuis ook gezien, je zoon had iets met zijn enkelbanden, geloof ik.'

Protzke knikte.

'Moeten we geen gewoonte van maken, ontmoetingen in het Sheba,' zei Bram.

Protzke glimlachte vermoeid.

Bram vroeg: 'Hoe gaat het met je zoon? Hoe heet-ie, Lonnie?'

'Lonnie. Hij is in Polen.'

'Er was een scout komen kijken, herinner ik me.'

'Mijn vrouw vertelde net – ze hebben hem een contract aangeboden. Gaat bij Legia in het tweede spelen. Volgend seizoen kan hij dan in het eerste.'

'Wat heerlijk voor je.'

Protzke knikte. 'Mijn andere zoon is net zo goed. Ze hebben hem ook zien spelen. Ik denk dat ze allebei naar Europa kunnen. Hoeven ze niet meer terug te komen.'

'Was je zelf een goede speler?'

'Het kon ermee door, maar niet de beste. Lonnie en Tonnie wel.'

'Lonnie en Tonnie,' herhaalde Bram met een glimlach.

'Makkelijk te onthouden,' zei Protzke, met een twinkeling in zijn ogen. 'Als ik hier weg ben, moet u komen eten. Wilt u ons die *kovet* doen?'

'Natuurlijk, ik kom graag.'

Protzke legde zijn hand op die van Bram en bewoog een half dozijn slangen en snoeren. 'Dank u wel.'

'Niet ik, het ziekenhuis.'

Protzke knikte. 'Zijn er nog berichten?'

'Nee, ze weten niet waar die raket vandaan kwam. Ze pikten het signaal pas laat op en het ding moet erg hoog hebben gevlogen.'

'Ik heb geen raket gezien,' zei Protzke.

'In de krant stond een tekening van de baan van de raket. Het ding schijnt recht naar beneden te zijn gekomen.'

'Vanuit een satelliet?'

'Ik heb van die dingen geen verstand,' zei Bram. 'Dit is wat ik lees en hoor.'

'Het was een jongen,' fluisterde Protzke.

'Een jongen?'

Protzke knikte. 'Begin twintig. Ik had hem net toegelaten.'

'Toegelaten?' vroeg Bram. Hij keek hem verbaasd aan en herhaalde: 'Toegelaten?'

'Hij was gecleared.'

'Waar kwam hij vandaan?'

'Hij zei dat-ie uit Jeruzalem kwam. Had een visum. Canadees. Daniel Levy.'

'Daniel Levy – dat vertelde hij jou?'

'Nee. Ik zat binnen achter de knoppen. Hij vertelde het aan Mikkie, Mikkie is – toen de legertrucks met de reservisten kwamen, ben ik naar buiten gegaan. Die jongen was er nog. Ik zag dat-ie zijn tas pakte en zichzelf opblies. Ik ben niet aan stukken gereten doordat ik half achter een muur stond.'

Protzke keek hem afwachtend aan, alsof Bram hem van een dwaze gedachte kon verlossen.

'Hij was gecleared?' vroeg Bram.

'Ja. Ik zag het op het scherm. Zijn DNA was goed. Het Y-chromosoom klopte. Een joods Y.'

'Een jood?' vroeg Bram verbaasd.

Protzke knikte.

Bram vroeg: 'Waarom zeggen ze dan dat het een raket was?'

Protzke schudde licht zijn hoofd.

'Je vergist je,' zei Bram.

'Nee, professor.'

'Misschien heb je het gedroomd toen je onder narcose was.'

'Maar zo voelt het niet,' verontschuldigde Protzke zich.

'Die controlesluizen zijn toch waterdicht?' vroeg Bram. 'Althans, dat heb ik altijd gelezen. DNA kan niet liegen, heb ik altijd gehoord. Een jood die zich opblaast bij een controlepost waar joden dienstdoen?'

'Een haredi dan?' vroeg Protzke.

De harediem waren net als de Chassidiem de vromen in Jeruzalem, die zich hadden neergelegd bij de Palestijnse heerschappij over de stad, maar anders dan de Chassidiem waren zij meestal gladgeschoren.

'Zijn er harediem die zoiets doen?' vroeg Bram. 'Het is nooit eerder gebeurd.'

'Nee.'

'Had hij een baard? Pijes? Was het een chassied?'

'Nee. Hij zag eruit als een seculiere man. Blond.'

Bram zei: 'Het was een raket, iedereen zegt het.'

'Ja. Misschien wel,' zei Protzke.

'Je hebt het je verbeeld,' benadrukte Bram.

Protzke knikte. 'Ja, misschien wel. En nog iets –'

'Wat?'

'Ik zag zijn lippen bewegen. Ik wist wat hij mompelde. Ik zag het.'

'Wat dan?'

'Hij zei: Allahoe Akhbar.'
'Hebben anderen dat ook gehoord?'
'Weet ik niet. Hij bewoog alleen zijn lippen.'
'Kun jij liplezen?'
'Nee. Maar ik wist het zeker.'
'Chaim, je hebt je vergist.'
'Ik had hem gecleared, echt, professor.'
'Je kunt hem niet gecleared hebben. Als je niet het juiste DNA hebt –'
'Nee. Dat is waar. Een joods Y-chromosoom. Iemand van ons blaast zichzelf niet op.'

10

De afdeling geriatrie bevond zich in het gebouw dat vijftien jaar geleden, toen het nog niet duidelijk was dat de uittocht van jonge gezinnen een overschot aan ziekenhuisbedden voor ouderen zou veroorzaken, door een Amerikaanse filantroop was gefinancierd. Het heette het Samuel W. Berenstein Building for Geriatric Care and Studies, een gigantische kubus van lichtblauw beton, een vooruitstrevend ontwerp met lage energiekosten, kogelvrije ruiten en een structuur die zware aanslagen kon doorstaan.

Het onderzoek naar de nieuwe medicijnen die Hartog slikte, werd geleid door professor Eiszmund, een tachtigjarige, kromgetrokken man die zich met behulp van twee stokken voortbewoog en geen gebruik maakte van de mogelijkheden die hij zijn patiënten bood: nieuwe benen, versterkte spieren, plastische chirurgie. Hij wankelde op zijn stokken als een dronken langlaufer – twee jaar eerder had Bram dagen verdaan met het kijken naar de winterspelen in Noorwegen. Bij de uitleg van de hersenscan bleef Eiszmund naast de monitor staan, leunend op de twee antieke stokken die hij onder zijn oksels klemde; het kostte hem moeite om op te staan wanneer hij was gaan zitten, zo had Bram eerder meegemaakt.

Eiszmund wees op de toename van activiteit in het spraakcentrum. Hartog had enkele minuten gepraat en Eiszmund liet Bram de videoregistratie zien van Hartogs monoloog.

'Niks herkenbaars,' legde Bram uit.
'Het zijn dus geen Nederlandse woorden?'
'Nee.'
'We kunnen niet uitsluiten dat zijn spraakvermogen achterblijft bij zijn denkvermogen.'
'U denkt dat hij iets van zijn bewustzijn teruggekregen heeft?'
'Eerlijk gezegd: geen idee. De linkerhersenhelft is dominant. Aan de onderkant van de voorhoofdskwab in de linkerhelft zit een deel van het spraakvermogen. Dus in het geval de voorhoofdskwab beschadigd is, dan heeft uw vader moeite met formuleren, ook als de spieren van zijn mond en stembanden in orde zijn. Maar begrijpen wat hij om zich heen hoort, behoort wel tot de mogelijkheden.'
'Dus misschien kan hij denken en begrijpen wat hij hoort, maar het lukt hem niet om zich te uiten?'
'Dat is mogelijk. Maar we weten het niet.'
'Hoe kan ik dat vaststellen?'
'Door op te letten.'
'Gewoon doorgaan, dus, met de pillen?'
'Dat adviseer ik wel. We hebben enkele gevallen die echt hoopgevend zijn.'
'Als er herstel is, is dat dan permanent?'
'We weten het niet. Dit is allemaal nieuw.'
'Ik heb de indruk dat hij – het leek erop, tenminste – vloekte. In het Nederlands.'
'Het kan zijn dat hij, als hij weer gaat praten, niets anders doet dan vloeken. Dat komt vaker voor.'
'Waarom is dat?'
'We hebben geen idee. Maar blijft u uw logboekje bijhouden. Daar hebben we veel aan.'

In de wachtruimte zat Hartog stil in een rolstoel te wachten. Hij wierp Bram een blik toe die Bram versteld deed staan: zijn vader had hem tientallen jaren op deze bijtende manier aangekeken wanneer Bram volgens Hartogs stipte regels te laat was.

'Sorry, papa, ik moest even overleggen met Eiszmund.'

Hartog reageerde niet, en de felle, bestraffende blik vervaagde weer. Bram reed hem weg, de zaal uit die deed denken aan de vertrekhal van een vliegveld met lange rijen aan de vloer bevestigde stoelen, met in elke wand vier genummerde deuren naar behandelruimtes, onder het onbarmhartige licht van een netwerk van LED-lampen die elk rimpeltje zichtbaar maakten. Het was er vol. Oude mensen, overgeleverd aan de zorg van iets minder oude mensen.

'Er is vooruitgang,' sprak Bram in Hartogs oor. 'Ik ga ervan uit dat je me begrijpt. Misschien heb je me de afgelopen tijd ook begrepen. Het spijt me dat ik je niet goed kan verstaan wanneer je iets zegt. Het kan zijn dat je nog geen controle hebt over je stem. Dus ik hoor gebrabbel als je tegen me praat. Het zou prachtig zijn wanneer je weer tegen me tekeer kan gaan.'

Het was halftien en het was strandweer, zoals gisteren. Hij had met Ikki afgesproken om de liggende dossiers te bespreken en daarna zou hij Eva zien. Zes uur, Beach Plaza. Bram duwde zijn vader naar het parkeerterrein tussen het Berenstein Building en de intensive care waar hij Protzke had bezocht. Het was nu al te warm voor zijn vader. Een diepblauwe hemel, scherpe schaduwen, de aankondiging van een droge, Midden-Oosterse dag achter de smerige ruiten van een zuur ruikend bankfiliaal, of achter de zacht deinende gordijnen van een klamme hotelkamer.

'Hee, Mannheim!' hoorde hij.

Een meter of dertig verder, bij de ingang van de intensive care, stonden mannen in zwarte gevechtsuniformen, zonnebrillen op de neus, kortgeschoren, gewapend met futuristische Tavor-machinegeweren. Tussen hen stond een kleine man in een smetteloos grijs pak, wit hemd, stropdas, glanzende bruine brogues. Hij zwaaide, de manchetknoop glinsterde in de zon. Jitzchak Balin.

'Balin?' riep Bram.

'Hee, Avi!'

Bram draaide zijn vader in de richting van Balin, die met zijn zes begeleiders ook in beweging kwam.

'Avi!' riep Balin terwijl hij met uitgestoken hand op hem af stapte. 'Lang geleden, man!'

'Lang geleden, Jitzchak!'

Balin schudde hem uitbundig de hand terwijl de bewakers een kring om hen heen vormden en de omgeving in het oog hielden. De tijd had Balin niet ontzien – Bram had hem vaak op tv of op krantenfoto's gezien. Vlak voor hun vertrek naar Amerika had hij Balin de laatste keer de hand gedrukt, bij een afscheidsborrel van de vredescommissie onder leiding van Balin zelf. Balin was toen een vijftiger met een jongensachtig gezicht, ongeacht het weer altijd in kostuum met das, een intellectuele beroepspoliticus met contacten op het hoogste niveau in de Europese Unie en de Verenigde Staten, het ikoon van de vredesbeweging, ongelukkig in de liefde, ooit optimistisch links en nadat hij 'was overvallen door de realiteit', zoals Bram in een interview had gelezen, had hij een rechtse partij opgericht. Nu was hij het hoofd van de binnenlandse veiligheidsdienst. Groeven rond zijn mond, op zijn voorhoofd, rond zijn ogen. Verwoest. Maar zijn kleren waren onberispelijk, hij droeg een parelwit hemd met een hoge boord, vermoedelijk speciaal voor hem in Napels op maat gemaakt.

'Ik wist dat je terug was na – na toen,' zei Balin. 'Ik had je al jaren geleden moeten bellen! Hoe gaat het?'

'Niet slecht,' zei Bram.

'Dat is – de oude havik?' Hij boog zich naar Hartog. 'Professor Mannheim?'

Hartog keek niet op en Bram verklaarde: 'Mijn vader is

moeilijk te bereiken. Hij lijdt aan alzheimer.'

'Spijt me dat te horen. Ik had graag nog een keer met hem gesproken. Hij heeft gelijk gehad. Ik niet. We moeten een keer afspreken. Bijpraten.'

'Ja, moeten we doen.'

Ze glimlachten een moment naar elkaar, allebei zoekend naar woorden.

Balin zei: 'Ik heb toen – begrepen wat er is gebeurd. Toen wij met elkaar spraken, toch?'

Bram knikte, onwillig om de beelden toe te laten.

'Verschrikkelijk allemaal,' zei Balin, hem bij een arm pakkend. 'Ik kon je toen niet bereiken, begrijp je? Ik heb het geprobeerd, ik ben daar nog heen gereden, we hadden een afspraak, maar – het was moeilijk, en ik had het druk, ik ben teruggegaan, begreep niet wat er aan de hand was. Ik hoorde pas later – ik heb wel eens gedacht: als ik je niet gebeld had – je weet wat ik bedoel.'

Bram knikte. Hij had er jarenlang ook zo over gedacht. Als Balin niet had gebeld –

'Ik heb werk te doen.' Balin maakte een hoofdbeweging in de richting van de intensive care en kneep opnieuw vriendschappelijk in Brams arm.

'Avi, je hoort van me.'

Hij liet Bram los en liep weg terwijl de bewakers als balletdansers om hem heen draaiden.

'Heb je mijn nummer?' riep Bram hem na.

'Ik heb alle nummers!' wierp Balin hem over zijn schouder toe, en hij hief ten afscheid een dure arm tussen de zwarte uniformen van zijn bewakingseenheid.

11

Bram had de apotheek bezocht toen het kind nog een baby was. Hij moest 's middags in de stad zijn en Rachel had hem een lijstje gegeven met dingen die zij nodig had, natte doekjes om billen mee af te vegen, zalfjes, luiers, potjes met babyvoedsel. Ze hadden al besloten om weg te gaan en in hun appartement stonden de verhuisdozen opgestapeld. Behalve de spullen voor de baby had hij bij een afhaalrestaurant pita's en salades gehaald want Rachel had geen tijd gehad om te koken. Zij voedde het kind en hij herinnerde zich dat hij toen dacht: kijk goed, hou het vast, laat dit nooit meer gaan, zie hoe je vrouw je kind eten geeft, registreer de zorg in haar blik, de liefde in haar hand, het vertrouwen in zijn oogjes, de levenslust van zijn mond – soms geloofde hij dat alle beelden voor eeuwig in het universum rondzweefden, tot het einde der tijden, opstandige schoonheid tegen de duisternis van het vergeten.

Een gewapende bewaker knikte hem toe toen hij de apotheek betrad. Achter schappen met frisdranken en etenswaren – apotheken waren tegenwoordig ook kleine supermarkten – wachtten vijf klanten, allen oudere mannen, bij een toonbank die de volle breedte van de zaak besloeg en waar drie vrouwen aan het werk waren. Onder de felle tl-buizen leken hun witte jassen licht uit te stralen. Eén vrouw schatte hij ouder dan Sara's moeder, dus hij ging voor altijd het leven verwoesten van een van de twee vrouwen die nu nog geconcentreerd chemische preparaten bereidden om het lijden van een patiënt te verzachten. Was het de gezette vrouw met kort zwart haar, die slanke handen had die niet bij haar omvang pasten, of de vrouw aan de andere kant van de toonbank, een atlete met smalle heupen en een afgetraind gezicht?

'Ja, hij is alles kwijt,' zei een van de mannen, zonder iemand aan te kijken. Hij stond naast een man die op hem leek, allebei kleine, brede werkers met zware, platte gezichten, verweerde werkhanden, brede jukbeenderen, die een afkomst uit Rusland of Centraal-Azië verraadden. Broers of neven. Ze volgden het werk van de apothekeressen.

'Hij had die zaak nooit moeten overnemen,' knikte de ander.

'Het waren mensen met een goede reputatie, hij vertrouwde ze.'

'Dat zijn de ergsten, die met een goeie reputatie. Bekende joodse familie daar in Brisbane. Fijne jidden –'

Ze draaiden zich naar de ingang toen ze hoorden dat een zevende klant de zaak binnen kwam. Ook Bram wierp een blik over zijn schouder.

Eva liep langs de schappen naar de toonbank. Ze merkte hem niet op en maakte aanstalten om de toonbank heen te lopen.

'Eva?'

Het was duidelijk dat ze gehuild had, haar ogen waren klein en rood. Ze keek hem aan en hij zag haar schrikken.

Ze bleven allebei een moment stil staan, in afwachting van de gedachte die de situatie kon verklaren.

De atletische apothekeres richtte zich vanaf de andere kant van de toonbank tot Eva en zei: 'Ik maak dit af, neem jij het dan over?'

Het drong tot Bram door dat Eva hier werkte. Net als Batja Lapinski. Zouden ze elkaar kennen?

'Werk je hier?' vroeg hij verbaasd.

Hij zag aan haar ogen dat ze niet wist wat ze moest doen. Verstard stond ze met een hand op de toonbank, haar blik op hem gericht, en ze leek even ineen te krimpen. Maar ze herstelde zich snel en richtte zich weer op.

Tegen de atlete achter de toonbank zei ze: 'Eva, één minuut.'

Ze nam Bram bij de arm en duwde hem naar buiten, hem meetrekkend tot ze buiten het gehoor van de bewaker waren.

Ze zei: 'Sla je armen om me heen.'

Bram omarmde haar en ze klemde zich aan hem vast. Hij voelde haar borstkas heftig bewegen, alsof ze had gerend, alsof iets in haar brandde en de vlammen om zuurstof gierden. Bram hield haar vast omdat ze nu leek te vallen, hij voelde dat haar benen haar niet meer droegen maar hij had kracht genoeg om hen beiden overeind te houden.

'Bram? Blijf je me vasthouden, alsjeblieft? Hou je me vast?'

'Eva –' zei hij, zomaar, om haar naam te zeggen.

Ze fluisterde: 'Bram, Bram – ik ben Batja. Ik ben Sara's moeder. Alleen bij jou was ik Eva. Maar ik ben – ik was Sara's moeder –'

Ze begon te huilen en kon niet verder praten, en Bram wist niet wat hij moest doen, wat hij moest denken en wat hij moest voelen – hij besefte alleen dat hij haar moest vasthouden omdat ze anders zou vallen.

Auto's stonden hier voor het stoplicht te wachten en hij zag dat ze werden bekeken, gezichten achter de ruiten, emotieloze blikken, mensen met andere sores, met hun eigen krankzinnigheden.

De gedachte schoot door zijn hoofd dat ze misschien geestelijk gestoord was. Had Sara Lapinski, het verdwenen meisje, wel echt bestaan? Het kwam voor dat vrouwen een niet-bestaand kind als vermist opgaven, een fantoomkind dat fantoompijn opwekte. Nee. Hij had het dossier gezien, Tarzan in Jaffa wist ervan, Ikki had met politieagenten gesproken die zich indertijd met de zaak hadden bemoeid, de informatie over de mensen in Bethlehem, de berichten over de begrafenis – Sara had echt bestaan. Batja of Eva had zich niet normaal gedragen. Maar wat was normaal wanneer op een gewone dag – je bent begonnen met het maken van het ontbijt, met het koken van melk, met douchen en tandenpoetsen – je kind zomaar van het strand verdwijnt? En hoe had hij indertijd zelf gereageerd? Was dat normaal geweest?

De bewaker, een graatmagere Jemeniet in een te wijd uniform, hield hen in het oog alsof ze van plan waren de apotheek te beroven.

Terwijl hij haar bleef vasthouden, zei Bram: 'Eva, of Batja, of hoe ik je ook moet noemen – je bent een beetje getikt, hè? Ben je gek?'

Ze kalmeerde, diep ademend, met haar gezicht op zijn schouder. Dof antwoordde ze: 'Ja, ik ben gek. Dat weet ik wel. Ik wilde een Eva zijn. Het is verschrikkelijk om Batja te zijn en te wachten op je kind. Jij weet hoe dat is.'

'Nee,' zei Bram. 'Ik weet dat niet.'

Hij maakte zich voorzichtig van haar los, streek de haren uit haar betraande gezicht. Hij wilde hier niet langer zijn. Hij had tijd nodig. Of iets anders. Wat? Het vermogen om te leven zoals hij leefde, zonder verleden?

'Je hebt een heel leven verzwegen,' zei hij.

'Maar ik heb nooit gelogen,' antwoordde ze. 'Ik heb me anders laten noemen door jou. Dat is alles.'

'Waarom?'

'Ik kon niet meer verder leven als Sara's moeder.'

12

Twaalf jaar lang had hij de opslagbox van flat 404 niet bezocht. Het slot was droog en het kostte moeite om de sleutel te draaien, en ook de deur moest hij met kracht openduwen. De tafel en de computer – nu een hopeloos verouderd apparaat – werden door een laag stof bedekt, maar het viel eigenlijk mee hoe na jaren van stilte het rommelhok op zijn wederkomst had gewacht. Een stofdoek, een paar minuten met de stofzuiger, dat was genoeg.

'Inzichten die naast de feiten konden opbloeien' – hij herinnerde zich hoe hij de uren hier had omschreven. De zeven prikborden hingen er nog, de dozen met B.'s speelgoed stonden gestapeld in de hoek, zijn kleertjes.

Zeven prikborden, vijftig bij vijftig, kaartjes, notities, prints, plattegronden, foto's.

Hij bekeek het eerste prikbord. Hij had genoteerd: weggelopen en ergens langs een weg terechtgekomen en meegenomen door pedofiel, daarna vermoord? Het tweede prikbord vertelde: weggelopen en langs een weg door een auto of truck aangereden – lichaam ergens gedropt door panische bestuurder? Prikbord nummer drie: weggelopen en verdronken? Het vierde prikbord had de juiste vraag gesteld: doelgericht meegenomen door pedofiel en vermoord?

Waarom keerde hij nu hier terug, na een twaalftal jaren? Een vreemde reflex na de ontdekking dat Eva de moeder van het verdwenen meisje was. Waarom wilde hij hier schuilen? Hij had toen alles afgesloten. Maar hij had de behoefte om hier even te zijn, na al die jaren dat hij in het vacuüm van het heden leefde, zonder het verleden. Hier was hij een moment dichter bij het kind.

Na een uur ging hij naar boven, naar de flat, en probeerde nog even te rusten in zijn eigen kamer, een lege ruimte met het ledikant – een matras op een stalen frame dat kon worden opgeklapt – waarin hij vroeger als kind al geslapen had toen hij in de vakanties bij zijn vader logeerde. Een open winkelrek met kleren. Hij stond op en nam in de woonkamer de envelop met de foto van de dode Sara uit het dossier dat hij van kantoor had meegenomen. Het was ondenkbaar om die aan Eva te tonen. In de keuken versnipperde hij hem.

13

's Ochtends, in het bankfiliaal, had Ikki de dossiers klaargelegd. Ze hadden vijf zaken, twee meisjes en drie jongens, gevallen van lang geleden, *cold cases*. De kans was klein dat een van hen nog in leven was, maar ze hadden de ouders beloofd om opnieuw de omstandigheden van hun verdwijning na te gaan.

Toen Bram aan zijn tafel ging zitten, vroeg Ikki: 'Ben je bij Sara's moeder geweest?'

'Ja,' zei Bram. 'Maar ik kende haar al.'

'Hoe dan? Heb jij haar hier ooit ontmoet?'

'Ik kende haar, maar niet als Batja. Ik kende haar als Eva.'

'Eva? Wie is Eva? Batja heet ze toch? Man, ik begrijp er geen fok van.'

'Ik ook niet echt, geloof ik.'

'Kun je wat duidelijker zijn?'

Bram aarzelde. Hij wilde niet dat zij in Ikki's ogen een halvegare was, ook al was zij dat.

'Nee. Ik wil er niet over praten. Later, misschien. Wat heb je liggen?'

'Ik vind dat ik toch wel recht op enige duidelijkheid heb,' zei Ikki fel.

'Ja. Dat recht heb je. Maar je krijgt het recht niet. Wat heb je liggen?'

Ikki keek hem enkele seconden verstoord aan, beledigd en vernederd, maar Bram maakte een wegwuivend gebaar. 'Kom, wat heb je voorbereid?'

Ikki snoof nadrukkelijk luid en nam het dossier dat hij boven op de stapel had gelegd. Een oude zaak. Het betrof een zesjarige jongen, Yoram, die bij de chaotische evacuatie van Eilat niet van school naar huis was teruggekeerd. De vuile bom explodeerde er 's ochtends om halfelf. Sirenes krijsten over de stad, kinderen ontvluchtten hun klaslokalen en de hele bevolking probeerde de stad te verlaten. Yoram had twee oudere zusjes, die allebei het huis van hun ouders wisten te bereiken. Yoram bleef weg. Zijn vader nam de auto en doorkruiste de geïnfecteerde stad tot hij werd weggestuurd door een gespecialiseerde legereenheid, die met helikopters gedropt was. Ze waren de laatsten die de stad verlieten – achter bleven de ouderen zonder auto, de armen, de zieken, wachtend op evacuatiebussen die pas twintig uur later zouden arriveren. Tweehonderdachtenzestig doden. De huizen en straten onbegaanbaar. Yoram werd niet gevonden. Acht jaar geleden. Een antieke zaak. Waarom nu? Omdat hij toevallig boven op de stapel lag?

'Iedereen die een boot had, ging de zee op,' vertelde Ikki, die de zaak had voorbereid. 'De meesten namen zo veel mogelijk mensen mee. Er stond een zuidelijke wind en op zee was de kans op besmetting klein want de rommel in de lucht woei naar het noorden, dus in de richting waarin iedereen die een auto had vluchtte. Onderweg raakten ze dus besmet. Maar die mensen werden bijna allemaal op tijd opgevangen en haalden het.'

'En de boten?' vroeg Bram. Ze zaten tegenover elkaar aan hun bureau, Ikki gebogen over de prints van het dossier, Bram onderuitgezakt met een beker koffie in de hand.

'Daarvan is er een aantal verdwenen. Die worden vaak over het hoofd gezien, die verdwenen boten. Tweehonderdachtenzestig doden, dat is bekend. Maar drieënzeventig verdwijningen?'

'Er lagen daar toch schepen van de marine?'

'Die werden ingezet bij de evacuatie.'

'Waar gingen de mensen aan land?'
'Taba was dichtbij. Egypte. Een paar kilometer verderop. De meesten gingen verder, gingen pas aan land toen ze het gevoel hadden dat het veilig was, na uren varen. Ze werden behoorlijk opgevangen door de Egyptenaren, hoewel, er is een geval bekend van een boot waarvan de opvarenden werden vermoord. Zeventien mensen. Dat is pas later bekend geworden en heeft nauwelijks aandacht gekregen omdat vijfduizend anderen netjes onderdak en eten en drinken kregen.'
'Bedoeïenen?'
'Die die moorden heben gepleegd? Vermoedelijk wel. Een paar stammen zijn behoorlijk geradicaliseerd en nog steeds proberen ze een eigen islamitische staat in de Sinaï te stichten. Die mensen hadden pech dat ze aan land gingen waar zo'n groep radicalen de tenten had opgeslagen. Een groot deel van de kust is verlaten, een lege woestijn.'
'De lichamen zijn geïdentificeerd?'
'Ja. Yoram was er niet bij.'
'Meegenomen door de bedoeïenen?'
'Ja. Of verdronken. Misschien is de boot waarop hij zat omgeslagen.'
'Waarom is Yoram niet naar huis gegaan?'
'In die gekte hebben andere kinderen ook niet altijd het ouderlijk huis weten te bereiken. Ze werden meegenomen door anderen. Maar die konden later allemaal terug naar hun ouders.'
'En de slachtoffers in de stad zelf zijn allemaal bekend?'
'Ja.'
Opeens keek Ikki langs Bram naar de ingang van de bank. Bram richtte zich op en draaide op zijn stoel om te zien waardoor Ikki's blik getroffen werd.
Jitzchak Balin betrad met zijn bodyguards het filiaal. Achter de ruiten zag Bram de contouren van twee donkere suv's, de

Suburbans waarin de chefs van de Shabak werden vervoerd.

Terwijl de bewakers geruisloos posities innamen, liep Balin over de marmeren vloer naar de loketten, op zijn dure brogues met luidruchtige leren zolen.

'Sorry dat ik stoor, heren.'

Ikki herkende Balin en wierp Bram een verwarde blik toe. Bram maakte een sussend handgebaar.

'Jitzchak, ik zie je jaren niet, en opeens twee keer binnen vierentwintig uur!'

Balin bleef bij een loket staan en legde zijn ellebogen op de balie, een lange strook zwart marmer die bij de feestelijke opening van het filiaal door de bankpresident als het symbool van het succes van de onderneming was geprezen, een unieke marmeren plaat die alle loketten met elkaar verbond – in een vergeten la had Bram zijn speech gevonden.

Balin knikte, ontspannen leunend en hen met geveinsde ironie aankijkend: 'Wat kan ik opnemen, heren?'

'Dat hangt van je saldo af,' zei Bram, die zich aan de andere kant van het loket opstelde.

'Mijn saldo, Avi?' Balin grinnikte. 'Dat is al jaren negatief.'

'Dat wordt dan hoge rente met risico-opslag.'

'Wat wil je als onderpand?'

'Je stropdas. Die heb je niet van hier.'

'Stropdassen zijn mijn hobby. Ik heb er nog een van je gehad toen je naar Princeton vertrok.'

'Een Hermès. Dat kostte een vermogen. Rachel had hem gekocht.'

Balin deed alsof hij de aarzeling in Brams stem niet opmerkte: 'Ik ben er zuinig op geweest. Ik heb hem nog steeds. Alleen bij ceremonieën.'

'Een blauwe das, zijde, met fijne, verticale, lichtblauwe lijntjes, toch?' zei Bram, koel de herinnering naar de kelder van zijn geheugen leidend.

'Klopt,' zei Balin, 'en over de hele das de letter H in een ruitpatroon ingeweven. Hermès wil de armzalige buitenwereld altijd laten weten dat je Hermès draagt, maar ik zei altijd dat die H voor Hatikva stond.'

'Hoop is jaren je vak geweest.'

'Ik weet het. En op de een of andere manier heb ik die nog steeds.'

'Maar de tijden zijn veranderd.'

'Avi, bedoel je dat cynisch?'

'Cynisme is mij vreemd, dat weet je.'

'Dat weet ik,' knikte Balin, ernstig nu. 'Kan ik even met je praten? Wij tweeën?'

Wat kwam Balin doen, de chef van Shabak, het acroniem van Sheroet Bitachon Klali, de algemene veiligheidsdienst. Ging het om Eva? Was er iets met Ikki? Of was hun bespottelijke tocht naar Jaffa, naar Johnny Weissmuller, onder hun aandacht gekomen? Ondervroegen ze iedereen die de afgelopen dagen door de controlepost was gesluisd?

Bram wendde zich tot Ikki: 'Kun je ons even alleen laten? Het duurt niet lang.'

'Vijf minuten,' zei Balin.

Ikki zei: 'Ik maak even een ommetje, kan dat?'

'Dit is een vrij land,' reageerde Balin.

Ikki, verbaasd maar gedwee, stond op en liep om de loketten heen naar de uitgang: 'Kan ik iets voor je meenemen, Bram?'

'Nog maar een cappuccino. Jij iets, Jitzchak?'

Balin maakte een afwijzende handbeweging.

'Middel of groot?' vroeg Ikki.

'Middel.'

Een van de bodyguards hield de deur voor Ikki open en Bram zag achter de ruiten Ikki's schim bewegen, haastig op weg naar de koffietent.

'Bram, ja,' zei Balin. 'Dat is je Nederlandse naam.'

'Abe in Amerika,' zei Bram
'Avraham,' zei Balin.
'Abraham voluit in het Nederlands. Ibrahim in Jaffa.'
'Je doet goed werk hier. Toch jammer dat je geen les meer geeft.'
'Gespecialiseerd in het verkeerde onderwerp,' antwoordde Bram.
'Geschiedenis van het Midden-Oosten, gezegend ben je. Mooi kantoor heb je.'
'Ruim genoeg om nog vijftig mensen aan het werk te zetten.'
'Heb je zo veel gevallen dan?' vroeg Balin.
'Dat loopt op als je vijf, zes jaar bezig bent.'
'En je bent vrijwilliger bij Magen David Adom.'
'Ja.'
Ze keken elkaar een moment zwijgend aan.
'Wat kan ik voor je doen?' vroeg Bram.
'Niks, eigenlijk. Ik wilde het even hebben over Chaim Protzke.'
'Protzke?'
'Ik heb in het Sheba de gewonden bezocht die konden spreken. Protzke ook.'
'Hij had dienst toen ik op die dag naar Jaffa moest. Wil je weten waarom ik daar moest zijn?'
'Ik weet waarom je daar moest zijn.'
'Moet ik daar blij mee zijn?' vroeg Bram verward.
'Ja. Het zou niet goed zijn als ik niet weet welke onderbroek je aanhebt. Als wij ons werk niet goed doen, dan kunnen we de tent wel sluiten.'
'Dat besef ik, ja.'
Balin glimlachte even, Bram duidelijk makend dat hij voor een vriendschappelijk gesprek kwam.
'Zijn er problemen met Protzke?' vroeg Bram bezorgd.
'Nee, geen problemen, alleen: hij heeft dingen in zijn hoofd

gehaald die tot onrust kunnen leiden.'

'Je bedoelt: hij denkt dat het geen raket was?'

'Dat bedoel ik. Hij heeft me gezegd dat hij het jou heeft verteld. Zijn theorie.'

Opnieuw keken ze elkaar stil aan.

'En wat wil je van mij?' vroeg Bram.

'Ik wil dat je weet dat hij onzin praat.'

'Dat heb ik hem zelf ook gezegd.'

Balin knikte. 'Dat weet ik, ja.'

'Een raket is een raket,' zei Bram. Waarom zou de chef van de Shabak in persoon Protzkes verhaal willen onderdrukken?

Balin zei: 'Het kan tot onrust leiden wanneer zo'n verhaal een eigen leven gaat leiden. Dat kunnen we niet hebben.'

'Ik heb geen enkele behoefte om erover te praten.'

'Dat stelt me gerust,' zei Balin. Hij stak een hand uit: 'Deal?'

'Deal.'

Ze schudden elkaar de hand, de bezegeling van een belofte.

'En nog iets,' zei Balin.

Bram keek hem afwachtend aan. Balin speelde nooit één kaart maar was een goochelaar die vele kaarten uit zijn stijlvolle mouwen en zakken kon toveren.

'Heb jij je eigen databank?'

'Ja. Die gaat zo'n veertien jaar terug.'

'Heb je toegang tot andere databanken?'

'Je bedoelt van bureaus in andere landen?' vroeg Bram.

'Ja?' antwoordde Balin.

'We kunnen inloggen bij de meeste databanken. Zij ook bij ons. Daar hebben we afspraken over.'

Balin zei: 'De firewalls zijn tegenwoordig zo hoog dat het dagen kost om er doorheen te komen.'

Bram begreep dat ze hadden geprobeerd om bij een databank in te breken. Wat had dit te maken met Protzkes verhaal?

Balin vervolgde: 'Misschien kunnen jullie ons ergens bij helpen.'

'Wij jullie helpen –? Dat is bijzonder, Jitzchak. Wat kunnen wij dat de Shabak niet kan?'

'Jullie zitten toch ook de hele godvergeten dag achter die dingen?' Balin maakte een hoofdbeweging in de richting van de computers. 'Ik neem aan dat jullie je eigen wegen kennen, jullie eigen contacten hebben.'

'Ikki doet dat, hij heeft ervoor doorgeleerd. Ik zit er weinig achter.'

'Doe ons een kovet,' zei Balin.

'Altijd, als ik kan, maar – we hebben onderling afspraken gemaakt dat we alles vertrouwelijk houden, alle clubjes die dit soort werk doen.'

'Vertrouwelijkheid is mijn vak, Avi.'

'Natuurlijk. Zolang ik mijn relaties niet op het spel hoef te zetten,' zei Bram.

'Dat geldt voor mij ook, Avi, maar soms moet je iets op het spel zetten om te voorkomen dat andere dingen op het spel gezet worden.'

'Je drukt je heel precies uit, Jitzchak.'

'Preciezer kan niet. Nou?'

Bram haalde zijn schouders op: 'Wat wil je dat we doen?'

'Gewoon wat zoeken in jullie databanken, dat is alles.'

Er zat geen zweem van dreiging in zijn houding of stem, maar het had geen zin om met de Shabak in onderhandeling te treden want Balin zou altijd krijgen wat hij vroeg.

'Vertrouwelijk, hè Bram?'

'Waarom zou ik ruzie met jou maken, Jitzchak?'

'Omdat ik de verkeerde das draag.'

Balin droeg een donkerrode stropdas met kleine zwarte puntjes.

'Hoeveel heb je er?'

'Ik denk zo'n vierhonderd.'

'En hoe heb je die geordend?'

'De kleuren van de regenboog.'

Bram zei: 'Jitzchak, waarom heb jij, met al je middelen, mij nodig? Jij weet alles van iedereen. Wat kan ik doen wat jij niet kan doen?'

Balin draaide zijn rug naar hem toe en zette een paar stappen op zijn exclusieve schoenen – ook vroeger al dure Engelse Grensons, met de hand gemaakt. Balin draaide zich om en liep terug naar het loket, starend naar de vloer, alsof hij bang was dat hij in een gat zou vallen, en boog zich bij het loket naar Bram toe.

Balin zei: 'Ga eens zoeken, in jullie bestanden, databanken, weet ik veel hoe jullie die noemen. Vier namen. Adelman, Brody, Frenkel, Kohlberg. We zoeken een jongen van tussen de twintig en vierentwintig. Joods. Ik kreeg net het rapport van onze *profilers* – in negen van de tien gevallen is zo'n profiel flauwekul, maar goed: we zoeken een jongen die radicaal met zijn jeugd heeft gebroken. Hij had vermoedelijk geen contact meer met zijn ouders, is al jong weggelopen of zo. De kans is groot, zeggen onze genieën, dat-ie ooit als vermist werd gemeld omdat-ie al jong in staat geweest moet zijn om van het ene op het andere moment alles op te geven, als puber al. Wat denken we dus te weten? Weinig. Adelman, Brody, Frenkel, of Kohlberg. Hij heeft een karakterstructuur die hem aanzet tot radicale daden, en vermoedelijk is-ie al op jeugdige leeftijd een keer weggelopen en hebben zijn ouders de politie gewaarschuwd. Hij haat zijn vader – dat staat standaard in die profielen, ze haten altijd hun vader, elke misdadiger, elke halvegare crimineel. Big deal.' Balin zweeg.

'En?' vroeg Bram. 'Nu moeten wij dus –?'

'Ja,' zei Balin. 'We kunnen hem niet in onze databanken vinden.'

'Gaat dit om Daniel Levy?' vroeg Bram. 'De jongen die zich heeft opgeblazen?'

Balin keek hem vol scepsis aan, en daarna trok er iets verdrietigs door zijn blik, alsof hij het betreurde dat hij Bram in vertrouwen had genomen.

Hij zei: 'Adelman, Brody, Frenkel, of Kohlberg. Ik hoor het wel.'

Bij wijze van afscheid sloeg hij met vlakke hand op de balie, draaide zich om en liep met slepende passen naar de uitgang, waar zijn mannen zwijgend om hem heen slopen, loerend naar de vermoeide muren en plafonds van het nutteloze bankfiliaal, alsof daar gevaar dreigde.

14

Toen Ikki de bank binnen kwam met twee bekers koffie, belde Eva op Brams mobiel.
'Hi,' zei hij.
'Hee,' zei ze.
Ikki zette een beker koffie voor Bram neer en ging achter zijn computer zitten.
'Ik ben vandaag vrij en ik hoorde het weerbericht,' zei Eva. 'Het wordt echt warm vandaag. Wat doe jij?'
'Ik ben op de bank. We bespreken een paar dingen.'
Hij draaide zich weg van Ikki en stond op, slenterde langs de loketten naar een van de vuile ramen die uitzicht gaven op een kleurloos kruispunt waar de wereld vormeloos was, de telefoon aan zijn oor.
Ze zei: 'Ik voel me erg vreemd. Leeg. Een kramp waarin ik jaren gelegen heb is weg – vreemd, doet pijn, die leegte. Ik heb het gevoel dat ik je moet bedanken.'
'Mij bedanken voor zoiets?' vroeg hij hoofdschuddend.
'Ik kan nu afscheid nemen, nu pas echt, ook al wist ik dat het hopeloos was, maar – gek hoe je blijft hopen, tegen alle logica in.'
'Je hebt een vreemd spelletje met me gespeeld,' zei hij.
'Het spijt me, ik wou dat het anders was gegaan.'
Wat verweet hij haar eigenlijk? Ze had hem uren met normale menselijke gevoelens geschonken. De warmte van haar

lijf. Het was een methode geweest die hem in staat had gesteld als een man te functioneren, weliswaar met het idee dat hij haar liefde kocht, maar het had hem geholpen te ademen.

'Bram – ik heb een idee. Beetje ongewoon idee. Ga je mee naar het strand? Ik durf het nu, geloof ik. Ga je mee? Nee, ik moet het anders zeggen. Bram: als jij gaat, dan ga ik mee. Ik denk dat ik het kan vandaag. Sinds toen ben ik er niet meer geweest. Help me, Bram. Alsjeblieft, als je niks anders te doen hebt, zullen we dan samen gaan? Het voelt goed als we dat doen. Vind het alsjeblieft niet vreemd. Bram?'

'Nee,' antwoordde hij. 'Dat is niet vreemd.'

'Zie ik je straks? Om drie uur voor het hotel, goed?'

'Goed,' zei hij.

'Ik neem wat te eten mee. Een picknick.'

'Waarom niet?'

'Weet je wat? Neem Ikki Peisman mee. En je vader. Dan ontmoet ik hem ook eens.'

'Ik zal het vragen,' zei hij. 'Tot straks.'

Hij verbrak de verbinding. Was ze bipolair? Vroeger heette dat manisch-depressief. Ze was nu hypomanisch, overdreven uitgelaten. Hij had een relatie met een bipolaire vrouw die net had gehoord dat haar kind dood was en nu naar het strand wilde. Iedereen rouwde op zijn eigen manier. Hij had zijn eigen rouwgekte gehad.

Hij liep terug naar Ikki.

'De baas van de Shabak kwam even gedag zeggen?' vroeg Ikki.

'Ja.'

'Ik wist niet dat je hem kende.'

'Lang geleden. De Vredescommissie.'

'Zat jij daarin? Jullie hebben ongelooflijk werk verricht. Het is nog nooit zo vreedzaam geweest als nu.'

'Dank voor het compliment,' zei Bram.

'Hoe is Balin? Is-ie niet de machtigste in het land?'
'Wat je ook over hem kunt zeggen, hij heeft nooit de makkelijkste weg gezocht. Eerst aan de vredestafels, hij was altijd aan het pushen, altijd zocht hij naar compromissen. Hij is gaan lesgeven in Shanghai maar kwam toch weer terug.'
'Hij kwam je dus even gedag zeggen?' hengelde Ikki.
'Hij komt nooit iemand gedag zeggen. Hij heeft altijd een reden. Hij is een uitermate functioneel ingestelde man, onze Jitzchak Balin. Toch is-ie oké. Hij kwam vragen of we hem wilden helpen bij het binnengaan van databanken.'
'*No shit –*' Ikki keek hem verbaasd aan: 'Dat is bullshit, Bram. Die man heeft alles wat-ie nodig heeft om op het net elke *wall* te kraken.'
'Zo bracht hij het in ieder geval.'
'Prachtig, we gaan de Shabak helpen. Waarmee?'
'Adelman, Brody, Frenkel, Kohlberg.'
'Wie zijn dat?'
'Ze zoeken iemand met een van die namen.'
'Dat kunnen er duizenden zijn. Waarom heeft-ie ons niet gevraagd om John Smith te zoeken? Wat hebben ze meer behalve die namen?'
'Niks. Geboren tussen 2000 en 2004. Hij heeft een van die vier namen.'
'Dat is een kutverzoek,' zei Ikki. 'Ik begin bij de databank van het American Center for Missing Children. Een weggelopen kind met een van die namen?'
'Ja.'
'Adelman, Brody, Frenkel, Kohlberg,' zei Ikki. 'En wat wij kunnen, kunnen Balins mensen niet?'
'Is het moeilijk om in die databanken te gaan graven als je geen toestemming hebt?'
'Voor jongens zoals ik? Kwestie van tijd en een beetje mazzel.'

'Misschien heeft Balin gehoord hoe goed jij bent.'

'Hij lult uit zijn nek. Als je pech hebt kun je er een paar dagen mee bezig zijn, maar met de juiste spullen en software –'

'Misschien overschat je ze, Ikki.'

'Goed, ik overschat ze,' zei Ikki cynisch. 'Adelman, Brody, Frenkel, Kohlberg?'

'Ja.'

Ikki tikte de namen in een zoekvenster van de site van het National Center in. Ergens in Amerika was een laserstraal in een harde schijf aan het zoeken.

'Bingo – Kohlberg,' zei Ikki.

Bram schoof dichterbij.

'Judith Kohlberg. Liep weg. Melding gemaakt door Joseph Kohlberg. 23 september 2017. Ze kwam na twee dagen weer terug. Was er met een vriendje vandoor.'

'Dat is het?' vroeg Bram.

'Meer is er niet,' antwoordde Ikki. 'Niet in Amerika tenminste. Dus dit kon de Shabak niet, maar Ikki Peisman wel? Als dat echt zo is, hebben we een groot probleem in dit land, Bram.'

'Hebben we dan geen grote problemen?'

'Ja, die hebben we,' knikte Ikki.

'We gaan naar het strand,' zei Bram.

'Naar het strand?'

15

Zijn vader woog nauwelijks iets. Hij bleef een lange man, ook al was hij gekrompen, maar Bram kon hem tillen zoals hij soms bij een patiënt deed: hij draaide zich met zijn rug naar zijn vader en zakte door zijn knieën, pakte over zijn schouders de armen van zijn vader en richtte zich vervolgens op terwijl hij zich licht naar voren boog. Bram voelde dat de voeten van zijn vader los van de grond kwamen en dat hij op zijn rug Hartogs volle gewicht droeg – een kind. Op deze manier kon hij hem vijf verdiepingen op zijn rug vervoeren. Ikki droeg de rollator, een aluminium uitklapstoel met kunststofzittingen, een tas met luiers, tissues en een extra set kleren.

'Blistus nasja,' mompelde Hartog.

'Gaat het?' vroeg Ikki.

De voeten van Hartog sleepten over de treden, maar hij leek er geen last van te hebben en onthield zich van gegrom. 'Ik hoef geen lift,' had hij Bram talloze malen uiteengezet. 'Een lift is voor lulletjes. Dit houdt je spieren en je hart soepel.' Toen zijn vader slecht begon te lopen, was het beter geweest om in een flatgebouw met lift te gaan wonen, maar in die tijd was Hartog nog helder en hij verzette zich tegen een verhuizing. 'Als ik niet meer kan lopen, dan zet je me ergens in de woestijn af en dan zal ik op mijn eigen condities creperen, net als een oude eskimo die het ijs in loopt. Als het op is, is het op.'

Rita stond beneden met Hendrikus in haar armen. Een volle

tas stond naast haar voeten. Ze straalde en zei: 'Goed idee, professor!' Bram zette zijn vader bij de rollator en legde diens handen op de duwbeugel. Als een robot kwam hij direct in beweging, met kleine pasjes op weg naar een bestemming die alleen hij kende. Bram verschoof de richting van de rollator en blind verlegde Hartog zijn doel. Bram leidde hem naar Ikki's Australische Rover.

'Hij praat tegenwoordig honderduit,' zei Rita opgewekt.

Ikki keek hem verrast aan: 'Bram! Dat is fantastisch nieuws! Komt dat door die nieuwe medicijnen?'

'Misschien,' zei Bram, die weinig opzienbarends uit de mond van zijn vader had horen komen. *Godverdomme*. Vermoedelijk was de vloek een toevallig klankenspel. Een groep apen met laptops zou in de loop van zoveel miljoenen jaren toevallig Shakespeares verzameld werk bijeentikken, zo luidde een volkswijsheid. In een miljard jaar, of vijf miljard – een kwestie van tijd en dus toeval. Een bolletje, ter grootte van een potloodpunt van oneindige dichtheid en kosmische energie hoefde maar te exploderen en op een dag verscheen de mens, inclusief Dzjengis Khan en Wolfgang Amadeus Mozart, inclusief Batja Lapinski en Hartog Mannheim. *Godverdomme* – dat was het woord dat het geniale brein van Hartog Mannheim ten gehore kon brengen.

Bram hielp hem de auto in, zette Hendrikus op Rita's schoot. De spullen gingen in de achterbak en Ikki reed hen naar het strand.

'Toen ik jong was, liet ik geen mooie dag voorbijgaan,' zei Rita, nog steeds lachend als een meisje, op de passagiersstoel links van Ikki – opeens zag Bram de zeventienjarige achter het oude masker dat met haar jonge gezicht vergroeid was geraakt. 'En jullie zullen het niet geloven, jongens – maar ik had altijd veel aandacht.'

'Rosjnasj,' mompelde Hartog.

'Zegt uw vader iets, professor?'

'Tante Rita, hij zegt dat je nog steeds aandacht krijgt,' zei Ikki.

Ze schudde glimlachend haar hoofd en zei zonder naar Hartog om te kijken: 'Ouwe vleier.'

Ze staarde even voor zich uit, Hendrikus strelend, terugbladerend in het fotoboek van haar geheugen: 'Ik was vol, hoor. Jullie begrijpen wel wat ik bedoel. Slank, maar toch vol. Dat hebben mannen graag. En ik moet zeggen: ik was niet eenkennig. Mijn moeder heeft heel wat slapeloze nachten gehad door mij. En in het leger – is allemaal lang geleden, jongens, naar mij kijkt niemand meer om.'

'Isganizizo,' mompelde Hartog.

'Hij zegt: ik kijk wel, hoor,' vertaalde Bram direct.

'Als ik bij hem ben praat hij soms aan één stuk door,' zei Rita. 'Ik heb nergens spijt van. Hoewel, misschien van één ding: dat ik te weinig vriendjes heb gehad. Ook al waren het er echt meer dan genoeg. Maar wat is genoeg op mijn leeftijd? Weten jullie waar ik Maurice ontmoet heb?'

Bram zei: 'Nee. Waar?'

'Toen ik dertig was. 1979.'

Ze had het eerder verteld en hij wist er alles van. Maar ze had er behoefte aan om het zo nu en dan aan iemand te vertellen. Of misschien was ze vergeten dat het al was gezegd.

'Waar we nu naartoe gaan. Op het strand. Ik had hem eerder gezien. Ik had vriendje dertig of eenendertig gehad. Nee, ik was geen bang meisje. De bikini's toen waren klein. Wit, met zwarte stipjes. Stond me goed, ik werd altijd mooi egaal bruin. En Mau – Mau was een mooie gespierde man. Goed gebouwd. Ik las ook toen altijd veel. En hij lag een meter of tien verder. Hij lag op een bordeauxrode badhanddoek. Op een zeker moment lag hij op zijn buik, ik ook. We keken een beetje ondeugend naar elkaar. Zoals je dat doet wanneer je jong bent. Uitdagend. En toen zetten we allebei tegelijk het boek rechtop. We lazen hetzelfde boek.' Ze grinnikte. 'Toeval. Of misschien moest het zo zijn.'

'Welk boek was het?' vroeg Ikki. Ook hij kende de details, de pointe.

'*De levens van Dubin*. Van Bernard Malamud. Hij is vergeten nu.'

'Wie?' vroeg Ikki.

'Malamud. Bernard. Als hij nog geleefd had, was hij dit jaar honderdtien geweest. Ik kende zijn korte verhalen en toen verscheen *De levens van Dubin* in hardcover. Mau was ook gek op hem. Mau was geen intellectueel. Ik heb musicologie gestudeerd, Mau was elektricien. Maar hij las graag. En ook hij kende Malamud. Hij was gek op 'De jodenvogel', een kort verhaal van Malamud. O, dit moet ik even vertellen, echt iets voor jullie!'

'De jodenvogel?' vroeg Bram. Dit was een nieuwe toevoeging.

'Gaat over een kraai die Schwartz heet en zichzelf een jodenvogel noemt. Hij spreekt Jiddisch. Is op de vlucht voor antisemieten en op Manhattan zoekt hij veiligheid in een flat waar joden wonen, de Cohens. En het gaat helemaal fout tussen vader Cohen en Schwartz. En uiteindelijk doodt Cohen de jodenvogel.'

'Het lijken wel Israëliërs,' zei Ikki.

'Mau was de eerste die het zag. Hij tikte op het omslag van zijn boek, toen op mij. Toen zag ik het ook. We moesten allebei lachen. Hij kwam naast me zitten. Hij was verder dan ik in het boek. Toen het avond werd zijn we gaan eten, daarna ben ik met hem meegegaan. Ik wist dat Mau mijn man was. Voor altijd. We hebben elkaar die eerste nacht uit *De levens van Dubin* voorgelezen.'

Ikki stuurde de wagen naar Hayarkon, de straat langs de zee met de verlaten hotels.

'Ik lees nog veel,' antwoordde Rita. 'Mau hebben ze twintig jaar geleden vermoord. Vlak buiten Hebron.' Soms moest ze het vertellen, alsof ze bang was dat het vergeten zou worden. 'Hij had elektrische spullen geleverd aan iemand die hij daar kende. Hij kreeg een lekke band. Ze hebben mijn Mau uit zijn auto gesleurd en zijn over hem heen gereden. Ze hebben hem toen in een kuil gegooid en de auto hebben ze in brand gestoken. Een paar jaar later hebben ze de daders te pakken gekregen, in een huis in Jenin. Daar kwamen toen ook drie onschuldigen bij om het leven. Ik kon niet om ze huilen. Een lekke band. Kijk, het strand!' Ze wees, alsof Ikki en Bram erop gewezen moesten worden dat die brede, lege zandstrook waarlangs ze reden met een specifiek woord kon worden aangeduid. 'Er is niemand,' zei Rita, naar het strand kijkend, 'dus we hebben alle ruimte, jongens! De boeken heb ik nog. Ze staan in de kast, naast elkaar. *De levens van Dubin* naast *De levens van Dubin*. Heb je ze nooit zien staan, Ikki?'

'Jawel,' antwoordde hij. 'Maar ik dacht altijd – je hebt ze gewoon dubbel cadeau gekregen.'

Eva – of Batja – wachtte voor het Beach Plaza, naast een kartonnen doos. Toen Bram uitstapte kuste ze hem vol op de mond, en hij stelde haar voor aan Rita. Ikki, die achter het stuur zat, bleef secondenlang naar Eva staren, op zoek naar verbanden die hem waren ontgaan.

Bram tilde de doos op. Er zaten broodjes, fruit en twee flessen wijn in. Hij bood haar zijn arm aan en leidde haar het strand op. Ze steunde op hem, trok haar schoenen uit, op een typisch vrouwelijke manier, dacht Bram: rechtop staand, achter zich naar de hiel grijpend, met een vinger de lage schoen van haar voet wippend. Hij zag hoe ze haar voeten op het warme zand zette, hoe haar tenen bewogen, de sporen die ze achterliet. Samen sloegen ze de plaid uit, trokken hem strak, en naast de plaid spietste Ikki de punt van een brede parasol in het zand. Daarna hielp Bram zijn vader de auto uit, en aangezien de wieltjes van de rollator in het zand wegzakten droeg hij hem. Ikki zette de stoel klaar en toen Hartog zat en naar de zee keek, leek het wel of hij tevreden gromde. Rita drukte hem een verweerde *bush hat* op zijn hoofd, een katoenen hoed met camouflagemotief en brede randen die zijn gezicht in de schaduw hielden.

Hier en daar zat er een groepje mensen op het zand, maar weinig herinnerde aan de volle stranden van rond de millenniumwisseling. Bram keek naar de hotels waarvan sommige tot appartementencomplexen verbouwd waren, de meeste met afgesloten etages en personeel dat de uren met het roken van sigaretten verdreef.

Eva sloeg haar armen om zijn hals.

'Blijf bij me,' fluisterde ze in zijn oor, 'ook al vind je dat ik niet goed snik ben.'

Hij knikte en drukte haar tegen zich aan.

Ze maakte sandwiches en sneed ze in driehoekjes, zalm met komkommer, aardbeien (waar had ze die gekocht?), witte wijn (één slokje, zei ze), en Bram sliep drie kwartier, zijn rug op de warme plaid, zijn gezicht tegen haar schouder. Toen hij wakker werd zag hij dat zij naast Rita op het zand zat, de armen om haar knieën geslagen, en dat zij aandachtig knikkend Rita's verhaal volgde. 'Hier heb ik ook Mau leren kennen,' hoorde hij Rita zeggen.

Hij steunde op een elleboog. Onder de zon, die al de horizon boven zee naderde, stond Ikki met zijn voeten in de verste uitlopers van de golven, Hartog zat te slapen, onder zijn stoel lag Hendrikus, en toen Rita Maus lekke band ter sprake bracht greep Eva haar hand. Eva had nog niets uitgelegd en misschien was ze een beetje gek – het was niet anders, hij kon ermee leven, vermoedde hij.

Na zonsondergang bracht hij zijn vader terug naar de flat. Hij liet een afhaalmaaltijd komen en bleef bij Hartog, waste hem en hielp hem in bed. Hij beloofde Rita dat hij zijn slaapkamer morgen voor haar in orde zou brengen, ze was tenslotte meer bij hem dan in haar eigen flat.

In het Beach Plaza wachtte Eva op het balkon, met haar buik tegen de verweerde ijzeren balustrade geleund, armen over elkaar. Een zwakke zeewind liet de gordijnen bewegen. Ze droeg een jurk die strak om haar billen en borsten spande, ze stond op naaldhakken, ze had haar lippen fel gekleurd. Als een hoer. Zijn hoer.

'Eva?' zei Bram.

Ze knikte: 'Ga liggen. Ik ga me voor je uitkleden. Ik heb geile muziek meegenomen.'

Ze leidde hem naar het bed. 'Je moet roken,' zei ze, 'en naar me kijken. Daarna mag je doen met me wat je wilt.' Ze deed het licht uit en hield alleen een schemerlamp in de hoek van de kamer aan.

Via de oude cd-installatie die in het nachtkastje was ingebouwd, vulde het geluid van een saxofoon de kamer. Het was John Coltranes *Alabama*. Ze had de cd vaker opgezet, maar ze had zich er nooit bij uitgekleed. Ze gaf hem vuur en draaide haar rug naar hem toe opdat hij de rits van haar jurk omlaag zou trekken. Op het eerste deel van *Alabama*, waarbij de piano zenuwachtig dreigde en Coltranes sax weemoedig naar een melodie zocht, liet Eva als een stripteasedanseres de jurk zakken, in haar eentje bewegend op Coltranes smeekbeden. En het was volkomen duidelijk waarom ze deze rol speelde en hier niet als Sara's moeder was, waarom ze Batja niet wilde zijn. Ze stapte uit de jurk en toonde hem de beha van zwart kant, de zwarte jarretels op haar dijen – zoals de clichés van de lingerieadvertenties die lang geleden bij het straatbeeld hoorden. Coltrane vond zijn ritme en bevrijd volgde zijn band hem; Eva knoopte haar beha los en liet hem haar borsten zien. Ze bevochtigde haar duimen en streek over haar tepels terwijl ze hem naderde en hem haar borsten aanbood. Hij begreep dat het om een ritueel ging, het wond hem op en hij legde de sigaret weg en liet zijn vingers over haar heupen glijden. Zij trok hem naar zich toe en drukte zijn gezicht tussen haar benen.

'Je vindt echt dat ik gek ben, toch?' vroeg ze toen ze halverwege de nacht door de stad liepen.
'Ja,' zei Bram.
Ze liepen gearmd, zij steunde op hem. Haar voeten waren nu in stevige gymschoenen gestoken, dezelfde schoenen die ze droeg wanneer ze werkte als apothekersassistente. Er waren om drie uur 's nachts geen voetgangers of auto's in Tel Aviv. Met stevige pas wandelden ze in de richting van haar flat, alsof ze 's middags opgewekt een ommetje maakten, een echtpaar op weg naar de bibliotheek, of naar een matineevoorstelling in een bioscoop.
'Weet je dat ik opgelucht ben?' vroeg ze.
'Nee,' zei Bram.
'Hoop sloopt,' zei ze. 'Ook al hoopte ik niet. Toch had ik hoop. Zo nu en dan. Gek is dat, hè?'
'Ja,' zei Bram, maar hij wist niet of dat zo was. Hij dacht nooit aan het kind. Hoewel, op een bepaalde manier dacht hij altijd aan het kind. Het kind was altijd bij hem, zoals zijn handen, zijn voeten – maar daar dacht je ook nooit aan.
Zij zei: 'Ik wist het al na –'
Bram keek haar van opzij aan, beiden in de energieke cadans van een ontspannen wandeling, en wachtte op haar woorden.
'Al na twee dagen. Achtenveertig uur. Hoewel – ik wist het eigenlijk al na twee uur, nee, één uur. Toch? Zo gaat dat toch, Bram? Je weet het toch meteen? Je voelt het in een flits van een seconde. Dat alles anders is. Dat het nooit meer hetzelfde zal zijn.'

'Ja,' zei hij.

'Ik heb al die tijd gerouwd,' zo ging ze verder. 'En nog steeds – maar bij jou begon ik als iemand anders. Per ongeluk. Dat was niet de bedoeling. Het gebeurde gewoon. Ik wilde weten wie je was, hoe je dit werk kon volhouden. Ik had ook gewoon mijn naam kunnen zeggen, toen die eerste keer in The Rainbow. Ik ben blij dat ik dat niet deed. Het is fijner om Eva te zijn. Voor jou. Voor mij.'

Het leek even of ze ging huilen, maar ze beheerste zich en pakte hem vast en bleef staan. 'Bram – het verschrikkelijkste wat me kon overkomen is gebeurd. En toch ben ik blij dat ik jou heb ontmoet. Na het verschrikkelijkste is er ook iets goeds gebeurd. Ik geloof nu dat ik zelfs het onmogelijke kan aanvaarden. Hoort dat niet ook bij het leven, Bram, aanvaarden?'

'Misschien wel,' zei hij. Hij aanvaardde niets. Desondanks – ging Eva hem een tweede kans geven? Over tweede kansen had hij nooit nagedacht.

'En ik ben zwanger.'

Hij probeerde in haar ogen te lezen wat ze daarmee bedoelde. Ze keek hem met grote ogen aan.

'Zwanger?' mompelde hij.

'Van jou,' fluisterde ze.

'Wat bedoel je?'

'Ik zal niet meer drinken, en ook niet roken.'

Hij knikte, ook al was hem niets gevraagd.

'Ik wist het meteen. Eergisteren, die keer – ik stond op en wist dat het zo was. Ik wist het meteen: nu ben ik zwanger. Ik voel het. Soms weet je dat gewoon. Ik was – aangeraakt. Er was iets veranderd. Moeilijk uit te leggen. Maar ik wist het heel zeker. Ik krijg een kind.'

Zij kreeg een kind? Nadat hij het haar verteld had, over haar dochter? Kon je meteen weten of je zwanger was? Duurde het niet weken voordat je daarover zekerheid had? Wanneer de menstruatie uitbleef en zo?

'Je bent zwanger?'

'Ja,' zei ze.

'Kun je dat zeggen, na een paar uur?'

Ze knikte en zei: 'Ja. Ik wel.'

'Je kunt toch niet weten of je zwanger bent binnen – binnen achtenveertig uur?'

'Je hebt er geen idee van wat vrouwen allemaal kunnen voelen, Bram.'

Ze kuste hem en trok hem daarna mee, de nacht in, opgewekt wandelend door de stille stad, samen in hetzelfde ritme, alsof ze al jaren elkaars stappen synchroniseerden. Hij liet zich meevoeren, verward, zich afvragend met wie hij hier liep.

'Waarom heb je me betaald, die eerste keer?' vroeg Eva.

'Ik dacht – ik weet niet wat ik dacht,' mompelde Bram.

Ze zei: 'Je dacht dat niemand behalve een hoer met jou wilde slapen. Zo zat het toch?'

'Misschien,' zei hij. 'En waarom nam je het aan?'

'Ik was verbouwereerd. Ik begreep het niet. Daarna was het – het had wel iets opwindends. Maar de laatste weken – ik kon niet meer terug – nee, ik ga geen fouten maken,' zei ze op een andere toon, hardop denkend. 'Ik koop andere kleren, ook al heb ik ze nog allemaal, zelfs de babykleertjes heb ik nog, ik heb ze nooit weggegeven, maar ons kind krijgt alles nieuw. Alleen voor haar. Ze hoeft niemand te vervangen. Ze is een nieuw begin. Het is een meisje, ik weet het zeker. Vind je ook niet, Bram, dat we alles nieuw moeten aanschaffen?'

'Dat is verstandig,' zei hij. Hij had geen idee of dat zo was, maar hij wist dat hij dit moest zeggen en hij wist ook dat hij geen idee had of ze over wat dan ook de waarheid sprak. Wat hij verder nog wist was dat hij angstaanjagend onbezorgd was en hij het heerlijk vond om naar haar te luisteren.

'Ik wil niet dat ze ooit denkt dat ze het leven van een ander kind moet goedmaken. Dat zou wreed zijn. Er is al genoeg wreedheid in de wereld. En ik zal haar beschermen. Ik ga haar voorlezen. Ik wil geen krant in huis, geen televisie. Ik laat haar alleen mooie dingen zien. Ik wil haar het Louvre laten zien – als we een visum kunnen krijgen, misschien kunnen we dat via via regelen?'

'We kunnen het altijd proberen,' zei Bram.

'Moet ik haar hier laten opgroeien? Of zullen we de bocht nemen?'

'Jij mag het doen.'

'Ga je mee?'

'Ik heb nergens recht op.'

'Misschien kunnen we het regelen, Bram, dat jij ook mag.'

'Misschien,' zei hij.

'En de Hermitage in Sint-Petersburg! Er hangen daar twintig doeken van Rembrandt, wist je dat? Dat zijn er meer dan in Amsterdam. Heb jij ze daar ooit gezien?'

'Ja,' zei Bram.

'Hoe was dat?'

'Hoe dat was?' vroeg hij. 'Ik moet je even vasthouden, goed?'

Ze knikte en draaide zich naar hem toe. Bram omarmde haar en verborg zijn gezicht in haar geblondeerde haar.

Hij had het ding niet gehoord, maar hij voelde de luchtverplaatsing. Ze keken tegelijk op toen het felblauwe licht werd ingeschakeld en ze knepen hun ogen dicht om niet te worden verblind. Een Chicken Wing hing stil boven de straat en beoordeelde het gevaar dat hun data opleverden. Welke informatie werd nu met de snelheid van het licht op de beeldschermen geprojecteerd? Onschuldige types. Geslagen door het leven. Pech gehad. Allebei een kind verloren. Dreigingsprofiel nul komma niks.

Eva hief een hand en zwaaide vrolijk. De Chicken Wing claxonneerde kort, als een oude auto, een vriendelijk antwoord. Het licht doofde en het zwarte insect, dat aan fluisterende rotorbladen hing, won hoogte, draaide zich koket om zijn as en verdween.

Eva pakte zijn arm en trok hem verder de stad in.

Ze zei: 'Wat er bij de controlepost gebeurd is – ik wil het niet weten. Ik heb het op tv gezien. Maar ik wil het niet meer toelaten. Ik heb er genoeg van. Ik wil er niet meer door gegijzeld worden. Dat is het. Het is van anderen. Het is niet mijn wereld. Moeten we weggaan, Bram? Wat denk je?'

'Voor mij –' zei hij, 'voor mij – ik zou willen dat je bleef. Maar voor – voor –'

Hij wierp een blik opzij en zag dat ze knikte, hem stevig tegen zich aandrukkend, energiek op weg.

Ze zei: 'Voor het kind moeten we weggaan. Misschien is dat toch het beste. Moskou. Of Sint-Petersburg. Als meisje heb ik balletdanseres willen worden bij het Bolsjoi. En het Filharmonisch Orkest van Moskou! Daar spelen weer veel joden bij, zoals vroeger. En het Russisch Nationaal Orkest. Wat Poetin daar allemaal bereikt heeft. En wij horen daar toch een beetje thuis. Russen en joden, wij hebben dezelfde ziel, vind je niet, Bram?'

Hij knikte, na de rampen van de afgelopen dagen met lichte schouders en rechte rug. Voor even voelde hij zich bevrijd van zijn herinneringen – door haar nabijheid, haar curieuze levenslust. Hij vergezelde haar naar haar flat, waar ze bij de voordeur afscheid nam, ze wilde niet dat hij bij Batja op bezoek kwam. Ze was een fantaste, maar welk kwaad school daarin?

16

'Ik heb nieuws. Groot nieuws, pap,' vertelde Bram terwijl hij in de badkamer zijn vader waste. Hartog zat bloot op een krukje, gadegeslagen door Hendrikus, die op de drempel zat te wachten. 'Ik weet dat het moeilijk voor je is om te reageren, maar ik hoop dat je begrijpt wat ik zeg. Die vrouw op het strand, papa, die mooie vrouw, dat is mijn vriendin. Ze heet Eva. Ze heet ook anders. Ze is een tikkie vreemd. Maar dat ben ik ook wel een beetje – misschien hou ik wel van haar. Misschien dat ik dat nog eens te weten kom. Het grote nieuws is – het nieuws is dat ze een kind krijgt. Een kind – en ik – ik ben de vader. Het is mesjogge, maar ik dacht: ik wil het je niet onthouden. Zij is een wereldwonder en weet van zichzelf dat ze zwanger is. Zonder test. Gewoon omdat ze dat voelt. Ze zou een mooi studieobject voor je geweest zijn, papa.'

Hij hielp zijn vader te gaan staan en legde diens handen op een metalen beugel zodat hij zich kon vasthouden.

'Ik word dus vader. Na al die tijd. En jij wordt grootvader. Dus je moet oud genoeg worden om het kind te zien. Beloof je dat?'

Hartog zweeg, stond met zijn gezicht naar de tegelwand en hield zich krachtig aan de beugel vast.

'Eva is nu drie of vier dagen zwanger, dus je moet minstens negen maanden blijven ademen. Liever nog zes jaar. Het is een meisje, zegt ze. Ik wist niet dat je dat al kon zien, na anderhalve seconde, ik dacht altijd dat het dan een minuscuul hoopje cellen was of zo, maar Eva zegt dat dat kan, dat wil zeggen: zij kan het. Prachtig. Een kleindochter voor jou. Eva zal wel een naam in gedachten hebben. Maar jij moet meedenken. Hartog kunnen we haar niet noemen. Is er een vrouwelijke vorm van je naam? Ik geloof het niet.'

Bram droogde hem af en onder de handdoek voelde hij de losse huid met daaronder de breekbare beenderen waaraan Hartogs versleten spieren kleefden, en toen Bram zich oprichtte en de vingers van zijn vader van de beugel losmaakte, meende hij iets van herkenning in zijn ogen te lezen, een blik waarin een moment de man schemerde die hij was geweest, de kennis en het begrip en de wilskracht die zijn leven hadden gekenmerkt. Maar in Hartogs ogen lag ook iets verdrietigs, alsof hij wist wat de tijd met hem had gedaan.

Bram hield hem vast, zijn armen onder Hartogs oksels, en keek hem van dichtbij aan.

'Papa? Papa?'

Hartog keek hem nu direct aan, twee seconden lang, en Bram was ervan overtuigd dat zijn vader hem herkende en begreep wat Bram zei. Daarna draaiden zijn ogen weg, naar de tegels achter Bram.

Hartog viel op zijn bed in slaap terwijl Bram zijn hand vasthield en de witz van Goldfarb vertelde, uitgesponnen als een lang sprookje, zoals hij het aan een kind verteld zou hebben.

17

Het was nog middag toen hij de hotelkamer binnen kwam. Hij had Ikki afgezegd en Eva lag te slapen, kalm en vredig. Hij kuste haar zonder dat zij er iets van merkte, legde het boek dat ze aan het lezen was op het nachtkastje en strekte zich naast haar uit. Ergens in het gebouw klonken stemmen, hij hoorde de lift zoemen – het leek wel alsof het hotel weer gewoon gasten had, toeristen uit Europa die over Dizengoffstraat slenterden, hun kinderen op het strand zandgebakjes lieten kneden, 's ochtends bij het buffet zorgeloos ananas, perziken, granaatappels en pitahaya's aan hun vork prikten en daarna te veel roerei met gerookte zalm aten en nog voor de middag in een strandstoel in slaap vielen, na de lunch lichtzinnig de liefde bedreven – anders dan thuis, alsof ze elkaar net kenden en dus schaamteloos durfden te zijn – om opnieuw in slaap te vallen en daarna hand in hand langs de vloedlijn te lopen en de zon in zee te zien zakken. Zo voelde het, dacht Bram, en hij legde een hand op haar schouder en sliep ook.

Eva had wijn, brood en kaas meegenomen. Ze zat in kleermakerszit naast hem op bed, losjes een laken om zich heen gedrapeerd om hem het zicht op haar buik en borsten te ontnemen, maar hij kon alles zien. Buiten ruiste de zee, en vreemd genoeg drong van beneden, vanaf de avondlijke boulevard, gelach de kamer binnen. Loom bestudeerde Bram haar, zich op een elleboog steunend, de hoer die geen hoer was maar zijn vriendin of vrouw, die naar seks rook en op haar bovenlip en schouders zweetparels liet glinsteren in het zachte licht van de lamp boven het hoofdeinde. Het gevoel van rouw – in zijn maagstreek, dat al jaren op die plek zat en pijnscheuten naar zijn hart en darmen zond, een lichamelijke ervaring – was net zo hevig als anders, maar de pijn werd nu in toom gehouden door wat zij bij hem opriep. Hij verlangde naar haar lichaam, en naar de sleutel tot haar eigenaardige wezen. Tegelijkertijd was het hem duidelijk dat hij die sleutel nooit zou vinden, en dat was goed. Toen, met Rachel, was het lastig om het beeld van het wezen in haar buik, een vreemde toeschouwer, te onderdrukken wanneer ze met elkaar sliepen; met Eva was hetzelfde beeld een symbool van vruchtbaarheid en intimiteit en noodzakelijkheid.

Waar moest het nieuwe kind opgroeien? Eva kon een visum kopen en in een rijke Russische stad in de herfst met het kind door knisperende bladeren waden, haar een bontmuts opzetten wanneer de winter viel, jurkjes en haarbanden en balletschoenen kopen, door het GUM-warenhuis op het Rode Plein slenteren en haar hand vasthouden wanneer de gaatjes in haar oorlellen werden geschoten en een pijnscheut door haar ongeschonden lijfje trok.

'Maar jij gaat mee,' zei Eva. 'Ik ga niet zonder jou.'

'Ik ga mee,' knikte Bram.

Ze greep zijn hand en drukte die tegen zich aan. Ze zei: 'Zonder jou – ik kan niet zonder jou, Bram. Echt waar.' Ze kuste de rug van zijn hand. 'Ik weet dat ik klink als een bakvis, maar het is echt zo.' Opnieuw kuste ze zijn hand.

'Schat, schat, niet doen.' Voorzichtig trok hij zijn hand uit haar greep en drukte de hare tegen zijn mond. 'Het is juist andersom.'

Eva liet het laken van haar schouders afglijden en hij zette het dienblad op de grond. Zij schoof tegen hem aan, legde haar hoofd op zijn borst en vroeg: 'Wie nemen we mee?'

'Waarheen?' Hij streelde haar schouder.

'Moskou.'

'Mogen we iemand meenemen?'

'Het is een kwestie van geld, lijkt me. Met de Russen kun je altijd zakendoen.'

'Ik ben niet rijk, Eva.'

'Ik heb geld. Niet heel veel, maar genoeg voor ons. Je vader – zou hij de reis overleven?'

Het idee werd concreet – ze meende kennelijk wat ze had gezegd. Kon hij Hartog nog verplaatsen, samen met het hondje? Zouden de Russen oude hondjes het land binnen laten? Of was dit een spel, een conversatiestuk?

Hij vroeg: 'Wanneer zou je weg willen?'

'Voor de bevalling. Niet te laat.'

'Dus over een maand of vier, vijf?'

'Ja.'

'Hoe denk je daar te overleven?'

'Hetzelfde als hier. Farmacie is overal op de wereld hetzelfde. Chemie is chemie. En jij kan weer les gaan geven.'

'In het Russisch?'

'Er wonen daar tweehonderdduizend Israëli's! Ze hebben scholen waar Ivriet gesproken wordt.'

'In de geschiedenis van het Midden-Oosten?'

'Waarom niet?'

'Nee. Ik weet wat ik moet doen. Net als hier. Ik ga bij de eerstehulp werken. Op de ambulance rijden. Misschien moet ik een cursus doen, Russisch leren.'

Ze richtte zich op en keek hem teder aan: 'Professor, dat is een goed idee.'

'Ja?'

'Ja.'

Bram zei: 'Midden in de winter bezopen Russen redden.'

'Ze zullen een standbeeld voor je oprichten,' glimlachte Eva.
'En Ikki?'
'Die moet ook mee. We nemen iedereen mee van wie we houden. Weg hier.'
Ze kuste hem op zijn kin, zijn wangen, zijn voorhoofd.
'En wie blijven er dan achter?'
'Niemand,' zei ze, en ze ging schrijlings op hem zitten.

Ze hadden in elkaars armen geslapen, drong tot hem door toen hij wakker werd. Zijn mobiel ging af. Snel drukte hij het geluid weg, bang haar in haar slaap te storen. Het was Ikki.
Geruisloos stond hij op en sloot de deur achter zich in de badkamer. Hij belde terug. Het was elf uur 's avonds. Met gedempte stem vroeg hij: 'Wat is er?'
'Sorry dat ik stoor, maar ik heb iets gevonden.'
'Ik weet niet wat je hebt gezocht,' zei Bram.
'Ik ben op zoek geweest naar die namen die Balin me gaf.'
'Jezus, Ikki, ik weet niet of het verstandig is dat jij –'
'Kom nou hierheen, kan dat?'
'Is het belangrijk?'
'Als dat niet zo was, zou ik je niet storen, man.'
'Hee, rustig!'
'Sorry, Bram, ik ben een beetje opgefokt. Ik heb uren gezocht in weet ik veel wat voor archieven, databanken. Jezus, God weet hoeveel wetten ik overtreden heb –'
'Heb je sporen achtergelaten?'
'Geen idee. Dat interesseert me nu eigenlijk niet.'
'Mij anders wel,' antwoordde Bram geërgerd.
'Kom nou maar, dan praat je anders.'
'Waar ben je?'
'Op de bank.'

18

Achter de smerige ruiten was licht te zien, maar zelfs als je je gezicht dicht bij het raam hield, was er weinig meer zichtbaar dan de contouren van Ikki en onleesbare beeldschermen. Ikki had de toegangsdeuren op slot gedaan, en hij deed open toen Bram klopte.

'Heb je nog iets meegenomen?'

Bram hield de plastic tas omhoog. Hij had onderweg een hamburger gekocht, en een fles cola. Ikki sloot de deur achter hem en ze liepen door de duistere hal naar de twee tafels waarop de computer stond.

'Ik heb sinds vanmiddag niks meer gegeten,' zei Ikki. Hij nam de tas van Bram aan en ging zitten.

'Ik ben gaan spitten,' zei hij. 'Het liet me niet los. Het was onbegonnen werk wat die Balin wilde. Ga er maar eens aan staan. Alleen namen: Adelman, Brody, Frenkel, Kohlberg. Ik had geen enkel houvast. Ik moest ergens in de wereld een jood zien te vinden die tussen 2000 en 2004 is geboren. Met een van die namen. Ofwel, hij was tussen de twintig en vierentwintig jaar. Prachtige opdracht.'

Hij opende het kuipje en hapte in de hamburger terwijl hij zich over zijn bureau boog om te voorkomen dat ketchup op zijn kleren droop.

'Wat heb je gedaan?' vroeg Bram. Hij ging tegenover Ikki zitten en stak een sigaret op.

'Alle databanken doorzocht. Verschrikkelijk. Kwam de ergste gevallen tegen. De verkrachtingen vlogen me om de oren. Er is veel tuig in de wereld, Bram.'

'Dat is nieuw voor me.'

'Maar ik had mazzel. Ik voelde het.'

'Dat gevoel van je kon wel eens legendarisch worden.'

'Geen sarcasme nu, Bram. Ik ben duizelig van het staren, mijn ogen branden. En straks heb ik maagzuur door deze hap.'

'De kaviaar was nog in voorraad, maar de blini's en de zure room waren uitverkocht en ik weet dat je je kaviaar alleen met blini's en room eet.'

'Je hebt me goed leren kennen de afgelopen jaren,' smakte Ikki. 'Ik heb gevonden wat Balin zocht.'

'Je hebt hem gevonden?'

'Ik denk het wel.'

'Wat heb je gevonden?'

'Ik denk dat ik weet wat jij me niet wilt vertellen. Die aanslag. Raket? Dikke lul, raket. Nee, dus. Iemand heeft zich daar opgeblazen. Het moet een jood zijn geweest, anders was-ie niet door de sluis gekomen. Hij moet ook intrigerende explosieven bij zich hebben gehad, dat is ook nog een mooie klus voor de chemici van de Shabak. Een joodse terrorist.' Hij nam een hap en kauwde gehaast.

'Ga door,' zei Bram, zo geduldig als hij kon.

'Door die DNA-check hebben ze z'n Y-chromosoom. Ze zijn gaan zoeken in The Jewish Tree, en al die info hebben ze gewoon op tafel staan bij de Shabak, welk Y-chromosoom ze moeten volgen. Dat hebben ze gedaan. Het kwam voor bij mannen met vier achternamen. Moet ik ze herhalen?'

'Ik ken ze,' zei Bram.

'Maar het is ook gek,' zei Ikki. Hij legde de halve hamburger terug in het doosje, draaide de dop van de fles, nam een slok.

'Ik moet nu al boeren,' zei hij.

'Gek?' vroeg Bram.
'Gek, ja.'
'Vertel het me.'
'Ik kwam de naam Frenkel tegen in een Nederlandse databank.'
'Een Nederlandse?'
'In jouw vaderland.'
'Frenkel? Een Nederlander?'
'Amerikaan.'
Bram kende de naam – waarvan?
Ikki vertelde: 'Het begint met Saul Frenkel. Geboren in Duitsland, maar na de oorlog studeerde hij in New York en kreeg de Amerikaanse nationaliteit. Saul kreeg een baan in Amsterdam, trouwde daar, en kreeg twee zonen. In 1983 ging Saul terug naar Amerika, met zijn jongste zoon, die later een dochter kreeg. Die Y-lijn loopt dus dood – het Y-chromosoom gaat identiek over van vader op zoon, je kunt dus hele mannenlijnen volgen als je de Y kent.

Saul ging terug naar Amerika, maar zijn oudste zoon Michael bleef in Nederland, tot 2002. Hij trouwde ook met een Nederlandse, had twee kinderen, twee meisjes, en hij scheidde van zijn vrouw in 1998. En vier jaar later, nadat Saul was gestorven, ging Michael ook naar Amerika. Allemaal netjes op het net te vinden, allemaal *open source*, niks bijzonders. Maar in Nederland liet Michael iets achter. Wat denk je?'

'Nou?'

'Een vriendinnetje. En die vriendin was zwanger. Een joods meisje. Judith de Vries. De Vries. Een gewone Nederlandse naam?'

'Ja. Joods en niet-joods. De Vries. Hoe weet je dat van dat vriendinnetje? Heeft Michael daarover geblogd? Een advertentie in de krant gezet?'

'Wacht even,' zei Ikki. 'Zijn vriendinnetje ging niet met hem mee naar Amerika. Geen idee waarom. Ze beviel in oktober 2002 van een jongen. Ze noemde hem naar haar eigen vader, Jacob. In het dossier wordt ook de naam Jaap gebruikt, en Japie – Japie de Vries.'

'Japie – dat "ie" is een verkleinvorm, zoals John en Johnnie. Kleine Jaap. En –?'

Ikki nam nog een slok, bood hem het flesje aan, maar Bram schudde zijn hoofd.

'En –?'

'Jaap heeft dus dat y-chromosoom maar heeft niet een van die vier achternamen. Hij heeft de naam van zijn moeder. En Jaap verdwijnt op 2 september 2008. Van het plein van een school. In Amsterdam. Hij was nog geen zes.'

Brams kind was enkele weken daarvoor verdwenen. Het was vier. Het deed pijn om eraan te denken. Dat Amsterdamse kind was in dezelfde periode verdwenen als zijn eigen kind. Dat was niet bijzonder. Het was tientallen kinderen overkomen, misschien wel honderden wereldwijd.

'Nu komt het. Zijn moeder deed aangifte bij de politie. Ook de media wijdden er aandacht aan, ik heb stukjes in krantenarchieven gevonden. Het kindje bleef weg. Het jongetje is nooit meer gezien. In een dossier kwam ik de aantekening tegen dat ook de verwekker van Jaap contact met de politie heeft opgenomen, Michael Frenkel. Dat was de treffer die ik zocht, waarmee ik alles kon reconstrueren. In een Nederlandse databank. Michael Frenkel is teruggekomen naar Nederland, is er dagenlang geweest, een paar keer. Ze hebben ook zelf een website gemaakt, dat doen mensen vaker. Toen wist ik dat we hem hadden. Het gaat om een verdwenen kind, Bram! Dat duikt hier bij een controlepost op en blaast zichzelf de lucht in! Een jood die zichzelf opblaast!'

Ikki hijgde van opwinding. Hij boog zich naar Bram en fluisterde: 'Er is nog iets anders. Saul Frenkel, de grootvader van dat jongetje, deze Frenkel werkte samen met professor Hartog Mannheim – dat is toch jouw vader? In Amsterdam. Saul Frenkel was medicus, chemicus, natuurkundige, hij had een hele rits titels, doctor doctor doctor Saul Frenkel, een groot wetenschapper, net als jouw oude vader.'

Bram knikte stom. De twee kleinzoons van twee mannen die ooit in Amsterdam hadden samengewerkt, waren op een dag verdwenen op totaal verschillende plekken op de wereld, een paar weken na elkaar. En na zestien jaar was een van die twee kleinzoons in Tel Aviv boven water gekomen en had zich opgeblazen. Op zomaar een dag in april in 2024.

Kende hij de naam van vroeger? Als zijn vader met Frenkel had samengewerkt, had hij diens naam vermoedelijk meerdere malen genoemd en was Frenkel misschien bij hem thuis geweest – of verbeeldde hij zich dit? Toen Frenkel in 1984 terugging naar Amerika, een jaar nadat Hartog de Nobelprijs had ontvangen, was Bram dertien.

Ikki legde zijn handen op Brams knieën en keek hem aan met een blik waarin verdwazing raasde.

Bram vroeg: 'Wat wil je dat ik hiermee doe?'

'Ik wil dat je hierover nadenkt,' fluisterde Ikki.

Bram dacht: waarom fluistert hij? Werden ze afgeluisterd?

'Ik wil dat je tot je door laat dringen wat dit betekent, Bram. Ik wil dat je Balin vertelt wat je net van mij hebt gehoord. Ik wil dat tot je doordringt dat dit toeval te groot is. Ik wil dat je beseft dat dit dus geen toeval kan zijn.'

Hij kneep in Brams benen, schudde ze heen en weer om zijn energie kwijt te raken.

Bram duwde zijn handen weg en stond op. Hij liep in de richting van de uitgang, langs de verlaten loketten, over het doffe marmer, door de donkere zaal waar geen spaarder ooit meer zou verschijnen, tot hij zich afvroeg of hij Ikki in de feiten kon laten delen. Nee, onzin. Hij drukte zijn handen tegen zijn oren toen opeens de muziek van Queen door het bankgebouw klonk.

Bram draaide zich om en zag Ikki heen en weer springen, brullend: '*Bicycle! Bicycle! Bicycle! I want to ride my bicycle, I want to ride my bike, I want to ride my bicycle, I want to ride it where I like!*'

Waarom zou Ikki gelijk hebben? Het was meer dan waarschijnlijk dat in de loop van honderden jaren een van die mannen met dat specifieke joodse y een of meerdere buitenechtelijke relaties had onderhouden. Hoe ver ging dat y-chromosoom terug? Hoe werkte dat? Talloze generaties waren geboren en gestorven, honderden mannen hadden verliefdheden en momenten van blinde geilheid gekend en stil of luidruchtig de buurvrouw, de boerin, de landarbeidster, een nicht of de vrouw van een vriend begeerd en zo mogelijk bevrucht – alles was mogelijk. Waarom nam Ikki aan dat Japie de Vries dezelfde was als de zelfmoordenaar van de controlepost op weg naar Jaffa? Waarom zou dat joodse y-chromosoom zich niet bij moslims, christenen, atheïsten of overtuigde antisemieten manifesteren?

Bram greep Ikki bij een arm vast: 'Vertel het nog een keer! En ik wil het zien! Laat me de dossiers op het scherm zien!'

Op het ritme van de muziek, met gesloten ogen, schudde Ikki zijn hoofd en zong: '*You say black, I say white, you say bark, I say bite –*'

Bram greep hem feller vast, met beide handen nu: 'Laat me die stukken zien!'

Ikki opende zijn ogen en knikte gelaten, uitgeput opeens. Met treurige blik keek hij Bram aan: 'Dat jongetje had een fietsje, ze beginnen daar in Holland zo jong met fietsen, het lag om de hoek van –'

Bram blafte hem toe: 'Geen melodramatische shit! Laat me de dossiers zien.'

19

Boven de stad een heldere sterrenhemel. De winkeliers hadden de luiken laten zakken. Een zachte nacht die misschien de eerste buitenslapers verleid had op hun dakterras een slaapzak uit te rollen. De wirwar van balkons die gescheurd en verweerd aan de muren hingen, de kabels die naakt aan de gevels kleefden. Hier en daar wasgoed. Een magere kat sprong op een volle vuilcontainer waartegen de zakken stonden opgestapeld, ze stapten door een walm van verrotting. Een dakloze liggend in een donker portiek, zijn plastic tassen angstvallig achter zijn rug. Een ambulance met nerveuze zwaailichten reed in de verte over een kruispunt – de sirenes stonden uit en het nummer ontging hem. Ze liepen naar een nachtwinkel, allebei te opgefokt om te kunnen slapen.

Ikki neuriede een melodie.

Bram herkende het. Hij zei: 'Bohemian Rhapsody.'

'Jouw tijd.'

'Nee, dat was voor mijn tijd. Ik wist toen niet hoe goed ze waren. Ik was intellectueel bezig en luisterde te weinig naar rockmuziek.'

'Je hebt veel gemist,' zei Ikki. Hij zong: '*Mama – just killed a man, put a gun against his head, pulled my trigger, now he's dead.*'

'Melodramatisch,' zei Bram. 'Maar toch goed.'

Ikki rekte zich uit als Freddy Mercury, met gespreide armen op de gebroken tegels van Ben Yehoeda, en zong tegen de donkere gevels: '*Mama – life had just begun, but now I've gone and thrown it all away. Mama –*'

Samen lachten ze – het verbaasde Bram dat hij daartoe in staat was.

'Wanneer luister je naar muziek?' vroeg Ikki.

'Nooit.' Muziek verstoorde het vacuüm waarin Bram wilde bestaan. De afgelopen jaren had hij er de voorkeur aan gegeven om achter matglas te leven, zonder scherpe contouren, zonder kristallen geluiden.

'Ik zal wat downloaden voor je,' zei Ikki. 'En we moeten eens gaan dansen. Dat doe ik ook, zelfs met mijn titanium poot.'

'Wordt er nog gedanst dan?'

'In welke wereld leef jij? Dit is Tel Aviv, man! Er wordt nergens zo gefeest als hier! Waar kun je beter dansen dan op de rand van de vulkaan of op een zinkend schip?'

Achter de toegangsdeur van de nachtwinkel bevond zich een wachtruimte die met tralies van de winkel was gescheiden, alsof ze van de straat in een gevangeniscel stapten. Het rook er naar frituurolie en verschaald bier. Een pafferige sefardische jood met een vettig glanzende huid na een volle dag en avond werken boven een walmend fornuis overhandigde hen tussen de tralies door hun bestelling. Ze gingen buiten op de plastic stoeltjes zitten, aan een wankel tafeltje, allebei shoarma, pitabroodjes, wat humus, bier. Ze scheurden de zakjes open en bogen zich over de nachtelijke hap.

Met volle mond zei Ikki: 'Ik zal zo meteen even dat programma laten draaien.' Hij bedoelde het computerprogramma dat afbeeldingen van gezichten bewerkte en een indruk kon geven van hoe de tijd het gelaat veranderde. In de databank van een Nederlandse stichting die vermiste kinderen registreerde, hadden ze foto's van Jaap de Vries gevonden, een mooi blond kind met grote blauwe ogen.

'Ik wil meteen morgenochtend naar Protzke,' zei Bram onaangedaan, alsof hij een elektricien was die een vroege klus had. Hij wilde niet toegeven aan de paniek. Of was het iets anders wat hij voelde, een stemming die hij niet te veel tot zich toe moest laten omdat hij er in een halvegare door kon veranderen? Nee, hij mocht geen gevoel toelaten.

'En Balin?' vroeg Ikki.

'Die bel ik.' Balin had een kaartje achtergelaten met zijn directe nummer.

'Hebben ze ons afgeluisterd, denk je?'

'Als dat zo was, had-ie allang voor onze neus gestaan.'

'En de moeder van die jongen?'

'Dat is aan Balin. Of nee, misschien moet ik haar bellen. Nee, toch niet – Balin.'

'Vergeet de vader niet. Michael Frenkel.'

'Kun je zijn nummer vinden?'

'In 2008 woonde hij in Boston. Hij was hoogleraar aan Harvard. Natuurkundige. Die erop los neukte,' zei Ikki.

'In ieder geval één keer,' zei Bram. Met een kunststof vorkje laadde hij humus op een puntje pita.

'Misschien was de moeder van Jaap een studente van hem in Amsterdam,' opperde Ikki.

'Hoe oud was ze toen ze het kind kreeg?'

'Drieëntwintig.'

'En Michael?'

'In 2002? Drieënveertig. Hij is nu dus vijfenzestig.'

Ze wierpen elkaar een blik toe.

'Een studente,' bevestigde Ikki, en hij nam een hap van de shoarma. 'Ik kwam ook Michaels broer tegen op een site,' zei hij smakkend. 'Dat was een zakenman, onroerend goed. Hij kwam om bij de vuile bom in Seattle.'

Diana! dacht Bram. Hij zag een kruispunt in Santa Monica en een kind dat hij had verpleegd. Was het die Diana? Een blauwe auto, herinnerde hij zich.

Hij zei: 'Eddie Frenkel. Zijn dochter Diana. Die moet nu vijftien, zestien zijn?'

Ikkie verstarde, keek over zijn vork naar hem op: 'Diana? De dochter van Eddie Frenkel? Die ken jij?'

Bram stond op, draaide zijn rug naar hem en zette een paar stappen, keek omhoog naar de daken, de droge bomen langs de weg, op zoek naar een beeld dat zijn bonkende hart tot bedaren kon brengen. Er heerste een patroon in de gekte – of was het gekte om een patroon te zien?

Nadat het schandaal hen getroffen had, had hij naar een rekenkundige orde gezocht, hij, de verhalengek, en was hij, gedreven door getallen, door Amerika getrokken om op een dag op een kruispunt een meisje te redden. Onzin, verdrietige onzin, beheerst als hij was door de angst dat hij alles was kwijtgeraakt, het kind, de vrouw, het huis! Onzin! Zo veel verkwiste tijd! En zo veel vergissingen – fatale vergissingen, dacht hij. Ikki en hij lieten zich verblinden door de behoefte om tussen losse incidenten een verband te vinden. Het kwam voor bij wetenschappers, politiemensen, gelovigen.

Hij voelde Ikki's hand op zijn rug.

'Bram, wat is er?'

Hij draaide zich om en zag Ikki's bezorgde blik. Drie scooters reden langs, jonge mensen die naar elkaar riepen met de warme wind langs hun wangen en door hun haar.

'Bram,' vroeg Ikki, 'wat is hier godskolere aan de hand? Hoe zit dat met Diana? Het is erg verwarrend allemaal –'

Bram greep Ikki's handen en hield ze vast, keek Ikki strak aan: 'Ikki – ik weet niet wat er aan de hand is, ik begrijp niets, ik weet alleen maar dat – dat ik denk dat we verkeerd zoeken – mijn kind – hij is al lang weg, al zestien jaar – hij zou nu twintig zijn – en die jongen, Jaap, die was ook weg – maar dat overkomt duizenden kinderen elk jaar in de wereld – ik wil niet gek worden, begrijp je dat?'

Ikki knikte met snelle korte hoofdbewegingen, hem met open mond aankijkend, net zo hard in Brams handen knijpend als Bram in de zijne: 'Maar er is iets aan de hand hier, Bram. Ik weet ook niet wat. Maar we zijn dichtbij, echt, ik voel het, ik voel die dingen – er zit daar iets wat we niet kunnen begrijpen. Maar het moet er zijn, echt!'

Bram schudde zijn hoofd: 'Nee. Het zijn onzinverbanden. We moeten hiermee ophouden.'

'Maar Bram – die Jaap verdween ook, in dezelfde periode – waarom? Er moet toch een soort verklaring zijn? En jouw kind, als-ie verdwenen is zoals Jaap, wat is er dan met hem gebeurd?'

Bram keek hem hulpeloos aan.

'Kom,' zei Ikki, en hij leidde Bram aan de hand terug naar de tafel, alsof Bram opeens slecht ter been was, een invalide die moest worden gesteund.

'Hee, hufter!' schreeuwde Ikki opeens.

Een zwerver ging er met zijn bord vandoor en Ikki maakte aanstalten om hem achterna te gaan, maar Bram hield hem aan zijn arm vast.

'Laat die sloeber. Kom op, bestel wat anders.'

'Gore klootzak!' brulde Ikki de zwerver na, een oude man die zich met zwaaiende ledematen uit de voeten maakte en in een steeg verdween. Geërgerd trok Ikki zijn arm los uit Brams greep.

'Bestel wat anders,' zei Bram.

'Ach, ik had genoeg,' zei Ikki, en hij liet zich in het witte kuipstoeltje zakken.

Bram zette het flesje bier aan zijn mond en dronk gulzig. Jezus – als het waar was dat er een verband bestond tussen de verdwijning van Jaap de Vries en zijn kind, dan bestond er theoretisch gezien een kans – of waren ze samen op weg om krankzinnig te worden? Was hij zelf weer terug in het systematiseren? In het bedenken van verlossende formules? In het verzinnen van schijnlogica? Hij kende het lot van zijn zoon.

'Ga zitten,' zei Ikki, 'en vertel me over Diana.'

'Het is allemaal heel vreemd,' mompelde Bram.

'Vreemd is het. Nu wil ik wat context, graag.'

De eigenaar van de snackbar riep: 'Willen jullie nog wat? Ik ga dicht!'

'Jij nog iets, Bram?'

'Nee.'

'Doe mij maar een pilsje!' riep Ikki naar binnen.

Bram ging zitten, leunde met een elleboog op het tafeltje en keek in Ikki's afwachtende gezicht, zoekend naar een begin.

'Ikki, ik ben een paar jaar zo gek als een deur geweest.'

'Geweest?' vroeg Ikki.

'Erger dan nu, ja.'

'Dat weet ik, Bram.'

Bram keek hem onderzoekend aan, zich afvragend wat Ikki nog meer van hem wist.

'We zijn malende, Ikki, we zien dingen die er niet zijn!'

Ikki ging verzitten en schudde ongeduldig zijn hoofd. 'We zien dingen die anderen niet gezien hebben. Dat is het! Dat maakt me verschrikkelijk onzeker, maar wat ik gevonden heb aan info is niet verzonnen! Het is echt gebeurd! De kleinkinderen van twee mannen die meer dan veertig jaar geleden hebben samengewerkt in een lab in Amsterdam zijn in ongeveer dezelfde periode als vermist opgegeven – het is doodeng.'

Bram knikte koortsachtig. Maar het was onzin.

De glimmende snackbarman zette een flesje bier op het tafeltje neer. Ikki wurmde een hand in zijn broekzak.

'Hoe was de shoarma?' vroeg de snackbarman.

'Eersteklas. Wat vind jij, Bram?'

'Ja, goed.'

'Zeg het tegen je vrienden, oké?' vroeg de man, de munten

bekijkend die Ikki op zijn handpalm had gelegd.

'Dat is te veel,' zei hij, en hij wilde Ikki geld teruggeven.

'Dat is een fooi,' zei Ikki.

'Ik accepteer geen fooien, ik werk voor mijn geld.' Hij gaf Ikki de munten terug en liep zijn zaak weer in.

'Luister,' zei Bram, 'nadat mijn kind was verdwenen, ben ik gaan zwerven. Ik was krankzinnig, kon de werkelijkheid niet aanvaarden. Ik was psychotisch. Vertoonde de typische kenmerken. Palilalie, glossolalie.'

'Wat is dat?'

'Dwangmatig herhalen van woorden. En glossolalie is het spreken in een eigen taal, met woorden die niemand begrijpt. Toen ik min of meer weer terugkwam, ben ik er jaren voor behandeld. Ik slik nog steeds pillen.'

'Is me niet ontgaan.'

'In de ergste fase zwierf ik door Amerika. Ik trok naar het westen, zoals veel daklozen. Belandde in Santa Monica, aan de kust, en daar, op een dag – nee, om drie over halfnegen, op 8 april 2010, zag ik daar hoe een auto door rood reed en een buggy raakte. Ik heb het kind eerstehulp gegeven. Het meisje heette Diana. Later ontmoette ik haar grootvader, de vader van haar moeder. Hij vertelde me dat Diana's vader dood was. Door de bom in Seattle. Die vader was Eddie Frenkel, de broer van Michael – Michael, de vader van Jaap de Vries die zich bij ons heeft opgeblazen – dat wordt te veel, vind je niet?'

Ikki sloot zijn ogen en maakte een geluid alsof hij moest overgeven: 'Behoorlijk veel, ja. Heavy.' Hij keek Bram weer aan, ogen vol onbegrip: 'Dus jij hebt een Frenkel ontmoet? De dochter van Eddie?'

'Ja – en twee jaar later, toen ik daar een paar dagen op bezoek was, nog een keer.'

'Weet je, Bram, dat meisje is een volle nicht van Jaap, de zelfmoordenaar.'

Protzke had hem verteld wat Jaaps laatste woorden waren geweest. Allahoe Akhbar.

Ikki staarde hem aan, tastte met zijn blik Brams gezicht af alsof daar geheime verklaringen te lezen waren: 'Jezus –'

'Jezus wat?'

'Waarom zou een jood dat doen, Bram? Dat is nooit eerder gebeurd. Een jood die zich te midden van andere joden opblaast?'

Bram maakte een wuivend gebaar, alsof hij de krankzinnigheid die zich van zijn hoofd dreigde meester te maken, kon wegslaan: 'We zien te veel onzinnige verbanden, relaties die er niet zijn. Misschien is die jongen De Vries niet degene die zich heeft opgeblazen.'

'Een joodse moslim,' zei Ikki. 'Het ligt zo voor de hand en ik zie het nu pas! Een jood die moslim is geworden – fuck. Ergens in die zestien jaar is-ie moslim geworden. En niet zomaar een moslim die er genoeg aan heeft om vijf keer per dag te bidden en joden en christenen te vervloeken, zijn vrouw in mekaar te meppen en te dromen van een middeleeuwse heilstaat, nee, een moslim die het als de hoogste opdracht beschouwt om zichzelf met zo veel mogelijk joden de lucht in te blazen.'

'Jezus –' Bram stond opnieuw op uit de plastic stoel, met trillende ledematen.

'Bram, je moet Protzke die computerbewerkingen laten zien van Jaap. Die programma's zijn goed. Dan weet je het. Maar het blijft een feit dat twee mannen die met elkaar hebben gewerkt allebei een kleinkind hebben dat in de herfst van 2008 is verdwenen. Dat is akelig veel toeval.'

Bram vroeg: 'Wat doet Diana daarbij? Je intuïtie, wat geeft die je in?'

Ikki boog zijn hoofd: 'Bram, weet ik niet, mijn intuïtie is moe. Het is drie uur 's nachts.'

'En hoe zit het met andere mensen met wie mijn vader gewerkt heeft? Hebben die ook kleinkinderen die verdwenen zijn?'

Ook Ikki stond op, drukte zich uit het doorbuigende stoeltje: 'Heb je namen?'

'Ik heb geen idee,' zei Bram.

'Je moet een paar namen hebben. Dan ga ik spitten.'

'Dat moet ik nazoeken. In zijn archief. Of misschien zitten er in krantenarchieven artikelen over het onderzoek waarvoor hij de Nobelprijs kreeg. Misschien staan daar namen in.'

'Ik slik wat pillen en ga terug,' zei Ikki.

Hij spreidde zijn armen en Bram drukte Ikki tegen zich aan, klopte op zijn rug.

'Ik doe het voor de kick, niet voor jou.'

'Het resultaat is hetzelfde.'

Ze lieten elkaar los en Bram zei: 'Je bent net zo maf als ik.'

'Laat ik die kwalificatie maar als een teken van vriendschap opvatten.'

Besluiteloos stonden ze tegenover elkaar.

Ikki zei: 'Bram, die Jaap, als het echt zo is dat zijn verdwijning te maken heeft met jouw kind, dan is de kans groot, ja, dan is wat er met jouw kind is gebeurd niet zomaar een geval van wreed toeval. Maar als dat zo is – hoeveel tijd hebben we dan nog?'

'Ik wil er niet aan denken,' zei Bram, bang opeens voor de verleiding van de getallen, de systemen, de verlossing in de waanzin, en voor de gedachte dat hij de verkeerde had gedood. 'Eerst de computerbeelden aan Protzke laten zien. En ik moet nu die arme Rita verlossen. Die ligt op de bank te slapen.'

20

Rita werd niet wakker toen hij binnenkwam. Bram liep stil door naar de slaapkamer van zijn vader. Hartog lag op zijn rug, het laken half van zich af getrapt. Hij droeg een onderhemd en een stinkende luierbroek, die gelukkig niet had gelekt. Hij zou hem laten liggen tot de ochtend, als Hartog wakker werd. Wat droomde iemand in zijn toestand? Wat zou hij zien en beleven? Of was er niets, geen herinnering, geen vertrouwd gezicht, geen angsten? Bram ging op het matras naast hem zitten en streelde met een vinger zijn oude voorhoofd. Als hij zijn oude zelf was geweest, had Bram hem kunnen voorleggen wat er was gebeurd, en Hartog had met zijn majesteitelijke inzicht in een handomdraai de verbanden gelegd, en rust en orde geschapen, want dat was het wat inzicht voortbracht. Bram had hem altijd met ontzag gadegeslagen. Feilloos had Hartog in complexe problemen de essentie aangewezen. Was alles weg? Was het alleen zijn dwarse, moeilijke, weerbarstige karakter dat zijn vader nu met open mond liet ademen en zijn hart liet kloppen? Hartog had zijn Y-chromosoom aan hem doorgegeven, en Bram had dat Y-chromosoom aan zijn kind doorgegeven. Hij huiverde bij de gedachte dat hij op een dag wellicht op deze manier het einde van zijn leven zou naderen. Wie zou hem verplegen?

Toen Bram zijn eindexamen had gedaan en de dag van de diploma-uitreiking was aangebroken, hadden zijn Amsterdamse pleegouders, Jos en Hermine Vermeulen, in de aula plaatsgenomen. Zijn vader kon niet weg uit Tel Aviv, had verplichtingen, moest overleg voeren. Bram voelde zich verlaten en miskend, ook al zou hij dat nooit toegeven, ook al was hij eraan gewend geraakt dat zijn verwekker weinig interesse toonde voor zijn intellectuele capaciteiten. Hij had een mooie eindlijst, maar de exacte vakken ontbraken. Toen zijn naam werd genoemd, stond hij op en ontving hij van de rector zijn diploma, en bij het teruglopen zag hij achterin, naast de toegangsdeuren, zijn rijzige vader staan, handen op de rug, in een slechtzittend Israëlisch kostuum. Hartog knikte hem van verre toe en Brams hart brandde van geluk. Na afloop schudde zijn vader hem de hand, maar het drong tot hem door dat Bram daarmee geen genoegen nam en vervolgens, na een moment van onhandigheid met nerveuze armen, omhelsde hij zijn zoon. Hartog was nooit gul – een zuinige, precieze man die niets verspilde en al snel iets overdreven vond, maar dit keer gingen ze eten bij De l'Europe, een duur hotel in het hart van Amsterdam, en na het voorgerecht – Bram had het goedkoopste genomen, een soepje, hier een 'consommé' genoemd – schoof Hartog hem over het witdamasten tafelkleed een envelop toe met drieduizend gulden, genoeg om een vliegticket te kopen voor de wereldreis die Bram met een schoolvriend wilde ondernemen. Lichamelijk kon Hartog zijn genegenheid niet uiten – geen spontane omhelzing, geen gezoen, geen geknuffel – maar hij wilde wel laten zien dat hij om zijn zoon gaf.

Was het de dag na de aanslag op zes juli, of was het een week later? Bram wist de datum van de diploma-uitreiking niet meer – het was een vrijdag, dat wist hij nog. Maar zijn vader roerde het tijdens het etentje aan, dat wist hij wel, de aanslag op de drukke buslijn 405 van Tel Aviv naar Jeruzalem.

Zes juli 1989 was een donderdag. Vijfendertig jaar later, zittend op bed naast het oude lijf van zijn vader, herinnerde Bram zich de datum omdat in de vakliteratuur de actie van de Palestijn als de allereerste zelfmoordaanslag werd geboekstaafd. Tijdens de rit, toen de bus langs een ravijn reed, had hij zich op de chauffeur gestort en het stuur gegrepen. De bus stortte omlaag, met als resultaat: zevenentwintig gewonden, zestien doden. De dader zelf overleefde de aanslag doordat hij op tijd in een Israëlisch ziekenhuis werd verpleegd.

'Dit krijg je ervan,' had zijn vader gezegd. 'Dit gebeurt wanneer je niet hard genoeg terugslaat.'

'Wat moet Israël doen dan?' vroeg Bram, achttien en pacifist en ervan overtuigd dat er op een dag onderhandeld moest worden. Vrede maak je met je vijand, niet met je vrienden – hij geloofde in dergelijke formules. Hij kende zijn vaders havikenstandpunten, maar hij wilde hem niet provoceren.

'Israël moet vernietigen omdat Israël anders zelf vernietigd wordt,' stelde Hartog.

'Papa, je kunt toch niet een heel volk over de kling jagen? Hoe kun je nou zoiets zeggen?'

'Ik heb het niet over –' Hartog herhaalde met een badinerende stem Brams woorden, 'over de kling jagen'. Hij keek geërgerd door de kitscherige zaal van Excelsior, zoals het restaurant van Hotel de l'Europe feitelijk heette. 'Ik heb het over verdrijven. Dat hebben we niet gedaan, niet echt, tenminste die Palestijnse Arabieren zullen ons op een dag de kop afhakken. Want we hebben in 1948 nagelaten om ze over de Jordaan te verdrijven. Daar hebben ze een eigen staat, Jordanië, en de rivier vormt een natuurlijke grens. En als ze ons pijn doen, moet je ze tien keer zo erg pijn doen. Als ze met opzet onze burgers vermoorden, vermoord je er tien keer zoveel aan hun kant. Dat is de logica van het Midden-Oosten. Zo hoor je je bij ons in de buurt te gedragen. Met de gedragsregels van hier – kijk om je heen! – red je het daar nog geen week. Je vecht tegen je broer, en met je broer vecht je tegen je neef, en met je broer en je neef vecht je tegen je achterneef, en met je broer en je neef en je achterneef vecht je tegen de rest van de wereld. Dit is de *bottom line*, de rest is commentaar.'

'Maar, papa, mensen willen daar toch hetzelfde als wij? Een dak boven hun hoofd, werk, scholen voor hun kinderen?'

'Je gaat een reis maken, toch?'

'Ja. Dankzij jou.'

'Dan zul je onderweg ontdekken dat mensen op andere plekken andere ideeën hebben. Waarom zouden Arabieren dezelfde burgerlijke ambities hebben als Europeanen? Voor hen is de koran veel belangrijker dan het burgerlijk wetboek. Dat met die bus – die Arabier was bereid te sterven, samen met de joden. Want hij gaat naar het paradijs en de joden naar de hel. Dat is makkelijk doodgaan, als je zo denkt. Daar hebben wij geen antwoord op. Tenzij je ze massaal aanpakt. Tenzij je hun familie oppakt en hun moeders en zusters verkracht. Dan zou het anders zijn. Maar dat zie ik Shamir niet doen. Was ooit een keiharde ondergrondse vechter, nu zoekt-ie compromissen. Rabin, misschien, dat is een harde, maar niemand durft de werkelijkheid onder ogen te komen.'

'Pap – hoor je jezelf praten?'

'Ik hoop dat jij mij hoort praten.'

'Zoals jij denkt –' Hoe kon Bram het zeggen zonder hem kwaad te maken? 'Zo komt er nooit vrede.'

'Waarom zou je vrede willen hebben?' Hartog keek hem hooghartig aan, met de koude kracht van iemand die geen hoop meer nodig had. 'Als je wilt overleven, moet je niet over vrede zeiken.'

'Dat is geen zeiken.'

'Je weet helemaal niks, Bram.' Hartog wenkte de ober en wees op de lege wijnglazen.

'Ik weet dat je met je vijanden vrede moet sluiten,' zei Bram, zich naar hem buigend. 'Israël heeft recht op veiligheid, maar je kunt die Palestijnse gebieden niet voor eeuwig bezetten!'

'Onzin. Je sluit geen vrede met je vijanden. Je vermorzelt ze. Dat doe je met vijanden. Waar haal je de krankjorume gedachte vandaan dat je met Arabieren vrede kunt sluiten? Vrede met Arabieren is niks anders dan uitstel van executie.'

'Hoe denk jij eigenlijk over zwarten?' vroeg Bram. Was het geen tijd om in opstand te komen tegen de extremist die zijn vader was?

'Waarom begin je over zwarten?'

'Ben je een racist?' vroeg Bram plompverloren. Hij besefte dat hij zijn vader uitdaagde.

'Arabieren vormen geen ras. Zwarte mensen wel. Ik heb zwarte medewerkers gehad. Uitstekend. Arabieren die in het Westen opgroeien – je hoort me niet klagen. Je kunt me dus niet in het verdomhoekje van het racisme drijven, jongen. Je moet je zaak wat slimmer opbouwen. En die Palestijnse gebieden heten Judea en Samaria. Dat klinkt allemaal erg Arabisch, vind je niet? Hebron – wat is daar historisch gezien Arabisch aan? Hoe vaak komt de plaats Hebron wel niet voor in de Tenach?'

'Dus wat is premier Hartog Mannheim van Israël van plan?' vroeg Bram zo cynisch mogelijk.

'Duw tien bussen met Arabieren de ravijnen in,' antwoordde Hartog, een hand heffend om de ober aan te geven dat deze genoeg wijn in zijn glas had geschonken. 'Dan houdt het vanzelf op.' Hij hief zijn glas om nog een keer te toosten. 'Dit is de eerste keer in jaren dat ik bij de lunch drink, dus, Bram, maak er gebruik van.'

Bram keek weg, misselijk van ergernis.

'Wat is er?' hoorde hij zijn vader vragen.

Bram schudde zijn hoofd, verbijsterd dat zijn vader niet besefte hoe weerzinwekkend zijn opvattingen waren.

'Maak je niet druk,' zei Hartog, 'laat dat "je druk maken"

maar aan mij over. Jij zit hier, prachtig, ik gun je dat, maar je moet niet de joden bekritiseren die daar de hete kolen uit het vuur halen.'

'Het zijn kastanjes. Kastanjes uit het vuur halen. En het is "op hete kolen zitten".'

Bram zag hoe door de ogen van zijn vader een moment van helse furie schoot. Hartog zette zijn glas neer zonder ervan gedronken te hebben, sloot even zijn ogen en zei: 'Ik praat geen Nederlands meer, de afgelopen jaren. Ivriet, Engels vooral. Dan maak je wel eens een foutje. En als ik het glas hef om met je op je diploma te drinken, als ik daarvoor godverdomme helemaal uit Tel Aviv gevlogen kom, dan gedraag je je, begrepen?'

Bram wilde hem niet voor het hoofd stoten, maar hij kon nog niet opgeven: 'Pap, ik denk dat je te ver doorschiet, dat je, door wat je hebt meegemaakt, te hard oordeelt. Ik ben dolblij dat je gekomen bent, echt waar, maar je politieke ideeën zijn nogal – nogal hard.'

Hartog keek naar zijn wijnglas en hield het dunne kristallen steeltje tussen duim en wijsvinger vast. Bram wist dat hij het kon breken. Hartog was een opvliegende man met handen die zo nu en dan, in een vlaag van woede, iets kapot moesten slaan.

Maar hij hield zijn woede onder controle: 'Ik neem aan dat de naam Samir Kuntar je niets zegt, toch?'

'Nee,' mompelde Bram, beseffend dat zijn vader hem ging wegspelen. Hartog ging nu zijn kennis etaleren.

'Kuntar, voornaam Samir. Een Droez, lid van het Palestijns Bevrijdingsfront. Tweeëntwintig april 1979. Jij was acht, ik neem je niet kwalijk dat die naam je niets zegt. Ik was toen ook al vaak in Israël, Technion in Haifa, bij het Weizmann-instituut in Rehovot. Ik was in Israël, op die tweeëntwintigste. Jij denkt dat ik altijd zo dacht zoals ik nu denk, toch?'

'Ik heb geen idee,' zei Bram, die zich afvroeg hoe zijn vader hem wilde raken.

'Ik dacht een beetje zoals jij. Tot die dag. Niet helemaal hetzelfde, want jij bent echt nog een stuk naïever dan ik toen was, maar het komt overeen.'

'Ik ben dus naïef?'

'Ja, je bent naïef. En luister even, wil je?'

Bram knikte, nu echt woedend.

'De Droez Samir Kuntar hoorde bij een groep van vier man die met een boot uit Libanon kwam gevaren. Hielden ze van varen? In ieder geval wel op die dag. Een rubberbootje met een buitenboordmotor van vijfenvijftig pk, het haalde achtenvijftig kilometer per uur – dat is snel, ja, ik ken de details. Ze voeren op Nahariya, een plaatsje tussen de grens met Libanon en Akko. Rond middernacht kwamen ze aan land, schoten meteen een politieman dood die daar toevallig opdook. In Nahariya gingen ze in groepjes van twee verder. Onze vriend Kuntar ging het huis binnen van de familie Haran. De familie was thuis: vader Danny, moeder Smadar, en hun twee dochtertjes Einat van vier en Yael van twee. Moeder Smadar slaagde erin zich met Yael te verstoppen in de kruipruimte boven de slaapkamer. Ze was bang dat Yael zou gaan huilen, dus ze hield haar hand op Yaels mond. Onze vriend Samir Kuntar dwong Danny en Einat mee te gaan naar het strand. Voor de ogen van zijn dochter schoot hij Danny door zijn hoofd, hield hem daarna lang onder water omdat-ie zeker wilde weten dat Danny dood was. Daarna sloeg hij met stenen die daar op het strand lagen, en daarna met de kolf van zijn geweer, Einat de schedel in. En daar boven in die kruipruimte had Smadar in haar angst haar dochtertje Yael gesmoord –'

Hartog keek naar buiten, naar de zeventiende-eeuwse Munttoren aan de overkant van het water. De klok sloeg drie keer.

'Van de vier terroristen grepen de joden er twee. Samir Kuntar en Ahmed al-Abras. Ze kregen allebei een paar keer levenslang, na een proces, ja, ze kregen een proces. Ik herinner me een interview in een krant met moeder Smadar. Ze vertelde dat ze daar bovenin lag met haar kind, in die kruipruimte, en dat ze dacht: net als mijn moeder tijdens de holocaust. Vier jaar geleden werd Ahmed al-Abras geruild tegen drie Israëlische soldaten die daar in Libanon gevangenzaten. Elfhonderdvijftig Arabieren tegen drie joden. Al-Abras mocht aan een nieuw leven beginnen. Waarom vertel ik dit?'

Hij keek Bram secondenlang aan: 'Ik vertel dit omdat Samir Kuntar door veel Arabieren als een held wordt beschouwd. Een man die een meisje getuige laat zijn van de moord op haar vader, en daarna de schedel van het meisje verbrijzelt. Hij is een held in Arabische ogen. Die perverse, volstrekt immorele psychopaat is een held in Libanon en in de Palestijnse steden. Dit gebeurde toen ik daar was, in april 1979. Dus lul niet over vrede en over "praten met je vijand". Je vijand is een beest. Hij zal als-ie de kans krijgt je ingewanden vreten. En als je daar niet leeft, als je de ervaring zelf niet hebt, dan lul je als een kip zonder kop.'

Bram moest iets zeggen: 'Ik lees er dag en nacht over. Ik weet waar ik het over heb.'

'Je hebt geen idee.'

'Wat wil je? Dat ik daar ga wonen?'

'Waar ga je studeren?'

'In Tel Aviv,' besloot Bram spontaan, vaag beseffend dat hij Hartog hiermee kon treffen. 'Ik ga in Tel Aviv studeren. En ik kom bij je wonen.'

'Bij mij?'

'Ik zal niet van je zijde wijken.'

'Je bed staat klaar,' constateerde Hartog droog.

Het was bedoeld als provocatie aangezien Bram vermoedde dat zijn vader enige distantie tot zijn zoon niet onaangenaam vond. De wereldreis kwam er niet van; Bram huurde een studio in een goedkope buurt in het zuiden van Tel Aviv en begon, ondanks zichzelf, ondanks zijn kritiek en voorbehoud, van het land te houden, van het licht in de ochtend en het licht als de middag wegdroomde, van de huizen en de straatnamen, en de agressie en creativiteit van de mensen, met hun bezeten dromen en terechte angsten. Had zijn vader gelijk gekregen? Bram weigerde zijn ideeën over te nemen. En nog steeds, drieënhalf decennium later, weigerde hij naar Hartogs bittere illusieloosheid te leven.

Hartogs stugge, taaie lijf bleef min of meer functioneren. Bram hield zijn bejaarde hand vast, een hand die met een vulpen had geschreven, of een krijtje om ermee op een schoolbord de chemische formule van een elementair levensproces te krassen, een hand die een broodkorst of een halve aardappel naar zijn vastbesloten mond kon brengen toen hij alleen was zoals kinderen zelden alleen zijn geweest. Een dunne hand, nu. Een bleke huid waardoorheen zwarte aderen schemerden. Levervlekken. Een hand die hij als puber vervloekte omdat de hand hem niet streelde. Een moeilijke man. En sinds toen, een eenzame man.

'Ach, papa,' fluisterde Bram, ademloos van medelijden, onmachtig hem te troosten, en hij streelde de hand.

Beneden op de begane grond opende Bram om halfvier 's nachts hun rommelhok, vijf deuren verwijderd van dat van Rita. Hartog had nooit meubels gehad die hij daar opsloeg; nadat de tl-buis stotterend was aangesprongen, zag Bram een ruimte met archiefdozen, opgestapeld tot aan het plafond. Op etiketten had Hartog de inhoud beschreven, niet in het Ivriet maar in het Nederlands, in zijn sierlijke vooroorlogse handschrift. Rapporten van research, experimenten, jaargangen van vaktijdschriften. Na een paar minuten vond Bram een doos waarvan het etiket meldde: PRIVÉ.

Hij opende de kleppen en vond knipselmappen. Het was ondenkbaar dat Hartog die krantenstukken zelf had verzameld. Misschien was het Brams moeder geweest, en na haar dood een secretaresse. Berichten over zijn onderzoek, interviews, en na de aankondiging dat hem de Nobelprijs was toegekend tientallen foto's in tijdschriften, wetenschappelijke bijlagen van kranten met artikelen over Hartogs laboratorium, ook een foto waarop Bram zelf naast zijn vader stond, twaalf jaar jong en strak van ernst, in het pak dat hij tijdens de plechtigheid had gedragen. Artikelen in buitenlandse media. Een stuk waarin medewerkers aan het woord kwamen. Saul Frenkel. Bram las kriskras door de stukken: 'krachtig', 'eigenzinnig', 'weet wat hij wil', 'onvermoeibaar', 'kennis en intuïtie', 'een overlever', 'veeleisend maar eist ook veel van zichzelf', 'kritisch', 'altijd duidelijk', 'was even wennen in het begin' – de eufemismen over een man die zijn team tegemoet getreden was zoals hij zijn zoon tegemoet trad.

Bram noteerde de namen van het kernteam van Hartogs laboratorium, zeven mensen. Saul Frenkel was de co-directeur – over hem hadden ze voldoende informatie. Twee jonge Nederlanders, Frits de Graaf en Jolande Smits, fungeerden als de werkpaarden van het lab, zo begreep Bram. Een Britse onderzoeker, Joseph Lewis, kwam laat bij de groep, een jaar voor de publicatie van het onderzoek dat de Nobelprijs zou opleveren. De Rus Dossay Israilov leefde zo ongeveer in het lab maar werd ook beschouwd als een eigenzinnige eenling. Een Fransman, André Bernard, was een trouwe vazal van zijn vader. En een Australiër, Henry Sharpe, die als bijnaam 'Kangoeroe' had, was door Hartog als zijn kroonprins beschouwd – flauwe bijnamen werden kennelijk ook in laboratoria door topwetenschappers gegeven. Hoe zouden ze zijn vader hebben genoemd? En wat kon Bram vaststellen zodra hij wist dat niet alleen Saul Frenkels zoon maar ook een zoon van een van de anderen ooit bij de politie of bij een organisatie gemeld had dat een kind werd vermist?

Enkele deuren verder in de donkere, betonnen gang ontstak hij de tl-buis in het hok waar hij ook vroeger zijn 'onderzoek' had verricht. Het was armoedig kantoorlicht, maar het had twee jaar lang probleemloos bij deze kamer gepast. Hij zat er op de kantoorstoel die hij van Rachel cadeau had gekregen toen hij benoemd werd tot hoogleraar. De stoel was meegereisd naar Princeton, en weer teruggevaren naar Tel Aviv nadat het pand was verkocht. Uren had hij gewijd aan de omstandigheden op die specifieke dag. Hij had zich gericht op het vinden van een *predator*, zoals de Amerikaanse sites zo'n monster noemden. *Child* predator. *Sexual* predator. In deze kleine kamer, een rommelhok horende bij appartement 404 van Rita Kohn, had hij nooit aandacht gehad voor Hartogs medewerkers – waarom niet? Het was waar dat een kleinkind van Saul hetzelfde overkomen was als het kleinkind van Hartog – maar zulke dingen gebeurden nu eenmaal. Hij zelf had een kleindochter van Saul eerstehulp gegeven. Een blauwe auto. De verkeerde geldautomaat. Had hij in deze kamer ook dat incident moeten natrekken? Misschien wel. Bennies vermissing op 28 augustus 2008 in Princeton kon eenvoudigweg geen verband houden met de vermissing van Jaap de Vries (wat een mooie Hollandse naam, dacht hij) op 2 september 2008 in Amsterdam. Het feit dat hun grootvaders elkaar hadden gekend en tientallen jaren eerder met elkaar hadden samengewerkt, betekende niets, want in 2012 had hij daarvoor de bewijzen gevonden. John O'Connor had zijn kind gedood. En hij had vervolgens John O'Connor gedood.

Het werd tijd om de prikborden weg te gooien, de prints, de artikelen, de documenten. Het werd tijd om definitief af te sluiten.

21

'Ik was in slaap gevallen, sorry,' verontschuldigde Ikki zich toen Bram hem 's ochtends om halfnegen ophaalde. Zelf had Bram een paar uur geslapen, in zijn eigen kamer. Rita had onverstoorbaar de bank in de woonkamer bezet gehouden, op haar rug net als Hartog, met open mond snurkend.

'We zitten niet goed,' zei Bram. Hij stuurde de auto naar het Sheba Medisch Centrum.

'We zitten goed, absoluut. Ik had een peppilletje geslikt, maar het deed niks,' zei Ikki.

'Je had er twee moeten slikken,' zei Bram.

'Ik weet niet waarom ik toch in slaap viel. Ik was uitgeput, weet je. Je moet niet vergeten dat ik voor de helft uit titanium besta.'

'Sinds wanneer wordt titanium moe?'

'Wat er van mijn organische systeem over is, wordt moe. Maar de afbeeldingen heb ik, daar gaat het toch om?'

'Ja.'

'Heb je Balin gebeld?' vroeg Ikki. 'Wij hebben ontdekt dat een joodse moslim uit Nederland zich bij de controlepost heeft opgeblazen. Dat is dikke shit. Een jood die andere joden heeft opgeblazen, jezus – dat hebben wij achterhaald, we mogen trots zijn, maar ik denk dat Balin er gemengde gevoelens bij heeft.'

'Waarom?' vroeg Bram. 'We helpen hem.'

'Zijn eigen mensen hadden dit moeten doen. Wij niet. En wij zullen echt onze mondjes moeten houden.'

'Aan wie zouden we dit moeten vertellen, aan een krant of zo? We moeten open kaart met Balin spelen. Ik bel hem zodra we Protzke hebben gezien.'

'Voor dit verhaal valt een hoop geld te vangen,' zei Ikki.

'Als je ruzie wilt met de Shabak, ga je gang. Ze hangen je op aan je ballen.'

'Die ene die ik nog heb, koester ik,' zei Ikki. 'Als het waar is, zullen ze de controleposten moeten aanpassen. Die DNA-check helpt niet meer. Hoe halen we joden eruit die moslim zijn geworden?'

'Het was een incident,' zei Bram.

Zelf had hij in de verkeerde richting gezocht tot zijn oog op John O'Connor was gevallen. Tunnelvisie – het was vaak onweerstaanbaar om orde te zien waar in werkelijkheid slechts chaos heerste.

'Een incident?' hoonde Ikki. 'De kans dat zomaar twee jongens van ongeveer dezelfde leeftijd verdwijnen die kleinkinderen zijn van twee mannen die jaren met elkaar hebben samengewerkt – wat zal de kans daarop zijn?'

'Ik heb geen idee,' zei Bram. Maar het was geen toeval dat zijn kind op een dag in 2008 uit hun huis was verdwenen. Hij kende de feiten, al twaalf jaar.

'Wat zit je te denken?' vroeg Ikki.

'Niks,' zei Bram dof.

Hij zag het huis in Princeton voor zich, de labyrintische bouwval die een burcht had moeten worden, hij hoorde de rauwe angst in zijn stem en voelde de adrenaline in zijn ledematen. Balin had hem op een onhandige dag gebeld. Rachel was naar Tel Aviv vertrokken, hij had zelf een eerste gesprek met een shrink over zijn slapeloosheid gehad, het was warm en buiten lonkte aan het einde van de middag de avondzon – dus stond hij Balin voor het huis te woord en ging het kind zonder toezicht op stap, in de richting van John O'Connor, die het terrein nooit had verlaten maar zijn pick-up ergens had geparkeerd en tussen de struiken was teruggelopen.

Gedurende de avond en de nacht was Bram tientallen keren door alle vertrekken gerend, twee keer had hij de batterijen van de zware Maglite-zaklantaarn vervangen. Zijn keel was rauw, zijn ogen brandden, en radeloos had hij zich afgevraagd wat hij Rachel kon vertellen. Er viel niets te vertellen. Niets vreugdevols, hoopvols, verwachtingsvols – met overgave wilde hij haar gelukkig maken en het grote avontuur van hun leven in Amerika met haar delen. Hij sliep slecht, ja, onzeker over de aankoop van het megapand in het bos, de woning voor een miljonair, niet voor een historicus en een arts.

Ze stuurde een sms'je toen ze in Tel Aviv was geland. Hij sms'te terug, liegend dat er iets was met de telefoonlijn en zijn mobiel, waardoor hij alleen kon sms'en, en toen brak het moment aan dat hij de politie belde. Binnen tien minuten waren twee patrouillewagens op het terrein verschenen. Hij was rustig, deed zijn verhaal en reed met een van de wagens mee naar het districtsbureau. Hij ondertekende een verklaring, ging ermee akkoord dat een foto van Bennie openbaar gemaakt zou worden, en ondertussen loog hij wanneer Rachel hem een sms stuurde. Hij hield dit drie dagen vol, tot de dag dat hij werd ondervraagd en ze gingen dreggen. Hij slikte kalmeringspillen toen hij toekeek hoe ze in de rivier met haken over de bodem schraapten. Op de vierde dag sms'te Rachel dat een vriendin had gebeld met het bizarre bericht dat ze hun kind in een vermissingsbericht op een lokale tv-zender had gezien. Wat was er aan de hand? Waarom kon haar vriendin wel bellen en Bram niet? Hij wist niet wat hij moest antwoorden. Ze sms'te dat zij op het eerstvolgende vliegtuig stapte. Hij had dus een uur of veertien, vijftien om het raadsel op te lossen. Op een kaart van

New Jersey zette hij een kruis op de locatie van het huis. Bram kon niet aanvaarden dat het noodlot blind had toegeslagen. Voor alles was een reden.

Tijdens zijn tocht door Amerika had Rachel zich van hem laten scheiden en ze was terug naar Israël gegaan. Later had ze een rol in een Indiase film aanvaard en was ze in Mumbai een ster geworden die het huwelijksaanzoek van een Indiase industrieel niet had kunnen afslaan. Ze had drie kinderen, leefde in paleizen en in appartementen in Moskou, Londen, New York, ze had personeel, chauffeurs, en had de episode met Bram naar de kerkers van haar geheugen verbannen. Soms googelde hij haar naam, zag foto's van een jetsetleven. En soms, na al die jaren, verlangde hij ernaar om haar op een dag te kunnen bellen en te zeggen dat hij hun kind had teruggevonden, tot het besef weer doordrong dat dat niet zou gebeuren. Zijn zoon was dood.

22

Ter begroeting tilde Chaim Protzke een moment zijn hand van de deken toen Bram en Ikki aan zijn bed verschenen. Het kostte hem zichtbaar moeite. Naast hem op een krukje zat Chaims vrouw, op haar ellebogen leunend en haar hoofd liefkozend tegen zijn schouder. Ze was een Ethiopische met een zwarte huid en hennakleurig kroeshaar. Nog steeds verbonden allerlei buizen en kabels Protzke aan de toren met hightechapparatuur. Hij wekte niet de indruk dat hij er beter aan toe was dan bij het eerste bezoek.

'Professor,' zei Protzke met een stem zonder lucht.

Zijn vrouw ging staan en zei: 'Hallo, ik ben Sira.' Ze stelde zich ook voor aan Ikki.

'Gaat u zitten,' zei Bram tegen Protzkes vrouw.

Maar ze bleef staan en zei: 'U was op tijd. Ik hoop dat Hashem, de Eeuwige, u daarvoor beloont.'

'Ik weet niet of de Eeuwige zich met ons bezighoudt,' antwoordde Bram. 'Het heelal is nogal groot.'

'Hij houdt zich met ons bezig,' knikte Sira vastbesloten.

Bram zei: 'Gaat u toch zitten, ik blijf wel even staan.' Hij glimlachte haar toe en leunde op het hoge stalen voeteneinde van het bed. Sira liet zich op de kruk zakken en greep Protzkes hand.

Bram vroeg: 'Chaim, hoe gaat het?'

'Het gaat wel. Het duurt nog even voordat ik hier weg ben.'

Bram moest zich concentreren op Protzkes zwakke stem.

Sira vroeg: 'Als Chaim thuis is, moet u een keer bij ons komen eten.'

'Ik kom graag langs. Mag ik mijn vriendin meenemen?'

'Natuurlijk!' antwoordde Sira, verontwaardigd bijna. 'U neemt iedereen mee die u wilt meenemen.'

'Alleen mijn vriendin.'

'En die andere meneer is uw collega?'

'Ikki? Nee, ja – Ikki is mijn collega van ons opsporingsbureau. Maar hij is niet mijn collega bij de ambulancedienst. Die avond reed ik met Max Ronek.'

'Kunt u hem ook uitnodigen namens ons? Hij mag ook iedereen meenemen,' zei Sira. 'Over een week of drie. We laten het wel weten. Hebben we uw nummer?'

'Ik geef het wel aan Chaim.'

'Het heeft niet veel gescheeld,' zei Sira.

Chaim verbeterde haar: 'Het is net goed gegaan, dat kun je ook zeggen.'

'En hoe gaat het met –' Bram zocht naar de namen: 'Lonnie? Lonnie en Tonnie!'

Sira zei: 'Over een halfuur skypen we met Lonnie. Het gaat goed. En het ziet ernaar uit dat we in aanmerking komen voor gezinshereniging.'

'Jullie gaan weg?' vroeg Bram.

'Ik heb morgen contact met de directeur van Legia,' zei Sira. 'Hij denkt dat het in orde komt. En hij wil ook graag Tonnie hebben.'

'Allebei sterke jongens,' zei Chaim. 'Half Afrikaans, half joods – een onmogelijke combinatie, maar het werkt.'

'Ik zoek allerlei dingen op over Warschau,' zei Sira. 'Koud daar 's winters! We zullen ons warm moeten kleden. Maandenlang ligt er sneeuw, wist u dat?'

'Ik wist het, ja,' antwoordde Bram.

'Mijn ouders zijn hierheen gekomen, en nu trek ik weer verder,' zei Sira. 'Dat hoort kennelijk bij ons.'

Protzke vroeg: 'En u blijft, professor?'

'Ja,' zei Bram. 'Ik blijf. Denk ik. Ik weet het niet.'

'En u komt ook eten wanneer Chaim weer thuis is.'

'Graag, mevrouw.'

'Chaim –' Bram aarzelde, wat deed hij hier?

'Chaim,' herhaalde hij, 'we willen je iets laten zien.'

Protzke knikte. Maar onzeker wierp hij een blik op zijn vrouw, die hem meteen te hulp schoot: 'Hij is nog zwak, professor.'

'Dit kost geen moeite, Chaim.'

'Ik weet niks,' zei Chaim, smekend bijna, zonder stem.

'We hebben een afbeelding van iemand. Misschien dat jij –'

'Ik heb niets gezien. Niets.'

'We denken dat we weten wie dat geweest is –'

'Het was een raket,' zei Sira. 'Het is officieel.'

'Chaim?' zei Bram.

Protzke sloeg zijn ogen neer terwijl zijn vrouw zich half over hem heen boog, alsof ze hem tegen Bram en Ikki in bescherming moest nemen.

'Hij heeft rust nodig, professor,' zei Sira. 'Over een paar weken misschien, wanneer hij is hersteld.'

Zij was niet groot van gestalte maar de gespannen spieren in haar armen en haar hals verraadden dat zij sterk was, dat zij een krachtige vrouw was die topsporters had gebaard en dat zij niet van de zijde van haar man zou wijken en zou terugvechten.

'Chaim?' probeerde Bram opnieuw.

Protzke schudde zijn hoofd: 'Het was – de schok. Professor – sorry, ik was niet helemaal –'

Bram wisselde een blik met Ikki en hij zag dat Ikki niet opgaf. Ikki knikte hem gespannen toe.

Ikki vouwde een vel papier open, een afdruk van de computerbewerking van de kinderfoto van Jaap de Vries. Hij hield de bewerking omhoog, een blonde jongeman van begin twintig met blauwe ogen, een professionele tennisspeler of een ambitieuze jonge bankier, een mooi evenwichtig gezicht met een regelmatig gebit en een intelligent voorhoofd, een noordelijke Europeaan, een nakomeling van een Noor of een Zweed – maar hij had het y-chromosoom van een hele rij schichtige joden uit Oost-Europese getto's.

Protzke sloot zijn ogen en wendde zijn hoofd af.

'Hij wil slapen, u moet dat respecteren,' zei Sira.

'Chaim?' probeerde Ikki nu. 'Chaim – als je je ogen gesloten houdt, dan vat ik dat op als een ja. Hou je je ogen dicht?'

Chaim bleef stil liggen, half achter zijn vrouw, en deed alsof hij niets hoorde. En hield zijn ogen dicht.

Sira boog zich verder voorover en probeerde met haar bovenlichaam hun blikken te blokkeren: 'U moet nu echt gaan,' zei Sira. 'Over een paar weken maak ik voor u *melon baal canaf* – een familierecept. Chaim moet slapen, nu.'

Op de gang fluisterde Ikki hem toe: 'Hij hield zijn ogen dicht, hè?'

Vermoeid en gelaten antwoordde Bram: 'Ja. Ik geloof het wel.'

Ze liepen naar de uitgang.

'Het is hem echt! Het is echt Jaap de Vries!'

'Vermoedelijk wel, ja.'

'Man, dit is te gek! Begrijp je dat?'

'Ik begrijp het,' zei Bram.

'Je weet wat ik bedoel,' zei Ikki.

'Ik heb geen idee,' zei Bram. Hij wilde Eva zien, naast haar slapen, jarenlang slapen.

'Doe niet of je achterlijk bent,' zei Ikki, en hij greep Bram bij zijn arm en dwong hem stil te staan: 'Bram, iemand heeft zich opgeblazen die als kind in 2008 werd geregistreerd nadat-ie was verdwenen. In een heel kleine groep is in die periode nog een kind verdwenen, jouw kind. Statistisch gezien is dat hetzelfde als de kans dat we nu allebei een meteoor op onze kop krijgen!'

Bram zei: 'We moeten Balin laten weten dat we die jongen vermoedelijk geïdentificeerd hebben. En de rest –'

'Je zoon leeft nog, Bram. Die – dat voorgevoel dat ik heb – ik kreeg het nadat ze me een kunstpoot en kunstarm gegeven hebben. Ik denk dat die metalen iets opvangen, frequenties, weet ik veel. Ik heb titanium in mijn donder. Volgens mij ben ik een wandelende stralingsontvanger. Een menselijke schotel. En ik denk dat je zoon –'

'Je bent een aardige mesjoggene, Ikki, maar er zijn grenzen aan wat je tegen iemand kunt zeggen.'

'Waarom wil je dit niet zien?'

Woedend greep Bram hem bij zijn armen en siste hem van dichtbij toe: 'Mijn kind is zestien jaar geleden vermoord! Dit is de werkelijkheid! De werkelijkheid die ik haat! Die ik niet wil kennen! Die langzaam, langzaam in mijn systeem is gedruppeld en die ik verschrikkelijk vind om onder ogen te zien! Maak me niet gek! Ik weet wat er gebeurd is! Laat me met rust!'

Hij duwde Ikki van zich af. Ikki wankelde, maar greep zich aan de muur vast en hield zich staande.

'Jezus, Bram –'

Bram draaide zijn rug naar hem toe en haastte zich naar de uitgang. Patiënten verderop in de gang, op slippers, in kamerjassen, hadden Brams uitbarsting gadegeslagen en stapten opzij toen hij hen passeerde. Twee bewakers verschenen uit een kamer.

Bij de Australische Rover stak Bram een sigaret op. Hij hoorde vogels. In de verte klom een Airbus de hemel in.

'Sorry,' hoorde hij Ikki achter zich zeggen. 'Ik zal nooit iets doen wat jou pijn doet.'

Bram draaide zich naar hem toe, hij wist dat hij Ikki onheus bejegend had: 'Het spijt me. Ik had niet zo –'

'Ik ben soms wat te enthousiast,' verontschuldigde Ikki zich.

'Het is fijn dat je enthousiast bent. Jij bent het kloppende hart van ons bureau, Ikki.'

'Ik wil je echt alleen maar helpen.'

'Dat weet ik.'

Ikki vroeg: 'Heb je die namen?'

Bram legde een hand op zijn schouder: 'Jij weet niet van ophouden, hè?'

'Nee.'

'Ik heb geen namen,' loog Bram.

'Goed dan, het zij zo,' zei Ikki teleurgesteld. Hij haalde zijn schouders op: 'Gaan we nu naar de bank?'

'Ga jij alvast maar. Ik moet hier iemand spreken.'

23

Bram moest wachten tot Eiszmund tussen zijn patiënten door enkele minuten tijd voor hem kon vrijmaken. Het was warm in de wachtzaal, ondanks de airco, en het was er druk, zoals het vroeger druk was op Ben Goerion bij de vluchten naar New York en Parijs. In het Berenstein Building geen toeristen met koffers en spelende kinderen en moeders die hun baby's kalmeerden, maar bejaarden begeleid door hun bijna bejaarde nakomelingen. Er waren meer bezoekers dan de rijen stoelen aan zitplaatsen boden. Hier kwamen geriatrische patiënten; het Berenstein was het drukste gebouw van het Sheba-complex geworden. In het kinderziekenhuis bleven hele afdelingen leeg. Max had gelijk, ze moesten weer kinderen maken, uit liefde voor elkaar, voor het land. Maar wie kon nog unverfroren zijn eigen dromen aan zijn kinderen overdragen? Wat had de joden ertoe bewogen de feiten van de geschiedenis ongedaan te maken? Bram had er tientallen keren college over gegeven. In het jaar 70 hadden de Romeinen de tempel vernietigd. Tweeënzestig jaar later begon de joodse opstand tegen de Romeinen onder Bar Kochba – drie jaar later werd de revolte bedwongen. De Romeinse historicus en senator Lucius Claudius Cassius Dio, die in de derde eeuw zijn *Romeinse Geschiedenis* schreef, maakte melding van vijfhonderdtachtigduizend gedode joden, joodse schattingen vielen nog hoger uit. De thora werd op de ruïnes van de tempel symbolisch verbrand. En de naam Judea, het land van de joden, werd vervangen door de naam Syria Palaestina, alsof de joden het nooit op de Filistijnen veroverd hadden. Jeruzalem werd Aelia Capitolina, een stad verboden voor joden. 1816 jaar lang droomden de joden van terugkeer. Ze waren nergens thuis, behalve in hun verbeelding. Hoe lang konden ze nog standhouden? Bram gaf het land enkele decennia, tot 2048, of als het meezat tot 2070, precies twee millennia na de verwoesting van de tempel. Wie weg kon gaan, was vertrokken – waarom was hij gebleven? Hij had op tijd met zijn vader naar Australië kunnen ontkomen. Zijn vader was een autoriteit, en ondanks zijn hoge leeftijd nog steeds actief, tot een jaar of vijf geleden de ziekte aan hem begon te knagen. Een universiteit in Brisbane, waar veel Israëliërs woonden, had tien jaar geleden Hartog een aanbod gedaan, maar hij wilde niet weg, was vastbesloten de rit tot het einde uit te zitten. In die tijd kon Bram niet voor zichzelf zorgen, een geestelijk wrak dat door het stalen regiem van Hartog niet naar de bodem was gezonken. Het was in die jaren altijd nabij, de gedachte aan de laatste duik naar de bodem van de oceaan. Maar Hartog diende hem zuurstof toe: op tijd uit bed, Hendrikus uitlaten, klusjes op de universiteit (Bram had er conciërgewerk gedaan, en later, toen hij weer was gaan lezen, had hij een paar promovendi begeleid), zwemmen in het sportcomplex van de universiteit, en pillen slikken, veel pillen.

'Pillen zijn een heil voor de mensheid,' was Hartogs mening, 'je moet weten in welke dosering, op welk moment. Hersenen zijn ingewikkelde elektrochemische centrales, en met de juiste farmaceutica kun je die centrales bedienen.'

'En de ziel?' had Bram een keer gevraagd.

'Daar zit je op,' had Hartog geantwoord. 'Je toges.'

Bram grinnikte voor zich uit, wachtend tussen de bejaarden die rekenden op een nieuw hart, een nier of een kunstbeen. Hartogs grofheid was vaak geestig geweest, en niet zelden had hij vanwege het effect zijn meningen fors aangedikt. Maar tegelijkertijd viel hij met die opinies, ook de aangedikte, naadloos samen: zonder mededogen, zonder illusies. Bram zou hem naar Saul Frenkel willen vragen.

Na vijfendertig minuten trilde de pieper die Bram van de lokettiste had gekregen toen hij zich had gemeld. Eiszmund, klein en krom, ontving hem in zijn spreekkamer, wankelend op zijn krukken.

'Gaat u zitten, meneer Mannheim. Is het dringend?'

'Niets dringends, mijn vader is redelijk, hetzelfde als de afgelopen maanden.'

Eiszmunds werktafel was perfect geordend. Precieze stapels, een bakje met geslepen potloden, een karaf water en drie glazen.

'Wat brengt u hier? Zegt u het maar.'

'Hoe groot is de groep die hetzelfde medicijn krijgt als mijn vader?'

'We hebben tachtig personen.'

'Weet u al iets van de doseringen?'

'Bij elke patiënt is dat anders.'

'Wat gebeurt er als we de dosis verdubbelen?'

'Hoe bedoelt u?'

'Zou het mogelijk zijn dat mijn vader, door die medicijnen, helder wordt?'

'Misschien wordt dat wel zijn dood,' antwoordde Eiszmund met argwanende blik. 'Waarom wilt u dat?'

'Ik wil met hem praten.'

'De kans is groot dat dat nooit meer gebeurt, meneer Mannheim.' Hij keek Bram onderzoekend aan, alsof hij op zoek was naar een verborgen gebrek. 'Uw vader is – hoe oud? Drieënnegentig?'

Bram knikte.

'Er zal een dag aanbreken dat we in staat zijn de bloedvaten in onze hersenen schoon te vegen met stofzuigertjes ter grootte van moleculen, maar zo ver is het nog niet. Nu schieten we met ongerichte projectielen op een doel en we hopen dat we per ongeluk iets raken. We kunnen veel doen wanneer het gaat om organen en ledematen, maar de hersenen blijven een mysterie. Misschien aan het einde van de eeuw – dat vind ik een opwekkende gedachte. Ik ben er dan niet meer, maar onze kinderen zullen nog medische mirakels beleven. Denk daaraan, meneer Mannheim. Heeft u kinderen?'

'Nee – mijn vrouw, mijn vriendin bedoel ik, zij is zwanger. En ik heb ooit een kind gehad, lang geleden –'

'Laat u het kind hier?'

'Hoe bedoelt u?'

'Zal het kind, van uw vriendin, hier opgroeien, of gaat u ook weg?'

'We hebben nog geen echt besluit genomen,' zei Bram, niet geheel waarheidsgetrouw. Hij wilde niet dat het kind hier zou blijven. Hij gunde haar open haarden en daken met dikke lagen sneeuw. Lange winteravonden verloren in *Dokter Zhivago*. Een land dat zich achter de horizon voortzette, eeuwig en grenzeloos.

'Blijf hier,' zei Eiszmund, en hij sleepte zich op zijn krukken in de richting van de deur, waarmee hij Bram toonde dat het gesprek ten einde was.

24

De bus naar de binnenstad van Tel Aviv. Opnieuw veel ouderen, in sleetse kleren, afgetrapte schoenen. Vrouwen met grijze haren in vormeloze broeken – was dat vroeger ook zo? Bram herinnerde zich gezette dames met paarse en zilveren kapsels, met te veel make-up en dik getekende wenkbrauwen, pathetisch en onschuldig tegelijk, gekleed op een middagje in een van de patisserieën van de stad, met Russische of Franse vriendinnen roddelend over schoondochters en de wereldsamenzwering tegen de joden tot in de details analyserend. Waren ze allemaal gestorven? Of was er in een samenleving een zekere onbezorgdheid nodig, een omgeving met kleur en theater die het mogelijk maakte dat dergelijke dames ten tonele verschenen om aan eenieder te laten zien dat zij nog waarde hechtten aan hun uiterlijk, de sieraden, de ringen, de verhalen over kleinkinderen en vakanties in Miami? Ze waren er niet meer. Ja, in Moskou, in de Tverskaya Ulitsa, de winkelstraat die niet onderdeed voor de duurste straten in Parijs of Londen. Daar waren ze nu, in glanzende nertsjassen, vingers vol goud en edelstenen, met het gelukzalige recht om over niets belangrijkers te praten dan de kwaliteit van linnen beddengoed of de belachelijke prijzen van dat nieuwe restaurant op de Arbat waar je geen reservering kon krijgen en waar de nicht van een vriend uit haar jurk was gescheurd – gelukkig is het land waar die dames in hun petit-fours prikken, dacht Bram.

Hij stapte uit op Ben Yehoeda, passeerde een man die zich dronken aan een lantaarnpaal vasthield, en hij nam zich voor om te onderzoeken of het moeilijk was in Moskou als drieënvijftigjarige ambulanceverpleger de kost te verdienen. Vermoedelijk zou Eva wat makkelijker een baan kunnen krijgen, maar ook zij zou cursussen moeten doen en Russische diploma's verzamelen. Niet eenvoudig allemaal, op hun leeftijd emigreren. Maar over een tijdje had hij de verantwoordelijkheid over een kind, en hij had de plicht voor warmte en voedsel en veiligheid te zorgen. Een meisje. Een dochter. Hij moest even blijven staan, overweldigd door de gedachte, nu al duizelig van liefde voor een mensje dat nog geboren moest worden. Hij kon van haar houden zonder de herinnering aan het andere kind te verwaarlozen – nee, hij zou de jongen niet verraden als hij het meisje zou verzorgen. Maar hij besefte opeens, alsof in zijn hoofd een gordijn werd weggetrokken en het licht naar binnen straalde, dat hij de jongen moest laten rusten. Er moest ruimte gemaakt worden voor het meisje, en dat kon alleen wanneer Bram erin slaagde de jongen te laten slapen. In zijn hart moest Bram een veilige plek voor hem vinden, een plek waar de jongen zich kon uitstrekken en waar het stil was en vredig en waar John O'Connor hem geen kwaad kon doen. Hij moest de jongen toedekken onder een deken van bladeren, en zich voor altijd aan de blik in zijn ogen onttrekken.

De dreun van een diepe bas was buiten te horen. Hij opende de glazen deur van het bankgebouw en stapte in de volle geluidswolk van Killer Queen: '*She's a killer queen, Gunpowder, gelatine, Dynamite with a laser beam, Guaranteed to blow your mind, Anytime!*'

Hij liep naar hun werktafels achter de loketten. Achter zijn Apple hief Ikki zwijgend een hand ter begroeting, met de andere verlaagde hij het geluidsvolume.

'Heb je iets meegenomen?' vroeg Ikki.

'Niks. Wil je koffie? Ga ik halen.'
'Graag, ja. En een broodje of zoiets.'
Bram maakte aanstalten om terug naar de straat te lopen.
'Ben je niet nieuwsgierig?' vroeg Ikki.
Bram bleef staan: 'Hoe bedoel je?'
Ikki draaide zich naar hem toe, zijn ogen glazig door het staren naar het beeldscherm: 'Ik heb elke fucking databank geopend die ik kon openen.' Hij wreef in zijn ogen, knipperde een paar keer, en keek Bram aan terwijl in zijn blik weer de bezetene verscheen die altijd in hem op de loer lag: 'Ik heb de namen, de mensen die met jouw vader gewerkt hebben. Kwam ze in wel dertig stukken tegen op het net. Er zat een Rus bij, Dossay Israilov – Israilov, die naam, je denkt: dat is een jid, maar dat is niet zo. Israilov is een naam die veel voorkomt in Centraal-Azië. Naam van moslims. Onze Israilov kwam uit Kazakstan, was een soort genie, heeft op een dag in Londen politiek asiel aangevraagd, kwam daarna bij jouw vader terecht. En nadat hij bij jouw vader wegging, is-ie via Saoedi-Arabië in Afghanistan terechtgekomen. Heeft zich daar aangesloten bij de taliban, was een fanatieke extremist, de lijfarts van Mullah Omar, herinner je je die naam, de compagnon van Osama de Grote? Bram? Nadat de Amerikanen na nine-eleven de taliban opruimden, is Israilov terug naar Kazakstan gegaan. Dringt tot je door wat ik zeg?'
Bram moest de jongen laten rusten. Ze hadden er beiden recht op.
'Waarom heb je dit gedaan?' blafte hij Ikki toe.
'Ik dacht: ik begin alvast! Jezus, man, wat is daar erg aan?'
'Jezus, Ikki – sorry, wat heb je?'
'Volgens mij,' zei Ikki, verontschuldigend bijna, 'volgens mij zijn Jaap en jouw kind en anderen gekidnapt. Het is eerder gebeurd. De mammelukken in Egypte, dat was een slavenkaste van gekochte of gestolen jongens uit Centraal-Azië, christelij-

ke jongetjes die werden opgevoed tot islamitische strijders. En de Ottomanen hebben ook eeuwenlang christelijke jongens die ze hadden meegenomen getraind tot moslimstrijders, hier, ik heb het allemaal opgezocht – de janitsaren, jongens die bij wijze van belasting uit de Balkan werden meegevoerd en in geïsoleerde kazernes tot moslimstrijders werden opgevoed. Bram, jij bent historicus, jij kent die voorbeelden! Waarom zouden ze dat nu niet herhaald hebben? Joodse kinderen weggehaald en opgeleid tot zelfmoordenaars? Dat is nog eens een manier om je vijand te bestrijden! Met de kinderen van je vijand!'

Bram trok een stoel dichterbij en ging zitten. Hij keek Ikki uitgeput aan: 'Ikki, lieve vriend – je bent helemaal aan het doorslaan. Onzin. Hoor je? Onzin. Samenzweringsgekte! Israilov is een religieuze fanaat geworden, oké, best. Wat er met Jaap is gebeurd – ik heb geen idee. Maar mijn kind – mijn Bennie is door een gewelddadige pedofiel vermoord. Waar jij mee bezig bent – hou je op? Ik kan het niet meer opbrengen. Ik – ik moet mijn kind laten rusten. Ik kan het niet nog een keer doen. Ik heb afscheid van hem genomen, twaalf jaar geleden.'

Tel Aviv
Vijf dagen later
April 2024

Balins kantoor was gevestigd in een grijs, betonnen blok in de oude havenbuurt. Twintig jaar geleden was deze buurt tot bloei gekomen en flaneerden er 's avonds duizenden jonge mensen zorgeloos tussen de cafés en clubs, nog niet beseffend dat de onophoudelijke raketbeschietingen van de grensgebieden – een paar kilometer verder – hen tot vertrek zouden bewegen. Het was er nu weer zoals het er in de jaren tachtig en negentig van de vorige eeuw uitzag: verlaten, tochtig, moedeloos.

Er hing geen bord naast de ingang, maar iedereen wist dat hier de Shabak kantoor hield, de dienst die het geamputeerde land overeind hield en met stringente veiligheidsmaatregelen het voortbestaan beschermde.

Bram meldde zich in de lobby en werd door een jonge geüniformeerde vrouw – een meisje met opgestoken zwart haar, ook zonder make-up een klassieke sefardische schoonheid – naar het kantoor van Balin gebracht. De slimste en krachtigste jongeren van het land werkten bij de Shabak – het land bestond dankzij hun toewijding. Het meisje dat naast hem liep, was in een andere tijd, op een andere plek, misschien een briljante studente natuurkunde geweest, of een veelbelovende kunstenares. Nu was zij een strijder.

Balin, in hemdsmouwen zittend achter zijn bureau, wenkte hem dichterbij toen het meisje Bram zonder te kloppen in zijn kamer afleverde. Vervolgens wees Balin op een lange tafel, groot genoeg voor een vergadering van dertig mensen, en stond op.

Een ruim vertrek, lichtgrijze wanden, in een hoek kasten met apparatuur en beeldschermen, één wand met ramen die uitkeken op een blinde muur. De werkplaats van een moderne monnik.

'Hé, Avi.'

'Jitzchak.'

'Ga zitten.'

Bram schoof een stoel uit de rij en nam plaats. Balin trok zijn jasje aan – ondenkbaar dat hij iemand zonder jasje te woord zou staan – en ordende op zijn tafel enkele mappen tot hij vond wat hij zocht, een rode folder. Hij legde de folder op de lange tafel en ging tegenover Bram zitten. Hij droeg de blauwe das die ze hem ooit gegeven hadden.

Balin vroeg: 'Wat drinken?'

'Nee, dank je. Mooie das.'

Balin glimlachte: 'Ik dacht – ik doe hem aan. Die is nu onbetaalbaar geworden, Hermès.'

'Dat was-ie toen ook al, Jitzchak.'

'Je hield toen al veel van me.'

'Ik heb je altijd bewonderd, ja. Je energie om je droom na te jagen. Vrede in het Midden-Oosten.'

'Jij had die droom toch ook?'

'Ja. En ik deed aan zelfbedrog.'

'Wij allen, Avi.'

Ze keken elkaar weemoedig aan, zich opeens bewust van de verstreken tijd en de vervlogen illusies die daarbij horen.

'Kazakstan,' zei Balin. 'Er zijn mooiere plekken voor een vakantie. Het land is verwoest door die aardbeving. De Russen hebben het noorden ingenomen, maar het zuiden is een islamitische heilstaat. Herinner je je die film van die jiddische komiek, hoe heet hij ook alweer?'

'Baron Cohen. De film heette *Borat*. Heb je iemand anders die daarheen wil?' vroeg Bram.

'Nee. Wij zeker niet. En de Mossad – hun mogelijkheden zijn minimaal tegenwoordig.'

'Dus komt het goed uit dat ik ga.'

Balin tikte met een wijsvinger op de rode folder: 'Dit leest als het verslag van een groep ernstig zieke complotdenkers. Jullie moeten echt voor ons komen werken, ik méén het, Avi.'

'Doe ons een aanbod dat we niet kunnen weigeren.'

'Jullie krijgen de ruimte om je met verdwenen kinderen bezig te houden. Dat heeft tenslotte tot een opening geleid.'

'Laat me naar Kazakstan gaan.'

'Hoe wil je dat doen?'

'Geef me een Nederlands paspoort, die contacten heb je toch?'

Balin vertoonde geen reactie op Brams suggestie: 'En verder?'

'Ik zal me bekeren. Moslim worden. In Israilovs geboortehuis in Almati of hoe het tegenwoordig ook heet, hebben ze een soort museumpje ingericht. Israilov is daar een grote naam, de Einstein van Kazakstan. Van overal in de wereld stromen vrijwilligers toe naar het land om te helpen. Ook uit Europa komen ze. Ik wil daarbij zijn.'

'We weten niet precies over welke databanken ze beschikken om de identiteit van mensen te controleren.'

'Kom op, Jitzchak, ze hebben niks. Alle communicatie is verbroken of verstoord door de aardbeving. Het land ligt in puin. Iedereen die kan sjouwen is welkom.'

'Avi, luister – Daniel Levy was inderdaad Jaap de Vries. We zijn jullie echt dankbaar, dat was eersteklas werk –'

'Ikki Peisman, heet-ie.'

'Ja, een heel goeie jongen, die we echt moeten hebben, Avi, het spijt me voor je, je zult je bureautje zonder hem moeten runnen of ook bij ons moeten komen werken.'

'Ga door,' zei Bram.

'Maar jouw zoon? In die groep die met jouw vader heeft gewerkt, zaten drie joden: Frenkel, Bernard en die Australiër Sharpe. Met jouw vader erbij vier joden in totaal. Twee kleinkinderen verdwenen, allebei in het najaar van 2008. En een moslim die in de groep zat, die overigens in de tijd dat hij met jouw vader werkte seculier was en ooit prominent lid was van de communistische partij in de Sovjet-Unie –'

'Verplichte kost voor een topwetenschapper daar.'

'Klopt. Die moslim wordt gelovig –'

'Noem je dat gelovig? Een radicaal die zich in Afghanistan bij de taliban aansluit?'

'Die wordt radicaal gelovig en besluit, volgens jullie, op een dag joodse jongens te kidnappen. Jezus, Avi – heb je al aan een motief gedacht?'

'We hebben geen motief. Dat is een zwakke plek. Hij haatte mijn vader, denk ik. Misschien het klassieke patroon: hij vond dat hij de Nobelprijs had moeten krijgen. Jaloezie is een verschrikkelijke kracht.'

'Hij had toch zelf veel succes in Engeland? Hij werd multimiljonair met allerlei patenten.'

'Hij was joden gaan haten. Had met ze gewerkt in Amsterdam. Saul Frenkel, Bernard, Sharpe, mijn vader.'

'En denkt vervolgens: ik ga die kleinkinderen van ze ontvoeren?'

Bram besefte dat het moeite zou kosten om Balins tactiek te doorbreken: 'Wat heb je nog kunnen vinden over Jaap de Vries?'

'We weten dat hij uit India kwam,' zei Balin.

'India?'

'Verder niks.'

'Heb je verder gezocht in Kazakstan?'

'Wij zijn de Shabak, niet de Mossad. Wij houden ons bezig met het binnenland.'

'Dus jij hebt je vrienden bij de Mossad niet even gebeld?'

'Bij de Mossad hebben ze, geloof ik, alleen nog een parttime uitzendkracht die de telefoon aanneemt.'

'Jaap de Vries heeft zijn jeugd doorgebracht in Kazakstan,' zei Bram.

'Dat is wat jullie beweren, ja, maar je hebt geen bewijzen.'

'Jitzchak, dat kan ook niet in deze fase. Iemand moet in Kazakstan die bewijzen vinden.'

'Beste vriend, jullie komen met een nogal vergaand verhaal over een onderzoeker die kleinkinderen van zijn voormalige collega's zou hebben laten kidnappen. En vervolgens wil je dat ik geld ga uitgeven en mijn contacten om hulp vraag om deze veronderstellingen te laten natrekken?'

Bram kon een glimlach niet onderdrukken: 'Je hebt geen keuze, Jitzchak. Je gaat ja zeggen, maar je wilt me nog even testen of ik echt wil. Ja, ik wil echt. Hou op met deze flauwekul. Je weet net zo goed als ik dat we het gevaar van onze theorie niet mogen wegwuiven. Stel je voor dat het klopt? Dat die Israilov echt kinderen heeft laten overkomen naar Kazakstan? Zo ingewikkeld is dat niet. Mijn jongen kon heel eenvoudig worden meegenomen naar Mexico, en daarvandaan was het een fluitje van een cent. Japie de Vries? Mee naar de Spaanse zuidkust en daar op de veerboot naar Marokko. Toen kon dat nog, in 2008. Ik heb toch nog een vraag aan jou. Ik weet zeker dat je het antwoord hebt. Je hebt alle antwoorden, dat is jouw vak, nee, je roeping, vanaf het moment dat je werd geboren.'

Balin grijnsde en haalde zijn schouders op. 'Je bent te complimenteus, Avi.'

'Ik weet precies wanneer ik je moet prijzen, Jitzchak.'

'Toch wat drinken?'

'Water.'

'Glaasje water, voor mij ook,' zei Balin voor zich uit – kennelijk luisterde iemand continu mee. Misschien werden ze ook door middel van camera's in de gaten gehouden.

Bram zei: 'Na zijn periode in Engeland, en nog even een tijdje in Saoedi-Arabië, ging Israilov naar Afghanistan. In 1988 was dat, Israilov was al eenenvijftig. Werd Mullah Omars lijfarts bij Harakat-i Inqilab-i Islami, vocht tegen de sovjets. In 1996 zet Israilov in het district Shah Wali Kot een medisch laboratorium op. In the middle of nowhere, ergens in Afghanistan. In september 2000 ontploft de tent. Achttien doden, onder wie twee kinderen van Israilov. Wat hadden wij daarmee te maken?'

'Met die explosie in zijn lab?'

'Kom op, Jitzchak, hou niks voor me achter. Ik ga naar Kazakstan, vertel me alles wat je weet.'

De deur ging open en de mooie sefardische zette voor hen beiden een flesje water neer.

Balin draaide langzaam de dop los, nam direct een slok uit het flesje, veegde met de rug van zijn hand zijn lippen droog. Hij zei: 'September 2000. Was nog allemaal sciencefiction toen. Maar niet helemaal. Al die DNA-dingen begonnen toen al te spelen. Mijn voorgangers waren er druk mee bezig. Dat was toen al erg in de mode, onderzoek naar ook joodse genen, de hele troep waar we nu mee zitten. Achter dat DNA-onderzoek zaten ook commerciële belangen, verzekeringsmaatschappijen die wilden weten of bepaalde mensen erfelijk belast waren in verband met premies en zo. We wisten ook dat er ander onderzoek gaande was, in Europa en Amerika, naar andere aspecten van die DNA-kermis. Biologische wapens, gericht op specifieke bevolkingsgroepen, op mensen met bepaalde genetische kenmerken. De Mossad was erg ongelukkig met dat lab van Israilov in Shah Wali Kot. Ze hadden geen idee wat daar gaande was. Ze besloten om geen risico's te nemen. Dossay Israilov was een geniale man. Hij had het brein ervoor, misschien ook de middelen. Misschien was hij op zoek naar een wapen om joden uit te roeien, maar wie weet was-ie alleen maar op zoek naar het definitieve middel tegen kanker. De Mossad nam het risico niet.'

'Twee van zijn zonen kwamen daarbij om het leven.'

'*Shit happens.*'

'Ze waren drie en zes jaar oud.'

'De Mossad nam het risico niet.'

'En hij nam twee zonen van voormalige collega's terug,' zei Bram.

'Dat is jullie theorie, ja.'

'Jaap de Vries heeft al die tijd in Kazakstan gezeten. Dat kan niet anders,' zei Bram. 'Israilov financierde daar een weeshuis.'

'Nou, dat was nobel van hem.'

'Je moet me helpen,' zei Bram.

Balin knikte, nam een slok, legde zijn ellebogen op tafel en keek Bram aan: 'Ze hakken eerst je vingers af als ze ontdekken wie je bent, ze nemen er de tijd voor, dan je tenen. Vervolgens grotere delen, je ledematen. Ze zullen je verschrikkelijk martelen voordat je je bewustzijn verliest.'

'Hou op, Jitzchak.'

'En je zoon? Stel dat hij nog leeft? Dan is hij een overtuigd moslim, een radicaal die net als Jaap de Vries maar één doel voor ogen heeft: zichzelf als martelaar zo snel mogelijk naar de hemelen afschieten met zo veel mogelijk slachtoffers. Joden.'

'Hij is mijn zoon. Ik moet proberen om hem – om hem om te praten.'

'Een fanatiek gelovige?'

'Mijn zoon –'

'Avi, Bram, Abe, Ibrahim – we zitten godverdomme tot aan onze nek in de stront. Jammer dat je vader niet meer zijn – de oude is. Ik had graag met hem hierover willen praten.'

'Praat met mij,' zei Bram.
'Waarom? Dat is de vraag, Avi, waarom deed Israilov het?'
'Waarom?' herhaalde Bram.
Ze grijnsden naar elkaar.
'Over duizend jaar, misschien, weten we waarom,' zei Bram.
'Ik heb een theorie,' zei Balin.
'Ik ben gek op theorieën,' zei Bram.
'We hadden hier niet moeten komen, Bram.'
'Dat zeg jij, Jitzchak? Je bent zo ongeveer de machtigste man hier, en jij zegt dat we niet hadden moeten komen?'
'We zijn terechtgekomen in een foute buurt met rancuneuze mensen. Ze hebben een rancuneuze religie, waren vroeger rancuneuze woestijnstammen, en ze hebben een tempel in Mekka. Monotheïsme met een tempel en heilige grond, dat is een foute combinatie.'
'Hadden wij ook,' wierp Bram tegen.
'De Romeinen hebben ons bijna helemaal uitgeroeid toen we die tempel uit Romeinse handen wilden terugnemen en ons deel van de aarde wilden verdedigen. We hebben jarenlang het verhaal van Massada als een heldenepos aan onze jeugd verteld. Maar het ging om een massale zelfmoord als reactie op de overwinning van de Romeinen! Jezus, Massada was een ondergangsverhaal, geen heldenepos! We hebben een religie die ontstaan is uit de heiliging van ons stukje grond, dat is toch het hele verhaal over de uittocht uit Egypte en de verovering van Kanaän, op uitnodiging van onze Heer, Hakodesh Boruch Hu? En de oude Hebreeën waren bereid daarvoor uitroeiing te riskeren. Dat is gebeurd, de Romeinen hebben die religie vernietigd. Maar we bedachten iets anders, in de diaspora, een nieuwe religie, zonder land, zonder tempel. En toen kwamen we terug, wij, mensen zonder land, naar een streek waar ze ons verachtten. Maar wij kunnen net zo goed ergens anders leven, in Canada, Amerika, Australië –'

'Je slaat de shoah over –' zei Bram.

'De shoah maakte alles nog erger,' zei Balin. 'De wereld haatte ons omdat we geen land hadden en ze haten ons nu we wel een land hebben. En ze haten ons ook omdat ze door de shoah een schuldgevoel hebben. Schuldgevoelens zijn problematische ondingen. Wat zouden de Europeanen graag van ons af willen. Ik denk dat ze al sinds 1948 hopen dat de Arabieren de klus afmaken.'

'De klus?'

'De shoah.'

Bram vroeg: 'Waarom ben jij hier nog?'

'Ik ben koppig. En ik hoop op een wonder.'

'Een wonder?'

'Misschien vinden wij een middel om hen uit te roeien.'

'Jezus –' Bram keek hem met afkeer aan, beseffend wat Balin impliceerde.

'Kazakstan,' zei Balin, Brams blik ontwijkend.

'We moeten vrede met ze sluiten.'

'Met Kazakstan?'

'De Palestijnen.'

'Doen ze niet. Hoeven ze niet. De tijd staat aan hun kant, denken ze. Dat is ook zo. Of misschien niet.'

'Hoe gaan we het doen, Kazakstan?' vroeg Bram.

'Je gaat via China. Daar krijg je koranles – heb je een talenknobbel?'

'Dat is lang geleden. Ik zal mijn best doen.'

'Je moet het een beetje leren lezen. Je krijgt een Nederlandse pas. Geld is geen probleem.'

'En mijn vader?'

'We zullen voor hem zorgen.'

'Goed,' zei Bram. 'En nog iets –'

Balin onderbrak hem: 'Je bent daar in je eentje, Avi. Je hebt geen ondersteuning. Niemand om je uit de stront te trekken.'

'Jitzchak – waarom heb je het op deze manier gespeeld? Je had zelf al die informatie over Frenkel, mijn vader, Jaap de Vries en Israilov. Jouw mensen hier kunnen in een paar uur ook doen wat Peisman heeft gedaan. Waarom heb je me geen rapportje gegeven?'

Balin keek hem strak aan, trok even zijn wenkbrauwen op, schudde zijn hoofd. Hij vroeg: 'Waarom denk je dat?'

'Omdat je zo in elkaar steekt,' antwoordde Bram. 'Je wist het allemaal al toen je bij ons de bank binnen liep. Je wilde dat wij het zelf ontdekten, toch? Je wist dat ik me als vrijwilliger zou melden. Het ging om mijn kind. Mijn zoon.'

Balin keek weg, naar de rode map voor zich op tafel.

'Waarom?' herhaalde Bram.

Balin snoof, slikte, keek Bram weer aan: 'Waarom?' Hij stond abrupt op, liep om de tafel heen. Bram volgde hem in de richting van de deur.

'Wat had je gedaan als we er niet uit waren gekomen?' vroeg Bram.

Balin bleef bij de deur staan, keek even weg: 'Niets, denk ik. Ik had niets gezegd.'

'Met het risico dat er weer zoiets zou gebeuren als met Jaap de Vries?'

'We hebben jouw DNA. We halen hem er zo uit.'

'Ze hadden hem aan flarden geschoten.'

Balin onttrok zich aan zijn blik, keek naar Brams schoenen.

'Ik heb ook nog iets,' zei Balin. 'Twaalf jaar geleden, december 2012.' Hij keek op, strak in Brams ogen. 'Ik kwam wat oude mailtjes uit Amerika tegen. Met vragen over jou in verband met de dood van ene O'Connor.'

'O'Connor?' herhaalde Bram.

'O'Connor, John. Zeker nooit van gehoord? Een veroordeelde pedofiel die om het leven kwam toen jij toevallig een paar dagen in Amerika was. In het huis van O'Connor werden

afdrukken gevonden van schoenen die jij bij Saks had gekocht.'
'Ik weet niet waar je het over hebt.'
'De zaak werd geseponeerd. Ze hadden geen zin in een zaak tegen jou. Er zou geen jury te vinden zijn die jou zou veroordelen voor de moord op dat beest.'
'Waarom heb je me geen rapportje gegeven?' herhaalde Bram.
Balin snoof opnieuw: 'Waarom? Ik kon het je niet vragen. Een onmogelijke missie. Krankzinnig ook allemaal. Twee verdwijningen, lang geleden, twee kleinkinderen van jidden die lang geleden met elkaar hebben gewerkt. Het blijft een bizar verhaal. Voor zoiets iemand vragen om naar de islamitische heilstaat in een door aardbevingen verwoest gebied te reizen? Je moest er zelf om vragen. Zo gaan die dingen.'

De Stad van het Kalifaat
Zes maanden later
Oktober 2024

Op het Plein van het Kalifaat in het midden van de verwoeste stad pakte het blinde kind de zoom van zijn djellaba vast. Bram had een munt in het plastic bakje gelegd, en opeens reikten de handjes naar zijn kleding en grepen hem beet. Bram had even de neiging zich los te trekken en door te lopen – hoe sterk kon de greep van het bedelaartje zijn? – maar hij bleef staan en keek neer op het ongewassen hoofdje, op de smerige rode blinddoek, de zwarte vingers.

In kleermakerszit zat het kind op een stuk karton op de grond, een plastic bakje met munten voor zijn vuile voeten, stukgelopen sandalen. Enkele lagen textiel, vettig glanzend, bedekten zijn lijfje – wat wilde het kind bereiken? Wist het dat hij hem elke dag een munt had gebracht? Rook het kind hem?

Bram bleef staan, wachtend tot het kind hem losliet of iets zei, ook al kon hij diens taal niet begrijpen. Maar het kind zweeg. En Bram bleef staan, op het plein tussen de slordige zandheuvels waaronder de ruïnes begraven lagen.

Elke avond had hij het blinde jongetje op het Plein van het Kalifaat een muntje gegeven, een jongen wiens leeftijd onduidelijk was, met een lap rond zijn hoofd die zijn oogkassen bedekte. Het kind zat bij het monument van de vermisten, en Bram had hem de afgelopen twee weken – hij wist niet waarom hij dit bedelaartje had uitgekozen – elke dag genoeg geld gegeven voor een stuk brood. Het wemelde in de stad van de zwerfkinderen. De oppasser die Bram was toegewezen had hem verteld dat er opvanghuizen waren waar ze konden slapen en een maaltijd kregen, maar het waren er zo veel dat het stadsbestuur elke avond kinderen aan de vrijgevigheid van de gelovigen moest overlaten.

Door een gat in de wolken schoof een eiland van warm licht over het zandplein, over zijn tulband en het kleine hoofd van het kind dat aan zijn voeten zat. Twee andere bedelaartjes kwamen naar hem toe en zeiden iets tegen hem, maar hij begreep hen niet. Een passerende man die zijn djellaba koket omhooghield om die tegen de modder te beschermen, op het hoofd een sneeuwwitte tulband, vroeg hem in het Engels of hij hulp nodig had.

'No,' zei Bram. 'I am fine.'

De bedelaarskinderen spraken tot de tulbandman.

'Ze zeggen dat ze hem kunnen wegsturen als hij vervelend is. Ze kennen hem.'

'Hoe heet hij?'

De man vroeg het aan de kinderen, jongens van een jaar of twaalf, slimme, snelle overlevingskunstenaars.

De man zei: 'Atal.'

'Atal,' herhaalde Bram. 'Wat betekent dat?'

'Geschenk van Allah, de barmhartige, geprezen en verheven is Hij.'

De jongens spraken opnieuw tot de man.

'Ze zeggen dat hij ook doof is. Blind en doof.'

'Wie zorgt voor hem?'

De man stelde de jongens de vraag.

'Ze nemen hem mee bij zonsondergang. Hij kan lopen. Ze wonen in een vervallen huis.'

De man sprak nu zelf tot de jongens, vertaalde wat hij hoorde: 'Ze krijgen te eten, elke dag, van een Arabische organisatie. Ze zijn wees, sinds de ramp.'

Bram gaf hun munten en de jongens holden weg. Hij bedankte de man en keek naar het kind, dat nog steeds onbewogen op de grond zat.

Hij bukte, trok voorzichtig de smerige vingertjes van zijn djellaba, en liep door.

Wat na de verwoestende aardbeving overeind was gebleven – sommige van de gebouwen die de vroegere heersers door westerse architecten hadden laten ontwerpen, met versterkte funderingen en speciale constructies om schokken op te vangen: hotels, kantoren, voorbeelden van moderne esthetiek met veel glas en open ruimtes – was gesloopt en vervolgens bedolven onder dikke lagen zand, met lange konvooien trucks uit de omgeving aangevoerd. Op de zandheuvels die de ruïnes bedekten groeide niets, kale geheugensteunen voor de verbrijzelde glazen zalen waar vijftien jaar geleden westerse delegaties pogingen hadden gedaan een deel van de olierijkdom te verwerven en waar vanuit hun high-concept suites de heersers voldaan over de daken van de stad hadden gekeken. De standbeelden die de bevingen hadden overleefd – de meest solide, die van de heersers – waren omvergetrokken, maar ze lagen er nog, kop in het zand, met gebroken benen, vaak met een geheven hand die ooit zelfverzekerd naar het volk had gewuifd maar nu in de aarde groef. Ze waren hol, die beelden, had Bram vastgesteld, en om die symboliek hadden de nieuwe heersers ze laten liggen. De fonteinen die de stad haar faam hadden geschonken, stonden droog, hun bassins vulden zich langzaam met zand. De ornamenten waaruit het water gedurende de lange zomers een verkoelende nevel had gebracht, waren aan stukken geslagen, ook de beroemde Dierenriemfontein was door bulldozers platgewalst. Duizenden plaquettes, beeldhouwwerken, ornamenten – alles vernietigd. Het land was nu vrij van alles wat naar versiering en opsmuk zweemde.

De Centrale Moskee was opgebouwd, de koepel weer lichtblauw geschilderd, de mozaïeken hersteld, het was weer het hoogste gebouw in de streek. Tientallen kinderen bedelden in de schaduwen van de minaretten; wezen, verstotenen. In de buitenwijken waren de meeste Russische woonkazernes ingestort, maar in het centrum hadden veel lage gebouwen de middernachtelijke klap doorstaan. Aan de rand van de stad strekten uitgebreide begraafplaatsen zich uit, grafheuvels voor de tienduizenden doden. Op het Plein van het Kalifaat, vroeger het Plein van de Republiek, stond een eenvoudig teken voor de duizenden die nooit waren teruggevonden. De ramp die het land had getroffen, werd door schriftgeleerden uitgelegd als een straf van Allah, opdat de aanhangers van het ware geloof de steppen en bergen weer in bezit namen en winden de gebeden in de richting van Mekka konden dragen. De olieproductie lag stil en buitenlandse zakenlieden vertoonden zich niet meer, maar Bram verbaasde zich over de grote aantallen Europese moslims die hij tegenkwam, nakomelingen van islamitische immigranten in Europa, maar ook blonde bekeerlingen, nieuwe moslims aangetrokken door de triomftocht van de islam in Afghanistan en Centraal-Azië.

Hij had de Chinese grensovergang in Khorgos genomen – een etmaal met zwaarbewapende moslimstrijders en douanebeambten die extra heffingen, desnoods op potloden, legdén – en was op de bus gestapt met jonge Europeanen, verse gelovigen met felle ogen, rood door vermoeidheid en overdoses adrenaline. In de Chinese stad Urumqi had Bram zich voorbereid. Hij had er les gekregen, zich in de koran en het leven van de profeet verdiept, en had gewacht op de uitnodiging om als vrijwilliger verder te reizen. De grens met Rusland liep dwars door het land en was gesloten, en hij was gedwongen om via China te reizen – in Urumqi kon hij zich vrij bewegen en in de telefoonwinkels en internetshops contact met Moskou en Tel

Aviv onderhouden. Onderweg, in de berm naast de bus, knielde hij naast de jonge gelovigen die ernstig en in vervoering, nog gekleed in hippe spijkerbroeken en modieuze winterjacks met de naam van een sportmerk of een Amerikaanse basketbalclub op het hart of op de rug, de gebeden opzegden terwijl de wind met hun pluizige baarden speelde. Vreemd genoeg voelde hij zich met hen verbonden in zijn hunkering naar verlossing.

Hoge, scherpe bergketens met eeuwige sneeuw op de toppen, verstoken van struiken en bomen, met slechts hier en daar, aan de rand van een beek of rivier, armzalige grijze halmen van een weerbarstige grassoort, torenden uit boven het kale, verlaten land. Op de dag van de busrit – van zes uur 's ochtends tot elf uur 's avonds, over een weg die provisorisch was gerepareerd – was de hemel kleurloos, de aarde grauw, en de dorpen waar ze doorheen raasden oogden verlaten, met hun verwoeste lemen woningen en verkoolde balken, verteerd door de vlammen die tijdens de schok uit de schoorsteen waren ontsnapt. Soms zag hij in de verte rookpluimen boven een gehucht, of een groep mannen met toegeknepen ogen op kleine zenuwachtige paarden wachtend naast de weg, verweerde Aziatische gezichten van krijgers die op een teken wachtten. Of ze reden langs een groep tenten met spelende kinderen die ongevoelig leken voor de striemende kou, een dode hond in de berm, naast drie magere geiten een man gehuld in dikke lappen, steunend op een stok in de bocht van de weg, de bus nastarend – de grond had achtennegentig seconden getrild van angst voor Allah, de barmhartige. Ook vijftienhonderd kilometer verderop scheurden de muren, schoten ratten krijsend onder de huizen vandaan, spatten weckpotten met ingemaakte perziken en kersen op de keukenvloeren kapot. Bijna twaalfhonderd dagen waren verstreken en Bram herinnerde zich die nacht, iets na middernacht in dit gebied, iets na acht uur 's avonds in Tel Aviv, toen er een lichte trilling door hun flat trok, alsof ergens in het gebouw de wind een deur hard in zijn sponningen joeg.

De oudere wijken waren min of meer intact gebleven, overblijfselen van de herbouw na de aardbeving van 1887 die de hele stad had weggevaagd, houten huizen met ten hoogste twee lagen. Bram verbleef in een opvangcentrum voor buitenlandse vrijwilligers, Amerikanen, Latino's, Europeanen. Zijn baard had hij vier maanden lang laten groeien om de indruk te versterken dat hij een fanatieke bekeerling was. Sinds zijn aankomst droeg hij een tulband, een lange lap die hij met behulp van een van de oppassers in het centrum losjes om zijn hoofd leerde wikkelen. De vrijwilligers werkten 's ochtends in de wijken, puinruimen, trucks rijden, en wie daarvoor de kwalificaties had, werd ingezet bij de constructie van nieuwe woningen. Na het middaggebed kregen ze koranles. Bram had er zich op voorbereid en kon een beetje Arabisch lezen, wat niet moeilijk was voor iemand die Ivriet sprak. Vrouwelijke vrijwilligers woonden in aparte tentenkampen buiten de stad, op de vlakte aan de voet van de bergen.

In het opvangcentrum sliep hij op een zaal met een tiental mannen van zijn leeftijd, vijftigers die na een leven van oppervlakkige consumptie Europa waren ontvlucht en de intensiteit en zingeving van hun nieuwe geloof als een tweede begin hadden omhelsd. Ze aten aan lange tafels. Na het eten slenterde hij door de straten, tussen duizenden andere mannen in witte djellaba's, allen te voet langs theehuizen waar uit metalige luidsprekers gebeden klonken en op tv-schermen geleerden koranverzen verklaarden, langs werkplaatsen waar wapens te koop lagen, raketwerpers, mortieren, oude Russische en Chinese mijnen. In het voorbijgaan ving hij bij de wandelaars allerlei talen op, Frans, Engels, Duits, Arabisch, Scandinavische talen, Russisch. Elke avond gaf hij het blinde jongetje op het Plein van het Kalifaat een muntje.

Bram was een ervaren chauffeur en werd aangewezen om een truck te besturen. Nog steeds moesten de ruïnes van hele woonblokken geruimd worden; duizenden vrijwilligers uit de islamitische wereld waren in werkploegen ingedeeld en elke ploeg had de verantwoordelijkheid gekregen om een bepaalde sector te ruimen. Bram was de oudste in zijn ploeg, twintig jongemannen die bij het werk gebeden declameerden en onvermoeibaar de laadbak met puin vulden. Binnen enkele dagen kende Bram hen bij hun voornamen, en hij heette Grijze Ibrahim. Brams hoofdhaar had nog zijn bruine kleur, maar zijn baard was grijs, merkte hij, nu hij zich niet meer schoor.

Bij zijn avondwandelingen was hij het museumhuis meerdere keren gepasseerd, maar hij wilde enkele weken laten verglijden en op geen enkele manier de aandacht op zich vestigen. Op de zeventiende dag, nog voor het avondgebed, stapte hij er binnen, een houten huis in de omgeving van het verlaten treinstation waar sinds de beving geen locomotief meer was vertrokken. Het was een ruim huis, twee verdiepingen hoog, met over de volle breedte van de gevel een balkon met een sierijzeren hekwerk dat de soberheidsmanie had doorstaan. Het was laat in de middag, de zon liet de bergtoppen opvlammen, en zelfs het dak ving het rode licht.

Hij duwde de deur open en betrad een hal met een vloer van blauwe en witte tegels. Een jongeman in witte djellaba, met kort haar en een leesbril met grote glazen in een ouderwets zwart montuur, zat achter een tafel en keek op van een boek. Hij had een jong gezicht, zijn beginnende baard liet zijn kin en kaken onbedekt. Hij had donker haar en bruine ogen, maar was geen Kazak of Arabier. Misschien een gelovige uit Noord-Afrika.

Bram begroette hem: 'Kajirli kuun.'
De jongen groette terug: *Kajirli kuun.*

Bram kende slechts enkele woorden van de taal. In zijn ploeg, met acht nationaliteiten, spraken ze Engels: 'Kan ik rondkijken?'

'Gaat uw gang,' antwoordde de jongen. 'Als u vragen heeft help ik u graag.'

'Dank. Waar begin ik?'

De jongen wees naar rechts.

Een lege gelambriseerde kamer, vroeger de eet- of zitkamer van een gegoede burgerlijke familie, zonder meubels, met aan de wanden foto's en teksten, in het Arabisch, Kazaks en Engels.

Dossay Israilov was hier in 1937 geboren als zoon van Nishan, een chirurg, en Sadikovna, een onderwijzeres. Het was de periode van Stalins terreur die een einde maakte aan het leven van een kwart van alle vier miljoen Kazakken. Bram las de teksten zorgvuldig, bekeek de historische foto's, en liep door naar een volgende ruimte, net zo gelambriseerd als de eerste, ooit deftige kamers en suite.

In dit vertrek hingen foto's van de Tweede Wereldoorlog en de overweldigende sovjetindustrialisatie waarmee het Duitse fascisme werd verslagen. Ook hingen er een foto en een tekst over de atoombom die de sovjets in 1949 in het Kazakse land testten.

Een zijdeur leidde hem terug naar de hal.

'Al vragen?' vroeg de jongen.

'Nog niet,' glimlachte Bram.

De kamer aan de andere kant van de hal was een werkkamer met boekenkasten, alle planken gevuld met wetenschappelijke werken, de meeste in het Russisch, sommige in het Duits en Engels. Foto's en teksten hingen aan de lijsten.

Dossay Israilov was een uitzonderlijke leerling en ging op zijn zeventiende chemie en natuurkunde studeren in Moskou, aan de Technische Hogeschool. Binnen drie jaar studeerde hij af en specialiseerde hij zich in Praag in farmaceutica. Foto's van een intelligente Centraal-Aziatische Rus, met mongoolse trekken, sluik zwart haar, nieuwsgierige ogen, foto's van hem in een witte jas in laboratoria, in sportbroek op sportvelden, met studiegenoten op een bergwandeling.

In 1963, op zijn zesentwintigste, werd hij benoemd tot professor in Leningrad. Als trouw en prominent partijlid kreeg hij een paspoort waarmee hij de wereld kon bereizen, gaf gastcolleges aan het MIT in Massachusetts, aan de universiteit van Leiden en aan de Sorbonne, aan verscheidene afdelingen van het Duitse Max Planck Instituut, waaronder die voor moleculaire biomedische wetenschappen in Münster.

In 1975, tijdens een reis naar Groot-Brittannië, vroeg hij in Londen politiek asiel aan. Israilov was achtendertig en, in eigen kring, een beroemd wetenschapper. Een Britse farmaceutische multinational bood hem een eigen laboratorium aan, plus een aandeel in de opbrengsten van octrooien.

Binnen enkele jaren was hij financieel onafhankelijk en in 1981 verhuisde hij naar Amsterdam. Bram was erop voorbereid, maar hij bleef geschokt staan toen hij een foto zag van het hele team: Israilov, zijn eigen vader Hartog, Saul Frenkel, de Australiër 'Kangoeroe' Sharpe, de Fransman Bernard, de Brit Lewis, en de twee Nederlanders, Frits de Graaf en Jolande Smits, op de foto jonge postdoctorale medewerkers. Ze waren nu beiden rond de zeventig en met Hartog de enigen van het team die nog leefden, ze woonden allebei nog steeds in Nederland – Bram had hen aan de telefoon gehad.

Foto's van Israilov voor een Amsterdamse moskee, te midden van Marokkaanse gastarbeiders, het respect voor de geleerde in hun ongeletterde ogen. De tekst meldde dat Israilov in Amsterdam terugkeerde naar het geloof van zijn grootouders, nomadische moslims uit Kazakstan.

Na de uitreiking van de Nobelprijs aan Hartog vertrok Israilov uit Nederland. Foto's van hem in traditionele Arabische kledij, een tekst die meldde dat hij in Saoedi-Arabië een nieuw medisch onderzoekslaboratorium opende.

In 1988 – Israilov was al eenenvijftig – sloot hij zich aan bij de Harakat-i Inqilab-i Islami, islamisten die in Afghanistan tegen de sovjets vochten. Israilov verpleegde Mullah Omar toen deze in de slag van Jalalabad in 1989 aan zijn oog gewond raakte, streed met hem voor de bevrijding van Kandahar en Herat, en in 1996 zette hij, in de woestenij in het district Shah Wali Kot, opnieuw een medisch laboratorium op.

Er waren geen beelden van een of meerdere echtgenotes, maar een bijschrift naast een foto van een uitgebrand gebouw, kennelijk het lab in Shah Wali Kot, meldde dat in september 2000 een explosie, veroorzaakt door een zionistisch complot, het belangrijke onderzoekswerk van Israilov verstoorde – bij de aanslag kwamen niet alleen zestien medewerkers maar ook zijn twee jonge zonen van drie en zes jaar om het leven.

In het vertrek achter de werkkamer hingen de laatste foto's.

Tussen de verdrijving van het regime van Mullah Omar in 2001 en deze serie, die beelden van na 2010 tot aan Israilovs dood in 2016 toonde, bevond zich een tijdsgat.

Een vooraanstaand lid van de talibanelite als Israilov was zonder twijfel naar de tribale grensgebieden met Pakistan gevlucht. Maar vanaf 2010, zo lieten de foto's zien, leefde de beroemde wetenschapper in zijn geboorteland. Zijn vermogen stelde hem in staat een tehuis voor wezen te bekostigen, jongens uit de hele wereld. In een kloosterachtig complex tachtig kilometer ten oosten van de stad zouden ze worden opgevoed tot vrome moslims en scherpe denkers.

Een foto uit mei 2011 liet een groep wezen zien, in wijde traditionele kleren onder westerse gezichten, gezond, stralende lach. Toen Bram een van hen herkende, kon hij nauwelijks ademen. De jongen was negen jaar oud, de langste van de groep, een mooi blond Hollands jongetje genaamd Japie de

Vries, de kleinzoon van Saul Frenkel. Japie had zichzelf later als Daniel Levy opgeblazen. Zijn eigen zoon stond niet op de foto.

In een doodlopende steeg achter Israilovs geboortehuis hield Bram zich een halfuur schuil. Niemand mocht zijn betraande gezicht zien – wat kon hij antwoorden als ze ernaar vroegen? Er viel niets te antwoorden – hij had slechts vragen. Was zijn kind deel van die groep geweest? Waren er meer foto's? Niets in de ogen van Frenkels kleinzoon verraadde het besef dat hij was meegenomen en voor altijd rouw en paniek had achtergelaten. Had de jongen een jeugd gehad zonder angst? En zijn eigen kind? Met opgetrokken benen zat Bram tegen een schutting, in het duister achter de erven van een rij houten huizen die de aardbeving hadden doorstaan, en hij wilde aan Eva vertellen wat hij had gezien en hij wilde haar vasthouden, op zijn knieën vallen en zijn armen om haar heupen slaan. Het was gevaarlijk om haar te bellen, de telefoonwinkels in de stad werden gecontroleerd, net als het internetverkeer, voor zover dat er was – het zou weken of zelfs maanden duren voordat hij kon terugkeren.

Waar was het kind? Was het niet door O'Connor vermoord? Mijn kind, dacht hij, waar is mijn kind? Hij zou een paar dagen wachten en opnieuw het geboortehuis bezoeken en de beheerder vragen stellen. Wat was er met het tehuis gebeurd? Waar waren de jongens heen gestuurd? Naar Afghanistan, om te vechten tegen de westerse legers? Waren ze gesneuveld? Hadden ze zich zoals Frenkels kleinzoon met hun vijanden opgeblazen? Bestond het tehuis nog?

Hij liep terug naar het drukke hart van de stad, dorstig maar zonder honger, verloren in de zee van tulbanden, slenterende mannen, sommigen met de hand op het geweer dat ze met een riem om de schouder droegen, gelovigen die hij nu benijdde om hun vermogen om Allah te smeken hun een gunst te doen. Op het Plein van het Kalifaat gaf hij de blinde jongen in het voorbijgaan een munt, zoals iedere dag.

Die nacht kon hij de slaap niet vatten, luisterde naar de geluiden van de mannen op zijn zaal en naar de dreun van zijn uitgeputte hart – terwijl hij zich afvroeg of hij Israilovs beweegredenen nu kende. Had Israilov zich echt door de verhalen over de mammelukken en de janitsaren laten inspireren? Israilov had als ontwikkeld mens die verhalen zonder twijfel gekend. Maar had hij ze nieuw leven ingeblazen uit wraak voor de dood van zijn kinderen? De Mossad had in september 2000 zijn lab in het Afghaanse district Shah Wali Kot opgeblazen en zijn kinderen gedood. Het was goed mogelijk dat Israilov wraak genomen had op de zionisten, wraak op de joden in wier team hij als een geniaal wetenschapper beslissende bijdragen had geleverd.

Drie dagen later keerde Bram terug naar het museum. Het regende en ze waren niet uit werken gegaan. De straten stonden blank, de zandwegen veranderden in kolkende modderpoelen. De jonge beheerder groette hem als een oude bekende, gaf hem een doek om zijn gezicht te drogen, en Bram wikkelde de natte tulband af en hing zijn plastic regenmantel onder een afdak naast de toegangsdeur. Opnieuw maakte hij de ronde door de kamers, las hij de teksten, en de schok bij het zien van de foto's met zijn vader en de foto met het kind was net zo hevig als de eerste keer.

Toen hij in de hal terugkeerde, vroeg de jonge beheerder of hij een glas thee wilde drinken.

Bram zag nu pas dat de jongen in een rolstoel zat, een log model dat al decennia geleden in het Westen was vervangen door lichte, wendbare modellen. De jongen reed de hal uit en keerde terug met een theepot, zichzelf met één hand op het brede wiel voortduwend. Op zijn schoot lag een glas voor Bram. De jongen schonk in, reikte hem het glas aan.

'Dank je wel,' zei Bram.

'Ik zie zelden iemand die twee keer komt,' zei de jongen, 'en ook zelden iemand die één keer komt. Bent u wetenschapper?'

'Nee, ja, vroeger,' zei Bram. 'Ik ben geschiedkundige. Mijn vader was wetenschapper. Hij heeft in Europa een keer professor Israilov ontmoet.' Hij nam voorzichtig een teug van de dampende thee. De regen roffelde op de ruiten.

'Dat is bijzonder,' zei de jongen, 'nu begrijp ik waarom u twee keer bent gekomen. Waar komt u vandaan?'

'Ik kom uit Nederland.' Bram was in het bezit van een echt paspoort.

'Bent u al lang moslim?'

'Ja – ik weet nu dat ik al jaren als een moslim dacht. Ik volg het pad dat me gewezen is door de profeet, *sallallahu alaihi wa sallam*.'

'Bent u vrijwilliger?'

'Ja.'

'Ik heb een vreemde vraag.'

'Stel hem,' zei Bram.

'Weet u dat schaken verboden is?'

'Hoe bedoelt u, schaken verboden?' vroeg Bram.

'Het spel. Schaken. Vierenzestig velden.'

'Dat wist ik niet, nee.'

De jongen boog zich vertrouwelijk naar hem toe en wenkte Bram zodat ze fluisterend konden communiceren: 'Speelt u schaak?'

Even zag Bram in het gezicht van de jongen de mimiek van een joodse jongen, ironisch, slim, nieuwsgierig. Hij had er, toen hij in Tel Aviv les gaf, honderden ontmoet. Of was het onzin?

'Vroeger, ja, met mijn vader –'

'Ik heb een bord,' bekende de jongen terwijl hij de toegang in het oog hield. 'Boven in een kamer lagen een bord en stukken, op één na, een zwarte toren mis ik –'

'Die kun je met alles aangeven, een stukje hout, een steentje,' opperde Bram.

'Wanneer komt u weer?'

'Morgen? Overmorgen?'

'Overmorgen? Maar dan moet u me naar boven dragen. Ik kan niet naar boven.'

'Wat is boven?'

'Niets. Lege kamers. Maar wel een tafel en twee stoelen. En achter een muur een schaakbord en een fluwelen zak met stukken.'

'Ik kom,' zei Bram.

'Het is verboden,' herhaalde de jongen. Hij stak een hand uit: 'Erkin.'

Bram zei: 'Ibrahim.' Ze schudden elkaar de hand.

'Ik heb het al lang niet meer gedaan, schaken,' waarschuwde Bram.

'Ik heb het niet vaak gedaan,' zei Erkin. 'Maar we zullen leren, terwijl we het doen.'

'Als het verboden is – waar heb je het dan geleerd?'

'In het tehuis.'

'Wat voor tehuis?'

'Het tehuis van de professor.'

Hoe oud was de jongen? Begin twintig? Was hij ooit als vermist opgegeven? Hij had zwart haar maar een lichte huid; had Erkin Brams kind gekend? Wist hij waar zijn kind nu was? Bram knikte beheerst, maar hij voelde zijn hart in zijn keel slaan.

'Bestaat dat tehuis nog?'

'De aardbeving heeft het hele complex weggevaagd. Zo heeft Allah het gewild, de barmhartige, geprezen en verheven is Hij.'

'Jij was daar toen?'

'Ja. Ik kwam onder een balk terecht, ik ben vanaf mijn heupen verlamd.'

'Dat is verschrikkelijk,' zei Bram.

'Het maakt de weg rijker naar Allah, de barmhartige, geprezen en verheven is Hij,' zei Erkin.

'En de andere bewoners van het tehuis?'

'Ik heb geluk gehad. Ze zijn bijna allemaal gestorven.'

Bram brandde van verlangen om het hem te vragen, om hem alles te vragen, maar hij moest geduld hebben. De kans was klein dat zijn zoon nog in leven was.

'Wie heeft je leren schaken?'

'Mijn vriend Hayud.'

'Wat deden jullie in het tehuis?'

'We bestudeerden de koran en de hadith en de soenna. En we trainden veel. We waren allemaal scherpschutters, we beheersten het mes, we kunnen de vijand met onze blote handen doden. Het is onze droom om als martelaar te sterven voor Allah, de barmhartige, geprezen en verheven is Hij. Dat is nog steeds mijn doel. Ik zal zo gelukkig zijn als ik kan doen wat de professor ons geleerd heeft!'

'Wat heeft hij jullie geleerd?'

'Dat offeren het hoogste goed is.'

'Allemaal wezen?'

'Ja. We kwamen uit de hele wereld. Ik kom oorspronkelijk uit Frankrijk.'

'Waren je ouders ook moslim?'

'Iedereen wordt als moslim geboren. Maar ze raken van het juiste pad af door verleidingen en leugens.'

'Dat is zo,' beaamde Bram, zich afvragend of hij de jongen argwanend maakte.

'Was er ook iemand uit Holland?'

'Hayud, de schaker. Zijn naam betekent "de berg". Hij zag

er ook als een berg uit, hij was lang en blond. Hij was een wees uit Holland. We kwamen van over de hele wereld.'

'Hayud is ook omgekomen bij de ramp?'

'Hayud is een jaar geleden op missie gestuurd. Misschien is hij al als martelaar gestorven en is hij in de hemel beloond.'

'Weet je nog iets van je jeugd in Frankrijk?'

'Nee. Dat is lang geleden. Vaag. Misschien een lange gang. Een kamer. Het was slecht toen. Ik was wees.'

'Heeft – Hayud daar ooit over verteld?'

'Nee. Daar spraken we niet vaak over.'

'Maar hij kon schaken?'

'Ja. Hij had zelf stukken gemaakt. Hij was goed.'

'Er hangt daar een foto met kinderen in het tehuis, van wanneer was die foto, mei 2010? Daar sta jij ook op?'

'Nee, ik niet. Bijna iedereen op die foto is gestorven die nacht. Het was verschrikkelijk, maar Allah, de barmhartige, geprezen en verheven is Hij, weet wat Hij doet. Wij kunnen dat niet bevatten.'

'Erkin,' zei Bram, terwijl een vuur door zijn organen raasde en zijn hersenen uit zijn schedel dreigden te barsten, 'Erkin, kun je me laten zien wie er op die foto staan? Ik wil voor ze bidden.'

De jongen reed voor hem uit naar de achterste zijkamer en stelde zich voor de boekenkast op. De foto stond op een plank voor een rij boeken die tegen de achterwand was geduwd. Erkin noemde de namen en Bram wachtte ademloos tot Erkin zijn wijsvinger op Jaap de Vries zou leggen en zijn aangenomen naam zou noemen.

Erkin wees op Japie en zei: 'Hayud, de Hollander.'

'Was er geen Amerikaan bij?'

'Ja. Thaqib,' zei Erkin.

'Thaqib,' herhaalde Bram. Hij vroeg: 'Heb je hem op een foto staan?'

'Nee. Dit is de enige die we hebben.'

Bram duwde Erkin terug naar de hal.

'Thaqib heeft de ramp ook overleefd. Hij is samen met Hayud op missie gestuurd. Ze hadden de opdracht om martelaar te worden. Thaqib had veel herinneringen van vroeger,' zei Erkin, zich beelden en woorden herinnerend. 'Hij zei dat hij toen tussen slangen leefde. Veel slangen, vertelde hij. Hij is misschien al martelaar. Allah, de barmhartige, geprezen en verheven is Hij, weet wat Hij doet.'

De hemel brak open en de zon smeet tussen de wolken door vlekken van licht op de bergen rondom de stad. De regen had het stof uit de lucht gespoeld en het zou een etmaal duren voordat het zand tussen de huizen wervelde en alles weer toedekte. Binnen enkele meters waren Brams schoenen doorweekt. Hij haastte zich, al was het doel niet duidelijk. Maar hij moest afstand nemen van het museumhuis en met wat hij gehoord had het universum opnieuw ordenen. Hij kon zijn ledematen haast niet in bedwang houden door de emotie en de angst zich te verraden in zijn pogingen de mededelingen van de jonge beheerder te bevatten. Er bestond een kans dat Bennie nog leefde. Thaqib. Als hij zich niet inmiddels ergens had doodgevochten. Of misschien zou hij zich binnenkort ergens als Freddie Cohen, Sam Weiss of Joe Kornblum met zo veel mogelijk joden opblazen. In Tel Aviv, New York of Buenos Aires. Hij moest zo snel mogelijk Balin inlichten – dat kon alleen wanneer hij in China was, in deze stad kon hij geen berichten naar Tel Aviv sturen. Ze moesten voorkomen dat Thaqib het getto dat Israël heette binnen drong.

Het was een soort trance waarin hij zich bevond – hij kon zichzelf waarnemen, dat was het vreemde, alsof hij een extra oog had dat hem volgde en het droeve lijf in die met modder bespatte djellaba bespiedde. Na de wolkbreuk kwamen de tulbandmannen naar buiten, wankel dansend in de modder, allen vol overgave op weg naar hun eigen taak in het nieuwe land dat hier ontstond, het begin van het moderne kalifaat dat de vrede van Allah over de aarde zou verspreiden. Bram, de ongelovige, wilde met hen bidden en smeken om hulp bij het vinden van de betekenis van dit alles, het trage sterven van zijn vader, de rusteloze tocht van de joden door de geschiedenis, aardbevingen, het lot van zijn zoon.

Thaqib. Het was mogelijk dat hij nog leefde. Het was mogelijk dat hij aan zijn geloof begon te twijfelen en de vage herinneringen die hij had zou willen ontleden. Had Thaqib herinneringen aan zijn ouders? Zou hij ontdekken dat hij geen wees was maar een kind dat op een dag uit het huis van zijn ouders was gestolen? Of zou voor hem alles een goddelijke samenhang hebben, een logica die door de hemelen was gevormd, een noodzaak en richting die moesten uitmonden in dat ene moment van hitte en geweld? Bevond zijn zoon zich in het Westen? In Amerika? In Spanje? Ergens in de wereld haalde zijn zoon adem. In een hotelkamertje in Montevideo. Een boerderij in Kenia. Op een schip in de Indische Oceaan. Hij had een zoon die zich als martelaar zou offeren voor zijn god.

Maar hij kon niet uitsluiten dat zijn zoon op een ochtend dat meisje zou zien voor wie hij zijn ogen niet kon neerslaan omdat ze te mooi was, bij wie hij dag na dag zou terugkeren om naar haar te kijken, een meisje dat thee serveerde in een Indiaas dorp, of dat op een markt in Ivoorkust verse munt verkocht.

Zijn zoon leefde nog – hij voelde het, zoals Ikki dingen voelde, met een zekerheid die voorbij de feiten lag. Zijn kind was er nog. Ergens op aarde, wachtend op het moment dat hij martelaar kon worden, of wachtend op voldoende kracht om de scheppingen van Mozart of Vermeer tot zich toe te laten. Hij moest zijn kind vinden en hem helpen om de liefde voor het kortstondige leven te beschermen tegen de religieuze belofte van een tijdloos hiernamaals – een belofte die om zijn bloed vroeg. Hij moest zijn kind vinden – Benjamin, Bennie, de naam durfde hij weer te denken. 'Bennie,' mompelde hij, 'mijn lieve kind, Bennie –' Het was onmogelijk om hier contact met Balin op te nemen, dus hij moest zo snel mogelijk naar China, terug naar de beschaafde wereld van modegrillen en geflirt in winkelstraten en het plezier van nieuwe mobieltjes en de vitaliteit in volle restaurants. Meerdere landen hadden inmiddels DNA-scanners geplaatst en daarmee aan het probleem van volmaakt vervalste paspoorten en ID-bewijzen een einde gemaakt. Bennie konden ze achterhalen, als Balin zich voor hem inzette.

Hij liep rond door de verwoeste stad, uren onderweg zonder doel. Door de lucht dreven witte wolken die het brede dal in hun koele schaduw hulden voordat ze door de wind werden meegenomen en de zon de straten en zijn gezicht droogde. Ook hij wierp zich voor het middaggebed op de grond, zijn knieën op de vochtige aarde.

Weer greep op het Plein van het Kalifaat het blinde kind de zoom van zijn djellaba vast toen Bram een munt in het plastic bakje legde – het was bijna een reflex geworden om het bedelaartje een munt te geven, zelfs nu, nadat hij had gehoord dat zijn zoon tot een moslimstrijder was opgevoed. Hij wilde zich uit de handjes van de bedelaar los trekken, maar hij bleef staan, net als een paar dagen eerder, een moment van zijn koorts verlost. Het kind had kennelijk niet kunnen schuilen en was doorweekt. In kleermakerszit had het de regen doorstaan, de vieze lap rond het hoofd, de vuile nagels, de voeten in kapotte sandalen. Ook nu vroeg Bram zich af wat het kind hiermee dacht te bereiken. Of was hij net wat dichterbij gekomen dan de meeste andere gevers van aalmoezen, en greep het kind zich vervolgens intuïtief vast, als een drenkeling aan een vlot? Het kind zweeg. En Bram wachtte.

Het vreemde was dat de razende behoefte om te lopen en te vluchten uit zijn lichaam vloeide. Hij moest hier wachten tot het kind hem zou loslaten. Hij verroerde zich niet en liet toe dat de jongen de djellaba vasthield – het schonk hem een moment van verlossing van de waanzin in zijn hoofd en de waanzin van de wereld. Atal – zo heette het kind aan zijn voeten. Nou ja, kind. Een klein hoopje mensachtig leven, niet meer. Waarom hield het kind uitgerekend hem vast? Op dit kale plein in het hart van een verdwenen stad? Het kind zocht bescherming, dacht hij, ook al had het, doordat het niet kon zien of horen, vermoedelijk niet leren denken – of kon dat wel, denken zonder woorden? Wie wilde voor dit kind zorgen in dit verwoeste land, waar misvormingen en ziekten als een straf van Allah werden beschouwd? Hij kon het verzorgen en door de nacht dragen.

Bram bukte en tilde het kind op; het was licht als een huisdier. Het klemde zich aan zijn djellaba vast en verspreidde iets weeïgs, een dierlijke geur van vuil en lichaamsvocht. Waarom deed hij dit? Uit wroeging? Uit de behoefte om een last aan zijn leven toe te voegen? Hij liep door en droeg het kind naar het vrijwilligerscentrum. Het kind stonk nog erger zonder de lappen, maar er was zeep en hij waste het en zag ogen waarin het licht niet tot leven kwam. Hij meldde het kind bij de leiding, hij beloofde dat hij alle kosten zou dragen, gaf het kind brood, stukken sinaasappel en dadels en vijgen. Het was klein als een vierjarige, maar zijn gezicht verraadde dat hij ouder was, tien of elf. Het sliep naast hem op een mat op de vloer. Bram wist niet wat het dacht, wat het voelde.

Die eerste nacht huilde Bram stil om zijn zoon terwijl hij luisterde naar de ademhaling van het kind naast zijn matras.

Wat zou er van de wereld tot het kind doordringen? Bram had een plastic zonnebril gekocht en verborg daarmee de ogen van het kind. Het had de bril betast, maar liet hem begaan. Het ging met hem mee wanneer hij de truck bestuurde, hield zich vast aan het handvat op de deur en wachtte rustig en geruisloos op de momenten dat het gevoed werd. Was het zo geboren, of was het zo verminkt? Hij nam het mee als hij met Erkin ging schaken. Het kind zat dan stil tegen zijn benen, zijn djellaba in zijn handjes.

Op een vrijdag na het gebed nam hij in elke hand een hand van het kind. Kneep erin. Wachtte. Kneep. En voelde het kind ook knijpen. Hij kneep drie keer. Het kind kneep drie keer.

Drie mannen, lange grijze baarden, diepliggende ogen, een bruine eeltvlek laag op het voorhoofd, witte djellaba's en zwarte tulbanden op het hoofd, zaten nonchalant achter een lange houten tafel in een leeg vertrek met lichtgroene wanden. Het bevond zich in een van de gescheurde stalinistische kantoorgebouwen die niet waren ingestort.

Hij groette de mannen – geleerden – op de manier die hem in China was geleerd: hij gaf een hand, drukte zijn lippen op de rug van diezelfde hand en raakte daarmee snel zijn voorhoofd en borst aan. Hem werd zijn plaats gewezen op een bank voor de tafel. Het kind had hij op een kleedje naast de deur gezet, en het wachtte stil in zijn blauwe djellaba, achter de zwarte zonnebril.

De vertaler was een Amerikaanse bekeerling die naast hem bleef staan, een rossige yankee die zich aan de profeet had onderworpen.

'Hi, Ibrahim,' begroette hij Bram. 'Ik was Ross, ik heet nu Muhammed.'

'Hi Muhammed. Ik ben Ibrahim.'

De middelste geleerde sprak in een taal die hij niet herkende, met zachte stem, hooghartig naar hem kijkend.

Toen de man zweeg, zei de vertaler: 'Waarom wilt u uw werk al weer opgeven en terugkeren naar het land van de *kafirs* waaruit u vertrokken bent? Wordt er niet goed voor u gezorgd? Het Kalifaat heeft elke gelovige nodig om de boodschap van de profeet te volgen, sallallahu alaihi wa sallam, vrede zij met hem.'

Hij antwoordde: 'Ik wil terugkeren naar het land waaruit ik vertrokken ben omdat mijn vader oud en ziek is. En omdat ik de jongen Atal,' hij wees op het kind naast de deur, 'omdat ik hem wil laten onderzoeken door de kafirs. De kafirs begrijpen de boodschap van de profeet niet, sallallahu alaihi wa sallam, maar zij hebben grote kennis van medicijnen. Ik wil weten of het mogelijk is dat de jongen Atal weer kan zien, weer kan horen. Daarvoor moet ik naar de wereld van de kafirs terugkeren.'

De vertaler luisterde een moment naar de geleerde en zei: 'Is de jongen Atal uw zoon?'

'Nee,' zei hij. 'Maar ik moet voor hem zorgen alsof hij een zoon is.'

De vertaler knikte bij het luisteren: 'Emir Azuz wil weten waarom u een zoon wilt hebben die doof en blind is. Waarom is hij zo gemaakt door Allah, de barmhartige, geprezen en verheven is Hij?'

Bram antwoordde: 'Wij kunnen de wegen niet begrijpen die Allah, de barmhartige, geprezen en verheven is Hij, ons op stuurt. Ik zou graag een zoon willen hebben met ogen die de wonderen van Allah, de barmhartige, geprezen en verheven is Hij, kunnen zien, en die kunnen luisteren naar de gebeden waarmee wij onze onderwerping prijzen aan Allah, de barmhartige, geprezen en verheven is Hij. Maar ik heb het kind niet gekozen. Het kind heeft mij gekozen.'

Zodra ze de grens waren gepasseerd, had hij Balin ingelicht. Daarna waren ze doorgereisd naar de Chinees-Mongoolse grens, naar Erenhot, een drukke grensstad met elektronicawinkels, warenhuizen, kledingwinkels, markthallen, snackbars, verkeersopstoppingen met oorverdovend getoeter, en een druk treinstation waar de assen van de Russische en Mongoolse wagons aan de spoorbreedte van China werden aangepast. Weken wachtten ze op het Russische visum, in een luidruchtig hotel met een gigantische eetzaal waar elke dag honderden beweeglijke Chinezen aan ronde eettafels bijeenkwamen om diners van twintig gangen te eten. Hij betrapte zich erop dat hij naar zijn zoon zocht, op straat, tussen de mensen. Duizenden rookpluimen boven de daken, wervelende vette walmen rond voedselkarren met kokende gerechten, gehaast lopende Chinezen in met bont gevoerde laarzen en mutsen, zonnebrillen tegen de felle winterzon, de stank van diesel en benzine.

Toen de afbeeldingen van slangen in de straten verschenen, op winkelruiten, spandoeken, als speelgoed, begreep hij dat op 29 januari het jaar van de slang begon. Terwijl Atal bij hem op zijn knie zat, zocht hij op Mapquest de coördinaten van 22.8.8 noorderbreedte en 22.8.8 oosterlengte. Het was een plek honderdtwintig kilometer ten zuiden van de stad Al Tullab in de woestijn van Libië. Hij googelde die naam en vond berichten over het bunkercomplex dat in die streek onder het zand was gebouwd, een van de opslagplaatsen van het Libische atoomkoppenarsenaal.

In de stinkende cabine van een telefoonwinkel, tussen Chinezen, Mongolen, Russen, allen in gesprek met een onbereikbare geliefde of een boze opdrachtgever of zomaar pratend tegen een hardhorende, belde hij Balin. Die gaf hem het adres van een andere telefoonwinkel in Erenhot, waar een 'geprepareerd' mobieltje op hem wachtte. In zijn hotelkamer belde Bram hem opnieuw.

'Het jaar van de slang. Die coördinaten. Het zijn de juiste cijfers.'

'Dat zal de Amerikanen overtuigen wanneer ik ze bel,' antwoordde Balin. 'Beste generaal, de cijfers kloppen – Avi, hoe kom je hierbij, wat heb je gedronken?'

'Wat doen ze met hem als ze hem grijpen?'

'Wie, de Libiërs?'

'Kun je geen deal maken? Jij geeft ze deze informatie in ruil voor zijn uitlevering?'

'Wat denk je dat hij gaat doen?'

'Ik denk–' Bram wist niets. 'Zijn daar fundamentalisten geïnfiltreerd, in het Libische leger?'

'Hoe kom je aan die datum en die coördinaten, Avi? Kun je wat duidelijker zijn?'

'Nee – misschien is het allemaal niks, Jitzchak – het is een gevoel, niet meer dan dat.'

'Wanneer ben je terug?'

'Ik reis via Moskou. Daar moet ik eerst heen. En dan – dan kom ik naar Tel Aviv. Je moet me helpen om hem te vinden. Hij wacht tot het 29 januari is, denk ik. En zolang hij wacht – hoe is het met mijn vader? En Hendrikus?'

Via de skypecamera had Eva haar zesmaandenbuik laten zien, en hij had haar Atal getoond en haar verteld dat hij geen keus had gehad, die dag, op dat plein; hij kon het jongetje niet aan zijn lot overlaten. Ze wees hem op de consequenties, de financiële gevolgen, maar ze gaf haar verzet op toen hij haar had duidelijk gemaakt dat hij het kind niet kon achterlaten. Ze vergaf het hem.

De korte route via Kazakstan was gesloten – ze moesten duizenden kilometers om opdat ze via Oelan Bator in Irkoetsk op de Transsiberië-expres konden stappen. Hij had zich geschoren en de hand van het kind gepakt en hem over zijn gladde wangen laten strijken. Atal glimlachte. Hij nam het mee naar de kruidenmarkt en liet het ruiken. Elke dag betastte het kind zijn gezicht, voelde zijn wenkbrauwen en oren, zijn oogleden, volgde met een vinger de lijnen van zijn kaken. Soms stak het in de drukte – die het kennelijk kon waarnemen, met zijn huid? – angstig zijn armen naar hem uit, en hij tilde het op, droeg het beschermend naar het hotel. Toen lieten de Mongoolse grenswachten het kind passeren – Eva had het Russische visum gekocht.

De trein gleed door het landschap dat geen einde kende.

De dagen en nachten regen zich aaneen en in een ijzeren cadans gleden tochtige dorpsstations en met sneeuw overdekte wouden voorbij terwijl het kind zijn hand vasthield en op zijn schoot sliep. Hij voedde het kind, liet het drinken, gaf het schone kleren, ritste het vest open wanneer het in de coupé te warm was, streelde zijn gezicht. Verderop in de wagon werd gezongen. Soms, als de trein naar het noorden trok, zag hij aan de horizon de uivormige koepels van orthodoxe kerken schitteren in de zon. De conductrice schonk dampende thee uit een glanzende ketel. Een reiziger deelde snoepjes rond. Hij wist niet waarom, maar het was goed dat het kind hem had uitverkoren. Het gaf hem kracht om op Bennie te wachten, op zijn terugkeer. Ze zouden thuiskomen in Moskou voordat het nieuwe jaar begon.

Enkele uren voordat ze op het Yaroslavsky Station zouden aankomen – de spanning was in de trein te bespeuren, de koffers en tassen waren weer gepakt, de haren gekamd, de vrouwen opgemaakt – trilde Brams Chinese mobiel. Hij stond op en verliet de coupé om in het smalle gangpad Balin te woord te staan.

'Jitzchak?' vroeg Bram.

'Hij is getraceerd,' zei Balin.

EPILOOG

Amsterdam
Januari 2025

I

Nadat hij zich had ingeschreven bij het hotel en een douche had genomen, wandelde Bram naar het oude huis op de Herengracht. Het was een grauwe Hollandse januaridag met een dicht wolkendek, koud maar droog. De kale bomen stonden roerloos tussen de stille paleizen van de regenten en het donkere water van de grachten. Een paar keer bleef hij stilstaan om naar plafondschilderingen en kroonluchters te kijken achter de hoge ramen van de rijke koopmanshuizen, allemaal hersteld in oude glorie en grandeur. Auto's waren uit de grachtengordel verbannen. Fietsers haastten zich over de ronde bruggen, gebogen over het stuur, een beeld dat hij al decennia niet meer gezien had. Veel wandelaars waren er niet, maar de stad was niet verlaten. De doorgaande winkelstraten die dwars op de grachten lagen waren levendig en druk, met felverlichte winkels vol modieuze kleren en duur keukengerei en restaurants waar alle smaken van de wereld konden worden geproefd. Maar op de grachten was het stil en schilderachtig, alsof hij de negentiende eeuw was binnengestapt.

Hun oude huis lag bijna op de hoek met de Amstel, een breed pand uit 1672 met een schemerig achterhuis dat via een zware, brede deur kon worden betreden. Zijn vader had als werkvertrek de enige kamer die aan de grachtenkant lag, achter een raam dat met dikke tralies was beveiligd, een werkcel, zoals hij het had genoemd. Bram sliep op de tweede verdieping die eigenlijk de derde was aangezien de diepe woonkamer hoger lag dan het straatniveau. Op zijn etage waren nog twee kamers, de ene was het washok waar de wasmachine stond en de andere was de bibliotheek van zijn vader.

Brams kamer keek uit op een klein binnenhof en de achterkant van het voorhuis, dat in appartementen was opgedeeld, en hij was er gelukkig geweest tot zijn moeder was gestorven. Hij had al vroeg geweten dat hij de verwachtingen die zijn vader van hem had niet kon inlossen, maar zijn moeder had hem beschermd. In hun huis was nu een bank gevestigd, zoals in veel andere panden langs de Herengracht. Bram liet even een hand rusten op de glanzende donkergroene deur, dezelfde deur als toen, met dezelfde koperen klink. Hij wierp een blik door het getraliede raam en zag twee mannen in hemdsmouwen, beiden formeel met een stropdas, starend naar beeldschermen. Bram had zijn vader daar vaak een kop thee gebracht, vanuit de keuken in het souterrain waar mama altijd was, vier treden naar boven, door de hal en langs de wc naar de werkkamer van zijn vader, die even opzij keek als Bram de theekop op zijn tafel zette en als dank met een hand door zijn haar woelde. Als zijn vader weer in gedachten verzonken naar zijn papieren keek, trok Bram zich stil terug, maar hij was tevreden met het gebaar, de sterke vingers van papa op zijn hoofd. De kamer was kleiner dan hij zich herinnerde. Ooit was de kamer een zaal geweest.

Indertijd hing naast de voordeur een koperen bordje met zwarte letters: Prof. Dr. H. Mannheim. Bram was trots op zijn vader en hun huis, dat weliswaar aan de achterkant van de paleizen lag maar toch echt een Herengrachthuis was. Nummer 617. Bij elkaar 14 – een getal dat niets betekende. Na de dood van zijn moeder was zijn vader gebroken. Bram herinnerde zich momenten van tederheid tussen zijn ouders, maar tot op de dag van vandaag kende Bram niet de precieze reden waarom zijn vader zijn leven in Nederland na de dood van zijn vrouw had beëindigd. De rouw was hevig, maar sprakeloos.

Mama was parttime bibliothecaresse en zij was er altijd wanneer Bram thuiskwam van school, een kleine donkere vrouw met grote Spaanse ogen en gulzige lippen die zijn wangen zochten wanneer hij in haar buurt kwam. Hij herinnerde zich etentjes bij hen thuis, collega's van de universiteit, bezoekers uit het buitenland; Bram was er nooit bij maar soms woei via het binnenhof gelach naar boven en hoorde hij de krachtige stem van zijn vader. Het waren de avonden dat hij de volle geborgenheid van het gezin voelde, en veilig in slaap viel. Nu wilde hij weten hoe zijn vader, die hij later leerde kennen als een zuinige man, zich bij die etentjes had gedragen. Of had zijn moeder de regie gevoerd en had zij zijn sociale geweten gevormd? 's Ochtends zag Bram lege wijnflessen en stapels vuile borden op het aanrecht staan, zijn moeder had de dag ervoor uitgebreid gekookt, en hij herinnerde zich hoe zijn vader bij het ontbijt zijn mannenhand op de vrouwelijke schouder van zijn moeder had gelegd, een moment waarin hij nu de intimiteit kon ontwaren. Mama had ondergedoken gezeten, zij was zijn eerste en enige liefde toen Hartog uit de kampen was teruggekeerd, en toen bij haar de ziekte geconstateerd werd, was zij binnen vijf weken gestorven. Zomaar, in een zucht, een lichaam vol overgave en levenslust, zomaar weg, de wang van zijn moeder tegen zijn wang, de lunchbox met de boterhammen die zij 's ochtends voor hem had gemaakt, een plastic bakje vol liefde, alsof het allemaal nooit had bestaan.

Zijn vader verhuisde naar Tel Aviv en tot aan zijn eindexamen woonde Bram bij de Vermeulens op de Reinier Vinkeleskade in Zuid, een gepensioneerd lerarenechtpaar dat hem hielp bij de exacte vakken, Jos en Hermine Vermeulen. Hij woonde er in de kamer van hun zoon, die al twintig jaar eerder het huis verlaten had en zelf kinderen had van Brams leeftijd, hij werkte voor Shell in Singapore, herinnerde Bram zich. Onwezenlijk dat hij vijf jaar bij die mensen op de verlaten bovenste etage had gewoond tussen hun eiken meubels in een, zo leek het nu, ademloos vacuüm, zonder puberteit, zonder een vader die hij kon vervloeken, zonder een moeder die hem had kunnen bewonderen terwijl hij van kind tot man transformeerde. Hij fietste elke dag naar het Vossius Gymnasium en werkte verbeten in het besef dat hij pas kon gaan leven wanneer dit alles achter de rug was. Hij gaf de Vermeulens geen overlast, en andersom lieten ze hem zijn gang gaan toen ze beseften dat het Hartog niet interesseerde hoe laat zijn zoon in het weekend thuiskwam. Hij had kunnen ontsporen, maar drank en drugs interesseerden hem niet. Hij las al vroeg Popper en Solzjenitsyn en Saul Bellow en besefte dat de helft hem ontging, maar ze wezen de weg naar de gedachte dat de wereld niet een chaotische samenloop van omstandigheden was maar kon worden doorgrond en begrepen. Hij wilde zo snel mogelijk aan het leven beginnen. Op zijn zestiende mocht hij de borsten betasten van Sonja, een lief maar zweverig meisje in zijn klas, en toen hij zijn vinger in haar broekje liet glijden, zei zij dat hij het te wild deed; daarna trok zij hem af. Op een van de eindexamenfeesten had hij seks met haar, hij was achttien en het was de eerste keer, en daarna had hij haar nooit meer gezien. Toen hij in Tel Aviv studeerde waren de Vermeulens gestorven, eerst Jos, drie maanden later Hermine.

Bram slenterde terug naar de Dam, het centrale plein van de stad waaraan zijn hotel lag, Hotel Krasnapolsky, en hij besefte dat er jaren waren verstreken sinds hij de sterfdag van zijn moeder had herdacht. In gedachten zei hij onderweg kaddisj, het gebed voor de doden, ook al was hij een ongelovige. Of geloofde hij wel? Misschien in de idee dat het in de kosmos om getallen draaide. Reeksen van getallen waaruit de natuurwetten waren geboren en die op een dag een God zouden onthullen? Hij miste de stem van zijn vader.

2

Bij de balie lag een bericht voor hem: 'Kamer 416. Max Ronek.'

Verrast staarde Bram naar het blaadje in zijn hand. Max Ronek, de grote en grove Rus met wie hij één keer zijn ambulancedienst gedeeld had en die hij na de aanslag op de controlepost niet meer had gezien. Hoe wist Max waar hij was? Na een paar seconden drong tot hem door dat Max de verbindingsman was die in Amsterdam contact met hem zou opnemen, zoals Balin had aangekondigd.

Op de vierde verdieping klopte hij op de deur van kamer 416 – samen elf, een getal zonder meerwaarde.

'Who is there?' hoorde hij Max vragen.

'Mannheim.'

De deur draaide open en Bram keek in het grijnzende gezicht van de rossige Russische beer.

'Hee, Bram,' zei hij in onberispelijk Nederlands, 'kom binnen.'

Max had een grotere kamer dan Bram, een suite met een houten tafel waaraan acht mensen konden zitten. Kennelijk zou hij hier meerdere mensen tegelijk ontvangen. Max droeg een nieuwe spijkerbroek en een bruine trui, hij liep op sokken voor Bram uit de kamer in.

'Begrijp ik dat je vloeiend Nederlands spreekt?' vroeg Bram verward. 'Ik ken je als iemand die Ivriet spreekt als een driejarige.'

'Ik heb niks met semitische talen. Komt mijn hoofd niet in,' antwoordde Max in het Nederlands. 'Ik spreek alle West-Europese talen, Duits, Frans, Spaans, en ook Nederlands zoals je hoort, ik heb in al die landen gewerkt maar eerder al, in Rusland, was het mijn vak. Tolk en zo. Ik sprak al vloeiend Duits en Engels toen ik veertien was. Kostte me twee jaar om jouw mooie moedertaal te leren. Maar Ivriet en Arabisch komen er niet in. Daar heb ik de verkeerde hersenen voor.'

Nu Max langer aan het woord was, bespeurde Bram iets Oost-Europees in zijn tongval. Max had niet met olie gewerkt.

'Hoe staat het met jouw Nederlands?' vroeg Max. Zonder dat hij iets had gevraagd schonk hij uit een thermoskan koffie voor hem in. Hij wees op een stoel aan de tafel.

'Ik ben altijd in het Nederlands blijven denken. Hoor je het niet aan mijn Ivriet?'

'Ik hoorde het,' beaamde Max. 'Suiker, melk?'

'Zwart is goed,' zei Bram. Hij trok zijn jas uit en ging zitten.

'Leuk dat ik dit met jou mag doen,' zei Max. Hij plaatste de mok voor Bram en schonk voor zichzelf in. Hij miste zijn ringvinger.

'Hoe staat het met je liefde voor Poetin?' vroeg Bram.

'Die is dieper dan ooit,' antwoordde Max. 'Wat wij moeten doen is Poetin smeken om ons op te nemen in de Russische Federatie, Rossijskaja Federatsija. Geloof me, alle Arabieren sluiten meteen vrede.'

'Intelligent idee,' zei Bram laconiek. 'Heb je er al met politici over gesproken?'

'Dat is nou het probleem in Israël. Ze zijn allemaal te koppig. Topidee, toch?' zei Max met een grijns.

'Ze zullen op een dag een standbeeld voor je oprichten, Max.'

Bram keek naar Max' brede Russische gezicht. 'Maar ik had geen idee dat jij voor Balin werkt.'

'Ik werk niet voor hem. Ik ben bij de neven.'
'De Mossad? Ik dacht dat die nauwelijks nog bestond.'
'We laten die gedachte ongemoeid.'
'En jouw functie?' vroeg Bram.
'Ik doe zo nu en dan speciale operaties. Doe vaak ondervragingen, thuis op het HK, en soms ook in het veld. Vanwege mijn talen.'
'Jij gaat mijn zoon ondervragen?'
'Als dat aan de orde is.'
'Ik heb de verzekering van Balin dat hem geen haar gekrenkt wordt.'
'Bram, voor wie zie je ons aan?'
Bram keek hem sceptisch aan: 'Dat wil je niet weten. Weten de Nederlanders dat wij hier zijn?'
'Nee. Officieel zitten we allebei nog in Berlijn. Ik ben daar om familie te bezoeken. Ik heb er inderdaad familie.'
Bram was naar Berlijn gevlogen en had de trein naar Amsterdam genomen. Aan de grens was geen controle geweest. Hij had geen idee wat er had kunnen gebeuren als hij zijn paspoort had moeten tonen. Het was een authentieke pas, verkregen via Balins contacten voor de reis naar Kazakstan.
'Wat is het plan?' vroeg Bram. 'Of is dat de vraag van een amateur?'
'We zijn allemaal amateurs in dit vak.' Max wierp vijf suikerklontjes in zijn koffie. 'We brengen hem in veiligheid zodra we een idee hebben wat hij hier doet.'
'Hij werkt in een winkel, dat weten we,' zei Bram.
'Maar er is ook wat anders, Bram, dat besef je toch?'
'Max, ik ben in Alma Ata geweest, de Stad van het Kalifaat, zoals het tegenwoordig heet, ik weet dat mijn zoon daar is opgeleid tot krankzinnige zelfmoordterrorist. Dat is een eigenaardig besef, verzeker ik je.'
'We brengen hem naar Duitsland en vliegen hem naar Tel Aviv,' zei Max.

'En de Nederlanders? Die laat je er buiten?'

'De afweging was: zullen we dit met de Nederlanders doen en hun een cadeautje geven, een tip die ze op een dag zullen moeten terugbetalen, of kan Benjamin ons zoveel vertellen dat we hem zelf, bij ons thuis, moeten ondervragen?'

'Hij is dus belangrijk voor jullie?'

'Hij kan hele netwerken blootleggen.'

'Als hij meewerkt,' zei Bram.

'Als hij meewerkt, ja. Maar we staan sterk,' zei Max. 'Ik denk dat je gelijk hebt. Toen jij naar Amsterdam wilde, is Balin omgegaan toen jij hem zei dat hij zelfmoord zou plegen als we hem grijpen. Die kans is groot met zulke extremisten, ze gaan graag dood. Hij slikt zijn tong in, verdrinkt zichzelf met een glas water, er zijn talloze technieken om het te doen en wees ervan overtuigd dat ze die hem hebben geleerd. Jij bent de troef. Jij maakt hem los, brengt hem aan het wankelen. Met jou erbij maken we een kans. Balin viel daarvoor, en mijn chefs ook.'

'Is het niet ironisch dat hij uitgerekend in Nederland is?'

'Ik weet niet of dat iets voor hem betekent. Hij is nooit in Nederland geweest toch?'

Bram schudde zijn hoofd: 'Nee. En we spraken Engels met hem in Princeton.'

'Wat we denken is, althans, onze analisten: in het voorjaar hebben ze hier in de stad een referendum gehad in een wijk in het westen, dat heet een stadsdeel, dat is zoiets als een ondergemeente. Ze wilden een autonoom shariagebied instellen, zoals ze dat twee jaar geleden in Bradford in Engeland hebben gedaan. Dat stadsdeel is voor vijfennegentig procent moslim, maar er was een kleine meerderheid tegen. Daar zijn de islamisten erg boos over geweest. Al die tegenstemmers zijn nu hypocrieten, een soort afvalligen, en misschien hebben ze besloten om ze te straffen.'

'Over een week. Op de negenentwintigste,' zei Bram.

'Wat heb je daar toch mee?' vroeg Max. 'Ik kwam het tegen in het dossier. Wat heeft je zoon te maken met Chinezen? Chinees Nieuwjaar? Het jaar van de slang? Want je zoon heeft op de dag van zijn verdwijning slangen gezien, zoiets toch?'

'Ja.'

'Er zijn bij ons een paar analisten en psychologen, en bij de Shabak ook, die denken dat je volledig mesjogge bent.'

Bram haalde zijn schouders op: 'Ik denk dat mijn zoon zo denkt. Als hij echt voor een aanslag hierheen is gestuurd, moet er een dag gekozen worden. Ik weet dat hij zich die beelden herinnert. Slangen. Hij heeft het erover gehad tegen vrienden in het tehuis. Hij pikt die dag. Het begin van het jaar van de slang.'

Max schudde zijn hoofd: 'Hij is een overtuigde moslim. Hij laat zich niet sturen door Chinese mythologie.'

'Hij weet nog dingen van toen, dat kan niet anders. Hij was vier toen hij bij ons werd weggehaald. Hij is moslim, ja, een radicaal, maar hij heeft geheimen in zijn hoofd. Beelden. Stemmingen. Die hem onzeker maken.'

'Ik hoop dat je gelijk hebt.'

'Wat hij voor jullie kan betekenen,' zei Bram, 'eerlijk gezegd is me dat een rotzorg. Wat ik wil is – ik wil dat hij terugkomt, dat hij gaat studeren, trouwt, dat hij iemand wordt die meehelpt de wereld te begrijpen – is dat een beetje duidelijk, Max?'

'Ik begrijp je. Maar ik zit hier niet als vader. Mijn zorg is de veiligheid van de staat. De druk is groot, we kunnen niet nog meer terug, en godzijdank hebben we die atoomraketten op onze onderzeeërs anders hadden ze de reactor in Dimona opgeblazen –'

'Ze blazen Dimona niet op. De fall-out zou ook de Palestijnse gebieden onbewoonbaar maken.'

'Bram, jongen, er zijn er heel wat geweest die het geprobeerd hebben.'

'Waarvan wil je me eigenlijk overtuigen, Max?' vroeg Bram ongeduldig.

'Van niks. Ik begrijp je. Maar hij kan ons ongelooflijk veel vertellen over wat daar in Centraal-Azië gaande is. We kunnen onze positie versterken met wat hij weet. De Indiërs, de Chinezen, ze hebben allemaal last van de extremisten. De Chinezen hebben de afgelopen jaren hele opstanden van moslims neergeslagen, en als we onze collega's daar wat kunnen aanbieden krijgen we altijd wat terug. Jouw zoon is een hoofdprijs, Bram.'

'Ik wil hem een leven geven. Ik wil niet dat jullie hem breken.'

'We zullen voorzichtig zijn, we weten wie hij is.'

'Ik wil hem meenemen naar Moskou.'

Max glimlachte: 'Ik naar Tel Aviv, jij naar Moskou. Hoe is het met je vriendin, wanneer is ze uitgerekend?'

'Wil je het weten? Je gelooft me niet,' zei Bram.

'De negenentwintigste?' Max grinnikte. 'De negenentwintigste, toch?'

'Ja,' zei Bram.

Max schudde in ongeloof zijn hoofd: 'Die gekte van jou – '

'En jouw vriendin? Die in het ziekenhuis werkt?'

'Het is uit.'

'Lullig,' zei Bram.

'Zo gaan die dingen – en dat kind dat je hebt meegenomen? Waarom?'

'Hij was verschrikkelijk alleen,' zei Bram.

Max knikte, ernstig opeens. Na een moment zei hij: 'Wil je iets anders drinken? Je hebt je koffie niet aangeraakt. Whisky? Wodka?'

'Geen alcohol.'

'Ik neem een wodkaatje,' zei Max. Hij hurkte voor de minibar en nam er een klein flesje wodka uit. Toen hij zich had opgericht, zei hij: 'Die negenentwintigste – dat intrigeert me.

Slangen. Benjamin zag dus slangen vlak voor hij gekidnapt werd?'

'In het huis waar we toen woonden. Gigantische bouwval. Hij zag ze door een gat in de vloer, het was op de tweede verdieping. Maar toen ik door dat gat keek zag ik niets.'

'En waarom hecht je daar zo veel belang aan?' Max nam een slok wodka: 'Lijkt wel water. Wat is er zo belangrijk aan?'

'Ik weet het niet,' zei Bram. 'Het was een gek moment, het had iets engs, alsof hij een visioen had of zo. Onaangenaam.'

'Jij bent een magisch-realist? Kabbalist? Ouwe newage-hippie?'

'Nee. Maar er gebeurde toen iets. Ik kan het niet uitleggen omdat ik het niet begrijp.'

'En jouw getallengekte?'

'Die gekte heeft me geholpen. In een moeilijke tijd. Het gaf me hoop om zo te denken. Dat er orde was in de kosmos. En eigenlijk, diep in mijn hart, geloof ik ook dat we op een dag de getallen zullen ontdekken die alles verklaren. Iets als $E=MC^2$.'

'De formule van God?' zei Max.

'Ik weet niet hoe je die kunt noemen.'

Max pakte de telefoon en zei tegen iemand die opnam: 'Een fles Stolichnaya, graag – een hele fles, ja. En alleen Stolich, niks anders – Goed – En wat kaas en, o ja, bitterballen, die heb ik lang niet gehad. Doe maar drie porties.'

Opnieuw ging hij tegenover Bram zitten: 'We gaan het op een zuipen zetten, Bram.'

'Moeten we onze kop er niet bij houden?'

'Morgen.'

'Hoe doen jullie dat? Hebben jullie daar bepaalde technieken voor?'

'We pikken hem van straat op. Standaardsituatie.'

'Jullie houden hem nu al in de gaten?'

'Ja.'

'En de Nederlanders? Jullie zijn door hen getipt.'

'Die denken dat hij gezocht wordt voor een oplichtingszaak. Geen urgentie.'

Ze keken elkaar een moment zwijgend aan.

'Ik dacht dat hij dood was,' fluisterde Bram.

'Als we gaan kijken – Benjamin is geen kind meer, Bram. Hij is een volwassen man. En we weten niks van hem. Vermoedelijk heeft hij leren vechten om te doden. Hij heeft, zeker weten, een wapen. En hij is bereid te sterven voor zijn geloof.'

'Alles kan weer goed komen,' zei Bram. Hij twijfelde er niet aan. Bennie zou terugkomen. Als hij wilde luisteren en de stem van zijn vader tot zich toe kon laten.

'Dat is mogelijk,' zei Max.

'Jullie mogen hem niet martelen, die garantie heeft Balin gegeven.'

'Wij martelen niet.'

'Ik wil niet dat hij pijn heeft, dat-ie lijdt.'

'Hij is je kind, Bram, we beseffen dat.'

'Ik krijg hem aan het praten,' zei Bram vol overtuiging.

'Wij denken dat ook, ja,' zei Max.

'Ik wil hem heel graag zien. Je hebt geen idee, Max, hoe graag – '

'Ik wil je iets laten zien,' zei Max.

Hij opende een map die op tafel lag en haalde er een papiertje uit, schoof dat over het tafelblad naar Bram.

Het was een kleurrijke flyer, met afbeeldingen van Chinese karakters en een draakachtige slang, voor een 'vuurwerkspektakel' op 28 januari boven 't IJ: 'De Chinees-Nederlandse Vriendschapsvereniging viert met Amsterdam het begin van het jaar van de slang. Het grootste vuurwerk ooit in Nederland. Van 22.00 tot 23.00 uur.'

Met droge keel keek Bram op naar Max, wanhopig bijna.

'Als hij wat van plan is,' zei Max, 'is dit de ideale gelegenheid. Het wemelt in de stad tegenwoordig van Chinezen, zoals in elke Europese hoofdstad. Potentieel honderden slachtoffers, met misschien een *royal* erbij want er schijnt een prinses te komen om de hartverwarmende band met de Chinese gemeenschap te onderstrepen of zoiets.'

'De achtentwintigste,' mompelde Bram.

'Ja. Dat is toch zo'n getal waar jij iets mee hebt? Twee, tweeentwintig, achtentwintig – zoiets, toch?'

Bram knikte.

'Als jouw zoon hier is om zich op te blazen, dan doet hij dat die avond. Op de achtentwintigste, om tweeëntwintig uur achtentwintig – volg ik een beetje jouw inzichten?'

'Het zijn niet mijn inzichten,' zei Bram kortaf. 'Het is gekte. Het is niet gezond om zo te denken.'

'Godverdomme,' zei Max, 'je mag niet roken in deze kamer. Weet je wat? Dikke lul.'

Hij stond op en opende zijn koffer, die op het bagagerek naast de deur van de badkamer stond. Hij nam er een slof Marlboro uit en scheurde het cellofaan kapot.

'Hoe kun je denken wanneer je je longen niet mag vergiftigen? Jij een *smoke*?'

Bram knikte.

3

Het was halfelf 's ochtends en Bram liep naar de winkel die Max hem had aangewezen. Ze waren er langsgereden, een Turkse buurtsupermarkt, AGGÜL MARKET stond in eenvoudige letters op een langgerekt bord op de gevel. Aan een brede, tochtige straat met strakke gebouwen, die niet vergeleken konden worden met de Duitse zakelijkheid van Tel Aviv, lag de levensmiddelenwinkel in een kleine cluster van andere winkels: een kledingzaak met poppen die hoofddoeken droegen en zedige islamitische kleding, een telefoonwinkel, een schoenenwinkel die de hele voorraad voor de halve prijs aanbood, een kapper, een filiaal van een drogisterijketen. In deze buurt in Amsterdam-West waren in de jaren vijftig en zestig van de voorbije eeuw woondozen gebouwd zonder enige esthetiek – terwijl dat esthetische zo belangrijk was aan de oude panden in Tel Aviv, die iets wilden uitdrukken, een betekenis wilden geven aan de mensen die er hun thuis van wilden maken. De Amsterdamse moslimwijk was geen achterbuurt, geen sloppenwijk, maar er was niets dat een gevoel van schoonheid opriep. Rechthoekige woonblokken met kleine balkons, van elkaar gescheiden door parkjes met eenzame struiken en kaal gelopen gazons.

Opnieuw was het een kille, kleurloze dag – Bram herinnerde zich hoe in dit land dit weer soms wekenlang kon aanhouden, dagen die geen licht brachten, de brede delta van de Rijn en Maas onder loodgrijze wolken.

Hij liep over Nederlandse stoeptegels naar de winkel. Bennie had onderdak gevonden bij de familie Aggül – ze hadden geen idee hoe de communicatiekanalen liepen. Thaqib Israilov – Bennie – was opgepakt toen hij zonder identiteitsbewijs en plaatsbewijs in de metro was gestapt, banaler en Nederlandser kon niet. Hij wist uit het metrostel te komen maar op het perron wachtte een groep controleurs, die hem aan de politie overdroeg. Op het politiebureau vroeg hij politiek asiel aan als vluchteling uit Kazakstan, en kennelijk wist hij wat het effect daarvan was want dat verzoek bracht een procedure op gang die hem voorlopig bestaanszekerheid bood. Voordat zijn verzoek definitief kon worden aanvaard of verworpen, waarbij hij de steun had van door de overheid betaalde advocaten, kreeg hij enkele jaren de tijd om in het land te verblijven. Binnen een paar uur werd hem een kamer toegewezen in een asielzoekerscentrum, waar hij 'lichaamseigen materiaal' moest afstaan voor een DNA-test. Een week later meldde hij dat de familie Aggül in Amsterdam de kosten van zijn verblijf zou dragen totdat de overheid over zijn status had beslist. Wekelijks diende hij zich bij de vreemdelingenpolitie te melden, en daaraan hield hij zich. Toen Bram uit Kazakstan vertrok, verbleef zijn zoon al drie weken in Amsterdam.

Bram wist niet waar Max was gebleven nadat hij uit de Volkswagen was gestapt en op weg was gegaan. Hij wilde de winkel in lopen en Bennie zien voordat ze hem zouden meenemen. Gekidnapt, zoals toen – maar dit was anders, hield Bram zich voor, dit is voor zijn bestwil, zijn toekomst. Ze moesten hem bevrijden van de psychose van de religieuze waanzin.

'Zeg niets tegen hem als je binnen bent,' had Max hem onderweg in de Volkswagen geadviseerd, 'maar laat je zien. Hij zal je volgen, gegarandeerd. We willen niet naar binnen, dat geeft gedoe en voor je het weet staat de lokale politie voor onze neus.'

'En als hij me niet herkent? Als hij alles van vóór zijn vierde jaar diep heeft weggestopt? Als hij een fanaat is en blijft omdat zijn geloof belangrijker is dan wat dan ook?'

'Dan hebben we een probleem,' antwoordde Max.

'Waar woont hij?'

'Hij slaapt in een kamer achter de winkel, in het magazijn.'

'Bezoekt hij de moskee hier in de buurt?'

'Nee. Hij bidt binnen. En als-ie naar buiten gaat is hij altijd in het gezelschap van drie, vier andere mannen.'

'Waarom pakken jullie hem niet 's nachts op?'

Max grinnikte terwijl hij de oude Volkswagen Golf over de ringweg stuurde.

'Balin vertelde dat hij je graag bij de Shabak had willen inlijven, dat je ons werk begreep.'

'Ik weet niet of ik blij ben met dat compliment,' antwoordde Bram met enige weerzin. 'Waarom niet 's nachts?'

'We doen het niet 's nachts omdat de achterzijde van die supermarkt met zware deuren en videocamera's beveiligd is. Ik verzeker je dat dat niet gedaan is om inbrekers tegen te houden. Het lijkt wel of ze goudstaven hebben opgeslagen daar, of andere spulletjes of stoffen die niemand mag zien. Daarom niet 's nachts. Tenzij we het doen met een antiterreurteam van onze collega's hier, de AIVD. Maar die willen we nog even in het ongewisse houden, dus doen we het op onze manier.'

Toen ze de wijk hadden bereikt, was Bram uitgestapt. Hij was gespannen, maar hij was niet bang voor de confrontatie. De voetgangers die hij tegenkwam waren oudere Noord-Afrikaanse mannen in traditionele dracht, gezette vrouwen met hoofddoeken, gekleed in wijde, lange jassen, achter kinderwagens, zelfs een groepje van drie geheel in het zwart gehulde vrouwen met gezichtsbedekkende burqa's. Hij ging zijn zoon ontmoeten.

Voor de supermarkt stonden kratten met groente en fruit

uitgestald. Een oudere man in een versleten winterjas betastte er aandachtig een avocado. Een oudere gehoofddoekte vrouw legde sinaasappelen in een plastic zak. Bram liep naar de ingang. Het microfoontje op zijn donkerblauwe jas was onzichtbaar.

Hij tilde een winkelmandje uit de toren naast de open ingang en stapte de winkel binnen, een langwerpige ruimte van tien bij twintig meter. In het voorste deel waren groente en fruit uitgestald, net als buiten in de kratten waarin ze waren vervoerd, en halverwege was de afdeling met vlees- en broodproducten en daarachter stonden rijen met schappen met ander voedsel en huishoudelijke artikelen. Rechts naast de ingang was de kassa, bediend door een ongeschoren Turkse man in een strak trainingspak dat zijn gespierde bovenlijf en sterke nekspieren accentueerde, alsof hij een gewichtheffer was. Hij vulde zakjes met pistachenoten en keek even op toen Bram verscheen. Bram knikte hem toe, en de man beantwoordde de groet.

Bram legde vier tomaten in het mandje. Daarna liep hij door naar de vleesafdeling. Een bejaarde islamitische man in djellaba keek toe hoe de slager, een kale jonge man in een lange witte slagersjas besmeurd door bloed, met een breed hakmes lamskoteletten van een groter stuk vlees hakte. Bram liep achter hem langs en nam een flacon afwasmiddel van een plank. Hij bleef staan bij een koelvak met kazen en olijven en bekers yoghurt, in Duitsland geproduceerde Turkse producten, zo las hij op de verpakking.

Toen hij zich omdraaide, zag hij tussen twee hoge schappen met levensmiddelen iemand op een krat zitten: de man pakte blikjes uit een doos die naast hem op de vloer stond, en zette ze één voor één op de plank voor hem, blikken gepelde tomaten.

Bram zag hem op de rug, maar hij wist dat daar zijn zoon zat, zijn kind dat hij zo had gemist en dat hij op die dag niet had kunnen beschermen. Hij herkende Bennie, ook al zag hij alleen diens nek en rug en de vorm van zijn achterhoofd – hoe kon een rug vertrouwd zijn, dierbaar, nabij? Bennie zat op een lege fruitkist, maar het was duidelijk dat hij lang was. Hij droeg een groen kapje op het hoofd, iets uit Kazakstan vermoedelijk, maar de kleur van zijn haar deed aan die van een jonge Hartog denken, rossig blond.

Bram draaide zich om, zijn hart bonkte bijna zijn borstkas uit, en hij nam een plastic kuipje met humus uit de koeling en liet een moment alle twijfels toe die hij kende. Er was geen reden om zonder meer aan te nemen dat zijn kind daar zat. Hij moest de man in het gezicht zien, om het schap heen lopen en hem van de andere kant benaderen.

Toen hij snel over zijn schouder keek, draaide de man een moment zijn hoofd, alsof hij Brams ogen voelde, en hun blikken kruisten. Bram zag dat Bennie direct zijn hoofd afwendde, alsof iets hem in verlegenheid bracht, alsof hij betrapt werd. Want het was Bennie. Hij wist zeker dat het Bennie was. En wat had Bennie gezien toen hij even naar de man bij het koelvak had opgekeken? Een onbekende? Een gezicht van lang geleden? Of een bedreiging?

Nu lopen, dacht Bram, geen aandacht schenken, net doen alsof er niets aan de hand is, ook al wil ik hem vastpakken en omhelzen en hem vertellen hoe zwaar het geweest is maar dat alles nu goed gekomen is want hij leeft nog, en zolang er leven is – Bram hoorde het zijn moeder zeggen – is er hoop.

Bram liep terug naar de kratten met fruit in het voorste deel en legde drie appels in het mandje. Hij wist niet of Bennie hem nakeek, maar het kon niet anders. Het moment van de blikwisseling had een beeld in zijn geheugen gebrand, en Bram zag Bennies gezicht, dat niets anders was dan het gezicht van Hartog. Zijn zoon was de genetische voortzetting van Hartog. Dezelfde schedelvorm, dezelfde blauwe ogen, dezelfde mond en neus, een rode baard – het DNA van Hartog had zich via de onvolkomen tussenstap van Bram en Rachel in de kleinzoon voortgezet. Thaqib – 'rijzende ster'. Misschien had hij dezelfde briljante hersenen als Hartog. Misschien kon hij als wetenschapper bijdragen aan geluk en schoonheid en kennis. Bennie, mijn kind, kijk naar me, bad Bram, laat je geheugen spreken.

Hij liep naar de kassa en zette het mandje op de toonbank naast de zakken met noten. Hij kon nu Rachel bellen. Het was allemaal anders dan we altijd hadden gedacht, kon hij zeggen, we zijn verteerd geweest door rouw maar ons kind is teruggekomen. En Hartog – hij moest Bennie confronteren met zijn grootvader en met de onverbiddelijke kracht van zijn DNA, de genen van Hartog, de genen van overlevingskunstenaars. En het hondje, vergeet het hondje niet dat vier jaar lang Bennies kameraad was.

De Turk legde de aankopen in een witte plastic zak waarop in rode letters AGGÜL MARKET stond, en Bram rekende af en stapte naar buiten zonder om te kijken. Hij mocht niet omkijken. Hij mocht nu niet naar zijn kind staren. Als hij zich zou omdraaien, zou hij hem argwanend maken.

Buiten, naast de kratten voor de etalageruit, zocht hij met zijn ogen de lege straat af. In de verte een fietser. Aan de overkant van de straat een handvol voetgangers. Waar zou Max zich bevinden? Zou Bennie hem volgen?

Bram fluisterde: 'Ik heb mijn kind gezien.' Max kon hem horen.

Hij liep weg, niet te langzaam, niet te snel, en hij wist dat hij maar één kans had. Als Bennie niet naar buiten zou komen, zouden ze Bennie op een andere manier proberen te ontvoeren, desnoods met geweld. Maar hij wist zeker dat Bennie hem had herkend. Bennie was zijn kind, en het was ondenkbaar dat de zoon de vader niet zou herkennen. Of had de hersenspoeling die Bennie had ondergaan zijn oudste herinneringen weggevaagd?

Na dertig meter hoorde Bram de stem waarnaar hij verlangde: 'Hee, meneer, sir.'

Achteloos draaide Bram zich half om, met een neutrale blik, en zag verderop zijn zoon staan, een indrukwekkende jongeman zoals zijn grootvader ooit geweest was, met intelligente ogen en sterke schouders. Hij droeg een wijde, vormeloze broek en een dikke trui, beide beige van kleur, hij liep op goedkope, merkloze gympen, en hij had een baard van dik, rood kroeshaar.

'Sir?' herhaalde hij.

'U bedoelt mij?' vroeg Bram. Hij had andere dingen willen zeggen, maar hij moest Bennie hier bezighouden, terwijl zijn hart brandde, om de mannen van Max de tijd te geven hun posities in te nemen.

'You speak English?' vroeg Bennie.

Hij had een vertrouwde stem, alsof Bram al jaren naar hem had geluisterd.

'I do,' antwoordde Bram.

Bennie zette enkele stappen in zijn richting en keek hem onderzoekend aan, met open mond, alsof de aanblik van Bram angst opriep maar hem ook aantrok, zoals een kind gefascineerd wordt door oplaaiende vlammen.

Bennie stak een hand in zijn broekzak. Wilde hij een wapen pakken?

'Have we met?' vroeg Bennie aarzelend.

Ja, dacht Bram, ik heb je geboren zien worden, ik heb gezien hoe je door je moeder gevoed werd, en op een dag was je verdwenen.

'When?' vroeg Bram.

'I don't know,' mompelde Bennie, met een onderzoekende blik die iets getergds had, en hij vroeg: 'May I ask your name?'

'My name?' vroeg Bram. 'My name?'

Bram aarzelde. Het kon te veel zijn. Misschien zou zijn zoon wegrennen en voor altijd verdwijnen. Maar hij had geen keus. Hij moest het zeggen omdat het onontkoombaar was.

Bram zei: 'Einneb Mienam.'

Hij zag Bennie slikken.

Achter zijn zoon verschenen geruisloos vier mannen met zwarte bivakmutsen, alsof ze uit de grond waren opgestaan.

'What did you say?' vroeg Bennie met een lage, kleine stem, met ogen waarin verbijstering te lezen lag.

Bram zei: 'My name is – my name is – '

De vier mannen grepen Bennie vast, trokken zijn armen op zijn rug, namen zijn nek in een wurggreep. Op de stoep kletterde een klein vuurwapen, dat meteen door een van de mannen werd weggegrist.

Zijn zoon was groot en sterk maar hij bood geen weerstand. Zwijgend en gelaten liet hij zich door meedogenloze armen overmeesteren en ze trokken hem achteruit, naar de rand van de stoep. Onafgebroken keek hij Bram met grote ogen aan tot hij op de bodem van het bestelbusje werd geduwd dat opeens naast hen was verschenen. Het busje stoof weg voordat de zijdeur was dichtgeschoven.

Bram bleef op zijn netvlies Bennies ogen zien, zoals hij gekeken had gedurende die paar seconden op weg naar het busje. Hij had Bram aangestaard met een blik die vertelde wat hij zag: een huis in Amerika, de jaren in het tehuis, herinneringen aan een moeder en vader. Of was het haat? Haat tegen zijn verwekker, de ongelovige die hem uitleverde aan de joden? Bram wist niet hoe hij de blik van zijn zoon moest begrijpen.

Niemand had iets gemerkt. Het stille, grauwe leven in deze wijk was niet verstoord. Verderop naderde een bus. Bij Aggül stapte een vrouw met een zware boodschappentas de stoep op.

Hij liep door en naast hem kwam het Golfje rijden met Max achter het stuur. Hij stopte maar Bram schudde afwerend zijn hoofd. Max knikte dat hij begreep dat Bram alleen wilde zijn, en gaf gas.

Met het tasje van Aggül liep Bram in de richting van de oude binnenstad met al haar schatten, en na een halfuur doorkruiste hij een negentiende-eeuwse wijk. Max had beloofd dat ze hem straks naar het militaire vliegveld in Nordrhein-Westfalen zouden rijden zodat hij mee kon in het vrachttoestel naar Tel-Aviv.

Zouden ze Bennie op een dag laten gaan, of zouden ze hem laten verdwijnen? Balin had gegarandeerd dat Bennie na een tijdje zou worden vrijgelaten, maar die toezegging betekende niets wanneer het staatsbelang op het spel stond. Terwijl hij de Amsterdamse binnenstad naderde, vroeg Bram zich af of Bennie zijn overtuigingen ooit kon opgeven en of hij, wanneer hij de kans kreeg, zijn vader, de verraderlijke jood, met zijn blote handen zou doden omdat zijn God nu eenmaal van hem verlangde dat hij de aarde van ongelovigen zuiverde. Was zijn God alles voor wie hij leefde en wilde sterven? Bram wilde er niet aan denken. Hij schudde zijn hoofd, alsof hij daarmee die mogelijkheid uit zijn bewustzijn wiste, ademde diep in en besloot dat hij snel naar Moskou zou gaan.

Bram wilde bij Eva zijn als zij het kind kreeg. Het blinde jongetje moest verzorgd worden. En later zou hij Bennie over laten komen wanneer ze in Tel Aviv genoeg gehoord hadden – ja, hij had nu een gezin, drong tot Bram door. Met een hondje zelfs, stokoud, maar toch. Hij had kinderen, een vrouw, een vader, hij had verantwoordelijkheden – hij zou voor hen zorgen. Die gedachte maakte hem gelukkig.

***

DANK

De eerste versie werd van scherpzinnige opmerkingen voorzien door mijn geleerde vrienden Afshin Ellian, Leon Eijsman, Gideon Peiper, Sam Herman en Peter Voortman – wat er aan fouten resteert, ligt aan mijn tekortkomingen. Alice Toledo, mijn onverbiddelijke redacteur, ontging zoals altijd geen detail. Honderden websites en vele tientallen boeken heb ik geraadpleegd – wat ik waar vandaan heb, is mij al lang geleden ontglipt. Robbert Ammerlaan, de tovenaar van De Bezige Bij, behield jarenlang het vertrouwen in deze roman en wachtte met engelengeduld. En Jessica, mijn vrouw, stuurde me liefdevol naar Santa Monica toen het daar tijd voor was en becommentarieerde elke versie – zij is het middelpunt van mijn zonnestelsel.